徐文長

内山知也 監修
明清文人研究会 編

白帝社

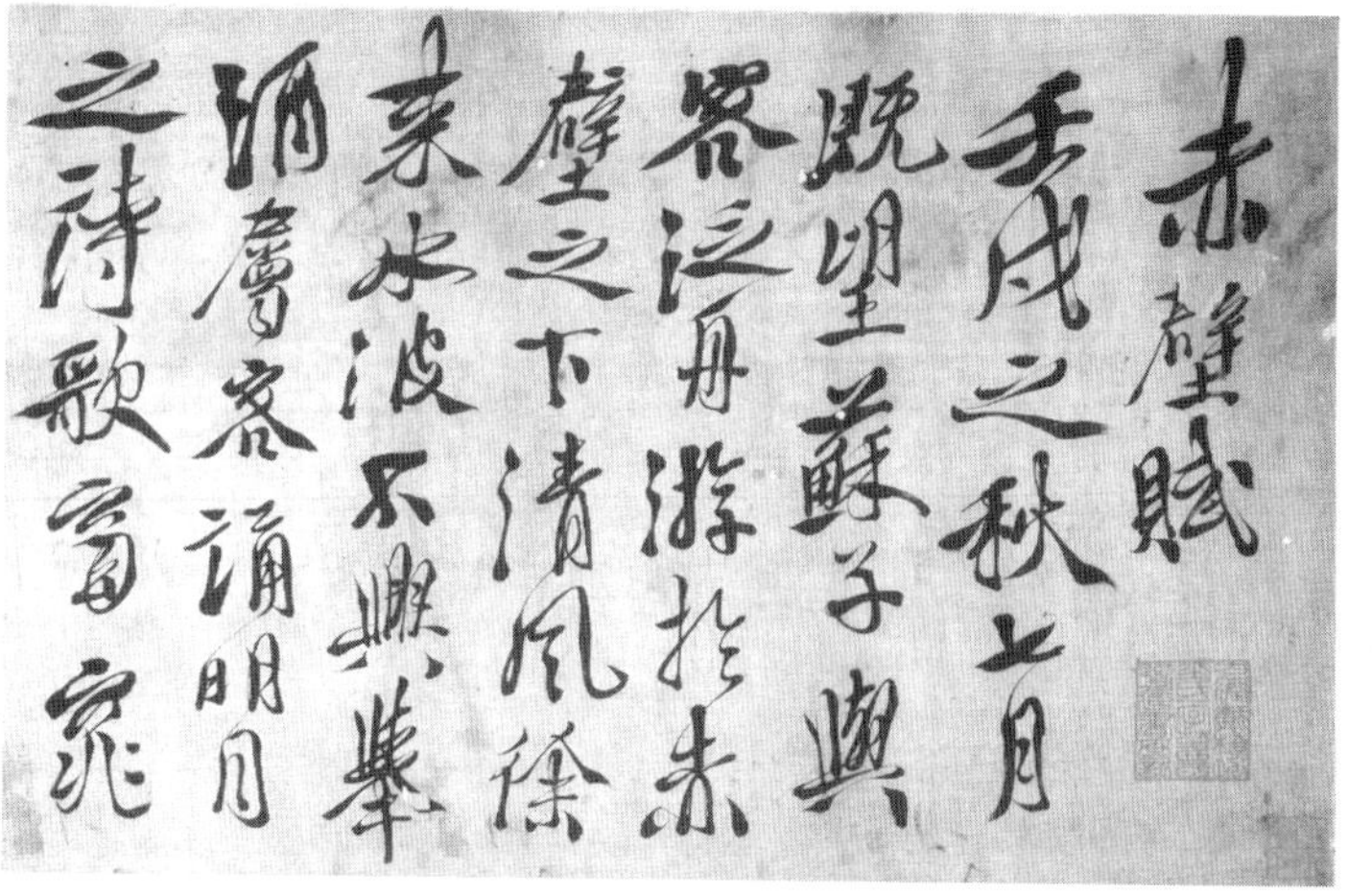

赤壁賦。
壬戌之秋、七月
既望、蘇子与
客泛舟、游於赤
壁之下。清風徐
来、水波不興。挙
酒属客、誦明月
之詩、歌窈窕

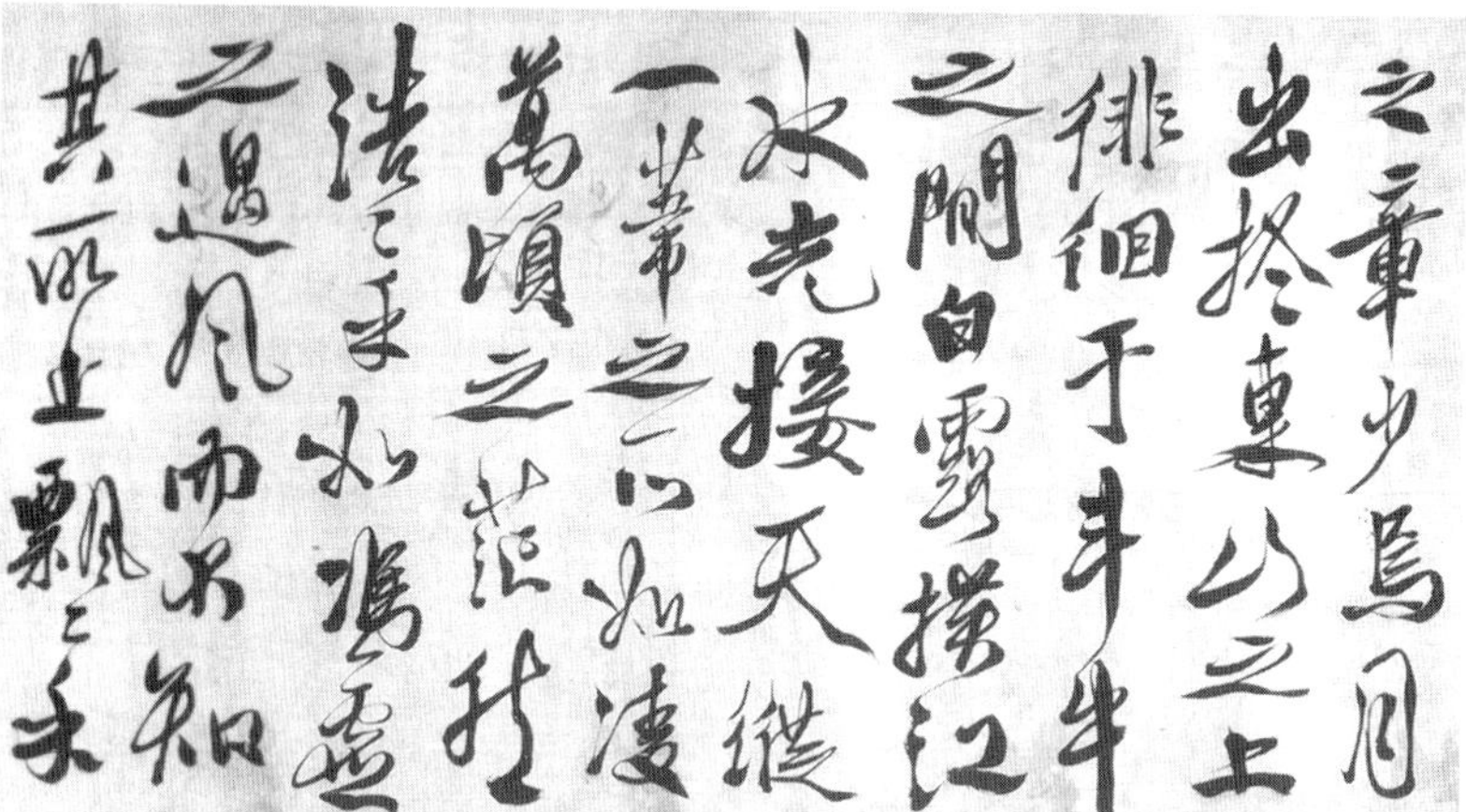

之章。少焉月
出於東山之上、
徘徊于斗牛
之間。白露横江、
水光接天。縦
一葦之所如、凌
万頃之茫然。
浩浩乎如馮虚
之遇風、而不知
其所止、飄飄乎

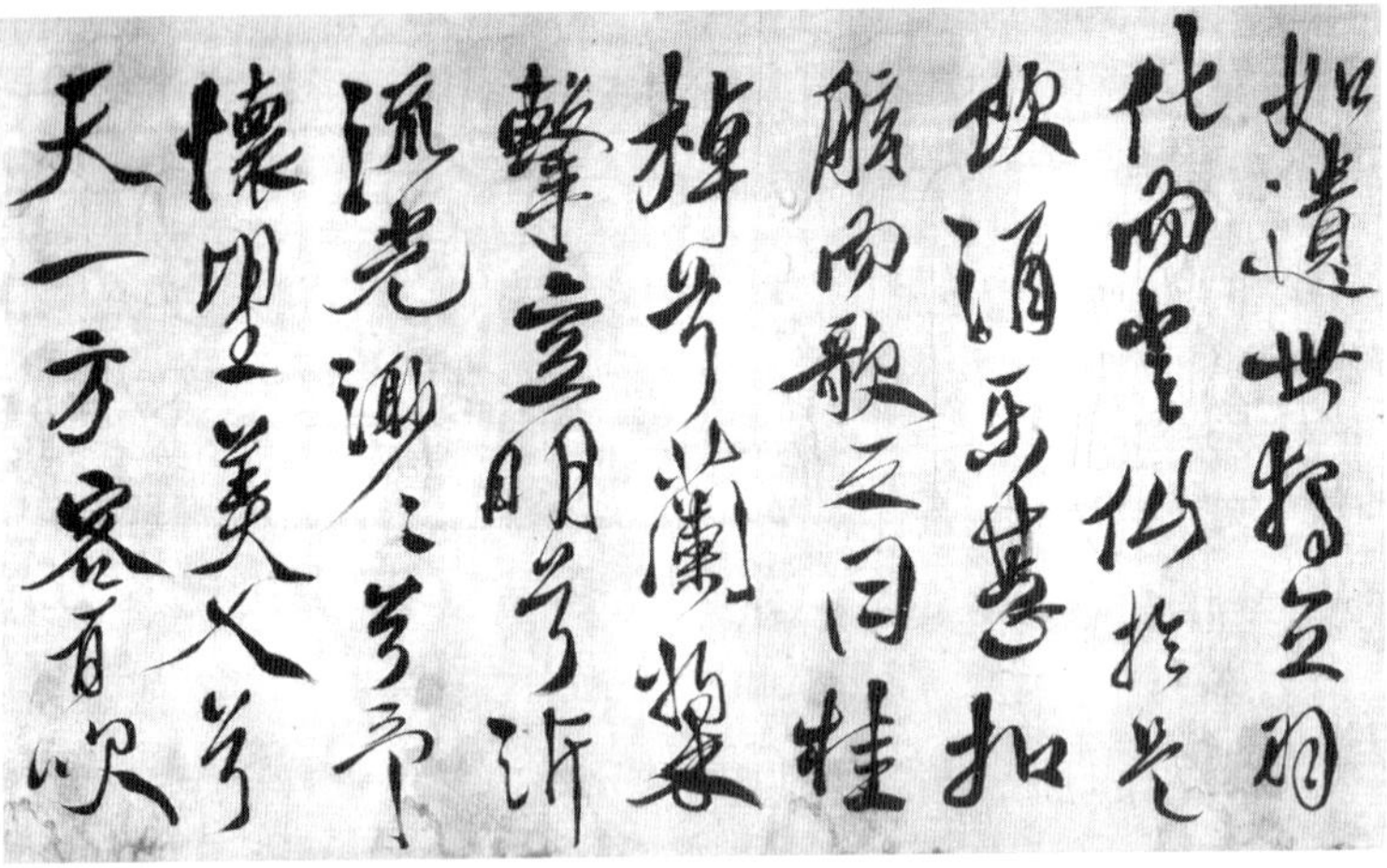

如遺世独立、羽
化而登仙。於是
飲酒楽甚。扣
舷而歌之。曰、桂
棹兮蘭漿。
擊空明兮泝
流光。渺渺兮予
懐、望美人兮
天一方。客有吹

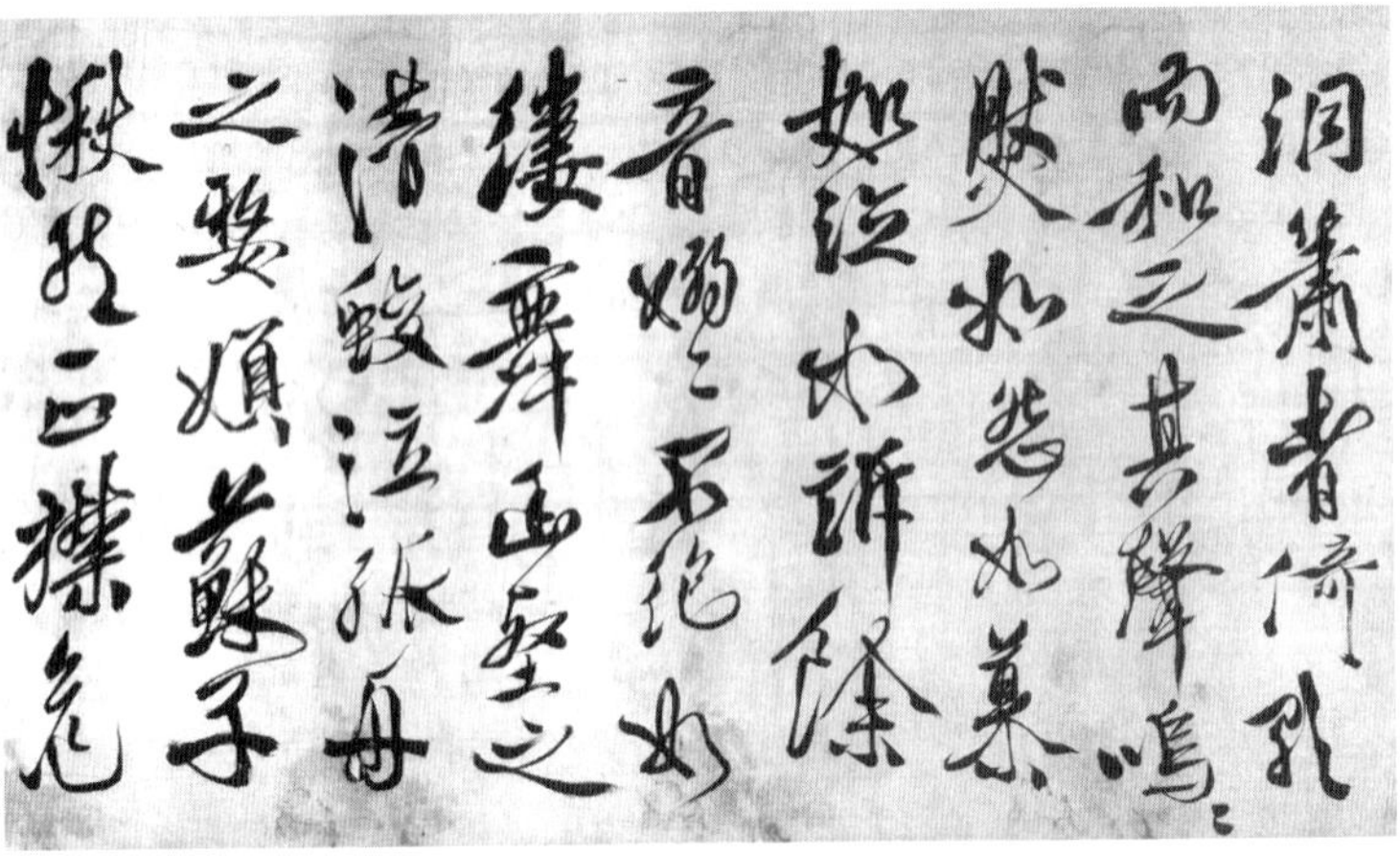

洞簫者。倚歌
而和之。其声鳴鳴
然、如怨如慕、
如泣如訴、余
音嫋嫋、不絶如
縷。舞幽壑之
潜蛟、泣孤舟
之嫠婦。蘇子
愀然正襟、危

坐而問客曰、何
為其然也。客
曰、月明星稀、
烏鵲南飛、
此非曹孟德
之詩乎。西望夏
口、東望武昌。
此非孟德之困
於周郎者
乎。方其破荊

州、下江陵、順流
而東也、舳艫千
里、旌旗蔽
空。釃酒臨江、
横槊賦詩。固
一世之雄也。而今
安在哉。況吾
与子、漁樵於
江渚之上、侶

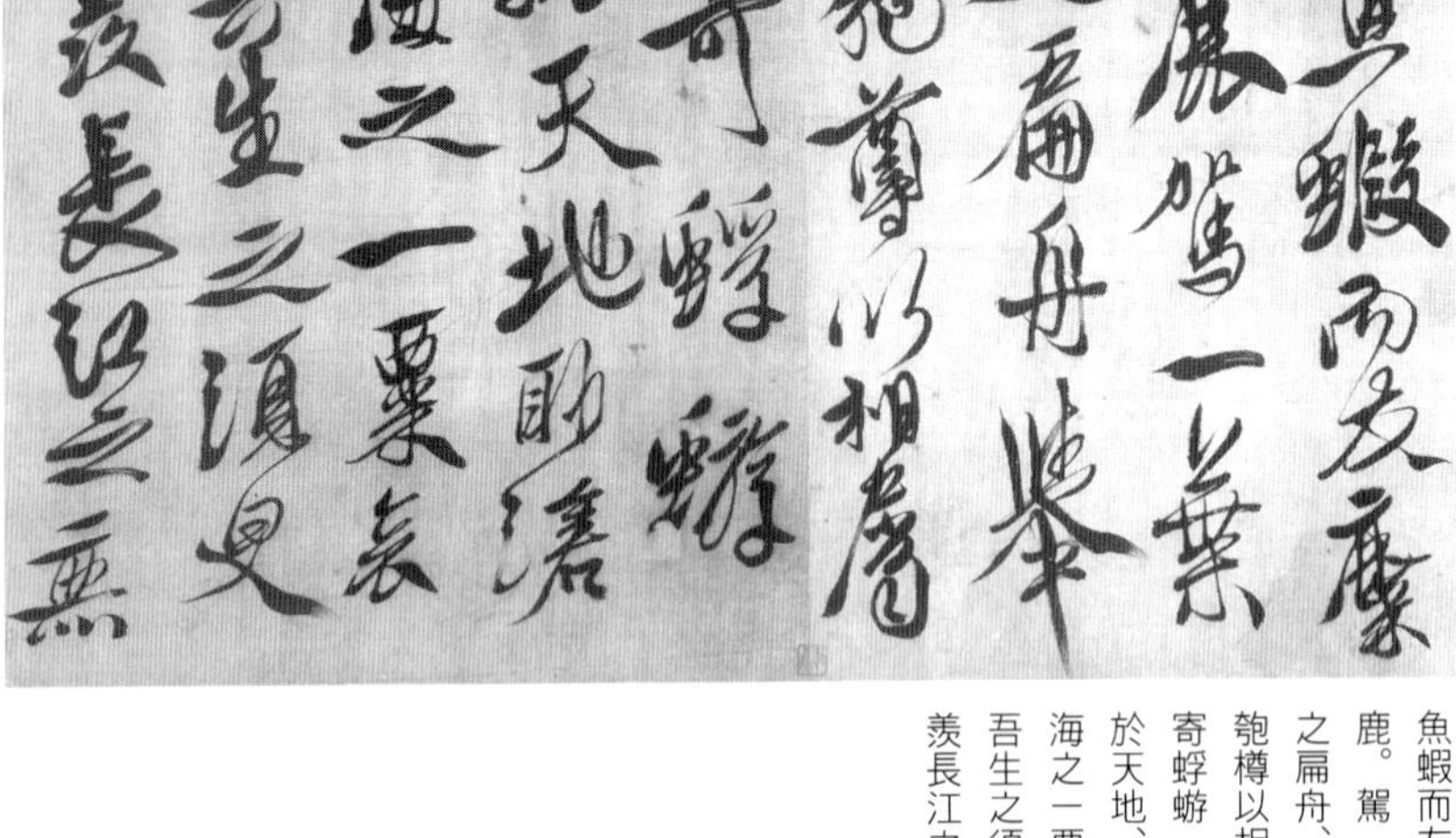

魚蝦而友麋
鹿。駕一葉
之扁舟、挙
匏樽以相属、
寄蜉蝣
於天地、眇滄
海之一粟。哀
吾生之須臾、
羨長江之無

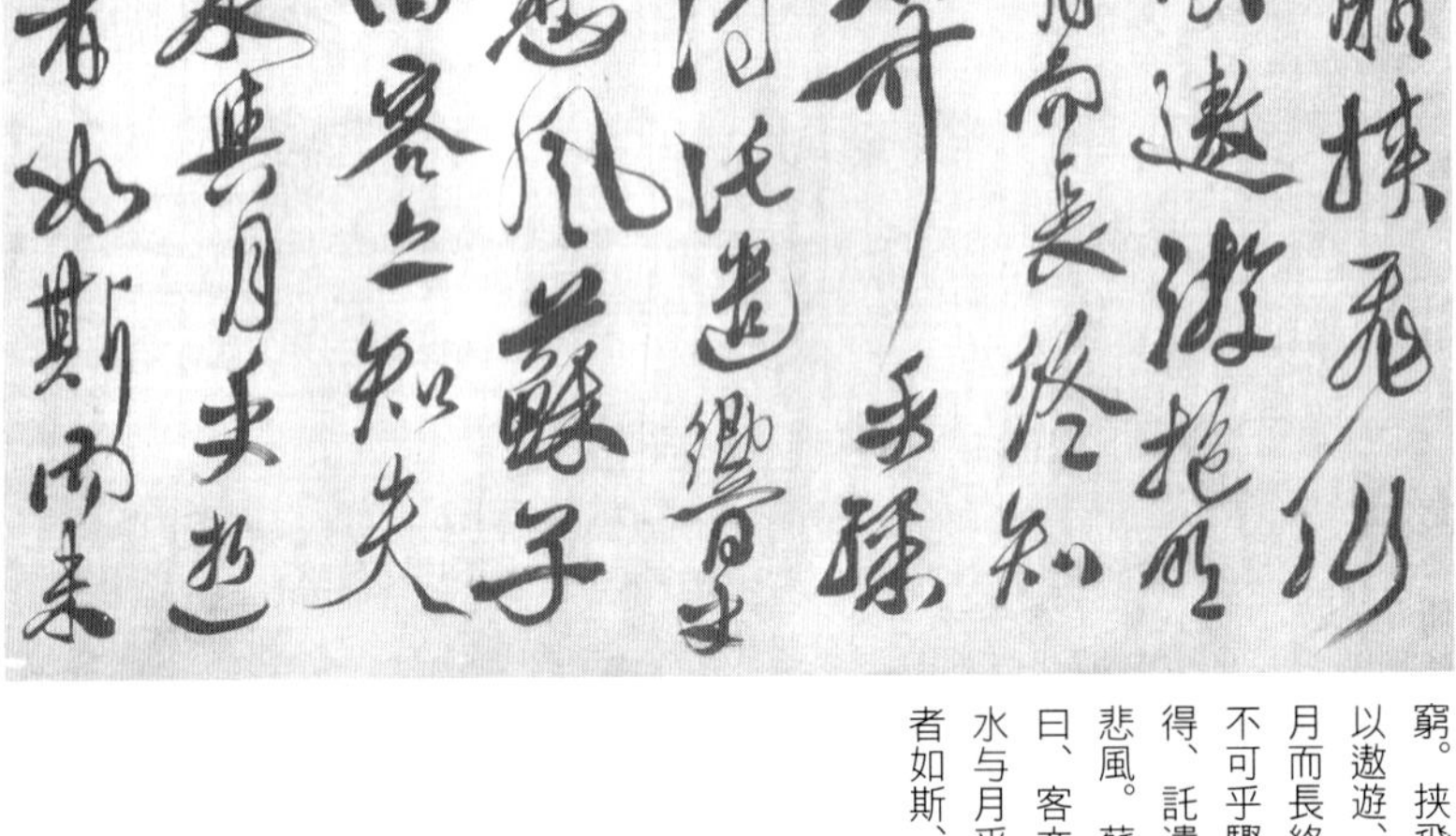

窮。挟飛仙
以遨遊、抱明
月而長終、知
不可乎驟
得、託遺響乎
悲風。蘇子
曰、客亦知夫
水与月乎。逝
者如斯、而未

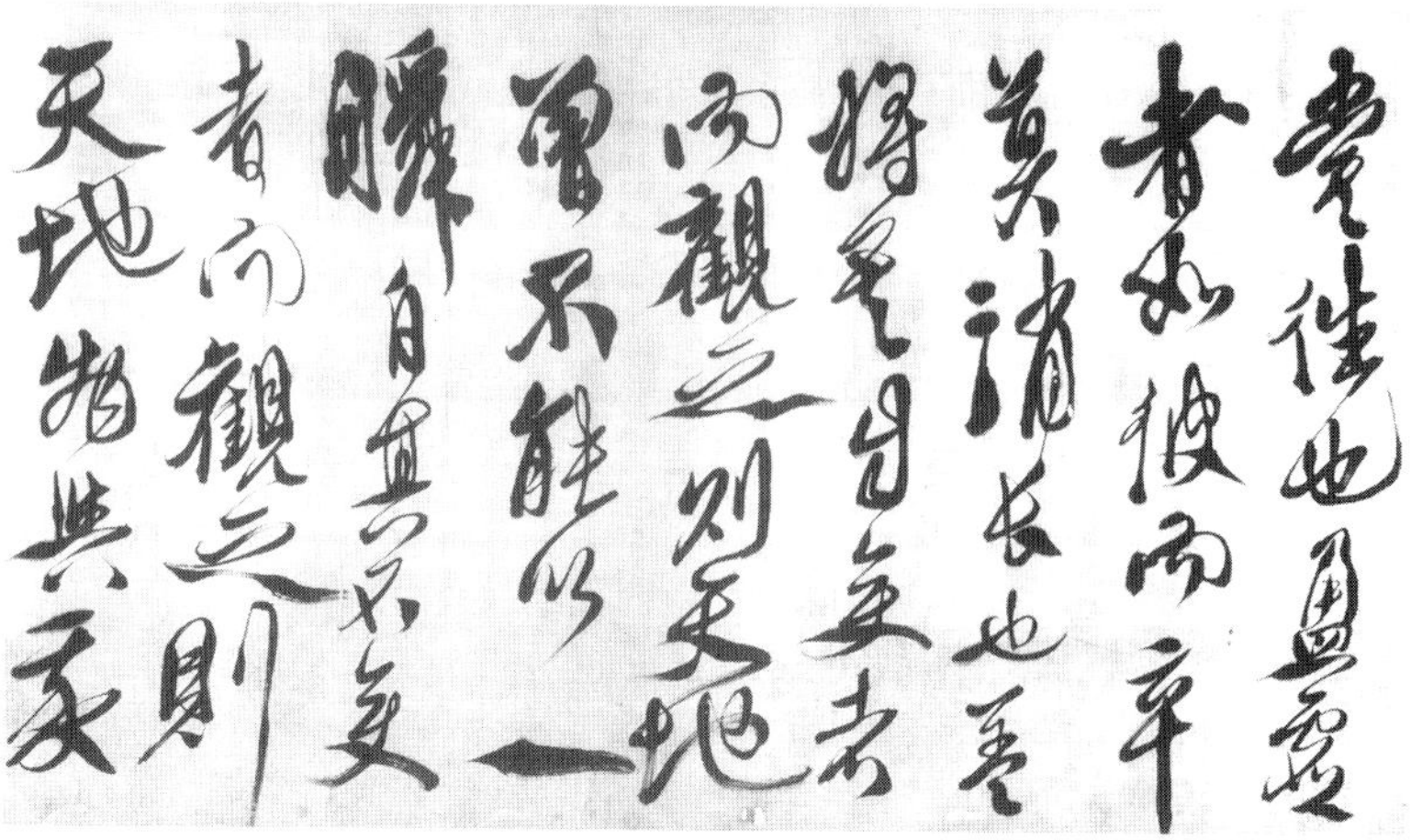

嘗往也。盈虚
者如彼、而卒
莫消長也。蓋
将其自変者
而観之、則天地
曾不能以一
瞬、自其不変
者而観之、則
天地物与我

皆無尽也。而
又何羨乎。且
夫天地之間、
物各有主。苟
非吾之所有、
雖一毫、而莫
取。惟江上之
清風与山間
之明月、耳得

之而為声、目
遇之而成色。
取之不禁、用之
無竭。是造物
者之無尽蔵
也。而吾与子之
所共適。客喜
而笑、洗盞更
酌。肴核既尽、

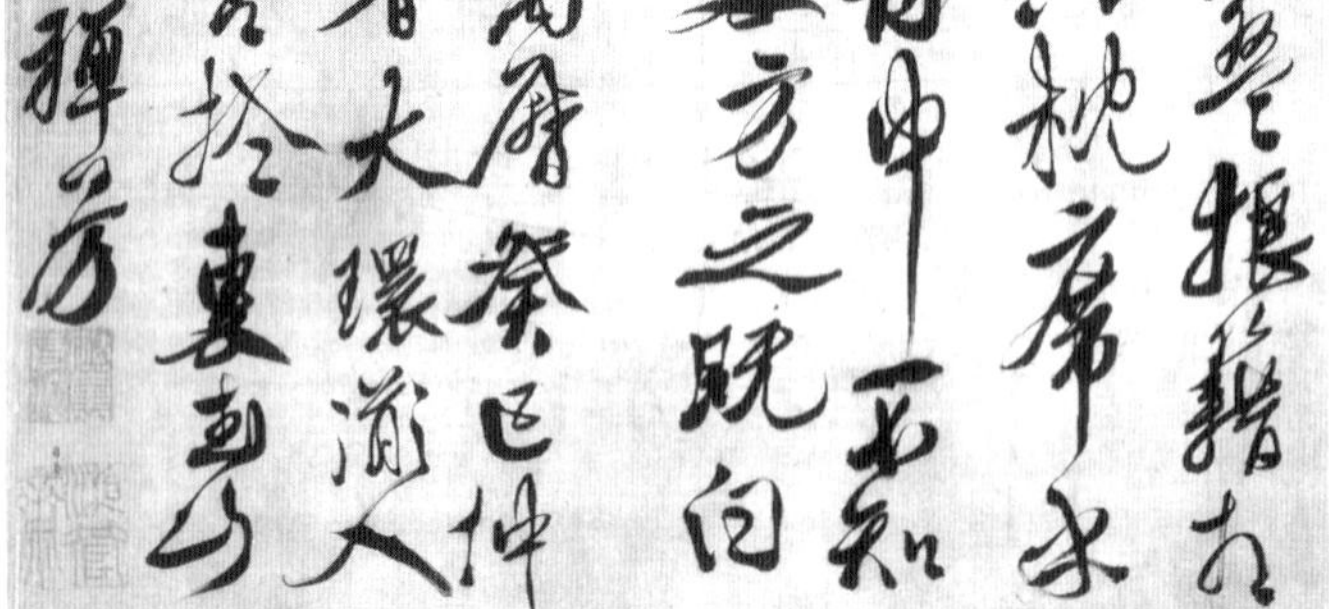

杯盤狼藉。相
与枕席乎
舟中、不知
東方之既白。
萬暦癸巳仲
春、大環道人
書於東武山
之禅房。

序

内山知也

明代後期の文人徐渭の研究にわれわれの研究会がとりかかってから、ざっと十二年の歳月が夢のように過ぎて行った。

この長い日々に思いを馳せると、その間に三つの印象深い事がらがあった。そのすべてが中国に渡って見聞したものばかりであるのはどうしたことであろうか。会員は毎月集まって熱心に研究発表を続けていたのに、今ふっと徐渭の衣の馨りを聞いたように回想に浮んで来るのは次のことである。

『鄭板橋』を一九九七年に刊行して、次の主題が徐渭に移った時、第一次の『傅山』刊行の際にも感じていた文人の体魄（身体と精神）の実感は、実際に彼が活動していた現地を訪ねてその地を踏まなければ得られないと思ったことである。

われわれは最初『徐文長三集』（版本景印）を続み、次に『徐渭集』（中華書局本）を読んで行ったが、文字を通して把握される人間像は、文学論的に極めて類型的に集約されて行くのではないか。徐渭という異常な文人は、異常へ突進してゆく彼の人生の外面に、紹興という町があり、明末動乱の社会があり、家族や友人があり、文学や芸術があって、彼自身絶えず変転していたはずである。彼はそういう外辺と格闘しながら、異常な体臭（独特の気息）を発散させていたはずだ。春秋越国の都紹興は激しい情熱の伝統のある町であった。越王勾践・西施・范蠡以来魯迅に至るまでの抵抗と情熱の歴史を見れば、緑濃い水郷と重複する奥深い山林を背後にし、前は潮音の轟く大江と東方の太洋を擁している交通の要地であった。『大明一統志』巻四五には紹興の風俗を「舟楫を以て車馬と為し、民の性敏柔にして慧、食物常に足る、俗は法を犯すを重んじ、奢侈華麗を以て事を為さず。士は学を好み、志に篤く、師に敦く、友を択ぶ」と要約している。

徐渭が書画芸術を好んだのは、この地が六朝の昔から王羲之の蘭亭の雅会の伝わった所であり、詩文を愛したのは、賀知章や陸游が愛惜して止まない郷土だったからである。ところが徐渭作『会稽県志』（三集巻十七）風俗論には、当時の若者が堕落していること、田地の兼併による貧困層の増大が嘆かれている。

私は一九九八年に上海に赴いて、上海博物館で徐渭の気迫溢れる書を見、僅かに薄紅色の彩色のある墨画花卉図巻の大作を眼前にして異常に感動した。この興奮はかつて唐伯虎の画軸を台北故宮博物院で見た時と同じものであった。それから毎年のように上海に遊び彼の書画を鑑賞した。

上海では上海昆劇団を訪れ、多くの公演や練習の状況を見た。徐渭が演劇に詳しく、雑劇を制作し、自分も曲を歌っていたというから、一層雑劇と南戯（伝奇）の混淆の様相が知りたくて、日本で京劇団の「罵曹」を見ることによって、また昆劇団の同題の上演を待ち望んだりして、徐渭の「四声猿」に少しでも近づきたいと思っていた。徐渭の演劇の劇本「四声猿」は梁一成の『徐渭的文学与芸術』（芸文印書館、民国六十六年刊）の校注に依って漸く読むことができたが、この難解な雑劇の観客は紹興のどんな人士であったろうか。折子戯（一折だけ演じられる短劇）にも等しい長さで聴衆をあっと驚かせ、南戯の曲牌を混ぜて使用する。どんな舞台でどんな戯班（民間劇団）が演じわけていたのだろう。

徐渭の傍聯の中に「戯台」と題する二聯があってその一に、

随縁設法　自有大地衆生

作戯逢場　原属人生本色

縁に随って法を設くるは、自ら大地の衆生有り。

戯を作して場に逢ふは、原と人生の本色に属す。

と対聯を構えているが、これは寺院の戯台（舞台）の柱に懸けられたものだろう。この韻文の中にも彼の本色論が露われていて面白い。富商や高官の家には好みの家班（家庭劇団）が養われていたが、徐渭はその中の女性演員の美しさについて「美人紅甲」（三集巻七）の詩に詠じている。唐代には呉興の沈氏出身の沈亜之は家妓の葉氏を愛し、科挙の試験の時は伴をさせて江南から長安まで連れて行った（沈下賢集「歌者葉記」）が、もっと高官になれば自宅で若者を接待するのに家妓を連ね歌舞演唱させていた。そういう場で若い詩人と美しい家妓との間に恋の物語が生まれたのであった（許尭佐「柳氏伝」）。明代でも変りはなかった。

現在は埋立てられて少くなったが網の目のような水路を通って戯班の楼船が移動劇場を興行してまわる。中小の烏篷船（黒い苫船）が観客を載せて寧波・余姚・杭州あたりから集まってくる。また倭寇防衛のため余姚、寧波方面の前線に向かう大船に軍人兵士を載せて船人たちが古牽道を声を合わせて舟を引いてゆく。彼等は徐渭の「雌木蘭替夫従軍」（「四声猿」の中の二齣の雑劇）を見て父の代りに従軍し功績を立てる勇壮な女将校花木蘭の姿を思い描いていたかも知れない。

徐渭の精神異常は彼が最晩年に書いた病歴書ともいうべき『畸譜』（徐文長逸稿）に記録されている。彼は確かに相当強度の精神病を患っていたことは間違いない事実だ。古来彼の狂気はいつわりの行為だという説が多くあり、もし本当に狂気であったらあんなに大量の詩書画の作品を遺すことができるはずはないと考えられていた。日本でも神経衰弱に苦しめられた作者（例えば夏目漱石や芥川竜之介）が徐渭を愛したのも自分と同病者の活躍に尊敬の念を払っていたからである。

今日でも躁鬱症と戦いながら傑作を発表する作者もあり、激しい症状で自殺してしまう人もある。又何度か自虐を繰返す患者もいる。作者の精神病の病跡を研究する学問はずい分進んでいるようで、専門学者の眼から見れば徐渭の症状は正しく病理学的に説明できるだろう。徐渭の症状は心理的抑鬱状態から幻覚を生じ、恐怖から自虐行為（身体の一部の機能の異常に苦しみ、その生理的機能を破壊し苦痛から逃れようとする行為）に突進し、さらに人間的に存在を認められないと思い込んだ対象（自分の妻張氏）を殺害するに至る。

彼の病状は、ほぼ三十歳の時召使の胡氏に「困抑」させられ、三十一、二歳には「悔い」かつ此に至るまでの夫婦生活を「恨」んだと女に対する絶望が述べられ、三十九、四十歳には遂に発狂し、「祟りが漸く赫々として」出るようなった。祟りとは厭わしい幻覚のようである。それは唐代小説「霍小玉伝」で詩人李益が幻覚のために愛人たちに加えた虐待と同質のものであったろう。李益は強烈な嫉妬で何人かの愛人を殺害にまで追い込んだ為に遂に半生を不遇に過ごした。徐渭は殺人、入獄の悲惨な境遇に堕ちた。『畸譜』には耳を錐のようなもので突きさした他に、睾丸を槌で叩いて潰したと記録している。

六年の入獄から許されて出獄以来、李芳春の招聘に対処する拒否の拙さから「易」を患うようになる。易という病症はどういうものかわからないが、まず「祟り」が出現してその後にすぐこの症状になっているようだから、或いは狂気錯乱の状態を言うのではないだろうか。祟りや易の症状になっては創作は困難であったろう。そうだとすると彼は病間に訪れる一時的な爽快の時に創作に取組んでいたと思われる。徐渭が宣府から紹興に帰って来た途中、不思議な現象を次々と見たことを「紀異」（逸稿）に記している。これは彼の祟りの実体験記だから貴重である。彼の病因は家庭内の妻妾との不調和にあった。贅婿として為さねばならぬ事は、まず科挙試験に合格すること、次に男児を産んで家系の継承の役を果たすことであった。ところが彼は試験には遂に失敗し続けた他、最初の妻から二人の男子を得たが他の女は「劣」「悔」「劣甚」「今に至るまで恨んで已まず」などと女性への憎悪を記している。これは婿の身分についての自嫌の意味と健康上の不調に由るものであろう。

徐渭は自画像を描いて自賛二首を付記した。その初に、

吾生れて肥えたるに、弱冠にして羸《や》せ衣に勝えず。既にして立ちて復た漸く以て肥え、乃ち斯《か》くの若きの痴たるに至れり。（下略）

徐渭の自画像―徐文長三集より―

と書いている、現在『徐渭集』など伝記に掲載されている「小像」というのはこれであろう。いかにも体が肥え大人の風貌である。切れ長の目尻に大きな鼻、いかにも好人物に見えて親しみが持てる。そんな彼も晩年七十に近づくと耳が聞えなくなり、転倒して右腕を脱臼したりするが、詩画の創作への意欲は強く、画の傑作を遺している。やはり精神病を克服し芸術に傾注する姿はわれわれをして深く敬服せしめる。

日本の中国文学史の教材として長く諸大学で利用された東京大学出版部刊前野直彬編『中国文学史』には徐渭について全く解説することはない。殆ど無視されたと言ってよいが、中国では二〇〇七年九月復旦大学出版社刊章培恒・駱玉明主編『中国文学史新著』（上中下三册）の下巻には特に徐渭の項が設けられ五頁半にわたって詩の特色が論じられ、「嘉靖時期的戯曲創作」の項には約三頁にわたって「四声猿雑劇」について論じ、高い評価が与えられている。わが国のこれからの中国文学史にはぜひ徐渭の一章を分かち与えていただきたいと希望するものである。

『徐渭』目次

巻頭図版／徐渭 赤壁賦（個人蔵）

徐渭の交友関係

小塚由博

はじめに

古代中国において、文化・文学の主な担い手は、皇帝や王公などの権力者とその家臣たちであった。例えば、三国魏の曹操と建安七子はその典型である。唐・宋に至り、科挙が行われるようになると、王公貴族たちは文化・文学界の表舞台から消え、代わって唐の韓愈、宋の蘇軾・欧陽修等いわゆる唐宋八大家のような高級官僚達がその担い手となっていった。さらに、元の時代を挟んで建国された明代になって、その様相は大きく変貌していった。明代において科挙はますます盛んになり、受験者の数も増大し、商人・地主層から受験する者も出てきた。それは文学に携わる階層や人数が増えることを意味しており、文学作品のジャンルも文言（書きことば）だけではなく『三国志演義』や『水滸伝』などの白話（話しことば）文学を生ずる結果ともなったが、科挙の規模の拡大は同時に多くの落第生を生むことにもなった。官僚になれなかった知識人達は、知人のつてを頼りに各地を転々としたり、官僚の幕客になったり、商売をしたり、塾の先生をしたり、また詩文・書画に巧みな者は代作をしたり作品を売ったりして生活していた。中にはその収入で裕福な暮らしをした者もいるが、それはごく一部であって、多くの者は生活に汲々としながら一生を送った。これはこの時代では当たり前の姿であり、彼らの制作した作品は明代文学の一端を担うものである。

　本書で取り上げる徐渭も決して名家の家柄の出身ではなく、その上彼自身妾腹の子で、跡継ぎでもなかった。加えて科挙にも合格せず、官僚にもなれず、後述の通り彼は決して裕福とはいえない生活を送ることになったのである。その際彼を救ったものの一つは、交友関係であった。徐渭は時には彼らに生活の面倒を見てもらったり、仕事をもらったり、窮地を救ってもらったりした。またその反対に友人に詩文・書画の技法を伝授したり、作品を作ったり贈ったりした。そのやりとりは彼の作品中や関連する複数の同時代資料に見られ、まさに当時の文人生活の様子を垣間見ることができる。

本章では徐渭研究の一資料として、徐渭の半生について、梁一成氏の『徐渭的文学与芸術』（芸文印書館・一九七七年）「（四）関係人物考」（173頁～236頁）[1]を参考にしながら、その交友関係を中心に見ていくことにする。ただし、本章は導入としてあくまでごく簡単な説明にとどめ、個々の核心については次章以降に譲ることにしたい。なお、章末に「徐渭関係人物一覧表」を附した。あわせてご参照願いたい。

まずは徐渭の生涯について簡単に述べておこう。徐渭（一五二一～一五九三）、はじめ字を文清といったが、後に改めた文長という字でよく知られている。雅号・室名はきわめて多く、天地・青藤・田水月・天池漱生・天池山人・海柳仏・山陰布衣などあり、その人生の複雑さを物語っている。浙江省山陰県（現在の紹興府山陰県）の出身である。山陰は「山陰道上、応接に暇《いとま》あらず（山陰道上応接不暇）」[2]という句で有名な古くより風光明媚な土地柄であり、彼の豊かな文学性もこれに無関係ではないだろう。父徐鏓《じょそう》（字は克平、号は竹庵主人）はもと四川夔州《きしゅう》府の知事であった。また、徐渭は庶子であり、生母は父の召使いであった。腹違いの兄が二人おり、それは正妻童氏《どうし》の子で、長男を徐《じょ》淮《わい》（字は文東）、次兄を徐潞《じょろ》（字は文邦）といった。徐渭が生まれた時には童氏はすでに他界しており、後妻の苗《びょう》宜《ぎ》人《じん》（宜人は官僚の妻に与えられる封号）に育てられた。徐渭の家運が傾きはじめたのは彼が十歳の頃のことで、それまでは比較的幸福に過ごしたようである。

彼の一生において、大きな転機がいくつかあった。一つは長兄徐淮（一五四五年）と妻潘氏《はんし》の死去（一五四六年）。この二人の人物の死によって徐渭の生活は一転し、知人のつてを頼ったり、有力者の幕客となったりして各地を転々することになった。二つ目は後ろ盾の一人だった胡宗憲《こそうけん》の失脚（一五六二年）である。後ろ盾を無くした徐渭は、精神に異常をきたしていくことになった。[3] そして四十六歳（一五六六年）の冬、ついに後妻（張氏）を殺害し、その罪で獄に入れられてしまうことになる。友人たちの尽力で何とか死罪を免れ、釈放されたのはそれからおよそ六年後（一五七二年）、徐渭五十二歳の時であった。以後、たびたび起こる心の病と戦いながら各地を行き来し、文人達と交遊を重ね、その一方で作家活動にも心血を注ぎ、詩文はもちろん、戯曲、また書・画に及ぶまで多数の作品を制作した。特に書は後世に大きな影響を与えている。なお徐渭の没年は万暦二十一年（一五九三、没月日不明）であり、享年七十三歳であった。

一、師弟関係

徐渭が自ら記した「紀師」[4]によると、徐渭は幼少より様々な師に教えを請うたようだが、その多くは啓蒙（初学）や八股文（科挙の試験で出題される文体）の師だったようである。[5] しかも馬白峰《ばはくほう》のように数ヶ月しか師事しなかった例もあったようである。彼は六歳より学問を始めたが、その最初の師は管士顔《かんしがん》（経歴不詳）で、[6] 親友である張子錫《ちょうししゃく》・張子《ちょうし》文《ぶん》兄弟などと机を並べた。なお、少年時代の徐渭の学友として、葉雍《しょうよう》・蕭栩《しょうく》・丁模《ていも》などがいる。

徐渭は「紀師」とは区別して「師類」を制作している。この「師類」の人物は「紀師」と異なり、徐渭にとって極めて重要な師であったようである。[7] そこには王畿《おうき》・蕭鳴鳳《しょうめいほう》・季本《きほん》・銭楩《せんべん》・唐順之《とうじゅんし》の名がある。[8] 彼らのうち、蕭鳴鳳以外はみな陽明学の祖・王守仁《おうしゅじん》（一四七二〜一五二八。号は陽明）の高弟や孫弟子たちであり、徐渭が彼らとの交遊を通じて思想的、文学的にも陽明学の影響を受けたことは想像に難くない。(9)その詳細は別章に譲るとして、ここでは代表的な人物について見てみることとしよう。

蕭鳴鳳（一四八〇～一五三四。字は子雝《しよう》）は徐渭の従姉の夫にあたり、南畿学政、広東学政などの教育に関する役職を歴任した人物である。また、彼の甥蕭栩《しょうく》（字は女臣）は、徐渭とともに私塾で学び、後に彼が三十九歳の若さでこの世を去ると、徐渭は墓誌銘を制作している。(10)

銭楩（字は八山）は嘉靖五年（一五二六）に進士となって刑部郎中に任ぜられ、のち官を棄てて仏教に帰依した。彼は徐渭とともに「越中十子」に数えられる。また王畿とも親しく、季本に師事して陽明学を学んだ。また、彼は官をやめて道教、仏教（禅宗）と続けて信仰し、徐渭は兄の徐淮とともに彼から道教を学んだ。

王畿（一四九八～一五八三。号は龍渓）はいうまでもなく王陽明の高弟である。王畿は徐渭の表兄（母方のいとこ）にあたる。陽明の死後王畿は陽明学を広め、後の李贄（卓吾）に影響を与えた。なお、後述する胡宗憲は王畿と親しい間柄で、後に徐渭が胡宗憲の幕客となった背景には、何らかの関係があったと思われる。(11)

唐順之（一五〇七～一五六〇。字は応徳）は王畿の弟子である。同門の王慎中《おうしんちゅう》（一五〇九～一五五九。字は道思）とともに王唐と並び称された。唐宋の古文を尊び、明代を代表する文章家である。嘗て徐渭が胡宗憲のために代作した文章を見て興味を持ち、ともに酒を飲み、徐渭の作品を賞賛したという。(12)

季本（?～一五六三）は徐渭にとって最も敬愛していた師であり、彼もまた王陽明の高弟である。「師類」によると、季本を師と仰いだのは嘉靖二十六年（一五四七）、徐渭二十七歳の時で、以降その師弟関係は季本が没する嘉靖四十二年（一五六三）に至る十六年間にわたったという。季本の死後、徐渭はその死を悼んで「季長沙公哀詞三首」(13)を制作し、また「先師彭山先生小伝」(14)を制作してその行跡を述べている。

徐渭は二十歳の時に受けた三度目の試験でようやく童試（県レベルの試験）に合格して秀才となったが、それ以降二〇年以上をかけて郷試（全国ブロックの試験）を受けること八度、ことごとく落第してとうとう合格することはなかった。だが、その間に多くの師・学友を得、交友を重ねた。郷里の者は徐渭を含めた十名の才人を「越中十子」と称したという。その中には画家の陳鶴《ちんかく》、泰州知事朱公節《しゅこうせつ》などがいるが、[15] みな徐渭との交流が深い人物である。

役人にはなれなかった徐渭だが、その才能、特に詩文や芸術に敬服し、彼を師と仰ぐものは少なくなかった。名を列挙すれば、王図《おうと》・王玉陽《おうぎょくよう》・王冀徳《おうきとく》・王澹《おうたん》・呉系《ごけい》・史槃《しはん》・鍾廷英《しょうていえい》・陳汝元《ちんじょげん》・馬策之《ばさくし》・楊珂《ようか》などである。その弟子の多くはあまり役人として出世することはなかった（ただ陳汝元だけは挙人となり、知事になった）が、中には文学・芸術方面に名声を残す者もいた。例えば、『曲律』の作者王冀徳、劇作家の陳汝元、書家の楊珂などである。

この他、八股文は陸如岡《りくじょこう》（字は文望）に八歳ごろ、古琴は陳良器《ちんりょうき》に十一歳ごろ、琴曲は王征《おうせい》に十四歳ごろ、剣術は彭応時《ほうおうじ》[16]（字は如酔）に十五歳ごろに学んだという。[17] なお、彭応時は倭寇の戦乱時、徐渭とともに戦いに身を投じ、命を落としている。

二、官僚との交流

徐渭は妾の子であったが、子供時代は義母苗《びょう》宜人の愛情を受け、また家財もまだ豊かであり、割合裕福で幸せな生活を送ったといえる。その苗宜人は徐渭十四歳の時にこの世を去ってしまい、彼にとってかけがえのない精神的な支えを失った。[18] やがて徐渭は潘家の入り婿となり、六歳年下の妻との間に子・徐枚《じょばい》をもうけた。ところが嘉靖二十四年（一五四五）、徐渭二十五歳の時に兄徐淮が急死し、さらにその翌年妻潘氏までもが十九歳の若さでこの世を去った。これにより徐渭の人生は一変することとなる。妻の死後しばらくは妻の実家に住んでいたが、やがて家を出て一枝堂に住み、家塾を開いて生活するようになった。その間幾度と無く科挙の試験を受けたがことごとく落第し、役人になることも叶わなかった。やがて生活に困り、また近隣の友人を頼って各地を転々とする。

この時中国南東部、つまり浙江・福建沿岸部では倭寇が勢いを増し、各地を荒らし回っていた。やがてその戦火が故郷紹興まで近づいてくると、徐渭は倭寇の討伐軍への参加を考えるようになった。嘉靖三十二年（一五五三）、徐渭三十二歳の時に倭寇が紹興にまで侵入した。徐渭は師の彭応時、友人の呂光升《りょこうしょう》（正賓。「越中十子」の一人）等とともに戦いに参加する。なお、呂光升は倭寇との戦いで日本刀を得、その一本を徐渭に贈っている。[19]そしてこの戦いの中で名を知られるようになり、やがて徐渭は幕客に招かれることになった。

ところで幕客は官庁が任命するのではなく、あくまで官僚が個人的に任命するものなので、その任期は不定であった。徐渭を幕客として招いた主な官僚として、胡宗憲《こそうけん》・李春方《りしゅんぼう》・呉兌《ごだ》・李如松《りじょしょう》・張天復《ちょうてんぷく》などが挙げられる。とくに胡宗憲（?～一五六五。字は汝貞）は倭寇討伐の司令官として名を馳せたが、徐渭が幕客として彼のもとに身を置いていたのも、ちょうどその頃（一五五七年）であった。これに前後して、胡宗憲の幕中には名将戚継光《せきけいこう》（一五二八～一五八七）、兪大猷《ゆだいゆう》（一五〇四～一五八〇）などがおり、徐渭は彼らの功績を讃え、詩を制作している。[20]また胡宗憲はたびたび徐渭に文章を求めた。[21]特に一五六〇年に制作した「鎮海楼記《ちんかいろうき》」[22]によって高く評価され、その褒美として大金が与えられた。これを資金にして徐渭は四十過ぎになって小さいながらもようやく自分の家を持つことができた。これが酬字堂であり、この時制作したのが「酬字堂記《しゅうじどうき》」[23]である。

しかし、胡宗憲は後に時の権勢家厳嵩《げんすう》（一四八〇～一五六五）・厳世蕃《げんせいばん》（一五一三～一五六五）親子の不正発覚（一五六二）に連座して罪を受け、嘉靖四十四年（一五六五）に獄死した。胡宗憲とのつながりがあった徐渭も我が身を案じたが、幸い罪が及ぶことはなかった。しかし、有力な後ろ盾を失ったことには変わりなく、徐渭の暮らしはまたもや逼迫することになる。そして、この頃から徐渭は精神に変調を来してゆくことになった。

嘉靖四十二年（一五六三）、徐渭はつてを頼りに礼部尚書李春方（一五一〇～一五八四）の幕客となり、北京へと向かったが、すぐにやめて翌年紹興へ帰った。そしてその二年後（一五六六年）、後妻張氏を殺害するという事件を引き起こし、逮捕投獄されてしまう。獄中生活は七年近く（一五七二年大晦日に釈放）に及んだ。

徐渭が後妻張氏を殺害して獄に入れられた後も、面会をして差し入れをしたり、減刑や釈放の嘆願に奔走したりとさまざまな援助を惜しまなかったのが張天復（一五一三～一五七四）、張元忭《ちょうげんべん》（一五三七～一五八八）父子である。張天復とは嘗てともに科挙の試験を受けた間柄で、その時よりの知己である。[24] 彼らは徐渭の重要なパトロンであった。徐渭は元忭の代作をいくつも制作している。[25] また張元忭は王畿の弟子でもあり、徐渭とは同門ということになる。

なお、元忭の子が張汝霖《ちょうじょりん》（字は粛之。?～一六二五）であり、その孫が明末の文人張岱《ちょうたい》（字は宗子。号は陶庵。一五九七～一六八〇）である。汝霖も徐渭の知己であり、彼は『徐文長逸稿』に序文を制作し、張岱はその編纂を行っている。その張岱は随筆『陶庵夢憶《とうあんむおく》』の作者としても有名だが、彼の奇人ぶりは徐渭の影響を受けたものではなかろうか。

なお、徐渭は恩人について記した『畸譜』「紀恩」[26] で四名を挙げているが、一人は義母の苗宜人で、残りは張父子（張天復・張元忭）と胡宗憲であった。いかに徐渭の人生が彼らに支えられていたか窺い知ることができよう。

三、文学・芸術方面の友人

徐渭は釈放後、その死に至るまでの数十年間、各地を行き来して様々な人物と交遊を重ねている。以下その動向を簡単に述べておこう。

一五七四年十一月、呉系・馬策之たちと五泄山《ごせつざん》（浙江省諸曁市にある）に遊び、「遊五泄山記」[27]を制作する。翌一五七五年九月、天目山（杭州にある）に遊び、下山後杭州に行き『長春祠記』[28]を制作。その後南京に行き翌一五七六年三月まで滞在。刑部尚書の趙錦《ちょうきん》・画家の劉世儒・刑部主事の王宗沐《おうそうもく》などと交遊し、雨花台《うかだい》などの景勝地を巡って詩を制作した。四月右僉都御史巡撫宣府の呉兌《ごだ》に招かれて、はるかに北上して宣府（現在の河北省張家口市、北京の北）に行き、武将の李如松と面識を得た。呉兌は徐渭と同郷で、しかも少年時代の同学だったこともあり、徐渭は賓客として遇され、翌一五七七年まで幕客として滞在した。八月、浙江に帰った。翌一五七八年は病気のため、ほとんど紹興を出なかった。一五八〇年、李如松の招きに応じて次男徐枳《じょき》を連れて北京に赴いた。李如松は自らの任地馬水口（河北省淶水県の西南）に徐渭を招き、賓客として遇した。徐渭は李如松のために詩文を制作している。[29]七月、北京に戻り、張元忭の屋敷の側に住み、翌年まで滞在して元忭のために作品を制作した。[30]一五八二年、再び病気により北京を辞して帰宅。誰が尋ねてきても門を閉ざしたままとなった。この年、家庭不和が深刻化して長男徐枚は妻の家に行き、徐渭は次男徐枳と暮らすことになった。その後数年間、遠出はしなかったが、「西渓湖記」[31]、「送山陰公記」[32]、「諸曁学記」[33]、「石頂浮図記」[34]など多数の作品を制作する。一五八七年、再び李如松に招かれて北京へ赴く途中、徐州で発病して帰る。しかしその代わりに息子徐枳が李如松の幕客となり北京に赴いた。徐枳は翌一五八九年に一時帰郷したが、その時李如松より多くの礼物を得、それによって徐渭の詩文集（『徐文長集初集』）を編纂することができた。[35]一五九三年、徐渭は徐枳の岳父王道翁《おうどうおう》の屋敷に仮住まいし、そこで自伝『畸譜』を制作した後、最後まで安住の地を見つけられぬままにこの世を去った。

以上のように、徐渭は決して幸福な人生を送ったとは言い難い。しかし、こと文学・芸術に関しては、多方面から賞賛を受け、後世に大きな影響を与えたと言えよう。徐渭は、自身の才能を「書は第一、詩は二、文は三、画は四」[36]と位置づけている。以下分けて見てみよう。

まずは詩・文である。

明代になると、文学界では華美な文体である「台閣体《だいかくたい》」が流行した。それに対して古文辞派と呼ばれる文学者たちは擬古主義を主張し、「文は秦漢、詩は盛唐」と位置づけた。もともと中国では古来より古文、つまり先秦時代の「達意の文」を重んじる古文復興運動がしばしば起こり、古文の大家として名高い中唐の韓愈・柳宗元、北宋の欧陽修などの活動はとくに有名である。前王朝（元）が異民族の王朝であった明代の文学者たちは、尚のこと中国の伝統的な古文を尊重し、宋代以前の文章を貴び、それをお手本としようとしたのである。

古文辞派の中心的な存在は、李攀龍《りはんりょう》（一五一四〜一五七〇）や王世貞《おうせいてい》（一五二六〜一五九〇）といった人物であった。彼らは明の後七子と呼ばれ、当時の文学界に大きな影響力を持っていた。残念ながら、徐渭と彼らとの交遊を記した具体的な作品は見当たらないが、徐渭は彼らの主張を批判し、独自の文学性を主張した。それは自らの気持ちを素直に作品に表現するという、後に童心説を唱えた陽明学者の李贄《りし》（字は卓吾。一五二七〜一六〇二）や、その弟子で性霊説《せいれいせつ》を唱えた公安派の中心人物袁宏道《えんこうどう》（一五六八〜一六一〇）にも繋がるものである。[37]その詳細は他章に譲ることとし、ここでは徐渭と交友のあった主要な人物について簡単に述べておこう。

詩人の梅国楨《ばいこくてい》（一五四二〜一六〇五。字は克生）は徐渭晩年の友人である。徐渭は先述の通り、幾度も北京を訪ねているが、[38]その内万暦八年（一五八〇）の秋より翌々年に至るまでの滞在は、張元忭に招かれてのことだった。[39]そこで知りあったのが梅国楨であった。[40]梅国楨は公安派の袁兄弟（袁宗道・袁宏道・袁中道）と深いかかわりがある。袁宏道も徐渭を高く評価して「徐文長伝」を制作しており、その文中に、梅国楨の言葉として「文長は吾が老友なり。病は人より奇、人は詩より奇、詩は字より奇、字は文より奇、文は画より奇なり」[41]と述べている。

なお、その他徐渭は王図・王玉陽・葛焜《かつこん》・朱公節《しゅこうせつ》・葉雍《しょうよう》・沈明臣《しんめいしん》・丁模《ていも》などの詩人と交遊があった。

北京での交遊で、もう一人特筆すべき人物は戯曲家の湯顕祖《とうけんそ》（一五五〇～一六一七）であろう。彼は戯曲『玉名堂《ぎょくめいどう》四夢《しむ》』（『還魂記《かんこんき》』・『紫釵記《しさき》』・『邯鄲記《かんたんき》』・『南柯記《なんかき》』）の作者として有名だが、徐渭の制作した戯曲『四声猿《しせいえん》』は湯顕祖から高い評価を受けている。湯顕祖もまた古文辞派には同調せず、独自の文学世界を築き上げた人物で、公安派の先蹤とされる。[42]

また戯曲家との交友としては、梁辰魚《りょうしんぎょ》（一五一九～一五九一。字は伯竜）との関係についても述べておく必要があるだろう。梁辰魚は江蘇崑山の出身ということもあり、同郷の魏良輔《ぎりょうほ》が改良した崑曲を学び、戯曲『浣沙記《かんさき》』を制作したことで知られる。徐渭と梁辰魚は互いに面識があり、徐渭には「送梁君還崑山」[43]詩が、梁辰魚には「寄山陰徐文長」[44]詩が存在する。

なお、徐渭の弟子には戯曲を習う者が多く、例えば王冀徳・陳汝元・史槃《しはん》・柳元穀《りゅうげんこく》などがいる。中でも王冀徳は戯曲のメロディーのきまりについて解説した『曲律』の作者であり、師である徐渭の影響はむろん大きい。[45]徐渭自身は多くの戯曲を残したわけではないが、戯曲理論書『南詞叙録《なんしじょろく》』、戯曲『四声猿』は特に有名である。とりわけ『四声猿』は異色作として後世の戯曲家に大きな影響を与えた。

次に書・画である。

徐渭の書は宋代の蘇軾・米芾《べいふつ》・黄庭堅《こうていけん》などの書を手本とし、特に行書・草書に巧みであった。その書風は自由奔放でかつ豪放大胆であり、袁宏道などは「八法の散聖、字林の侠客」（八法は書法の名。散聖は世捨て人）[46]と評している。後世の書家たちは徐渭の書に学び、特に清の石涛《せきとう》（一六四二～一七〇七）、八大山人《はちだいさんじん》（朱耷《しゅとう》。字は雪箇。一六二五～一七〇五）、揚州《ようしゅう》八怪《はっかい》（金農・羅聘・鄭燮・李方膺・汪士慎・高翔・黄慎・李鱓）などに影響を与えた。

徐渭の画は宋元の花卉図とくに牧谿《もっけい》に学びながらも、[47]やはり書と同じく自由奔放な画風であり、陳淳《ちんじゅん》（一四八二

～一五四四。号は白陽山人）とともに写意画派の代表的な人物とされる。[48] その徐渭の画風と精神は後世脈々と受け継がれ、特に清の鄭燮《ていしょう》（号は板橋。一六九三～一七六五）、趙之謙《ちょうしけん》（一八二九～一八八四）、清末の呉昌碩《ごしょうせき》（一八四四～一九二七）などに大きな影響を与えた。

書画家関係の友人には、陳鶴・劉世儒《りゅうせいじゅ》（梅画）・朱南雍《しゅなんよう》（山水木石画）・楊珂《ようか》（狂草）・鍾廷英《しょうていえい》（篆書）・銭伯陞《せんはくしょう》（草、隷書・花卉図）など名手がいる。中でも有名なのは、陳鶴（?～一五六〇）であろう。陳鶴は徐渭と同郷で、先述の通り「越中十子」の一人でもある。その水墨画は特に草花に秀で、独自の世界を築いた。そればかりでなく、彼は書（草書）や戯曲などにも優れた多才の士であった。徐渭の画風はまた彼の影響を受けたとされる。[49] 徐渭は彼に対していくつも作品を残しており、その死後には墓誌銘も制作している。[50]

おわりに

徐渭は詩文・書画多方面にわたって多くの作品を制作した。その中には現在にまで残る名作も多い。しかし、彼の一生を俯瞰すれば、私生活では最後までうまくいかなかった。最初の妻潘氏との間にもうけた徐枚は不肖の息子で、徐渭は最後まで頭を悩ませた。また、潘氏の死後幾度も後妻を娶ったが、すべてうまくいかなかった。しかも死に至るまで心の病に悩まされ、発作に苦しみながらその一生を終えた。臨終の際、徐渭の傍には家族はおらず、その最後は寂しいものだった。だが、彼の起伏に富んだ人生は皮肉にも作品に深みと重層性を与えた。そして、その文才は同時代の知識人達に認められ、また後世の手本とされた。それは彼にとって、本当に望んでいたものなのであろうか。その正否はともかく、彼の一生が多くの友人達に支えられていたことは疑うべくもない。

注

（1）なお、徐渭の交遊関係について、梁一成氏は『徐渭的文学与芸術』（芸文印書館、一九七七年）「（四）関係人物考」（173頁～236頁）において、その交友関係を以下の通り分類している。

①師承と信仰（1～8）８人
②幕僚生活（9～13）５人
③浙江籍の官僚との交遊（14～23）18人
④浙江文武官員時代（24～28）７人
⑤同門と親友（29～36）10人
⑥書家、画家との交遊（37～40）４人
⑦弟子たち（41～50）13人
⑧同時代の著名人（51～52）３人　※（　）内は原文中の通し番号）。

（2）『世説新語』言語篇

（3）たとえば、四十五歳（一五六五年）の時、自身の左耳に釘を突き刺して自殺未遂を起こしている。なお、徐渭の狂気については内山知也「徐渭の狂気について」（大東文化大学創立六十周年記念中国学論集）に詳しい。

（4）『畸譜』「紀師」（『徐渭集』第四冊・補編）

（5）前掲の「紀師」参照。氏名のみ挙げると、徐渭の師として陳礼和・趙邦粛・陸如岡・余貴張・馬艸崖・馬白峰・謝晩庵・金天寵・鄭時美・張松渓・汪応軫などがいる。

（6）『畸譜』「紀知」（『徐渭集』第四冊・補編）なお、「紀知」では、知己として蕭鳴鳳、季本、銭楩、何鰲、唐順之、劉昺、李有秋、朱孔陽、王慎中（及びその弟某中）、陳隺（鶴）、蕭㭿、周沛、柳文、呉鳳暘、沈錬、汪応軫、管士顔、王政、彭応時、陳良器、陸如岡の名が見られる。

（7）周群・謝建華『徐渭評伝』（南京大学出版社、二〇〇六年）18頁参照。

（8）『畸譜』「師類」（『徐渭集』第四冊・補編）
（9）たとえば、前掲『徐渭評伝』第一章、鈴木敬「『雑画巻』の筆者（徐渭）と王陽明」（『國華』第一二五一号、二〇〇〇年一月）などでは、その点が指摘されている。また、徐渭は王陽明に「新建伯遺像」（『徐文長三集』（以下『三集』と略す）巻七）を制作している。
（10）「蕭女臣墓誌銘」（『三集』巻二十六）
（11）前掲「徐渭的文学与芸術」178頁参照。
（12）陶望齡「徐文長伝」（『徐渭集』第四冊補編）
（13）『三集』巻三
（14）『三集』巻二十五
（15）残りは、蕭勉（汝行）・楊珂（汝鳴）・沈錬（純甫）・銭楩（八山）・柳文（彬仲）・諸大綬（端甫）・呂光升（正賓）。
（16）『三集』巻二十五、「彭応時小伝」
（17）前掲『畸譜』「紀知」
（18）「嫡母苗宜人墓誌銘」（『三集』巻二十六）
（19）「正賓以日本刀見贈以答之」（『三集』巻五）
（20）「凱歌二首贈参将戚公」（『三集』巻十一）、「贈兪参将公」（『逸稿』巻四）など。
（21）「代胡宗憲謝新命督撫表」（『三集』巻十三）、「代胡総督謝新命督撫表」（同）など。
（22）『三集』巻二十三
（23）『三集』巻二十三
（24）一五四三年、徐渭二十三歳の時。
（25）「景賢祠集序」（『三集』巻十九）、「祠堂碑」（『三集』巻二十四）など。
（26）『畸譜』「紀恩」（『徐渭集』第四冊・補編）
（27）『三集』巻二十三
（28）『三集』巻七
（29）たとえば、「贈李長公序」（『三集』巻十九）、「李長公邀集蓮花峯」（『逸稿』巻四）、「贈寧遠公」（『逸稿』巻十四）など。

(30) たとえば、「贈梁尚書序」(『三集』巻十九)、「代刑部題名記」(『逸稿』巻十九) など。
(31) 『三集』巻二十三
(32) 『三集』巻十九
(33) 『逸稿』巻十九
(34) 『三集』巻二十三
(35) 『徐渭的文学与芸術』142頁参照。
(36) 前掲陶望齢「徐文長伝」
(37) 前掲『徐渭評伝』第三章139～171頁、鷲野正明「徐渭の古文辞批判をめぐって」(中国文化61、二〇〇三年) を参照。
(38) たとえば、嘉靖四十二年（一五六三）、徐渭四十三歳の時（李如松の招きによる）、万暦五年（一五七七）、徐渭五十七歳の時には数ヶ月北京に寓居し、友人達と名刹を巡っている。だがいずれも短期間で北京を離れている。
(39) 前掲『徐渭的文学与芸術』附年譜137頁参照。
(40) 「六月七日之夕、与梅君客生及諸郷里趁涼於長安街、酔而称韻、得片字」(『三集』巻五)
(41) 袁宏道「徐文長伝」(『徐渭集』第四冊補編)
(42) 周　初／高津孝訳『中国古典文学批評史』(勉誠出版、二〇〇七年) 第六編第二章参照。
(43) 『三集』巻六
(44) 『梁辰魚集』(上海古籍出版社、一九九八年) 所収『鹿城詩集』巻十四
(45) これについては、有澤晶子「徐渭の演劇論と創作についての一考察」(東洋大学紀要教養課程篇、一九九九年) を参照。
(46) 前掲・袁宏道「徐文長伝」
(47) 鈴木敬『中国絵画史（下）』(吉川弘文館、一九九五年) 374頁参照。
(48) 王伯敏／遠藤光一訳『中国絵画史事典』(雄山閣出版、一九九六年) 415～418頁参照。
(49) 前掲『徐渭評伝』第一章25頁～27頁、前掲『中国絵画史（下）』375頁を参照。
(50) 「陳山人墓表」(『三集』巻二十六)

附録「徐渭関係人物一覧表」

※人物は基本的に『徐渭集』（全四冊・中華書局本）より選び、五十音順に並べた。個々の記述については基本的に正史・伝記などの史料に拠り、『明史』および『明儒学案』に伝のある人物については、その巻数を末尾に提示した。さらに前掲『徐渭的文学与芸術』など各方面の資料も参考にした。詳しくは末尾の参考文献一覧を参照のこと。また、関係する徐渭の作品の題名と所在も記した。徐渭の関係人物には、まったく無名の者も少なくない。また、筆者の力不足もあり、未整理でいびつな記述になってしまった。先賢のご教示を賜れば幸いである。

姓名	字号・出身	人物・徐渭との関係
あ		
郁言《いくげん》	字は従忠、号は心斎。浙江山陰の人。	父の郁采《いくさい》は裕州の知県であり、正徳年間に賊軍と最後まで戦って死んだ忠義の士として知られる。徐渭と郁言の家は近所であり、家族同士の親睦有り。嘉靖十八年（一五三九）の進士。江蘇宜興・安徽潁上の知県。徐渭は彼の母のために寿序（『逸稿』巻十四）を作り、また彼の死後悼亡詩（『逸稿』巻三）を制作している。
王寅《おういん》	字は亮卿。一字は仲房。安徽歙県の人。	諸生の身分を捨て少林寺で武術を学ぶ。倭寇の乱の時、胡宗憲の幕客となる。「与王山人対語」（『徐文長三集』（以下『三集』と略す）巻七）、「寄王仲房」（『三集』巻四）などあり。
王畿《おうき》	（一四九八〜一五八三）	嘉靖十一年（一五三二）の進士。兵部武選司郎中。王陽明の高弟。徐渭の師。「送

	字は汝中、号は龍谿。浙江山陰の人。	王先生云邁全椒」(『三集』巻七)、「龍谿賦」(『逸稿』巻九)などあり。また、徐渭は「題徐大夫遷墓」(『三集』巻二十六)など、王畿のために代作している。『明儒学案』十二『明史』二八三
王驥徳《おうきとく》	(一五六三?〜一六二三)字は伯良、号は方諸生、または秦楼外史。浙江山陰の人。	徐渭の門人。会稽郡文学。戯曲作家。戯曲の音曲に関する解説書『曲律』の作者。
王玉陽《おうぎょくよう》	号は簑江。	徐渭の門人。徐渭より詩と画を習う。「歳暮夜雪招二王詩人藿果小飲二首」(『三集』巻七)あり。
王《おう》慎中《しんちゅう》	(一五〇九〜一五五九)字は道思、号は遵巌・南江。福建晋江の人。	嘉靖五年(一五二六)の進士。礼部主事、吏部郎中、河南参政。唐順之の王唐と称される。『明史』二八七
王正億《おうせいおく》	(一五二六〜一五七七)初名は正聡、字は仲行、号は龍陽。	王守仁(陽明)の嫡子。父の死後官位・領地を世襲する。その際、徐渭は「請復新建伯封爵表」(『三集』巻十四)を制作して尽力した。また「送王新建赴召序」(同巻十九)、「送王君入監読書」(『逸稿』巻四)あり。
王世貞《おうせいてい》	(一五二六〜一五九〇)字は元美、号は鳳州、弇州山人。江蘇太倉の人。	嘉靖二十六年(一五四七)の進士。刑部主事、刑部尚書。後七子の一人。著に『弇州山人四部稿』などあり。『明史』二八七
王宗沐《おうそうもく》	(一五二三〜一五九一)	嘉靖二十三年(一五四四)の進士、刑部主事、刑部左侍郎。陽明学派の一人。

	字は新浦、号は穀所。臨海の人	一五七五年、徐渭が浙江各地をめぐり、南京に立ち寄った際交遊する（『徐渭評伝』78頁）。『明儒学案』十五『明史』二二三
王澹《おうたん》	字は澹翁、号は雪翁、浙江会稽の人。	徐渭の門人。徐渭より詩と戯曲を学ぶ。「送王君北上」（『三集』巻四）あり。
王図《おうと》	字は道堅、号は海牧。	徐渭の門人。徐渭より詩と画を習う。「尋王子三首」（『逸稿』巻八）、「春日同馬策之、王道堅、玉芝禅師至寒泉庵偶得偈一首」（『逸稿』巻二十四）などあり。
か		
葛暁《かつぎょう》	字は景文。号は雲岳。	焜の侄《しつ》子。「従景文三十生辰次韻七律」（『逸稿』巻四）、「雲岳篇」（『三集』巻五）「和葛景文」（同巻八）などあり。
葛焜《かつこん》	字は韜仲。号は百岡。上虞松城の人。	諸生となり鄂州の判に任ぜられる。詩人。徐渭晩年の友人。徐渭の投獄中、甥の葛暁とともに慰問に訪れ、差し入れを贈ったという。「送葛韜仲」（『三集』巻七）「覧越篇序」（同巻十九）、「贈葛太君序」（『逸稿』巻十五）、「葛安人墓誌銘」（『逸稿』巻二十三）などあり。
季本《きほん》	（?～一五六三）字は明徳、号は彭山。浙江会稽の人。	正徳十二年（一五一七）の進士。建寧推官となり、のち御史となる。王守仁（陽明）に師事する。徐渭の師。徐渭に「先師彭山先生小伝」（『三集』巻二十五）、「季長沙公哀詞三首」（同巻三）、「奉師季先生書三首」（同巻十六）、「師長沙公行状」（同巻二十七）などあり。『明儒学案』十三
玉芝《ぎょくし》	（一四九一～一五六三）姓は富、名は法聚、字は	十四歳の時、海塩の資聖寺で出家。王陽明およびその一門と交遊あり。徐渭に伝あり。徐渭の仏門の師。「聚禅師伝」（『三集』巻二十五）、「聚法師将往天台、止其

	月泉。浙江嘉興の人。	徒玉公庵中、余為留信宿」（同巻六）、「玉芝挽章」（同巻七）などあり。
高陞《こうしょう》	（?～一五七二）字は進之。号は横山。浙江紹興の人。	商人。資産家で多くの文人と交流する。徐渭が投獄されると、食べ物を差し入れし、半日も談笑したという。その死後、徐渭は墓誌銘と祭文を贈る。（「高君墓誌銘」『三集』巻二十六、「会祭高君文」同巻二十八）、その他、「送高叟入燕」（同巻六）あり。
胡松《こしょう》	（一五〇三～一五六六）字は汝茂、号は柏泉。安徽滁州の人。	嘉靖八年（一五二九）の進士。官は吏部尚書。「奉按察胡公状」（『三集』巻十九）、「胡公文集序」（同上）あり。『明史』二〇二
胡宗憲《こそうけん》	（?～一五六五）字は汝貞、号は梅林。安徽績渓の人。	嘉靖十七年（一五三八年）の進士。浙江の総督となり、倭寇と戦う。一五五七年、徐渭は幕客として待遇される。「代胡宗憲謝新命督撫表」（『三集』巻十三）など、徐渭が代作したものが多い。中でも代作「鎮海楼記」（『三集』巻二十三）は最も賞賛され、大金を下賜されたという。『明史』二〇五
呉系《ごけい》	字は鹿庭。浙江山陰の人。	徐渭の門人。祖父（濬）、父（文）ともに獄死。のちに徐渭は呉系のために墓誌銘を制作（「呉俠士墓誌銘」『逸稿』巻二十二）。「槎海篇」（同巻一）、「遊五泄記」（『三集』巻二十三）などあり。
呉成器《ごせいき》	字は鼎庵、安徽休寧の人。	会稽典史、紹興府通判。倭寇の乱の時、浙江龕山で倭寇の追撃を防いだ。徐渭は彼の戦功を讃え、「龕山凱歌七絶九首」を制作した。その他、呉成器の母のために寿序（「贈呉通府母夫人序」（『逸稿』巻十五））を制作。『明史』二〇五
呉兌《ごだ》	（一五二五～一五九六）	嘉靖三十九年（一五六〇年）の進士。右僉都御史巡撫宣府・兵部右侍郎。徐渭は

	字は君澤、号は環洲。浙江山陰の人。	一五七六年に幕下に身を投じている。「答呉宣鎮書」（『逸稿』巻二十一）などあり。『明史』二二二
さ		
史槃《しはん》	（一五三〇～一六三〇）字は叔考、浙江山陰の人。	徐渭の外甥で門人。戯曲作家。作品として『桜桃記』・『鶼《けん》釵《さ》記』・『吐《と》絨《じゅう》記』などあり。「送史叔考読書兵坑」（『三集』巻八）、「史甥十以柑餉」（『逸稿』巻四）などあり。
朱応《しゅおう》	字は石門。	朱公節の長子。刑部主事。「朱伯子以恩貢選北上送之」（『逸稿』巻四）などあり。
朱賡《しゅこう》	（一五二六?～一六〇八）字は少欽。号は金庭。諡は文懿。	朱公節の次子。隆慶二年（一五六八年）の進士。官は吏部尚書。太師まで進んだ。陳鶴の女婿。「謝朱金庭翰書」（『三集』巻十五）、「朱次公読書飛来山、群彦過訪、携飲塔顛、方拈六韻擬、雨至、踉蹡而下、漫聞次之三首」（同巻五）などあり。『明史』二一九
朱公節《しゅこうせつ》	（一五〇三～一五六四）字は允中。号は東武山人。浙江山陰の人。	嘉靖一〇年（一五三一）の挙人。官は泰州知事。「越中十子」の一人。陳鶴・沈錬と詩社を設立する。「至日銭郎中世材先輩柏堂成、同陳鳴野、朱允中二丈燕集」（『逸稿』巻四）、「送朱使君太僕」（『三集』巻七）などあり。
朱南雍《しゅなんよう》	字は子肅。号は越崢、または月崢。浙江山陰の人。	画家。朱東陽の子。隆慶二年（一五六八）の進士。泰興知県から給事中を経て順天府の丞、太僕寺卿となる。沈周・倪瓚に学び、山水木石を得意とした。徐渭に題画詩「朱太僕扇面花鳥」（『三集』巻十一）、「朱大夫命題王母行海水画」（同巻五）あり。その他、「書朱太僕十七帖」（同巻二十）などあり。
蒋鏊《しょうごう》	字は扶溝、号は相崖。湖	正徳八年（一五一四）の挙人。広東教諭、河南扶溝の知県。徐渭・徐淮は彼に道

	南零陵の人。	家思想を学ぶ。「蒋扶溝公詩并序」（『三集』巻四）
鍾廷英《しょうていえい》	字は天毓、号は華石。上虞百官鎮の人。	父は池州知府、山東按察副使だった鍾穀。徐渭の門人。篆書に巧みだった。「鍾子投我篆章、答此」二首（『三集』巻十一）、「鍾公子以詩贈次答之」（『逸稿』巻三）、「謝鍾君恵石埭茶」（同）、「百千斎序」（『佚草』巻一）などあり。
蕭勉《しょうべん》	字は汝行、号は柱山。浙江山陰の人。	鳴鳳の子。徐渭の「哀四子詩」（『三集』巻四）に記述あり。「越中十子」の一人。
蕭鳴鳳《しょうめいほう》	（一四八〇～一五三四）字は子雝《よう》。浙江山陰の人。	徐渭の従姉の夫。正徳九年（一五一四）の進士。御史、南畿学政、河南副使、湖広兵備副使、広東学政などを歴任。徐渭の師の一人。『明史』二〇八
葉雍《しょうよう》	字は子肅。号は龍山子。	徐渭の子供時代の学友。「借竹楼記」（『逸稿』巻十九）、「葉子肅詩序」（『三集』巻十九）、「送葉子肅再赴閩幕」（同巻四）などあり。
蕭栩《しょうく》	字は女臣。浙江山陰の人。	鳴鳳の侄《しつ》子。徐渭はともに私塾で学び、親交を深める。彼が三十九歳でこの世を去った時、墓誌銘を制作した（『三集』巻二十六）
諸大綬《しょだいじゅ》	（一五二三～一五七三）字は端甫。別字は南明。号は龍泉。謚は文懿。浙江山陰の人。	嘉靖三十五年（一五五六）の進士第一（状元）。官は礼部侍郎。「越中十子」の一人。徐渭二十歳の時、杭州で面識を得る。「南明篇」（『三集』巻五）、「啓諸南明侍郎」（同巻十五）などあり。
徐貞明《じょていめい》	字は伯継、号は孺東。江西貴渓の人。	隆慶五年（一五七一）の進士。山陰知県、のち工科給事中。「送徐山陰赴召序」（『三集』巻十九）、「寿徐山陰五言排律」（同巻八）などあり。徐貞明が知事をやめて三年後に山陰県に記念碑が建てられ、その文言を徐渭が制作した（「邑侯徐公生祠記」

		（『逸草』巻二）張元忭のために代作）。『明史』二二三
沈襄《しんじょう》	名は叔成。号は小霞。浙江紹興の人。	沈錬の子。徐渭は彼の幼子二人が無辜にして殺害されたことを怒り、後に戯曲『四声猿』の一幕「狂鼓吏《きょうこり》」を制作したとされる。「送沈叔成」（『三集』巻七）、「送沈君叔成序」（同巻十九）などあり。
沈明臣《しんめいしん》	字は嘉則。浙江鄞県の人。	諸生となり胡宗憲の幕下に入る。徐渭は詩のやりとりを密におこない、「宴遊爛柯山四首」（『三集』巻十一）、「観猟篇」（同巻五）など、数十題の作品あり。また、徐渭が獄中にあっても明臣は詩を贈り、徐渭も「答嘉則次韻七十見寿」（『三集』巻四）を制作して返答している。
岑用賓《しんようひん》	字は允穆。号は小谷。広東順徳の人。	嘉靖三十八年（一五五九）の進士。紹興府の知府。嘗て南京で給事中だった時、王陽明の功績を表彰したことがあり、徐渭とは意気投合した。「按遼議建序」（『逸稿』巻十四）、「謝岑府公賜席啓」（『三集』巻十五）、などあり。『明史』二一五
沈錬《しんれん》	（一五〇七～一五五七）字は純甫、号は青霞。浙江会稽の人。	徐渭の従妹の夫。嘉靖十七年（一五三八）の進士。官は錦衣衛。厳嵩《げんすう》父子の非を弾劾したことにより罪を得て四十杖の刑に処され、保安州の種田に流された。「越中十子」の一人。「贈光禄少卿沈公伝」（『三集』巻二十五）、「哀四子詩」其の四（同巻四）などあり。『明史』二〇九
盛時選《せいじせん》	号は泰宇、江蘇呉県の人。	岑用賓の後、紹興府の知府を引き継ぐ。徐渭は獄中から彼のために「代北台疏草」（『三集』巻十九）を制作した。
戚継光《せきけいこう》	（一五二八～一五八七）山東蓬莱の人。字は元敬。	倭寇の乱の時に活躍した武将。兪大猷《ゆだいゆう》とともに胡宗憲の指揮下で和冦と戦う。この時徐渭は胡宗憲の幕下にあり、「凱歌二首贈参将戚公」（『三集』巻十一）を制作

	号は南唐。孟諸など。諡は武毅。	してその功績を讃えた。『明史』二一二
薛應旂《せつおうき》	字は仲常、号は方山。江蘇武進の人。	嘉靖十四年（一五三五）の進士。慈渓の知県、浙江提学副使。八股文の大家。徐渭の師。唐順之を徐渭に紹介した人物とされる。徐渭に「遊金山寺奉酬薛公」（『三集』巻四）、「奉督学宗師薛公」（同巻十六）などあり。『明儒学案』二十五
銭徳洪《せんとくこう》	（一四九六〜一五七四）本名は寛。字は洪甫、号は緒山。浙江餘姚の人。	嘉靖十一年（一五三二）の進士。国子監丞、刑部主事などを歴任。列朝大夫。陽明の高弟。王畿と並び称される。「送銭君緒山詩」（『逸稿』巻四）などあり。『明儒学案』十一『明史』二八三
銭伯陞《せんはくしょう》	号は慕蘭。	書、画家。草・隷書に優れる。父士礼（字は汝行）は孝子として知られる。「銭先生伝」（『逸稿』巻二十二）、「銭伯陞賛」（同巻十七）、「端陽題慕蘭雪画」（『三集』巻十一）などあり。
銭楩《せんべん》	字は八山、一字世材、号は雲蔵、浙江山陰の人。	嘉靖五年（一五二六）の進士。のち季本の門下生となる。徐渭二〇歳のごろの師。「越中十子」の一人。その著作『逃禅集』に徐渭の序文有り（『三集』巻二十九）。また彼の死後、徐渭は哀詞を制作する。（『三集』巻四「哀詞三首」其の二）
た		
鈕緯《ちゅうい》	字は仲文。号は石渓・世学楼。浙江会稽の人。	成化十四年（一四七八年）の進士である鈕清《ちゅうせい》の孫にあたる。嘉靖二〇年（一五四一）の進士。徐渭は彼の死後、子の鈕琳《ちゅうりん》に頼まれて墓誌銘を制作する（『逸草』巻五）。
鈕琳《ちゅうりん》	字は粋甫、号は鼎巌。浙	緯の少子。徐渭に父（緯）の墓誌銘を依頼する。

	江會稽の人。	
趙錦《ちょうきん》	（一五一六～一五九一）字は元樸。号は麟陽。浙江餘姚の人。	嘉靖二十三年（一五四四）の進士。嘉靖二十六年（一五四七）挙人。貴州巡撫、刑部尚書。徐渭が郷試を受けた際、知り合う。陽明学の徒。「送趙大夫掌南台」（『逸稿』巻四）などあり。『明史』二一〇
張元忭《ちょうげんべん》	（一五三八～一五八八）字は子藎、号は陽和。浙江山陰の人。	天復の子。張岱の曾祖父。隆慶五年（一五七一）の状元。翰林侍読。王畿の門下生。「景賢祠集序」（『三集』巻十九）、「祠堂碑」（『徐文長三集』巻二十四）などは、徐渭の代作。『明儒学案』十五　『明史』二八三
張子錫《ちょうししゃく》	号は海山。	少年時代の学友。後に彼の母のために「張母八十序」（『三集』巻十九）を制作する。その他「張子錫六十寿」（『逸稿』巻十五）などあり。
張子文《ちょうしぶん》		少年時代の学友。張子錫の弟。
張天復《ちょうてんふく》	（一五一三～一五七四）字は復亨、号は内山、また初陽。浙江山陰の人。	嘉靖二十六年（一五四七年）の進士。雲南按察副使、太僕寺卿。徐渭とは同年の受験者で、支援者の一人。徐渭が投獄された際、その釈放のために尽力した。蕭鳴鳳の知友。「張太僕墓誌銘」（『逸稿』巻二十二）あり。
陳鶴《ちんかく》	（?～一五六〇）字は鳴野、一字は九皐。または鳴軒。号は海樵山人。浙江山陰の人。	書・画家。嘉靖四年（一五二五）に挙人となるが、病気のために辞職して隠者となる。「越中十子」の一人。「陳山人墓表」（『三集』巻二十六）、「哀四子詩」其一（同巻四）、「夏春書陳山人九皐氏三卉後」（同巻二十）などあり。
陳汝元《ちんじょげん》	字は起侯、号は太乙、また燃藜仙客。浙江会稽の人。	徐渭の門人。戯曲作家。伝奇『紫環記《しかん》』・『金蓮記』・『太霞記』などの作品あり。「函三館記」（『三集』巻二十三）などあり。

		人。
丁楧《ていも》	字は子範、号は肖甫。浙江山陰の人。	徐渭とともに八股文を学ぶ。季本の門人。幼少よりの親友。「北上別丁肖甫於虎丘」（『逸稿』巻四）、「送丁肖甫赴贛為張都幕教子詩」（同巻八）、「元旦与肖甫較射」（『三集』巻六）、「肖甫詩序」（同巻十九）などあり。
唐順之《とうじゅんし》	（一五〇七～一五六〇）字は応徳、また義修。号は荊川。諡は襄文。江蘇武進の人。	嘉靖八年（一五二九年）会試第一合格。右僉都御史。王畿の弟子。徐渭の師。徐渭に「壬子武進唐先生過会稽、論文舟中、復偕諸公送柯亭而別、賦此」（『三集』巻四）などあり。『明儒学案』二十六『明史』二〇五
陶大臨《とうだいりん》	（一五二七～一五七四）字は虞臣、号は念斎。諡は文僖。浙江会稽の人。	陶諧（字は世和、弘治九年（一四九六）の進士。工科給事中）の孫。嘉靖三十五年（一五五六）の進士。編集より李部侍郎に至った。「陶翰撰」（『三集』巻四）などあり。『明史』二〇三
湯顕祖《とうけんそ》	（一五五〇～一六一七）字は義仍、号は若士、海遠道人。江西臨川の人。	万暦十一年（一五八三）の進士。南京大常侍博士。戯曲『玉 名堂四夢《ぎょくめいどうしむ》』（『牡丹亭還魂記』・『紫釵《しさ》記』・『邯鄲記』・『南柯記』）の作者として有名。徐渭の戯曲『四声猿』を賞賛する。徐渭は彼の詩文集『問棘郵草』中の詩文に、多数評を加えている。「読問棘堂集擬寄湯君」（『三集』巻七）、「与湯義仍」（同巻十六）『明史』二三〇
は		
梅国楨《ばいこくてい》	（一五四二～一六〇五）字は克生、号は衡湘、湖	万暦十一年（一五八三）の進士。太常卿、兵部侍郎。詩人。湯顕祖・李如松と親しい。「六月七日之夕、与梅君客生及諸郷里趁涼於長安街、酔而称韻、得片字」（『三

	北麻城の人。	集』巻五)、「与梅君」(同巻十六)などあり。『明史』二二八
馬策之《ばさくし》	号は蜀谷	徐渭の門人。「馬策之奉母住鳳凰山下之水楼」(『三集』巻七)、「与馬策之」(『三集』巻十)、「馬策之死挽之」(『逸稿』巻四)などあり。
潘克敬《はんこくけい》		典史。徐渭の岳父。最初の妻潘《はん》氏の父。
馮惟訥《ふういとつ》	(一五一三～一五七二)字は汝言、号は少洲。山東臨朐の人。	馮惟敏《ふういびん》(字は汝行、号は海浮。一五一一～一五七八)の弟。嘉靖十七年(一五三八)の進士。浙江提学副史。長兄惟健・次兄惟重・三兄惟敏とともに「四馮」と称された。「送馮太常」(『逸稿』巻四)、「奉答馮宗師書」(『三集』巻十六)あり。『明史』二一六
馮琦《ふうき》	(一五五八～一六〇三)字は用韞、また琢菴。号は北海・玉堂。諡は文敏。山東臨朐の人。	子履の子。馮惟重の孫。萬暦五年(一五七七)の進士。礼部尚書。『明史』二一六
馮子履《ふうしり》	(一五三九～一五九六)字は礼甫。号は仰芹。山東臨朐の人。	隆慶二年(一五六八)、進士科に合格。山西参政。馮惟訥の兄惟重(一五〇三～一五三九。字は汝威)の子。「加青州馮察序」(『逸稿』巻十四)あり。
茅坤《ぼうこん》	(一五一二～一六〇一)字は順甫。号は鹿門。浙江帰安の人。	嘉靖十七(一五三八)年の進士。按察司副使、江西兵備僉事などを歴任。「茅大夫沈嘉則七律一首」(『三集』巻七)などあり。『明史』二八七
や		

兪大猷《ゆだいゆう》	（一五〇四〜一五八〇）字は志輔、号は盱江、正気堂など。諡は武襄。福建晋江の人。	倭寇の乱の時に活躍した武将。戚継光《せきけいこう》とともに胡宗憲の指揮下で和冦と戦う。武進の士官から右都督に出世した。胡宗憲の幕下にいた徐渭はその功績を讃え、「贈兪参将公」（『逸稿』巻四）を制作した。その他、「送兪府公赴南刑部三首」（『三集』巻四）などあり。『明史』二一二
楊珂《ようか》	字は汝鳴、号は秘図山人。浙江餘姚の人。	貢生。陽明の門人。書家。狂草を多く書いた。徐渭に「寄答秘図山人二首」（『三集』巻四）あり。「越中十子」の一人。
ら		
陸韜仲《りくとうちゅう》		陸張侯の祖父。徐渭の門人。「与陸韜仲」（『逸稿』巻二十一）、「陸子寄餅」（『逸稿』巻四）、「与陸韜仲兄弟」（『逸草』巻四）などあり。
李春方《りしゅんぽう》	（一五一〇〜一五八四）字は子實、号は石麓。揚州興化の人。	嘉靖二十六年（一五四七年）の進士第一。翰林学士、礼部尚書。「奉尚書李公書」（『逸稿』巻二十一）あり。
李如松《りじょしょう》	（?〜一五九八）字は子茂、号は仰城。遼東鉄嶺衛の人。	寧遠伯《ねいえんはく》李成梁の長子。軍人として哱拝《ボバイ》の乱で功績を挙げ、のち豊臣秀吉が朝鮮に出兵した時、明軍の援軍を率いて戦う。「写竹贈李長公歌」（『三集』巻五）、「贈李宣鎮序」（同巻十九）、「贈李長公序」（同巻十九）などあり。『明史』二三八
李攀龍《りはんりょう》	（一五一四〜一五七〇）字は于鱗、号は滄溟。山東済南の人。	嘉靖二十三年（一五四四）の進士。陝西提学副史、河南按察史。『明史』二八七
李有秋《りゆうしゅう》	字は子遂。別の字は遂卿。	季本の門人のうち、徐渭が最も親しい友人。「送李子遂序」（『三集』巻十九）「送

	福建建陽の人。	李子遂帰建陽」（同巻七）、「李子遂死予設位哭之」（同巻七）あり。
柳元穀《りゅうげんこく》		柳文の第四子。戯曲家。徐渭の門人。「柳兄九迫以師礼」（『逸稿』巻三）、「柳生小像」（『三集』巻二十一）、「与柳生」（同巻十六）、「送柳子寧親都昌」（同巻六）などあり。
柳文《りゅうぶん》	（一五一三?～一五七四）字は彬仲。浙江山陰の人。	嘉靖四十四年（一五六五）の貢生。高郵教諭。江西都昌の知県。「越中十子」の一人。「送彬仲応貢北上詩」（『逸稿』巻十四）、「寄彬仲」（『三集』巻七）、「寄彬中」（同巻四）などあり。また死後「都昌柳公墓誌銘」（『逸稿』巻二十一）を制作する。
劉世儒《りゅうせいじゅ》	字は継相、号は雪湖。浙江山陰の人。	画家。特に梅の画を得意とした。徐渭に題画詩「題劉雪湖梅花大幅」（『三集』巻五）、「書劉子梅譜」（同巻七）などあり。
梁辰魚《りょうしんぎょ》	（一五一九～一五九一）字は伯竜。号は少伯、別号仇池外史。江蘇崑山の人。	戯曲家。太学生。魏良輔の曲に影響を受け、崑曲『浣沙記』を制作した。他に伝奇『鴛鴦記《えんおうき》』、雑劇『紅線女《こうせんじょ》』あり。徐渭への贈答詩「寄山陰徐文長」（『鹿城詩集』巻十四））があり、また徐渭にも「送梁君還崑山」（『三集』巻六）がある。
呂光午《りょこうご》	字は尚賓。号は四峯。	光升の弟。南明山に隠居する。嘗て徐渭投獄中に慰問する。「瑞荊篇為新昌尚賓呂君乃弟賦」（『逸稿』巻四）、「武夷道中憶尚賓呂君天台之約」（『三集』巻七）などあり。
呂光洵《りょこうじゅん》	字は信卿、号は可園・沃洲。	光升の兄。嘉靖十一年（一五三二）の進士。司令官として、各地の反乱を鎮圧する。雲南巡撫、工部尚書。「呂尚書行状」（『三集』巻二十七）

呂光升《りょこうしょう》	字は正賓、号は蓮峯・対明山人。遼東新昌の人。	嘉靖三十八年（一五五九）の貢生。長沙通判。「越中十子」の一人。倭寇を討伐した時、多数の日本刀を手に入れ、一本を徐渭に贈る。その際、徐渭に詩有り（「正賓以日本刀見贈以答之」（『三集』巻五））。その他、「対明篇」（同巻五）、「呂山人詩集序」（『逸稿』巻十四）などあり。
鄺琥《れきこ》	字は仲玉、号は无厓、浙江諸暨の人。	銭徳洪の門人。嘗て安徽績渓県の主簿だった頃、徐渭と北京で知り合う。「草玄堂稿序」（『逸稿』巻十四）、「草玄堂稿書後」（『三集』巻二十）、「彤管遺編序」（『逸稿』巻十四）などあり。

〈参考文献〉

近藤春雄『中国学芸大事典』（大修館書店、一九七八年）
方賓観等『中国人名大辞典』（商務印書館、一九二一年）
兪剣華『中国美術家人物辞典』修訂本（上海人民美術出版社、一九八五年）
国立中央図書館『明人伝記資料索引』（上）（下）（台北国立中央図書館編印、一九六五年）
楊廷福・楊同甫『明人室名別称字号索引』（上）（下）（上海古籍出版社、二〇〇二年）

有澤晶子「徐渭の演劇論と創作についての一考察」（東洋大学紀要教養課程篇、一九九九年）
井波律子『中国の隠者』（9）「徐渭」（文芸春秋出版社、文春文庫、二〇〇〇年）
内山知也「徐渭の狂気について」（『大東文化大学六〇周年記念中国論集』一九八四年）
周群・謝建華『徐渭評伝』（南京大学出版社、二〇〇〇年）
鈴木敬「『雑画巻』の筆者（徐渭）と王陽明」（『國華』第一二五一号、二〇〇〇年一月）
千草嘉夫「徐渭の生涯とその書について―狂気の美の源流をさぐる」（『岐阜女子大学紀要』第23号、一九九四年）
陳舜臣「徐渭と董其昌」（『徐渭・董其昌』（中央公論社、文人画粋編第5巻、一九七八年））

鷲野正明「徐渭の古文辞批判をめぐって」（中国文化61、二〇〇三年）
『馮惟敏全集』（斉魯書社、二〇〇七年）
『梁辰魚集』（上海古籍出版社、一九九八年）
黎国韜・周佩文『梁辰魚研究』（中山大学出版社、二〇〇七年）
胡益民『張岱研究』（海藻文叢第一輯、安徽教育出版社、二〇〇二年）
銭明『儒学正脈―王守仁伝―』（浙江人民出版社、二〇〇六年）

周勛初／高津孝訳『中国古典文学批評史』（勉誠出版、二〇〇七年）
横田輝俊『中国近世文学批評史』（渓水社、一九九〇年）
徐子方『明清雑劇研究』（文史哲大系123、文津出版社、一九九八年）
程華平『明清伝奇編年史稿』（斉魯書社、二〇〇八年）
張慧剣『明清江蘇文人年表』（上海古籍出版社、二〇〇八年）

鈴木敬『中国絵画史（下）』（吉川弘文館、一九九五年）
王伯敏／遠藤光一訳『中国絵画史事典』（雄山閣、一九九六年）

徐文長の伝説

趙善嘉

一、故事の中の徐文長と現実の徐文長（序にかえて）

明清の一部の著名な文人達は、唐伯虎、祝枝山、そして徐文長のように、常に多くの故事、伝説が民間に伝えられている。これら民間に伝わる故事には、概ね以下のような、いくつかの特徴がある。

一、人によって伝えられたにすぎず、必ずしも事実であるとは限らない。例えば、唐伯虎の風流な逸事の多くは、これに当たる。

二、同じ故事でも異なるテキストがある。例えばこれから本稿で紹介する「留与不留（留むと留まらずと）」などは、古くからある笑い話だが、徐文長以外の文人にも似た内容の故事が伝えられている。これはまさしく、趙景深先生が「民間故事には一つの特徴がある。古人の故事は、往々にして、特定された個人の脳裏に植え付けられていくとは限らない。それは、まるでタンポポの種のように、風に吹かれて何処かに飛んで行き、何処かに根を下ろすのである」[(1)]（『徐文長的故事』序）と、言われるがごとくである。要するに、明清の文人、とりわけ著名な文人には故事が多いのである。これらは恐らく明清の庶民社会の発達と関係しよう。「説唱」[(2)]等の民間文芸こそが、この種の故事を普及させる温床だったといえる。

文人の故事が文人をモチーフにして生み出されるならば、人物と故事には、常に一定の関連性がある。言い換えれば、その故事が文人と本来無関係だったとしても、その文人の持つイメージが、故事の内容に適しているということである。これは、この種の故事が、なお一定の芸術的な真実[(3)]を有していることを説明している。我々が徐文長の故事を読むときは、この事を念頭に置いて読む必要がある。

正史の徐文長伝では、この種の伝説は決して見られない。しかし、徐文長について書かれた伝記の中から、「故事」の痕跡を尋ねることができる。例えば袁宏道の「徐文長伝」（『袁中郎集』）に言う、

以前、酒楼で酒を飲んでいた時、数人の兵士も階下で酒を飲んでいて、彼らは勘定を払わなかった。文長がこっそり軍務を取り仕切っていた胡宗憲に密告すると、胡宗憲は直ちに命を下して、金を払わなかった兵士達を捕らえて、連れてこさせ、彼らを全員斬り捨てた。……また、借金をして淫行している坊主がいた。（文長）は酒の席で偶々この坊主のことを胡宗憲に話した。胡宗憲は後日、別の罪でその坊主を捕らえ、処刑した。[4]

また、陶望齢の「徐文長伝」（『歇菴集』巻十二）に言う、

徐文長は富貴な人々をとても嫌っていた。郡の太守・丞相から、会いたいと申し出る者まで、みんな会うことはかなわなかった。以前、徐文長の家を訪ねたものがいた。お邪魔しようと扉をひらいて入ろうとした。すると、徐渭はとっさに自ら扉をおさえ、「徐渭は不在だよ」と答えた。[5]

前者からは徐文長の正義感を見出すことができる。世の中に伝わる正義を主張し弱者を救う徐文長に関する故事は、彼の個性が関係してもいるのだ。また、後者は彼の孤高性と諧謔的な一面を見ることができる。故事の中の徐文長がもつ、世間を見下し、不埒な物言いをするといったイメージは、彼自身がそのような個性を有していることにも因っているのである。

徐文長の故事は、明清の筆記、野史の中にはあまり多く見られず、民国以後になって、ようやく流行しだしたの

である。他の明清の文人達の故事と同じく、徐文長の故事の内容も蕪雑で、一部の研究者に白眼視される低俗な趣きが少なからずあるが、思うに、これは事実を曲げて低俗な話を捏造したのではなく、徐文長と別の文人の故事が履きちがえられて伝えられたのだ。こういった徐文長を愛護する観点から、ある清廉潔白と見做されている明清の文人が、実は必ずしも清廉潔白ではなく、また歴史的事実とも一致しないということを理解することができる。

明代の社会風俗の下、文人達は皆、多かれ少なかれ下町的な俗臭を帯びていた。例えば唐寅は、民間の伝説に伝えられているほど好色ではなかったけれども、彼が艶っぽい詩を作り、春宮画を描いたのは確かな事実なのである。徐文長の故事の中にあるこの種の内容は、故事を編纂する者の好みが自ずから反映されているのだが、必ずしも根拠のない風聞とは言えないのである。これらのことから、故事と人物とは不可分でもあり、不一致のようでもある。故事の中の徐文長は、民間に伝わった故事によって作られた徐文長像なのであり、決して現実の徐文長と一致するわけではない。我々は史実上の徐文長を捉えるのに故事に拘る必要はないのである。しかし、史実上の徐文長も確実に故事中の徐文長のもつ性格と面白味を有しているはずである。これが、これらの故事が今日まで伝えられる価値と意義でもあるのだ。

二、伸張正義、針砭時弊（正義を広め、時弊を正す）

牛和油（牛と油）

王阿狗は身寄りのない貧しい農民だった。彼は自分の畑をもっておらず、資産家である李光炎の家に下男として働きに行くほかなかった。

李光炎は言葉巧みに王阿狗に言った、「おまえがしっかり働くなら、毎年おまえに牛一頭分の給金をやろう」と。阿狗は非常に喜んで、雨の日も風の日も李光炎の為に一年間、一所懸命に働いた。

年の瀬になって、阿狗が約束の給金をもらいに行くと、彼が話しを切り出す前に、李光炎はいかにも今気付いたように言った、「阿狗くん、きみには妻子がなく、金だって特に使い道がない。やはり、約束の給金から少しだけ持って行って、余った金はわたしの所に預けておきなさい。将来、この金がたくさん貯まってから、きちっとした使い道を決めてもいいだろう」と。

阿狗はその言葉に従って、給金の一部をもらって家に帰り、年を越した。

光陰矢の如く、瞬く間に十九年の月日が過ぎた。李光炎は、阿狗が年老いて体力も気力も衰えてしまったのを認め、阿狗を呼び立てると、しかめっ面をして、冷ややかに言った、「おまえがわたしの家に働きに来て、はや十九年だ。わたしは初め、おまえに毎年油一斤分の給金をやると約束した。今日、おまえの貯めていた油十九斤分の金を与えよう。さあ、この金を持って帰れ」と。

阿狗は聞くやいなや、慌てて、李光炎に抗議して言った、「旦那さま、あなたはあの時、確かに毎年牛一頭分の給金を下さると申されました。それがいま、どうして油一斤に変わってしまったのですか」と。

李光炎は憤怒罵倒して言った、「馬鹿を言え。わたしがどうして牛一頭などと言うものか。わたしは確かに油一斤と言ったぞ」と。

側らに控えていた会計係も口裏を合わせて言った、「光炎さまは確かに毎年油一斤と申されましたよ。まさか旦那さまがあなたを騙しているとでも」と。

阿狗は彼らとの言い争いに負け、ただ何も言わず怒りを堪えて、この腐りきった職場を辞するしかなく、これまで貯めた油十九斤分の給金を持って李家を去った。

王阿狗はしばらく歩きつづけた。思えば思うほど腹が立ってきた。街の休憩所で一息ついたのだが、あの油十九斤分の金を前にすると、ただ茫然とするばかりだった。

この日、折りよく徐文長がそこに立ち寄り、王阿狗の様子を見て、何か心配事でもあるのかと訊ねた。阿狗は事の次第を徐文長に告げた。話を聞くと徐文長は有無も言わさずに阿狗について李光炎に抗議しに行った。

李家に行くと、光炎はまさにしてやったり、というふうに満足しきっていたので、急に彼らが押しかけてきたことに少し驚いたが、すぐに笑顔を取り繕うと、徐文長を迎えて言った、「徐さん、ようこそお越し下さいました。どんなご用がおありでしょうか。お出迎えもせずにとんだ失礼をしました」と。

徐文長は言った、「李君、ここにいる王阿狗は君のところで十九年間働いて、聞けば随分勤勉に勤めていたそうじゃないか。今、王くんはちょっとした商売を始めたいそうなのだが、些か元手が不足しているのだ。今日、王くんはわざわざわたしを保証人に立てて、君から三両の銀貨を借りたいのだそうだ。利息はどれくらいか、君の都合を聞きたい」と。

李光炎はその話を聞くと、緊張の糸が緩み、慌しく口を開いた、「徐さんが保証人になるならば、わたしが承知しないはずがありません。別の者が借りにきたなら、年利は一両二銭ですが、あなたなら話は別です。たとえ元手と同じ金額でも構いませんよ」と。

徐文長はつづけて頷いてみせると、すぐに三人分の証書を作った。李光炎は立ち上がって銀貨を取りに行こうとしたので、徐文長は彼を引きとめ、証書を持ち出して言った、「焦らずに、物事には順序があるだろう。あなたは今、元手と同じでもよいといったが、君の家で十九年もの間牛馬の如く働いた王くんは、油十九斤分の給金を受け取っただけで、君に預けていた間の利息をもらっていない。利息を払っていない前例がある以上、世間には信用されないだろう。わたしはこの利息を清算するのが先だと思うがね」と。

李光炎は話を聞いて、「油十九斤分の利息など大した額ではない。徐文長に媚を売るいい機会だ」と、ひそかに思い、そして「徐さんの言うことはごもっともです。お貸しする銀貨と同じ計算法に基づいて、彼に利息を払いましょう」と言いながら、会計係に油十九斤分の金を持って来させ、王阿狗に渡した。

徐文長は前に進み出て、その金を見ると、わざと驚いてみせ、金を渡すのを止めて言った、「なんと、君は計算違いをしているよ。どうしてこれっぽっちしかないんだ。もっと必要なはずだろう」と。

李光炎は、「どのみち、どんなに多くても油だ。どう考えたって百斤も出すことはない」と考え、鷹揚に構えて言った、「好いでしょう、あなたの言い値で構いません。あなたが計算した料金を王くんに払いましょう」と。

そこで、徐文長はそろばんを持ち出して、「李君、わたしは利息に合わせてきちっと計算するので、ご心配なく」と言うと、そろばんの珠をぱちぱちと弾きながら、「初めの一年は一斤、二年目は利息の一斤を加えて、併せて三斤、三年目の給金と利息を併せて七斤、四年目は十五斤……、一度も仕事を休んでないのだから、十九年の利息全てを計算すると」と独り言を言い、そしてそろばんを指して李光炎に言った、「李君、きみは十九年目には、締めて五十二万四千二百八十七斤分を王くんに払わなければならないよ。さあ、持ってきてくれたまえ」と。

「五十二万四千二百八十七斤だって」と、その数に李光炎は甚だ驚き、舌を巻いてしばらくもの言うことができず、しまいには、ひたすら懇願して言うしかなかった、「徐さん、そんな計算は馬鹿げている。あなたが、わたしに牛十九頭分の金を王くんに払わせたいというなら、わたしはそれで構わない」と。

徐文長が阿狗に、「阿狗くん、きみはどうしたい」と訊くと、阿狗は、「徐さんにお任せします」と言った。

徐文長は李光炎に対し、色を正して言った、「李君、あなたが王くんに牛十九頭分の給金を払いたいというなら、それでよい。もし、君の言う元手と同利息という言葉に従うなら、五十二万四千二百八十七頭分を払わなければばならないがね。わたしは、道理を正しにきただけだ。阿狗くん、李君の利息は大目に見ることにしましょう」と。

李光炎はしきりに首を縦に振ると、急いで牛十九頭分の金を持って来た。

阿狗は、徐文長に面倒をかけた詫びをすませると、手に入れた給金を持って、喜んで家に帰り、恙なく年を越した。

巧治搘皮（いがみあいを収める）

紹興はもともと山陰県と会稽県とに分かれていた。この二つの県は互いに密接していて、中間に流れる一本の河が境界線となっていた。この河を官河という。官河には小さい橋が幾つか架かっていた。その中の一本に「利済橋」という橋があり、その周りは比較的賑わっていて、長いこと二つの県の人々が往来していた。ある年の夏、利済橋に突如一体の死体が上がった。人々は官府に告げ、死体の身元調査をして埋葬してくれるよう要求した。しかし、両県の知県が互いに責任をなすりつけ、どちらも利済橋は自分達の県の管轄ではないと主張するような、誰も予想しない結果になった。

何日か過ぎたが、やはり両県の役所はいつまで経っても役人を派遣して死体の処理をさせることはなかった。この一件は、橋の交通を妨げただけでなく、橋の景観も頗る損なわせた。人々の不満は積もり積もったが、不満を抱くだけで、訴え出る者はいなかった。

この事件は、徐文長の耳にもすぐに届いた。彼は両県の知県が噂どうり責任逃れしているのを見ると、正義感を掻き立てられ、すぐに大判の赤紙に、官河を売りだす、という広告を書くと、利済橋のたもとに貼り付けた。この奇妙な広告が一枚貼り出されるやいなや、忽ち山陰と会稽、二つの街を沸き立たせた。

その報せは、すぐさま両県の知県の耳にも届いた。「いったい誰が官河を売りに出したのだ」と、二人とも興味をもって利済橋にやって来て、仔細に広告を読むと、怒りがふつふつと湧き上がるのを禁じえず、その場でいきりたち、徐文長を連れてきて罪を問うように命令を下した。

この時、利済橋の周りには野次馬が集まってきていた。徐文長は落ち着き払って、その人垣の中から歩み出てきて言った、「お二方の手を煩わしたりはしません。小生はすでにここでずっとお待ちしておりました」と。

両県の知県は一緒に徐渭を責め立てて言った、「徐よ、君は秀才（科挙の受験生）という身分であるのだから、当然、学問を修め、礼儀をわきまえるべきなのに、どうして学問に専念しないで、ここで官府の所有する官河を売りに出したりしておるのだ。これはどんな罪に問われようか」と。

徐文長は胸を張って答えた、「お二方の職務態度はどうなのでしょうか。小生が見ますところでは、利済橋には死体が何日も曝され腐臭を発したので、民衆が官府へ早々に告げたにもかかわらず、いかんせん今日まで山陰も会稽も知らぬ振りを決め込んでいたでしょう。小生が思いますに、お二方が、この橋が山陰・会稽の両県の管轄に属さないという以上、その橋の下を流れる河も当然、官府のものではないし、官河と称することもできないでしょう。今日、この河を売りに出したのは私欲のためではありません。この死体のために、少しでも葬儀の費用を都合してやるためです。身元不明の死体を埋葬するのは、この土地の公益ですぞ。小生がいったい何の罪に問われましょうか」と。

両県の知県は、徐渭の話が高慢でも遜《へりくだ》ってもおらず、一々理に適っていたので、とっさには言い返す言葉も見つからず、だからといって自分達の間違いを認めようともせず、癇癪を起こして眼を怒らせると、民衆が、徐文長に同調して義憤を抱き、沸き立っているのが見えた。

両県の知県は事態が拡大するのを恐れて、「我が県は公務に追われ、なかなか様子を見に来ることができなかったのだ。徐君には多大な面倒をかけた」と、口実を設けて言い逃れをした。そして、顔を赤らめながら性急に現場近くの治安部の役人を呼びつけ、すぐさま死体を納棺し、慌ただしく埋葬させて、事態を収拾した。

利済橋の身元不明の死体が埋葬されたこの事件は、両県の諍いが除かれて数百年が経ったが、今なお徐文長が民衆の為に行った善行として、後の人々によって長いこと伝えられた。「山陰管する勿く、会稽収むる勿し」という民間の諺(6)も、今日に到るまで伝わっている。

黒吃黒（黒は黒を食らう）

ある年の大晦日、徐文長が南通りの棺桶屋の前を通りかかると、店の主人潘財発が店の中でちょうど香を焚いて蝋燭に火を灯し、神仏に祈りをささげているのが眼に入った。徐文長はしばらく立ち止まると、主人がぼそぼそと、「菩薩さま、あなたは知っておいででしょう。わたしの商売はたくさんの死人がでなければ儲かりません。菩薩さま、ご先祖様、あなた方がわたしをお救いしてくださるなら、神通力を発揮して、来年は少しでもたくさんの人を死なせて下さい。わたしの商売を繁盛させ、裕福にしてくだされば、来年の年末には必ず、家畜を生贄にして盛大にお祭りしますので…」と、祈りの言葉を呟いているのを聞いた。

大通りを過ぎて、徐文長が西通りの巫女王仙姑の家の前を通ると、王仙姑も香を焚いて蝋燭に火を灯し、神仏に祈りをささげているのが眼に入った。徐文長はしばらく立ち止まると、彼女が奇妙な声で、「菩薩さま、あなたはご存知でしょう。わたしの商売は病人が多くなければ儲かりません。菩薩さま、ご先祖様、あなた方がわたしをお救いくださるならば、神通力を発揮して少しでも多くの人を病気にしてください。わたしの商売を繁盛させ、客足の途絶えることのないようにしてください。叶えて下されば、来年の年末には必ず、豪奢な生贄を以てあなた方を正式にお招きしますので…」と、祈っているのを聞いた。

徐文長は彼らの言葉を聞いて、内心驚き、そして思った、「あいつらの性根は腐り切っている。人は皆、来年の無病息災を祈るものなのに、奴らは病人が多ければ多いほど、死人がでればでるほど好いなどと祈りよる。よし、ならば、明日は幸先良い年始をおくらせてやろうじゃないか」と。

あくる日の元日、徐文長は朝一番に起き、慌ただしい様子を装って、棺桶屋に走り、潘財発に言った、「ご主人、『天に不測の風雲有り、人に旦夕の禍福有り』と言うのは本当ですな。不幸は突然やってくるものです。西通りの王仙姑さんの旦那が、昨日までは元気だったのが、今朝になると両足がぴんと伸びて、死んでいたのです。わたしは王仙姑さんからあなたに言付けするよう頼まれたのです。しばらくしたら彼女が棺を買いにくるでしょう。ご主人、年の初めから幸先がよろしいですな」と。

棺桶屋の主人潘は思わず、「はっ、菩薩さまは、やっぱり願えば叶えてくれるもんだな。年の初めから幸先良いや」と内心密かに喜んだ。

徐文長は棺桶屋を去ると、急いで巫女の家に走って行き、王仙姑に言った、「仙姑さん、『天に不測の風雲有り、人に旦夕の禍福有り』と言うのは本当ですな。不幸は予期せずして起こるものです。南通りの棺桶屋の奥方が、昨日まではまともだったのに、誰が今朝になって瘋癲にかかるなどと思ったでしょうか。今や意識が混濁して正体不明の状態に陥ってしまったのです。わたしは主人の潘さんから伝言を承ってきたのです。すぐに棺桶屋に来て今後の吉凶を占って欲しいとのことです。はっはっはっ、仙姑さん、新年からめでたいですな」と。

王仙姑は話を聞くや、興奮して思った、「ご先祖様は本当に神通力をお示しになったんだわ」と。彼女は、徐文長が去るのを待って、にこやかな顔で潘財発の棺桶屋に行った。

棺桶屋の主人潘はとても丁重に王仙姑をもてなした。二人ともににこにこしながら簡単な挨拶と世間話をするだけで、どちらも本題を切り出さなかった。しばらくして、潘財発は王仙姑にそれとなく話を切り出した、「どうぞ中に入って見ていってくださいよ」と。言いながら、彼女を店の中に引っ張ってきて棺を見せた。仙姑の方は、まだ病人が中にいるものだと思い、喜び勇んで店に入っていった。

潘財発は一つ一つ棺桶を指差しながら、王仙姑に使っている木材や漆が如何にすばらしいか、棺桶の出来が如何に凝っているか、値段が如何に安いかを丁寧に説明した。しかし、王仙姑は始終笑顔で返事はせず、「こいつはわたしに占いをして欲しかったのではないのかしら。どうしてわたしに無駄話をする余裕があるのかしら」と、内心思っていた。

この時、潘はここの棺は彼女の気に召さないのだと思い、そこで彼女をまた別の上質な棺が置いてある部屋に案内し、その部屋にある棺を一通り紹介した。しかし、王仙姑は依然として笑顔のまま答えなかった。

この時、潘は遂に腹に据えかねて口火を切って言った、「仙姑、この棺は一級品なんだぞ。これ以上良質なものはここにはないんだ。棺桶が要るなら自分で探しやがれ」と。

王仙姑は不思議に思って潘に訊いた、「誰があんたの所の棺桶欲しがってるんだって」と。

「おまえ、棺を買いに来たのでないなら、何しに来たんだ」と、潘は少し訝って訊いた。

王仙姑は怒鳴った、「どうしてあんたがわたしに訊くのさ。わたしがあんたに訊きたいよ。あんたが今朝一番に、あんたの連れが瘋癲の発作起こして死にそうだから、吉凶を視てくれって、わたしの所に人を寄越したんじゃないか」と。

潘は彼女の理不尽な言い分を聞くと、顔を真っ赤にして怒鳴り声で言った、「ふんっ、でたらめ言いやがって。俺の女房はぴんぴんしているよ。誰がおまえの占いなんか要るものか。そんなことより、おまえさんは自分の旦那が死んだから棺を買いに来たんだろう」と。

「あん、あんた何言ってるんだい。あたしの旦那こそ家でぴんぴんしてるよ。誰が死んだなんて言ったんだい。本当にひどい奴だね。まさか新年早々、あんたなんかにこんなひどいことを言われるなんて」と、王仙姑は考えれば考えるほど頭にきて、ばしんと一発潘の頬に平手を見舞った。

「くそっ、このくそばばあ、ぶったな、よくも俺をぶちやがったな」と、潘は顔面に青筋をたてて、王仙姑の頭に、がつんとお返しの一撃をくれてやった。やがて、二人は取っ組み合いの喧嘩になり、店の中で大暴れした。

棺桶屋の前には人が集まり、騒ぎを傍観する者もいれば、仲裁する者もいた。気がつけば、王仙姑は髪がぼさぼさになるほど殴られ、鼻血まで流していた。潘財発は顔が腫れ上がるほどひっぱたかれ、罵られていた。集まってきた人達は、喧嘩の原因を知ると、皆あごがはずれるほど笑い、続けざまに言い放った、「どちらも同情しえないな。毎日人の不幸を望んだりして。おまえら二人の腹の中は真っ黒だな。喧嘩両成敗、自業自得だ」と。

徐文長の故事伝説の中には、すでに紹介したように、正義を広めて時弊を正すといった物語が比較的多く見られる。このことは、当然彼の義を好む性格と関係があるはずだ。しかし、彼はあくまでも天性の文人である。故に、正義を行うにしても、梁山泊に集う義侠達のような「路に不平を見れば、刀を抜きて相助く」といったやり方とは異なり、知恵をはたらかせて、一計を案ずるのである。「牛和油」の故事は、小作農と資産家との階級の矛盾を明らかにし、且つ、徐文長の才能も描き出している。「巧治搭皮」では、権力者に屈せず、政治の腐敗に真っ向から立ち向かう文人の姿を我々に見せてくれる。「黒吃黒」に至っては、当時の利己的な社会風俗を風刺する。徐文長の悪ふざけが、些か行き過ぎているとはいえ、潘財発と王仙姑の醜態は、人を笑わせると同時に、人の内面性について否応無く考えさせられてしまう。

明代中期以降、社会の矛盾は日ごとに激しさを増し、政治も日々腐敗していき、一人の文人が正義を広めて時弊を正す、という姿勢を保つのは実は容易なことではなく、一部の文人達に至っては、自らの保身の為に不正を見ても見ぬふりをし、権力者に媚を売る者さえいた。下層社会にいる弱者の困窮は、一部の者がせいぜい詩文の中でほんの少し言及する程度だ。故事の徐文長のように、社会の不正に敢然と立ち向かう者がどれだけ存在しただろうか。以上の理由により、これらの故事は民間で伝えられ、神の如き超人的な徐文長像を形成した。これは現実社会に対する失望と激しい憤りでもあり、一縷の希望と夢を託したものでもある。これにより、これらの故事は多かれ少なかれ、一種の浪漫主義、或いは理想主義と言うような特色を具えている。これぞまさしく、これらの故事が今日まで伝えられる社会的意義と文学的価値でもある。

三、滑稽諧謔、放達不拘（口達者、芸達者）

「随便」与「小便」（「軽率」と「しょんべん」）

ある日、徐文長は暇を持て余していたので、ロバに乗って、日頃から交際のある老農に会いに行った。徐文長が訪ねてくると、老農はとても喜び、すぐに家にあった酒を熱燗にし、鶏の卵を煮て徐文長をもてなした。二人は何の遠慮もなく歓談したり、食事をしたりした。主人が厚くもてなしてくれたので、徐文長は何杯もの酒を飲むはめになった。食後、農家で摘んだばかりの新茶を淹れてもらうと、爽やかな香りが鼻をかすめた。徐文長はまた何杯かのお茶を飲み干すと、すぐさま表へ出て行き、家の側の空き地で小用をたした。意外にも、部屋に戻る時、老農は徐文長に向かって率直に言った、「肥料は農家の宝。君はさっき、しょんべんしに出て行ったんだろ。どうして憚りに行かないんだ。そこらへんに撒いちまって、あぁ勿体ない」と。徐文長はうんうんと頷き、自らの軽率さを知った。

しばらくして、老農は立ち上がって、文房具一式をもってきて、徐文長に向かって言った「徐さん、わしは以前からあんたの文章がずば抜けてすばらしいものだということを知っていたよ。書の腕前だってたいしたものだ。今日はぜひ、わしの為に数文字書いて欲しいのだ。今後、あんたの書を壁に掛けて、子供達にもよく学んで欲しいのだ」と。

徐文長は既に酔っていて、「うむ、それはよい、それはよい」と、いい加減に返事をしただけで、頭ではいまだに、先ほど小用をたしに行ったときの事を考えていた。彼は紙を広げると、たいして考えもせず、無造作にでかでかと「不可随處小便（好き勝手に小便すべからず）」という六文字を書いた。老農は、徐文長が泥酔して正体不明になっているのを見るや、手早くその書を受け取ると、ふらふらしている徐文長に介添えして寝かしつけた。ちょうどその時、老農の孫が帰ってきた。彼は徐文長の書を開いて見ると、眉間にしわを寄せて黙り込んだ。老農はがっかりして言った、「おまえは何年勉強してきたんだ。そんな字も分からんのか」と。

孫は言った、「おじいちゃん、字が分からないんじゃないよ。たしかに上手な字だと思うけど、これが家に掛かっていたら、きっと体裁悪いよ」と。

老農は言った、「どうしてだ、徐文長が筆を揮ったのだぞ、どうして体裁の悪いことがあるのだ」と。

孫が、「信じてくれないなら、ぼくが読んで聞かせてあげるよ」と言うと、すらすらと、書かれた六文字を読み上げた。老農は聞き終えると、眉根にしわが寄るのを禁じえなかった。

徐文長が眼を覚ましてくると、老農は不躾に徐文長を問い詰めた、「徐さん、あんたの書画は格調高くて名品だと評判なのに、今日は我々農家を見下しているでしょうか。先程書いていただいた書はあんたにお返しするよ」と。

この言葉は徐文長を驚かせ、眠気を払い、慌てて「それはどういうことだ」と訊ねるや、老農の手から書を受け取って開き見ると、なんと、ほんとうに酔って間違いを犯していた。徐文長はしばし考え込んでから、笑って言った、

「あの時、酔っ払って頭が朦朧としていたのだ。字の順序を前後あべこべにして書いてしまったのですよ。ご主人、すぐに鍬を持ってきて下さい。わたしが少し手を加えれば、問題ありませんよ」と。

老農は、字はもうすっかり書き込まれているのに、いったいどうするつもりなんだ、と口にこそ出さなかったが、内心疑いを抱いていた。しかし、言われたとおりすぐに鍬を持ってきた。徐文長は鍬を受け取ると、すぐさま手を動かし、チョキチョキと鍬を数回いれただけで、最初に書かれた六文字は「小處不可随便（些細なことも慎重にせよ）」と改められた。

このように一句の名言に改められると、老農は一目見てすぐに顔をほころばせ、しきりに「好、好、好」と言った。徐文長は、老農が喜んでいるのを見て、彼が口にした三つの「好」を基にして、更に門聯（入り口に貼る対句）を書いた。その対句に言う、

讀書好、種田好、學好都好　書を読むは好《よろ》しく、田を種うるも好し、好しきを学ぶは都べて好し。

創業難、守成難、知難不難　業を創むるは難く、成りしを守るも難し、難きを知るは難からず。

本を読むのはすばらしい、田植えをするのもすばらしい、すばらしい行いを学ぶことすべてすばらしいことだ。

事を一から始めるのは難しい、興した事業を守るのも難しい、困難を知るのは難しいことではないのだ。(7)

来得早与来得遅（来るのが早いと来るのが遅いと）

何非は徐文長の親戚で、けちで不誠実な性格だった。ある日、徐文長は彼の家の前を通ると、何非に出会った。何非はうわべは親しげな風を装って、強引に徐文長を引き留めると客として招き入れ、茶を淹れて急いで坐らせた。ど

うやら徐文長に食事をさせていかせるつもりらしかった。

昼になって、何非は徐文長に食事をご馳走した。彼は鶏の卵を出してすまなそうにして徐文長に言った、「文長よ、本当に時期が悪かった。もし来るのが三ヶ月遅かったなら、この卵は肥えてうまい鶏肉になっていたのにな。俺はおまえに鶏肉を食わせてやりたかった。残念だな、おまえは運が悪い。今はおまえに、この卵しかご馳走してやれないんだ」と。

徐文長は聞き終えると、はっはっはっと大笑いして、「気を遣わせてしまったね、ありがとう」と言うと、食事を終えて出て行った。

何日か経って、何非が徐文長の家の前を通ると、今度は徐文長が彼を客として招き入れ、例によって茶を出して、急いで坐らせると、文長も何非にご馳走するつもりだった。何非は、しばらく遠慮してみせてから、家にあがった。昼になって、徐文長は何非に食事をご馳走した。彼は青竹のスープを出し、すまなそうに言った、「何非君、時期が悪かった。もし来るのが三ヶ月早かったなら、この青竹は新鮮で柔らかい筍だったのに。わたしはあなたに美味しい筍を食べて頂きたかった。残念なことに、あなたは運が悪かった。今はこの青竹のスープしかご馳走できないのです」と。

何非は眼を見張り、腹がたったが、自分が徐文長にしたことを思い出すと、我慢して青竹のスープを食べるしかなかった。食事を終えると、何非は何も言わずに出て行った。

留与不留（留まると留まらざると）

ある年の秋、徐文長は諸曁（浙江省蕭山県の南）の街で路を急いでいた。ある狭い路地に差し掛かると、急に大雨に降られたので、彼は高楼の軒下で雨宿りした。しばらくすると、右肩の方から聞き覚えのある声が「文長さん」と大声で呼んでいるのを聞き、振り向いてみると、十年前の同僚、王某だった。徐文長は彼を見て、「王さん、出世したんですね」と言って、王家の大門に進み入った。王某はとてもけちな人間で、徐文長が黒い帽子を被り、灰色の色あせた服を着て、顔が痩せ衰えているのを見て、きっと落ちぶれたのだなと推測すると、淡々とした口調で言った、「文長さん、如何なご用向きでいらしたのですか」と。

徐文長は何とはなしに「何でもないのです。雨宿りしていただけですよ」と言った。

王某は思った、「こいつを留めておくなんてとんでもない、やはりうまいこと言ってとっとと出て行ってもらおう」と。そこで、申し訳なさそうに徐文長に言った、「徐さん、あなたは突然お見えになったので、残念ながら何のおもてなしもできません。本当に申し訳ない。坐って、坐って休んでいて下さい」と、話しつつ身を返して、ざしきの奥に引っ込んでいった。

徐文長は彼の言葉を聞くと、機嫌が好くなって、にこにこしていたが、彼とはあまり話もせず、ただ突っ立って壁に掛かっている掛け軸を見ているだけだった。

雨はザァザァと勢いを増した。王某は内心ひどくやきもきしていた、「彼を留めておくなら少なくとも食事はご馳走しなければならない。追い出すにしても古い同僚であるからには、はっきりと口には出せない」と。そこで、また家の奥から出てくると、徐文長が家の前を離れ、縁側で花を見ているのが眼に入った。王某はむずかしい顔をしていたが、興が湧き起こり、すぐさま一、二本の筆を取って来ると、家の入り口で筆の赴くままに紙に書き示した、

落雨天留客　落雨　天　客を留む
天留我不留　天は留むるも　我は留めず

天は雨を降らせて旅人を足止めした。天は足止めするが、わたしは旅人を泊めたりしない。

しばらくして、雨が小降りになると、徐文長はちょうど王家を後にするつもりだった。身を返してざしきの前を通ると、そこに来たときには無かったはずの紙が一枚貼ってあることに気が付いた。よく見ると主人の書いた逐客令（客を追い出す小唄《こうた》）であることがわかった。徐文長はその墨が乾ききっていなかったので、指に少し墨を付けて、紙を何回か突っつくと、こっそりその場を去った。

少しして、王某が書斎から出てくると、徐文長はいなくなっていた。代わりに、紙に句読点が加えられていて、あの句は次のように変えられていた、

落雨天、留客天、留我不、留　　雨を落《ふ》らすは天　客を留むるも天　我を留むるや不や　留めん

雨を降らせるのは天、客を泊めるのも天。わたしを泊めてくれるでしょうか。泊めるでしょう。

王某は読み終えると、「これは驚いた。これはわたしが自分の為に書いたものだったが、今や徐文長によって、わたしの首を絞めるものとなってしまった。仕方ない。天気は悪い。今日はわたしにとって都合が悪いようだ」と思い、家の方に向かって、「今晩、客が来るから飯の準備だけはしておけ。酒は要らん」と言いつけた。

しかし、このけちんぼが、どうして徐文長の意図を汲み取れようか。彼はずっと落ち着かない様子で、夜まで待っていると、やっと徐文長が本当に去って行ったのだと知った。そこで、一息ついて言った、「くそっ、奴にまんまと騙されたわい」と。そしてすぐ家の方に向かって言いつけた、「客は帰った。食事にする。酒も持って来い」と。

徐文長の人と為りは、元より儀礼に捉われず、自由奔放な側面がある。『明史』（巻二八八）の本伝に、「継妻を殺し、死を論ぜられ、獄に繋がれた。里人の張元忭が助命に努め、免るるを得」たが、後に文長は、「元忭を主とした。

元忭は徐渭を導くのに礼法を以てしたが、徐渭は従うことができなかった。しばらくして徐渭は怒り去」ったと、見える。本稿に収めた幾つかの故事は、まさしく徐文長のこのような性格を描いている。「随便与小便」は酔っ払った徐文長を描いていて、頗る目を見張る面白味がある。同じ六文字だが、異なる排列、組み合わせによって、意外にも俗と雅、まったく意味の異なる言葉に変わるということは、徐文長がまさしく、雅と俗の両面性を持っているということをも意味していよう。「来得早与来得遅」は徐文長のちょっとした悪ふざけを描いて、深い内容は無いようだが、非常に味わいがある。徐文長の性格には、元より奔放な面と、真面目な面とがある。『明史』の本伝には言う、張元忭の死後、文長は、「(元忭の葬式に)白衣を着て往って彼を吊らい、棺を撫して慟哭し、姓名を告げずして去」ったと。文長は張元忭と気が合わなかったけれども、命を救ってくれた恩だけは決して忘れることはなかった。故に「棺を撫して慟哭」したのは、世俗的な気持ちが残っていたことを表しているが、「姓名を告げずして去」ったのは、文長の超俗的な性格であるといえよう。故事の中で、何非のいたずらに、いたずらで仕返ししたのは、些か「睚眥せらるれば必ず報ず(8)」というようで、大人気ないが、ユーモアと風刺にも富んでおり、文長の滑稽で諧謔的な個性とよく合致する。「留与不留」に至っては、故事の知名度が高い。この故事では、旅人が王某の家でご馳走されるよう仕向けたというよりは、むしろ自らの文才を見せつけ、おまけに王某を困惑させたという方がいいだろう。これら三つの故事は、大概似通った面白味がある。

民間に伝わる故事中の徐文長は、ただ正義の為に行動するだけの君子ではなく、非凡で超俗的な文人でもあり、徐渭の故事が唐伯虎、祝枝山等の故事と、話は違えども似通った面白味を持ち、明代文人の退廃的な一面を表現しているのは、政治的圧力の下にある文人達の密かな反抗的態度を反映すると共に、庶民社会に生活する民衆の知恵と趣味が表れているのである。

四、装瘋売傻、是耶、非耶（馬鹿を装ったのは、本当か、嘘か）

逃亡途中

ある晴れた日の朝、徐文長の親友が慌てふためいてやってきて、「徐文長の書いた文章が紹興知府の機嫌を損ねたので、知府は文長を捕らえる為に、役人を派遣するつもりらしい」という噂を聞きつけたのだと言った。徐文長はその話を聞くやいなや、直ちに大切にしていた画や詩の原稿を厳重に隠し、「青藤書屋」の門に鍵を掛けると、こっそりその場を離れた。

徐文長がその場を離れると、すぐに知府が派遣した五人の役人が門の入り口を取り囲んだ。本当に危ないところだった。役人達は徐文長がまだあまり遠くには逃げていないだろうと推測すると、縄と竹製の棍棒を持って、急いで追いかけた。

この時、徐文長は既に幾つかの小路を抜け、華厳横丁(9)にまで来ていた。彼は額に汗をかき、全身脱力すると、麻地の長袖服を脱いで、腰を落ち着けてひと休みしようとしていた。すると突然、後方から多くの慌ただしい足音が伝わってきた。徐文長は事態が芳しくないことを覚ると、すぐさま角を曲がって、別の小路に逃げ込んだが、時既に遅し。五人の役人達は、もう既に徐渭の後ろに追いついていたのだ。

徐文長は内心焦って、慌てて頭を上げると、前方の小路に、「泰山石敢當（昔の風習で、家の門前や、橋路、横町の入り口といった要所に建てる石碑に刻んだ文字。魔除けのいみがある）」と刻まれた石碑が建っているのが見えると、不意に機知が閃き、急いで両の手を背中に回し、足を止めて、腰を折り、その石碑を見に行き、眺めたり、字を読み上げたりして言った、「秦—川—右—取—堂」と。

あの役人達が、今まさに文長を捕らえんとして前に進み出ようとしたが、その人物が「泰山石敢當」を「秦川右取堂」と読み上げたのを聞き、人違いかもしれないと思うと、すぐに縄と棍棒を置いた。そもそも役人達は皆、徐文長に会ったことがなかったし、彼がどんな格好をしているのかも知らなかったので、しばらく何もできずにいた。この時、徐文長は不敵にも振り返り、にこにこしながら役人達に向かって訊いた、「ちょいと、わしは人を探しているのだが、ここいらに華厳という横丁があると聞いたのだが、どこにあるのかね」と。役人達はその言葉を聞いて、いよいよ人違いだと思った。この見知らぬ人の顔つきを見てみると、額が広く、顔の輪郭は四角く、さらに裾の短い服しか着ておらず、全く読書人の風体を成していなかった。

その時、役人の一人が苛立って言った、「行くぞ、こいつはそんな字を間違えるような無教養な奴だ。徐文長は秀才だぞ。書だってよくする。こいつは「泰山石敢當」の文字すら分からなかったんだ。絶対こいつのはずがない。ほらっ、行くぞ」と。

言い終えると、五人の役人は縄と棍棒を持って、前の方へ文長を追いかけていった。

「ふん、ずっと追いかけてろ」と、徐文長は役人達が遠くに去って行ったのを視認すると、嫌味たっぷりに唾を吐き捨て、角を曲がって別の横丁に入っていった。

講長故事（長い物語を講ず）

徐文長は、港の船に乗って友人に会う為に下方橋に向かった。船の乗客が徐文長の姿を認めると、次から次へと彼に物語を語って聞かせてくれという。徐文長は楽観的、諧謔的で、ユーモラスな人物だった。彼は笑顔で言った、「物語を語るのはお安い御用だ。しかし、わたしの語る物語は往々にして最後まで続かない。とても短かったり、とても長かったりするのだ。君達が喜んでくれるかどうかも分からない」と。

乗客達は徐文長がよく冗談を言うのを承知していたので、声をそろえて、「構いません、大丈夫です。さあ、さあ、早く話してください」と答えた。

徐文長は付け加えて言った、「それから、わたしが話している間は質問しないでくれ。なぜ、どうしてなどと訊こうものなら、すぐに話しを中断するよ」と。

乗客達は笑顔で言った、「いいよ、構わない、さあ早く」と。

そして、徐文長は腰を下ろすと、ゆっくり語りだした、「では、先ずは樹の上のはなしだ。昔むかし、とても高い山があり、山にはとても背の低い樹が一本あり、樹の上には肥え太った鳥が一羽居り、くりっとした眼と尖った嘴をもっていた。しかし、その鳥は丸裸でその身には羽が全く無かった…」と、ここまで語ると、一つ溜息をついてはなしを止めてしまった。ある乗客が慌てて訊いた、「徐さん、そのあと鳥はどうしたんだ。早く話して下さいよ」と。

徐文長は、冗談めかして言った、「良い質問だ。皆さん、ちょっと考えてみてください。この鳥の身に全く羽がなくなってしまった以上、当然、尾羽もなくなってしまったのだ。この鳥には尾羽がない、この物語もここで尾が切られて終いなのさ」と。聞くと、皆「ぶはっ」と噴出して笑った。

乗客達は更にせがんで言った、「いやぁ、面白い話だった。でもちょっと短いな。今度はもう少し長いのを頼みますよ」と。

徐文長は言った、「よろしい、でも、もう一つ付け加えておきますよ。この物語はとてもとても長い。途中で嫌にならないで下さいよ」と。

乗客達は、「分かった、分かった、さあ早く」と、やはり笑顔で言った。

徐文長は船の窓辺に寄りかかると、ゆっくり語りだした、「今度は橋の上のはなしだ。ちゃんと聞いていてくださいよ。漢代の末、曹操という男がいた。彼は劉備を討ち取るため、八十三万の兵を率いて江南に下って行った。灞陵橋まで来ると、なんと、その橋は張飛によって、断ち切られていた。曹操は一本の丸太を架けさせると、兵達に言い付けて、一人一人順番に橋を渡らせた。この橋は一人、一馬が渡るのがやっとだったのだ。兵士達は一人一人「てくてく」と渡って行った。てくてく、てくてく、てくてく…」、ある乗客が不思議に思って訊いた、「徐さん、どうしてはなしを続けないのですか」と。しかし、徐文長はなおも「てくてく」とぶつぶつ言っている。

そこで、乗客達は我慢できずに、一斉に言った、「先を続けてください。どうしてずっと「てくてく」しか言わないのですか」と。

徐文長は言った、「こうしなきゃならぬのだ。皆さん、考えてもごらんなさい。八十三万もの兵達が、一人一人灞陵橋を渡っているのだぞ。渡り終えてはじめて、先が話せるのだよ。てくてく、てくてく…」、乗客たちは、たまらず笑い出した。

「てくてく…、ぐう、ぐう」と、徐文長は眠っているようだった。しばらくして船は目的地に到着した。乗客達は徐文長を起こしてやった。徐文長は笑いながら言った、「船が着くのがこんなに早いとは。この物語を語り終えることができなかった。八十三万の兵達は今なお行進中だ」と。

夢中美食（夢の中のご馳走）

ある年の夏、徐文長は鍋の蓋も開けられない程貧しくなり、農村まで行って食料を恵んでもらうしかなかった。彼は田野近くの休息所まで行ったら、腰を下ろして一息いれるつもりだった。すると、休息所の石製の長椅子に、肥え太った商人が一人坐ってうとうとしているのが彼の眼に入った。

徐文長は東屋に入ると、肥えた商人の側に傘一本、菓子二包み、酒一瓶、それからよく熟れた新鮮な桃十個ばかりが置いてあるのが眼に留まった。食べ物の香りは、空腹な徐文長の腹を一段と刺激した。そもそも彼は朝一番に家を出たので、朝食も食べていなかったのだ。徐文長は肥えた商人に二言三言挨拶すると、その商人の坐っている椅子に腰掛けた。商人は徐文長のみすぼらしい格好を見ると、眉間にしわを作って言った、「くそっ、俺は目を閉じて夢を見ていたのに。ちくしょう、おまえが来てうるさくしたせいで目が覚めちまった」と。

徐文長はその言葉を聞くと、心の中で罵った、「金でしかものを測れないくず野郎め」と。しかし、彼は声色は変えずに言った、「今日あなたと出会えたのは、実にすばらしいことです。人は言います、『路上で甘い夢を見れば、一生覚めないものだ』と。しかし、あなたが先程見ていた夢は、良い夢か、はたまた悪い夢か分かりませんが」と。

商人は威張りくさって言った、「当然、良い夢だったさ。俺みたいな金持ちは、いつも良い夢を見るんだ。そこいらの貧乏人どもがいつも悪い夢を見るのとは大違いだ」と。

徐文長は言い返した、「そうとも限りません。時に貧乏人の夢は、金持ちの夢より何倍もすばらしくなるのですよ」と。

商人は冷笑し、頭を振って言った、「どうしてそんなことがあるのだ。俺は信じないぞ」と。徐文長は笑って言った、「信じないなら、この場であなたとわたしと、どちらの夢がすばらしいか比べてみる気はありますか」と。

商人は「夢比べ」したいと聞いて、思わず笑い出し、口任せに言った、「夢比べだと。そりゃどうやって比べるのだ」と。徐文長は言った、「夢を比べるのも、他のものをくらべるのと一緒です。勝つか負けるかしかありません。勝った者は得をして、負けた者は損をするのです」と。

商人は少し考えて言った、「うむ、よかろう。もし俺が負けたら、ここにある品ものをおまえにくれてやろう。もしおまえが負けたらどうするのだ。道中、俺の付き人になって傘をさしたり、扇いだりして、次の村に行くまでずっと付いてきてもらおう」と。二人はこのように話し合って決めると、夢比べしだした。

徐文長が瞼を合わせると、商人は先を越されて良い夢を見られるのを恐れて、急いで目を細めた。陽も長くぽかぽかした夏の日、酒も充分に入り、腹いっぱい飯を食らい、暇を持て余して、体の肥えたこの商人は、涼しい風がそよそよと吹き入る休息所の中で、しばらくすると、本当に夢の中に入っていた。

この時、徐文長の飢えた腹はグルグル鳴り、商人が寝息を立てているのを見るや、例の菓子、酒、そして桃を全て平らげて満足すると、彼も柱に寄りかかって、心地よい眠りに入った。

程なくして、商人が目を覚ますと、急いで徐文長を起こした。徐文長はわざと口調を強めて、自分が見た夢を先に語ろうとしたが、商人はどうしても許さず、そこで、徐文長は彼から先に見た夢を語らせた。商人は意気揚々として語った、「俺は今しがた良い夢を見せてもらったぞ。俺が眠りに就くとすぐ、八人がかりで担ぐ高官専用の輿が俺を迎えに来るのが見えたのだ。駕籠かき達は、俺を黄金に飾られた皇宮まで運ぶと、高い冠と広い帯を身に纏った高官達が俺を出迎えてきて言うのだ、「皇帝様があなた様を宴にお招きしたいというのです」と。俺は急いで殿下に跪いてご挨拶申し上げた。皇帝様は御自ら俺の手を引いて迎賓館にご案内して下さり、宴を催して俺をもてなして下さったのだ。皇后様は俺の為にお酌してくださり、公主様は俺の為に料理を取ってくださり、後宮の女官どもは俺の為に団扇を扇いでくれるのだ…おいっ、おまえ、どうだ、この世の中で俺のこの夢より良い夢が他にあるか。おまえはどうせ良い夢なんて見てないだろう」と。

徐文長は笑いながら言った、「見下して下さるな。あなたは分からないでしょう。わたしの夢は、あなたの夢よりずっと実利的ですよ。わたしが眠るとすぐ、一人の伯楽が千里の馬を牽いてわたしを迎えに来るのが見えました。早速わたしを馬に跨らせると、豪奢な彫琢が施された皇宮に連れて行ったのです。すると、位の高い大臣達が、大理石の階段を下りてきて、一人の客人を出迎えているのが目に入ったのです。その客人が高官専用の立派な輿から降りてくると、あの大臣達は、皇帝様がご招待なさりますので、と言っているではありませんか。わたしが目を凝らして見ると、その客人は他でもない、あなただったのです」と。

商人は聞くやいなや興奮して、「ふんっ、おまえがわたしを見ただと」と言った。

徐文長は言った、「そうです。わたしはこのようにして、ずっとあなたの側についていたのです。次いで、皇帝様は宴席を設けてくださり、皇后、公主のお二方はご相伴してくださり、宴席に並ぶものは、すべてあなたの思うがままで、揃わないものはありませんでした。そこで、わたしはあなたの服の裾を引いて言いました、『あなたは今、皇宮に居られるからといって、あの休息所に菓子二包み、酒一瓶、そして桃を幾つか置きっぱなしにしているのを忘れてはいけませんよ』と。あなたはわたしの手を振りほどくと、『ここには受けても受けきれない程の栄華があるのだぞ。あんな農村の土産など欲したところで何になる。おまえ全部持っていって食ってしまえと』と言うので、わたしはすぐさま千里の馬に乗ると、仙人が雲に乗って飛ぶように速く駆け、この休息所に戻って来ると、あなたのご好意に甘えまして、ここにあった物を全て残らず平らげました」と。

商人はそれを聞くと、「あっ」と一声、やっと夢から覚めたように、すぐさま自分の持ち物を調べに行った。休息所の中に、一本の空き瓶と幾つかの桃の種しか残っていないのを見て、彼は慌てて言った、「なんだ、本当におまえが食べたのか。それは夢の話だろ」と。

徐文長は笑って言った、「その通り。同じ夢ですが、ここが夢の良し悪しを分けました。あなたの夢は覚めてしまえば、得るものなど無く、却って失うものがあった。わたしの夢は覚めてしまっても、失うものは無く、却って得るものがあった。今あなたは、いったいどちらの夢が良いと思われますか」と。

徐文長は晩年、胡宗憲の獄という災難に遭う。『明史』（巻二八八）の本伝は彼について以下のように言う、禍に怯えて、遂に発狂し、大きな錐で耳を刺した。その深さ数尺。また、槌で陰嚢を潰したけれども、この方法でも死ぬことができなかった。[10]

しかし、徐文長は必ずしも本当に狂ったのではなく、ただ政治的圧力を恐れて採った一種の処世術だったのだと考える人もいる。例えば袁宏道が、「晩年憤り益々深く、佯狂益々甚だし」(「徐文長伝」、『袁中郎全集』巻四)と言っている。佯狂とは気狂いを装うことである。そこで、徐文長の「気狂い」が歴史的懸案となっている。民間に伝わる伝説の中にも多かれ少なかれ、彼の「気狂いを装う」という性格が反映されている。「逃亡途中」の故事が説く、徐文長が紹興知府の追手から逃げるというのは、恐らくは一種のこじつけであろうが、この「気狂いを装って」自らの身を守ったという点は、意外にも文長晩年の事実とよく合致する。「講長故事」では、まともなように見えるが、「とぼけた」徐文長を描き出してもいる。「夢中美食」は、表面上は軽い笑い話のように読めるが、実は徐文長晩年の落ちぶれようと貧困に喘ぐくるしみとを、些かなりと描き出している。ほんの少しの食料を騙し取る為に知恵を絞るさまから、その生活環境が悲惨だったということは、想像に難くない。晩年の徐文長は落ちぶれていくのに伴って「気狂い」になり、彼の芸術的才能は死後しばらくしてやっと世に知られることとなった。もしかしたら晩年の気狂いのふりは、彼の芸術的才能を世間の人々の目から逸らせてしまったかもしれない。たとえ徐文長自身がすぐに弁明したとしても、汚名をすすぐのは難しかったように思う。彼は友人の郁心齋[11]に宛てた手紙の中で言う、

このごろ、胡宗憲が獄に繋がれた事件のあおりを受けて、あちこちででたらめな噂を持ち上げられた、「もともと残忍な性格だったのが、病にかかって発狂し、もともと疑りぶかかったのが、天邪鬼になって人を欺くようになった」と。しかし、もしわたしが狂っているのならば、どうして路行く人にいちいちとちょっかいをださ

ないのか。もし残忍だというならば、どうして最初の妻に危害を加えなかったのか。(12)

晩年の痛ましい心境の一端を見ることができる。

徐文長の突飛な振る舞いは、彼が「気狂い」と「愚か者」という風評を背負うこととなった要因であり、当時の官界ではこのように礼儀を無視した「狂人」は、なかなか受け容れられず、彼が主流社会に歓迎されなかったのは、当然の道理だったのである。しかし、民間社会、市民階層は逆に、故事・伝説によって、徐文長を認め受け容れた。これらの理由により、徐文長は一文人であったにもかかわらず、市民社会に属し、大衆社会にも属しているのである。

原注：本稿に引用した故事は、謝徳銑等編『徐文長的故事』（浙江人民出版社、一九八二）を参考とし、少し手を加えた。

（訳：荒井　禮）

注

（1）原文を以下に挙げる。「民間故事有一箇特点。古人的故事、往往不一定就加在一箇固定的人物頭上。它象蒲公英的種子一様、被風吹到哪里、就在那里生根」（趙景深「『徐文長的故事』序」、謝徳銑『徐文長的故事』浙江人民出版社、一九八二所収）。

（2）〇説唱＝語りの部分と歌の部分を含む演芸の総称。

（3）〇芸術的な真実＝原文は「芸術真実」。ここでいう「芸術」とは、民間に伝わった小説・戯曲などを指す。すなわち、「小説・戯曲といった故事の中における真実」をいう。

（4）原文を以下に挙げる。「嘗飲一酒樓、有數健兒亦飲其下、不肯留錢。文長密以數字馳公、公立命縛健兒至麾下、皆斬之、一軍股慄。有沙門負貲而穢、酒間偶言于公。公後以他事杖殺之」。〇公は胡宗憲を指す。胡宗憲、字は汝貞。績渓の人。

嘉靖の進士。兵部右侍郎となり、軍務を総督するようになる。徐文長は、胡宗憲が浙江巡撫に任ぜられていた時、嘉靖三十六年(一五五七)から四十一年(一五六二)まで、胡宗憲の幕下で書記を務めていた。〇健兒＝ここでは兵士のこと。〇以數字馳＝手紙で情況を伝えること。〇麾下＝ここでは胡宗憲のいる軍司令部をいう。〇一軍股慄＝軍隊の者が振るえおののいたということ。本文引用では省略。〇沙門＝出家したものをいう。〇負貲而穢＝「貲」は借金のこと。「穢」は戒律を破る。僧でありながら淫行をする。〇杖殺＝杖で打ち殺すこと。この文章は『袁中郎全集』巻四所収の「徐文長伝」には見えない。しかし、『全集』に収録される文章と同一の箇所が見られるので、恐らく『全集』が編集された際に削られたのだろう。なお、袁宏道のこの「徐文長伝」は、『徐渭集』(中華書局、一九八三)第四冊の付録、または梁一成『徐渭的文学与芸術』(芸文印書館、一九七七)の付録二・伝記与伝説にも収録されている。

(5) 原文を以下に挙げる。「(徐文長)深惡諸富貴人、自郡守・丞以下、求與見者、皆不得也。嘗有詣者、伺便排戸半入。渭遽手拒扉、口應曰、某不在」。

(6) 原文は「山陰勿管、会稽勿収」。この諺は、浙江省の紹興あたりに伝わるもの。意味は「擠皮」と同じで、互いに責任をおしつけあうこと。

(7) 「創業難、守成難、知難不難」の文句は、胡儼の「信豐縣重建譙樓記」(黄宗羲『明文海』巻三八二・記五十六所収)に見える。「世傳、麗譙之樓、魏武所造。畫角三弄、乃曹子建撰。初弄曰、為君難、為臣亦難、為臣難難難。次弄曰、創業難、守成亦難、守成難難難。三弄曰、起家難、保家亦難、保家難難難。今角聲之嗚嗚者、乃難字之曳聲耳。所以警人於昏曉之間、使之感悟而有所懲創也(世に傳ふ、麗譙の樓、魏武の造る所なり。畫角三弄は、乃ち曹子建の撰なり。初弄に曰く、君と為るは難し、臣と為るは亦た難し、臣と為るは難し難し難し、と。次弄に曰く、業を創むるは難く、成りしを守るは亦た難し、成りしを守るは難し難し難し、と。三弄に曰く、家を起こすは難し、家を保つは亦た難し、家を保つは難し難し難し、と。今角聲の嗚嗚なる者、乃ち難字の曳聲なるのみ。人を昏曉の間に警め、之れをして感悟して懲創する所有らしむる所以なり、と)」とある。〇魏武＝魏の曹操のこと。〇弄＝曲調をいう。初曲、次曲というのは、一曲、二曲というのに同じ。〇懲創＝こらしめること。この文章に拠れば、角笛の音は、「難」字の音が間延びした音であり、朝晩この音を聞くことで、人々は「三弄」の訓戒を思い起こし、反省を促されたという。また、『御定淵鑑類函』巻一九一・角一に引く、明の都印の『三餘贅筆』にも同様の文が見える。

(8) 原文は「睚眥必報」。睨まれただけでも仕返しすること。

（9）○華厳横丁＝原文は「華厳弄里」。「弄里」というのは横丁のこと。現在、中国の都会ではほとんど見られなくなった。上海の周荘など、古い町で見ることができる。

（10）以下に原文を挙げる。「渭懼禍、遂發狂、引巨錐剚耳、深數寸、又以椎碎腎囊、皆不死」。

（11）○郁心齋＝郁言、心齋は字。山陰の人。嘉靖三十八年（一五五九）の進士。江蘇宜興・安徽潁上の知県となる。以前、徐文長は郁家の隣に住んでいたことがある。

（12）以下に原文を挙げる。「頃罹内變、紛受浮言、出於忍則入於狂、出於疑則入於矯。但如以爲狂、何不概施於行道之人、如以爲忍、何不漫加於先棄之婦」。○罹内變＝「内變」は国内で起きた事件、または内輪のもめごと。ここでは嘉靖四十四年（一五六五）に、胡宗憲が獄に繋がれたこと、そして翌年発狂して二人目の妻張氏を殺した一連の事件を指す。○浮言＝根も葉もないうわさ。○出於A則入於B＝もともとAだったのがBになるということ。○忍＝残忍なこと。○矯＝天邪鬼になること。人を欺くこと。○先棄之妻＝徐渭は二十一歳の時と、四十一歳の時と、二度結婚をしている。前の妻潘氏とは二十六歳の時に死別している。

徐渭の文学思想

鷲野　正明

はじめに

明代、古文辞派に反対した人々に、王愼中（一五〇九～一五五九）・唐順之（一五〇七～一五六〇）・帰有光（一五〇六～一五七一）・徐渭（一五二一～一五九三）・湯顕祖（一五五〇～一六一七）・袁宏道（一五六八～一六一〇）・鍾惺（一五七四～一六二四）等がいる。[1]反古文辞派の運動は袁宏道の登場を待ってようやく全国的な規模で繰り広げられるが、その袁宏道の先鞭とされるのが徐渭である。[2]徐渭には幾篇かの古文辞批判の文があるが、[3]ただ批判するだけではなく、古文辞の弊害を救った者がいた、と次のようにも言う。

詩人としての名声を求めると、勢いとして必ず詩の格律を踏襲し、華美な言葉をかすめ取るようになる。よくよく見るとそれでは詩としての真実がない。だから詩人がいて詩がないというのである。ところが、「理を窮める者」が起こってこれを救った。

干詩之名、其勢必至於襲詩之格而剿其華詞。審如是、則詩之實亡矣。是之謂有詩人而無詩。有窮理者起而捄之。（『徐文長三集』巻十九「肖甫詩序」、以下『三集』と略記）[4]

袁宏道の「性霊説」は、李贄（号卓吾、一五二七～一六〇二）の「童心説」の影響を受けていると言われる。[5]袁宏道が李贄を訪問して親しく学説を聴くのは二十三歳のときであり、このころから古文辞派への批判が激化する。文学界が思想界の影響を受ける顕著な例が袁宏道に見られるのであるが、その先輩である徐渭が、古文辞の弊害を救った者として「理を窮める者」を挙げるのは、やがて提唱される袁宏道の「性霊説」との関連からも興味深い。

あらためて「理を窮める者」という視点から反古文辞を眺めてみると、たしかに、徐渭以前の反古文辞の人々は学問を修め、社会に在る人としての生き方を求めていた。たとえば、唐順之は陽明学を尊び、好んで兵を言い、経世致用を講じたというし、[6]帰有光も陽明学の影響下にあった。[7]

そこでこの章では、徐渭の古文辞批判をとおして、「窮理」の視点から反古文辞の底流にある学問についていささか考察を加えてみたい。

一、徐渭の古文辞批判

「理を窮める者」に言及する「肖甫詩序」（『三集』巻十九）の前半部分は、以下のような古文辞批判を展開する。

古人の詩は情にもとづいている。あらかじめ情を設定した上で詩を作っていたのではない。だから詩はあっても詩人はいなかった。後世になると詩人が現れる。詩を乞い求める目的が多岐にわたって応じきれず、詩の格律がきびしくなって吟味できなくなった。かくして、それ等の詩にはもともと情がないので、情を設定して作るようになった。ところで、情を設定して詩を作ると、その行き着くところは詩人としての名声を求めることになる。詩人としての名声を求めると、勢いとして必ず詩の格律を踏襲し、華美な言葉をかすめ取るようになる。よくよく見るとそれでは詩としての真実がない。だから詩人がいて詩がないというのである。

古人之詩本乎情。非設以爲之者也。是以有詩而無詩人。迨於後世、則有詩人矣。乞詩之目多至不可勝應、而詩之格亦多至不可勝品。然其於詩、類皆本無是情、而設情以爲之。夫設情以爲之者、其趨在於干詩之名。干詩之名、其勢必至於襲詩之格而剿其華詞。審如是、則詩之實亡矣。是之謂有詩人而無詩。

「(情を)設けて以て之(詩)を爲《つく》る者」とは古文辞派のことである。古人の詩は真実の情にもとづき、古文辞派のように特定の状況や時代を設定して偽りの情で詩を作ることはなかった。そこで、昔は、詩はあったけれども詩人はいなかったという。「詩を乞《こ》ふの目《もく》」とは、人が詩を求める目的。詩を求めることについては、徐渭に先立って呉寛(一四三五~一五〇四)が「後世固より擬古の作者有り。然れども往々にして以て人の求めに応ずるのみ」[8]と批判している。

詩が情に本づくことは古来より説かれ続けている。古文辞派「前七子」の李夢陽(一四七二~一五二九)も情に言及することが多く[9]、詩は「情より発し」「志を言ふもの」であり、「志を宣《の》べ和をいふ」「情の自ずから鳴る」ものであるという。文に関しては、道を人の究極と捉え、文は道が根底にあって成るものであり、行いがあって始めて真の文があるという[10]。

しかし、李夢陽の理想と実作とは異なっていた。彼の文学は、結果としては模擬剽窃に終わった。そうなった理由については充分な検討が必要であるが、ともかく李夢陽は多くの賛同者を得やすい路線を歩んだ。理想とする時代を設定し、「臨書のように文学を真似よ」[11]と言う。むろん古文辞派の人々がすべて同じ主張ではない。何景明(一四八三~一五二一)もやはり情を重んじるが、極端な模倣は否定し、李夢陽と文学論を闘わせた[12]。

「後七子」のときには古文辞の運動がいっそう盛んになり、全国的な規模で展開された。詩文を作る人口が増えれば増えるほど、スローガンは受け入れられやすい。「文は必ず西漢、詩は必ず盛唐、大暦以後の書は読むことなかれ」[13]

と言われれば人々は安心する。ことばをそっくり真似れば理想の詩文が作れるとなれば、文学に無自覚な者は抵抗なく受け入れてしまう。そして、信奉者が多くなればなるほど文壇の領袖は大きな権威を持ち、その権威者の片言の褒賞によって声価が俄に挙がるようになる。[14]徐渭の当時は詩人としての名声を得るためには権威者の機嫌をそこなわないように細心の注意を払い、果てはその詩句を真似なければならない、という状況にさえなっていた。[15]徐渭の言うように、情に本づくことなく模擬剽窃するだけの詩人が生まれ、真の詩は亡んでいたのである。

二、古文辞の弊を救うもの

「肖甫詩序」の後半では、「理を窮める」者が模擬剽窃するだけの状況を打破した、と次のように云う。

「理を窮める者」が起こってこれを救った。彼らは思った。言葉（が事象を表現する）には限界があるが、心の働きには窮まりがない。格律の整った華美な言葉には限界があるが、心の働きによって思いの生ずることは窮まりがない。詩はすべて心の働きから出発し、思いを主としている。かくして、持ち前ののびやかな者はその言葉もあきらかで、持ち前のふさぎ込んでいる者はその言葉も沈む。心の働きが深く思いの高い者は人からは知られにくいが、心の働きが分かりやすく思いの平坦な者は人に知られやすい。

有窮理者起而捄之。以爲詞有限而理無窮、格之華詞有限而理之生議無窮也。於是其所爲詩悉出乎理而主乎議。而性暢者其詞亮、性鬱者其詞沈、理深而議高者人難知、理通而議平者人易知。（『三集』巻十九「肖甫詩序」）

前節で見たように、古文辞派は、偽りの情で詩を作り、格律に囚われ、詞を飾りたてていた。その弊害を救うとなれば、真実の情で、格律に囚われず、素直にうたうことが必要となる。心の働きを窮めるなかで生じるさまざまな思いを詠ってこそ真の詩となるのである。心の働きによって生じる情は、したがって生まれつきの性によって、たとえば性が暢であればその詞は亮となり、性が鬱であればその詞は沈となる。また、思索が深く思いがあついと人には分かりにくくなり、思索が浅く思いがうすいと人には分かりやすくなる。そうした様々な個性が詩に表れる。格律に合う整った形と美しい言葉に拘泥する古文辞派に較べ、徐渭は人の真実の情を重視し、言葉について次のように云う。

人に鳥の鳴き声を真似る者がいる。その鳴き声はまったく鳥であるが、もともとは人である。さて、鳥に人の言葉を真似るものがある。そのしゃべり方はまったく人と変わりないが、もともとは鳥である。同じようにしゃべるからと言って、人と鳥とを同等とみることはできない。今日詩を作る者についても同じことが言える。自分の感動にもとづく言葉ではなく、他人がかつて言ったことをいたずらに盗み、この作品は誰々の体だからよいが、これはだめだ、この句は誰々の句に似ているからよいが、これはだめだ、などと言う。極めてじょうずに真似てはいるが、これは、鳥が人の言葉を真似ているのと何も変わらない。

人有學爲鳥言者。其音則鳥也。而性則人也。鳥有學爲人言者。其音則人也。而性則鳥也。此可以定人與鳥之衡哉。今之爲詩者、何以異於是。不出於己之所自得、而徒竊於人之所嘗言、曰某篇是某體、某篇則否、某句似某人、某句則否。此雖極工逼肖、而已不免於鳥之爲人言矣。(『三集』巻十九「葉子肅詩序」)

他人がかつて使用した語を盗み、個性を無くしている古文辞派への痛烈な批判である。誰々の詩文や語句に似ているからよい、似ていないからだめ、ということではなく、「自ら得た」語によって＝心の奥底から出たことばによって、はじめて個性ある文学は生まれるのである。

三、王守仁の古文辞批判と「窮理」

「理を窮める者」という視点から反古文辞を眺めると、明代の「理を窮める者」の祖であり、李夢陽・何景明と同時代の王守仁（陽明、一四七二～一五二八）について触れなければならない。

王守仁は、弘治十五年（一五〇二）、京師で古詩文を学ぶ人々と交際していた。しかし、彼らが才名を得るために古詩文を学ぶのを嘆いて、「吾焉《いずく》んぞ能く有限の精神を以て無用の虚文を為《な》さんや」と、遂に病を告げて越に帰った。[16]古詩文を学ぶ者とは、李夢陽や何景明らである。[17]

王守仁が詩文に決別したとき、李・何らは惜しみ嘆いたが、王守仁は笑って「韓愈や柳宗元のように文が上手くても文人にすぎない。李白や杜甫のように詩が上手くても詩人にすぎない。心性の学に志す限りは、顔回や閔子騫を目標として、第一等の徳業をなすべきだ。」と言ったという。[18]顔回の生き方について、王守仁は「顔回は自分の力を出し尽くしたけれども、終日愚者のようで、その楽しみを改めなかった。これは、名利を得ようと焦心苦労し、得失を憂い、欲に駆られて死ぬまで追い求め、精神力をすり減らしている世間の者とは、百倍以上の隔たりがある。[19]」という。

王守仁は、当時の文壇の有り様を端的に指摘し、批判する。「郡中の名流百を以て数ふるも、皆雕《ちょう》絵《かい》藻《そう》飾《しょく》し、熻《きゅう》熠《しゅう》して以て声誉を買《か》ふ」と。[20] 雕絵藻飾（詩句を美しく飾り立てる）して名誉を漁る人々。それがそのまま後七子にまで受け継がれていき、前節で触れたように、詩人としての名声を得るためには権威者の機嫌を窺い、果てはその詩句を真似なければならないという状況になっていくのである。古文辞の運動が全国的に広がった理由の一つが「名声利益を得るため」というのは、この時代を考える重要な鍵と言えよう。

王守仁は理を窮めて「心即理《しんそくり》」に至り、情を含む生きた心＝「良知」を中心命題とした。晩年は経書に根拠をもとめることが稀薄になったとはいえ、若い頃には「吾が心の理」によって古典を読み解くことを主張する。

経典は、常に守るべき正しい道である。それ（正しい道）が天に在るときには命と言い、人に付与されては性と言い、身体をつかさどるときにはそれを心《しん》と言う。心も、性も、命も、一つである。…言語によって性情の揺らぎを歌詠するとき、それを詩と言う。…六経は、吾が心の常に守るべき道以外の何物でもない。…詩というものは、吾が心が性情を歌詠しようとしたものである。…故に六経は、吾が心の記載されたものであり、六経の真実は、吾が心に備わっている。

…經、常道也。其在於天、謂之命、其賦於人、謂之性、其主於身、謂之心。心也、性也、命也、一也。…以言其歌詠性情之發焉、則謂之詩。…六經者非他、吾心之常道也。…詩也者、志吾心之歌詠性情者也。…故六經者、吾心之記籍也。而六經之實、則具於吾心。…（『王文成公全書』巻七「稽山書院尊經閣記」）

嘉靖四年（一五二五）王守仁五十四歳の文である。王守仁は、六経の真実は吾が心に具わっているのであるから、吾が心を以てすれば六経の真実が分かる、という。学問を重視する態度は、次の文によっても窺える。

…さて、学問は心に照らし合わせて納得することが大切だ。心に求めて非《ひ》ならば、その言葉が孔子から出ていても、あえて是《ぜ》とはしない。ましてそれが孔子に及ばない者から出ているならなおのことである。心に求めて是ならば、その言葉が日常の平凡なところから出ていても、あえて非とはしない。ましてそれが孔子から出ているならばなおのことである。…道は、天下が守るべき公道であり、学は、天下が学ぶべき公学である。朱子でなくても得て自分のものにすることができるし、孔子でなくても得て自分のものにすることができる。

…夫學貴得之心。求之於心而非也、雖其言之出於孔子、不敢以爲是也。而況其未及孔子者乎。求之於心而是也、雖其言之出於庸常、不敢以爲非也。而況其出於孔子者乎。…夫道天下之公道也。學天下之公學。非朱子可得而私也。非孔子可得而私也。（『傳習録』中「答羅整菴少宰書」）

真実は一つであり、学問は権威化されてはいけない、公平であるとする考え方は、既成の価値判断や道徳的意識からの解放を目指す。これはいずれ経書をすてて読まなくなる危険性も孕んでいる。王学左派はまさにそれであり、彼らのなかには人欲のみを強調する者も出てくる。徐渭のころにはすでに王学左派が活躍し始めていた。

四、徐渭の窮理法

徐渭の師には、陽明学者の季本（彭山、一四八五～一五六三）、王畿（龍溪、一四九八～一五八三）がいる。季本は、王艮（一四八三～一五四〇）や徐愛（一四八七～一五一七）と同じく王守仁の直弟子で、王守仁が晩年経書に根拠を求めなくなったことを修正し、古典を学ぶことを主張した。「王文三派の修証派（正統派）」[21]に位置づけられる。

徐渭が終生敬愛し続けることになる季本と出会ったのは二十七、八歳、季本六十三、四歳のときであった。季本が七十九歳で亡くなったあとも徐渭は師を敬愛し続け、その敬虔な気持ちを多くの詩文に表している。[22]

季本には多くの著作[23]があり、『詩説解頤』には旧説とは異なる、説得力ある解釈が見られる。[24]徐渭は師の『詩説解頤』に序を書き、詩の解釈法についての見解を次のように述べる。

およそ書物に記載されていることは、すべて知ることはできず、必ずしも正しい解釈ができるわけではない。肝要なことは、心から理解できるものを取り、それが現実に適用できるかどうか、ということを求めるだけである。…会稽の季先生の著した『詩説解頤』四十巻は、読んでみると、なるほどと思わせる。志が正しく見識が深く、その意はすべて経典に基づいて旧説に引きずられることがない。それ故にその説は卓越し、その書物は思いきりがよい。古の詩人と自分とは数千年の隔たりがあり、諸家の注釈も数十百以上もあるが、必ずしもそれらがすべて非で、こちらがすべて是であるとは言えない。しかし心から理解できるものを現実に適用させ、孔氏の遺した書の心を得ているのは、先生一人だけである。

以知凡書之所載、有不可盡知者、不必正爲之解。其要在於取吾心之所通、以求適於用而已。…會稽季先生所著詩説解頤凡四十卷、吾取而讀之、其大槩實有得於是。其志正、其見遠、其意悉本於經而不泥於舊聞。是以其爲説也卓而專、其成書也勇而敢。雖古詩人與吾相去數千載之上、諸家所註無慮數十百計、未可以必知其彼之盡非、而吾之盡是。至論取吾心之通以適於用、深有得於孔氏之遺書、先生一人而已。（『三集』巻十九「詩説序」）

書物に記載されていることがらは、すべて知ることはできない、また正しく解釈できるわけではない。解釈の要諦は「心から理解できるものを取り、それが現実に適用できるかどうか確かめてみる」ことである。季本の『詩説解頤』四十巻は、志が正しく、見識が深く、解釈は経典に基づいて旧説に引きずられず、心から理解でき現実に適用できるものである。経書の解釈について、徐渭はまた季本に手紙を送って次のように云う。

おおむね、先学では文公のような者は、著述・解釈がたちどころにでき、ほとんど諸子百家の奥義を窺い尽くしている。不明な点が氷解し理に合うすばらしさはもとより多くあるが、他人の詩文をそっくり盗む弊害も多い。このことは後学の深く戒めるべきことである。先学の誤りを正してその弊害をふたたび踏まないように、そうして後の人々のために文墨の地を愚弄しないようにしなければならない。ただ『解書』だけは、虚であるものも活であるものも、自らの心体のはかりによって分からないことを明快に説明している。あるはずの事跡がすでに無いとか、典故があるはずであるがどのような典故か考えられないとき、他の注では臆測のもとで説をたてているが、この書ではみずからの経験から批判分析し、前後で解釈が違っているなどということはない。

大約謂先儒若文公者、著釋速成、兼欲盡窺諸子百氏之奧。是以冰解理順之妙固多、而生呑活剝之弊亦有。此正後儒之所宜深戒者、不宜駁先儒而復蹈其弊、乃復爲後人弄文墨之地也。解書惟有虛者活者可以吾心體度而發明之。至於有事迹而事迹已亡、有典故而典故無考、則彼之註既爲臆説、我之訓亦豈身經、彼此詆譏、後先翻異。（『三集』巻十六「奉師季先生書」二）

書を解するには、「心体の度」によって、すでに知ることの出来ないことを発明しなければならない、と。これは先の「心から理解できるものを取り、現実に適用できるかどうか確かめる」という姿勢に通じる。

五、徐渭と季本と王畿と

明代思想の中心命題は、「心」をどう捉えるかにあった。王守仁は「心」はイコール「理」であると言ったが、その解釈をめぐって諸説が生まれ、徐渭のころには、「心」の「自然」が論じられていた。

季本は、「心」を考えるとき、「惕」に着目する。「惕」は、恐れ慎むことで、「惕若（警惕）」[25]ともいう。季本は云う、「自然」とは理に順うことである。「惕若」は理ではないが、もし「惕若」がなければ「心」は「気の動く所に随う」だけで理に順うことはできなくなる。「惕若」は「心」が理に順うという「自然」を「主宰」するものである、と。

自然とは、理に順うことを言う名称である。理が惕若＝恐れ慎むものでないならば、どうして順うことができよう。惕若＝恐れ慎むことを棄てておいて順うならば、気の動く所に随うだけである。…故に聖人は学を言うとき、自然を貴ばず、一人を慎むことを貴ぶのである。一たび自然に入ると、欲に流されやすくなる。

自然者、順理之名也。理非惕若、何以能順。舎惕若而言順、則隨氣所動耳。故惕若者、自然之主宰也。…故聖人言學、不貴自然、而貴于愼獨。正一入自然、則易流于欲耳。（『明儒学案』巻十三所引『説理會編』）

季本は、「惕若」が主宰し、理に順う「自然」は認めるが、そうでない〈自然〉、つまり当時盛行していた心のままなる自然は否定する。「惕若」に基づかない〈自然〉は「欲」に流れ易くなるためであり、それ故、聖人は〈自然〉

を貴ばず、「独りを慎む」ことを貴んだ、と言うのである。
季本の「自然」と「惕（若）」に対して、王畿は「自然」こそ宗とすべきで、「（警）惕」は「自然」の一つの働きでしかなく、いたずらに恐懼するのは正しさを得ていない、と云う。

龍溪が云う、学問は自然を宗とすべきである。警惕とは、自然のはたらきである。戒愼恐懼が少しの力も及ぼさずに、恐懼する所があるのはその正しさを得ていないのである。

龍溪云、學當以自然爲宗。警惕者、自然之用。戒愼恐懼未嘗致纖毫之力、有所恐懼便不得其正矣。（『明儒学案』巻十三「季本」）

季本は、「惕」を「自然」に至る絶対必要条件とするのに対し、王畿は、「惕」は「自然」の一作用にしか過ぎない、とするのである。
王畿は、王守仁の「心即理」をより徹底させ、「良知は学ばず慮《おもんぱか》らずして、本来愚息する」[26]ものであるとし、見聞知識を借りて良知を補完するという考えを「依識」の学として否定した。良知は修証を待って完全になるのではなく、いま現在成就しているものとし、既成の価値判断や道徳的意識からの解放をめざしたのであった。右の警惕の解釈も、その延長線上にある。
二人の師の「惕」「自然」説に対して、徐渭は次のように云う。

惕と自然とは、二つのものではない。自然は惕であり、惕はまた自然である。しかし、要《かなめ》は惕に在って自然にはない。

惕之與自然、非有二也。自然、惕也。惕、亦自然也。然所要在惕而不在於自然。(『三集』巻二十九「讀龍惕書」)

「惕」と「自然」とは二つのものではない。「自然」は「惕」であり、「惕」はまた「自然」である。しかし、要は「惕」にあって「自然」にはない、と。

王畿は、徐渭の表兄で、徐渭自ら記した年譜『畸譜』「師類」にはその名が第一に挙げられている。徐渭は、王畿と季本の二人の師の説を兼取しながらも、より季本に傾く。これは、儒・仏・道の三教に関しても同様である。王畿は三教融合の考えを持ち、[27]季本は儒教を顕彰して仏教を否定する[28]が、徐渭は三教融合でもなく、仏教を完全に否定するわけでもない。徐渭の思想は「論中(中を論ず)」(一～七、『三集』巻十七)に凝縮されており、三教に関しては、以下のように仏教と道教を一つと見て、儒教とともに二教としている。

老子や、列子や、荘子は、中国の仏陀である。…言い合わせたわけでもないのに、同じである。仏教と道教は、わが儒教とならび立って二つとなっているが、ただそれだけのことである。仏教と道教にはいわゆる道はない。

聃也、御寇也、周也、中國之釋也。…不約而同也。與吾儒竝立而爲二。止此矣。他無所謂道也。(『三集』巻十七「論中七」)

「論中」一では、道教と仏教の「中」の考え方を否定している[29]ので、徐渭は、より儒家に傾いているといえよう。ただし、儒家の既成の価値判断や道徳的意識からの解放は行っている。たとえば聖人に対して、

上古より今に至るまで、聖人とされる者は少なくはない。むしろ多い。四海に君となり、億兆の民の主人となっ

ている者から、果ては一芸を治めている者まで、およそ人に利を与える者は、みな聖人である。

自上古以至今、聖人者不少矣、必多矣。自君四海、主億兆、瑣至治一曲之藝、凡利人者、皆聖人也。（『三集』巻十七「論中三」）

と、伝統的な儒教観で解釈するのではなく、「人に利する者」、一芸に秀で、人々に影響を与えた者をすべて聖人とする。伝統的儒教における聖人だけを聖人としたり、陽明学左派のように自らを聖人としたりすることはない。徐渭の柔軟な個性が見て取れよう。

おわりに

王守仁が古文辞から離別したのは、「第一等の徳業をなすべき」と考えたからであった。徐渭もまた「現実に適用できるかどうか」を問題にしていた。学問を社会にどう活かすか、それはいつの世でも問われることである。

帰有光は後七子の領袖王世貞（一五二六〜一五九〇）・李攀龍（一五一四〜一五七〇）を「一二の妄庸人《もうようじん》」と痛罵し[30]、これが発端となって王世貞との間に「妄庸論争」[31]が起こった。帰有光の批判は、古文辞派は、古人の語句を模擬《もぎ》剽《ひょう》窃《せつ》するだけで、学問の根底がない、広く文学を学ばず特定の時代だけを模範とする、妄庸な人物をボスに仕立て付和雷同して大先輩を批判する、というものであった。

帰有光は科挙に合格するためだけの学問を批判し、古典を「吾が心」によって読み解くことを主張する[32]。それ故、古文辞派には学問の根底がないと批判するのである。

帰有光の師・魏校（一四八三〜一五四三）は、胡居仁（一四三四〜一四八四）の弟子で、帰有光の最初の妻魏氏の叔父である。魏校は、「宇宙全体是れ一理」とし、不善は気質より出て、性は本来善であると説いた。また、性を太極、気質を陰陽五行とみて、悪の起源を気質にもとめ、「衆欲行われざれば、天理自ずから見《あら》はる」と、情欲を否定する立場に立つ。また、太極は理であり、理気は不離不雑である、とするなど、程伊川の性即理に従う。[33] 治績には、広東赴任中、民間信仰などで祭る祠、すなわち朝廷編纂の祀典に記載されない淫祠を破壊するように命令し、儒教を重視し広めようとした。[34] 学問を修めて社会に適用するという、士大夫の伝統を体現したものである。帰有光も進士に及第して長興知県を授けられると、「古の教化を用いて」[35] 治めた。社会の不正を糺そうとする姿勢は師と同じである。

袁宏道は、「善く描く者は、物を師として人を師とせず。善く学ぶ者は、心を師として道を師とせず。善く詩を為《つく》る者は、森羅万象を師として、先輩を師とせず。李唐に法《のっと》る者は、豈に其の機格と字句とを謂ふのみならんや。其の漢たらず、魏たらず、六朝たらざるの心に法るのみ。是れ真に法る者なり。[36]」と、李贄の影響からか、一歩踏み越えると古典否定に向かう発言をする。しかし、その一歩を踏みとどまり、役人として社会に尽くした。

徐渭のいう「窮理者」という視点から反古文辞の人々を眺めてみると、確かにそこには理を窮めた人、すなわち人としての真実の生き方を求めた人が見えてくる。古典を「吾が心」で読み解き、人の情を察知し、治世に活かしたのは、帰有光であり、袁宏道である。社会で躓いたため文芸にそれを活かしたのは、徐渭である。いずれも思想界からの影響を受け、学問によって人としてのあり方を学び、それを社会に、そして文学に活かした。学は社会に還元され、文学には実生活に根ざす真情が詠われ、人々の心を潤したのであった。

明代文学は思想界との関連を特に考慮しなければならない。そこで、この章では、徐渭の古文辞批判をめぐって

「窮理」との関連について考察してみたが、より精細な考察と反古文辞の人々については後日に期したい。また、徐渭の「自然」観は、戯曲における「本色論」へと連なるが、これについてもいずれ稿を改めて考えてみたい。

注

(1)「迨嘉靖時、王愼中・唐順之輩、文宗歐・曾、詩倣初唐。李攀龍・王世貞輩、文主秦漢、詩規盛唐。王・李之持論、大率與夢陽・景明相倡和也。歸有光頗後出、以司馬・歐陽自命、力排李何王李。而徐渭・湯顯祖・袁宏道・鍾惺之屬、亦各爭鳴一時。於是宗李何王李者稍衰。」（『明史』巻二八五「文苑一」）

(2)「徐文長集三十巻。其詩欲出入李白李賀之間。…其文則源出蘇軾、頗勝其詩。故唐順之茅坤諸人、皆相惟挹。…故其詩遂爲公安一派之先鞭、而其文亦爲金人瑞等濫觴之始。」（『四庫全書総目』巻一七八）。

(3)拙論〈徐渭の古文辞批判と「比喩法」〉（『国士舘大学漢学紀要』第五号、二〇〇三年）。

(4)底本は『徐渭集』（中華書局、一九八三年）を用いる。

(5)郭紹虞『中国文学批評史』（一九六九年）等。

(6)『明史』巻二〇五「唐順之伝」。

(7)拙論〈帰有光の「文」理論―載道と抒情の融合―〉（『筑波中国文化論叢2』、一九八三年）。

(8)「後世固有擬古作者。然往往以應人之求而已。」（『匏翁家藏集』巻四十一「費昭霽中園四興詩集序」）。

(9)李夢陽の情に言及するものに以下のものがある。「夫詩發之情乎。聲氣其區乎。正變者時乎。夫詩言志。志有通塞、則悲懽以之。二者小大之共由也。」（『空同集』巻五十「張生詩序」）。「情者動乎遇者也。…故遇者物也。動者情也。情動則會心。會則契神。契則音所謂隨寓而發者也。…契者會乎心者也。會由乎動。動由乎遇。然未有不情者也。故曰、情者動乎遇者也。…」（同巻五十「梅月先生詩序」）。「夫天地不能逆寒暑以成歲、萬物不能逃消息以就情。故聖以時動、物以情徵、竅遇則聲、情遇則吟、吟以和宣、宣以亂暢、暢而永之而詩生焉。故詩者吟之章而情之自鳴者也。」（同巻五十「鳴春集序」）。「夫詩宣志而道和者也。故貴宛不貴嶮。貴質不貴靡。貴情不貴繁。貴融洽不貴工巧。」（同巻六十一「與徐氏論文書」）。

(10)李夢陽の文論に以下のものがある。「夫道、自道者也。有所爲、皆非也。」（『空同集』巻五十「遵道錄序」）。「古之文以

行、今之文以葩。葩爲詞腴、行爲道華。」（同巻六十「六箴」）。「文猶不能爲、而矧能道之爲。」（同巻六十一「駁何氏論文書」）。

(11)「夫文與字一也。今人模臨古帖即太似不嫌、反曰能書。何獨至於文而欲自立一門戸邪。」（『空同集』巻六十一「再與何氏書」）、「又謂文必有法式、然後中諧音度如方圓之於規矩。古人用之、非自作之。實天生之也。今人法式古人、非法式古人也。」（同巻六十一「答周子書」）。

(12)情を重んじることは、「夫詩本性情之發者也。其切而易見者莫如夫婦之間」（『何大復集』巻十四「明月篇」）等に見える。李何の論争は二人の書簡に見える。

(13)「其持論、文必西漢、詩必盛唐、大曆以後書勿讀。」（『明史』巻一七五「王世貞伝」）。

(14)「一時士大夫及山人、詞客、衲子、羽流、莫不奔走門下。片言褒賞、聲價驟起。」（『明史』巻一七五「王世貞伝」）。

(15)「後生小子不必讀書、不必作文。但架上有前後四部稿、每遇應酬、頃刻裁割、便可成篇。」（艾南英『天傭子詩集』）。「四部」は王世貞の『弇州山人四部稿』。

(16)「十有五年壬戌、先生三十一歳。在京師。八月疏請告。…先是五月、復命。京中舊遊、倶以才名相馳騁、學古詩文。先生歎曰、吾焉能以有限精神爲無用虚文也。遂告病歸越、築室陽明洞中、行導引術。」（『王文成公全書』巻三十二「年譜」）。

(17)「始昌國與李夢陽・何景明數子友。…正徳庚午冬、陽明王守仁至京師。守仁故善數子、…」（『王文成公全書』巻二十五「徐昌國墓誌」）。

(18)「弘正間、京師倡爲詞章之學、李何擅其宗、先師更相倡和。既而棄去、社中人相與惜之。先師笑曰、使學如韓柳、不過爲文人、辭如李杜、不過爲詩人。果有志於心性之學、以顔閔爲期、非第一等德業乎。」（『王龍渓先生全書』巻十六。）

(19)「夫顔雖既竭吾才、然終日如愚、不改其樂也。此與世之謀聲利、苦心焦勞、患得患失、逐逐終其身、耗勞其神氣、奚啻百倍。」（『王文成公全書』巻二十五「徐昌國墓誌」）。

(20)「郡中名流以百數、皆雕繪藻飾、熻熠以賈聲譽。」（『王文成公全書』巻二十五「陳處士墓誌銘」）。

(21)岡田武彦氏『王陽明と明末の儒学』。

(22)「奉贈師季先生序」（『三集』巻十九）、「季先生祠堂碑」（同巻二十四）、「先師彭山先生小伝」（同巻二十五）、「師長沙公行状」（同巻二十七）、「季先生入祠祭文」「時祭文」「縣祭文」「入郷賢祠府縣祭文」（同巻二十八）、「季彭山先生擧郷賢呈」（同巻二十九）等。

（23）著作は十一種、百二十巻に及ぶ。主なものに『詩説解頤』四十巻、『春秋私考』『廟制考義』『讀禮疑圖』『孔孟圖譜』『樂律纂要』『易學四同』『説理會篇』がある。
（24）「明季本撰。…大抵多出新意、不肎剽襲前人、而徴引該洽、亦頗足以自申其説。凡書中改定舊説者、必反覆援據、明著其所以然。…如斯之類、皆足於舊説之外、備説詩之一解」（『四庫全書總目』巻十六「詩説解頤四十巻」）。
（25）『易』乾の九三に「君子終日乾乾、夕惕若、厲无咎」とある。
（26）「良知不學不慮、本來具足。衆人之心與堯舜同。」（『王龍溪先生全集』巻五『雲門問答』）。
（27）たとえば良知に関して「先師提出良知兩字、範圍三教之宗、卽性卽命、卽寂卽感、至虛而實、至無而有、千聖至此騁不得一些精彩、活佛活老子至此弄不得一些技倆。」（『王龍溪先生全集』巻四「東游會語」）と云う。
（28）季本は当時の〈自然〉＝理とする考え方や、心が鏡のように理を照らし出すという説は仏教の影響であると批判する。「聖人以龍言心而不言鏡。蓋心如明鏡之説、本於釋氏、照自外來、無所裁判者也。」（『明儒学案』巻十三所引『説理會編』）
（29）「語中之至者、必聖人而始無遺、此則難也。然習爲中者、與不習爲中者、甚且悖其中者、皆不能外中而他之也。似易也。何者、之中也者、人之情也。故曰易也。語不爲中、必二氏之聖而始盡。然習不爲中者、未有果能不爲中者也。此則非直不易也。難而難者也。何者、不爲中、不之中者、非人之情也。魚處水而飲水。清濁不同、悉飲也、魚之情也。故曰爲中似猶易也。而不飲水者、非魚之情也。故曰、不爲中、難而難者也。」（『三集』巻十七「論中一」）。
（30）「蓋今世之所謂文者難言矣。未始爲古人之學、而苟得一二妄庸人爲之巨子、爭附和之、以詆排前人。」（『震川先生集』巻二「項思堯文集序」）。
（31）「嘗爲人文序、詆排俗學、以爲苟得一二妄庸人爲之巨子。弇州聞之曰、妄誠有之、庸則未敢聞命。熙甫曰、唯妄故庸、未有妄而不庸者也。」（銭兼益『列朝詩集小伝』丁集中「震川先生歸有光」）。
（32）科挙を批判するものとして「科擧之學、驅一世于利祿之中、而成一番人材、世道其蔽已極。士方没首濡溺于其間、無復知有人生當爲之事、榮辱得喪、纏綿縈繫、不可脱解、以至老死而不悟。」（『震川先生集』巻七「與潘子實書」）や「大科擧之所爲式者、要不違于經、非世俗所謂柔曼骫骳媚悦之辭以爲式也。」（『震川先生集』巻十一「送國子助教徐先生序」）等がある。学問法については、注（7）参照。
（33）『明儒学案』巻三参照。
（34）井上徹氏「魏校の淫祠破壊令—広東における民間信仰と儒教—」（東方宗教第99号）。

(35)「四十四年始成進士、授長興知縣。用古教化爲治。毎聽訴、引婦女兒童案前、刺刺作呉語、斷訖遣去、不具獄。」(『明史』巻一七五「歸有光傳」)。

(36)「善畫者、師物不師人。善學者、師心不師道。善爲詩者、師森羅萬象、不師先輩。法李唐者、豈謂其機格與字句哉。法其不爲漢、不爲魏、不爲六朝之心而已。是眞法者也。」(『袁宏道集箋校』巻十八「敍竹林集」)。

＊『中国文化』第61号（中国文化学会、二〇〇三年）初出。本稿は、引用の原文に新たに口語訳を付した。

徐渭の散文

谷口　匡

一、散文家としての徐渭の位置

徐渭の散文は、一般に絵画や書、戯曲や詩ほどには知られていない。徐渭が生きていた当時も彼はまず行草の名手として知られ、「私は書が第一、詩が第二、散文が第三、絵画が第四だ」と自分で言ったと伝えられる(1)ように、徐渭自身の意識としても散文の地位はそう高いものではなかった。

しかし、早く明の袁宏道《えんこうどう》はそれに一定の価値を与えて「(徐渭の)散文には卓越した見識があり、気力は沈着冷静、構成は厳密であって、模倣によって才能を損ねたり、空しい議論によって品格を傷つけたりすることなく、韓愈《かんゆ》・曽鞏《そうきょう》と同じ流れをくむものだ(2)」と言い、唐宋八家の韓愈や曽鞏の後に続く者と見ている。

また清の乾隆《けんりゅう》朝に「四庫全書」が編纂された時、徐渭の著作は発禁書目に入れられてしまったが、その解題だけ

唐順之像(『唐氏家乗志伝擷華』より)

茅坤像(『茅鹿門先生文集』より)

は書かれた。そこでは「その散文の源流は蘇軾《そしょく》から出ていて、いささか詩よりも優れている。よって唐順之《とうじゅんし》・茅《ぼう》坤《こん》らはみな彼を推賞した」[3]と言い、同じ八大家のうちでも蘇軾に類似点を求め、唐順之・茅坤といった唐宋の古文に学ぶ一派、いわゆる「唐宋派」から高く評価されたことを述べる。

そのことは陶望齢《とうぼうれい》の「徐文長の伝」の中に具体的に見えている。唐順之が古文家としてすでに名を馳せていた頃、胡宗憲《こそうけん》は徐渭に代作させた文章を自作であるかのように偽って、その出来栄えを問うた。唐順之は「私の文章に匹敵する」と驚いたが、宗憲が別の者に代作させた文章も出すに及んでやっとそれらが部下の代筆であると気づき、最初の文章の筆者に会いたいと求め、そこで徐渭を呼び出して飲み、意気投合したという。[4]

また、茅坤に関しては、文士の集まる宴会において、胡宗憲はやはり徐渭の作であることを隠した文章を見せて、その作者をあてさせた。茅坤は半分も読まないうちに唐順之だと言った。宗憲は徐渭に向って「彼はいつも唐順之を師と崇めているが、今日は君に弟子入りしたね」と冗談を言った。徐渭の作だと悟った茅坤は赤面しつつ残りの部分を読んで、「残念ながら後半は唐順之に及ばないがね」と負け惜しみを言ったのであった。[5]

一五二一年生まれの徐渭は、年代的には、帰有光《きゆうこう》（一五〇六―一五七一）、唐順之（一五〇七―一五六〇）、王慎中《おうしんちゅう》（一五〇九―一五五九）、茅坤（一五一二―一六〇一）ら唐宋派の諸人とはほぼ同じ世代ではあるが十歳前後若く、袁宗道《えんそうどう》（一五六〇―一六〇〇）、袁宏道（一五六八―一六一〇）、袁中道《えんちゅうどう》（一五七〇―一六三〇）らの公安派、鍾惺《しょうせい》（一五七四―一六二五）、譚元春《たんげんしゅん》（一五八六―一六三七）ら竟陵《きょうりょう》派よりも一世代以上年長である。唐宋派は「文は秦・漢」を標榜した排他的復古主義集団である古文辞《こぶんじ》派に対抗して唐宋の古文に標準を求め、より自由な表現を獲得しようとしたが、唐宋八家に標準を求めた点ではなお擬古的であった。それに対してそうした擬古的な立場に拠らずに個性や感情をさらに直接的に文章に盛ろうとしたのが公安派や竟陵派であった。

『明史』文苑伝では、帰有光が出ると司馬遷《しばせん》・欧陽修《おうようしゅう》のような古文の大家を自任して、李夢陽《りぼうよう》・何景明《かけいめい》・王世貞《おうせいてい》・

李《り》攀竜《はんりゅう》ら古文辞派をしりぞけ、さらに徐渭・湯顕祖《とうけんそ》・袁宏道・鍾惺といった人々もそれぞれの時代に争って売り出し、その結果、古文辞派の勢力も徐々に衰退したという。(6) 湯顕祖（一五五〇—一六一六）は一般に戯曲作家として知られるが、散文家としても一家をなし、古文辞派を批判する急先鋒であった。またこれ以外に古文辞派批判に影響を与え、独自の文学論を展開した思想家として李贄《りし》（一五二七—一六〇二）がいる。李贄は徐渭とほぼ同年代、湯顕祖はかなり遅れるが公安・竟陵の諸家よりはやや先んじ、つとに鄭振鐸は徐渭を李贄・湯顕祖の二家とともに公安派の先駆者とした。(7) また近年では郭預衡『中国散文史　下』が、古文辞派に批判的でそれに包み込まれなかった者として湯顕祖と同列に取り上げ、(8) また宋克夫「徐渭と唐宋派」では唐宋派との類似点に注目して、むしろ同派のしんがりと考えている。(9) さらに最新の本格的な散文論——付瓊『徐渭散文研究』では、秦・漢の散文に学んでいる点では実は古文辞派と通じ合う面があること、徐渭が公安派に知られたのはかなり後のことであって、同派の先駆者というよりはすでにできあがった彼らの風格を別な方向に転じさせる意味での影響であったこと、などこれまでの定説に修正を加えている。(10) これらの論を総合すると、徐渭は李贄・湯顕祖らとともに唐宋派の散文を公安派・竟陵派の散文へと媒介する位置にあったようだ。ここではそれがどのようなことだったのかをまず彼の文学論から考え、ついでいくつかの具体的な散文に即して述べよう。(11)

二、徐渭の文論

「文は秦・漢、詩は盛唐」というスローガンを掲げて非常に狭い範囲に規範を限定し、それ以外を認めない古文辞派に対して、徐渭は批判的な立場をとった。古文辞派が席巻した当時にあって、詩人たちは盛唐ふうの詩を作っているかどうかが常に問われ、その作品から詩人の肉声が失われていたことを、徐渭は「葉子粛詩序」（葉子粛の詩の序、『徐文長三集』巻十九）の中で次のように述べている。

鳥の言葉をまねることを学んだ人は、その声は鳥だが、性は人である。人の言葉をまねることを学んだ鳥は、その声は人だが、性は鳥である。これで人と鳥の基準を決めることができるだろうか。今の詩を作る人々にしても、同じである。自分自身の内心の感情から出ずに、ただ人が前に言ったことを盗んで、「何々の詩は何々のスタイルだ」「何々の詩はそうではない」「何々の句はだれそれに似ている」「何々の句はそうでない」などと言うのは、技巧をきわめてとてもよく似せているが、自分自身は鳥が人の言葉をまねしているのと変わらない。(12)

以上は主に詩を意識して述べたものだが、文章に関する考え方が窺えるものとしては「胡大参集序」（胡大参集の序、『徐文長逸稿』巻十四）があげられる。そこでは同時代の人々が前漢の文章を規範とするとしながら実際はそうなっていないのを次のように批判する。

今の世の文章は、ともすると前漢を尊ぶことを公言して、董仲舒《とうちゅうじょ》・賈誼《かぎ》・劉向《りゅうきょう》・揚雄《ようゆう》を拠りどころとする者が天下に満ちている。……だが彼らが到達しようとしている所を導き出してみると、その文章に関しては、国がどうあるべきかに通じ、一万言におよぶ上奏文を書いた時、一字として心の中から出ない言葉がなかったという、あの賈誼のような文章をめざしている者が、果たして天下に満ちているのだろうか。あるいはそうでもないのではないか。(13)

これも同時代の人々が模倣一辺倒であることへの批判であるが、とりわけその模倣が表面的なものにとどまっていて、先人のすぐれた本質を取り込んでいないのを問題にしている。

さて徐渭のこうした考え方は唐宋派の文論とも繋がっている。唐宋派の代表的文論としては唐順之の本色論がある。これは胸中にある思いを彫琢を加えずに手にまかせて書き出した自然素朴な表現を重視し、それを「文章の本色」と呼んだものである。文章の良し悪しは技術的なことにあるのでなく、肉声をいかにストレートに出しえているかだとした。これは古文辞派の詩文がただ形式だけをまねて本質を見失っていると考えた徐渭の立場と通じ合うものである。この本色論が徐渭に影響を与えていたことは、戯曲の批評において「本色」の語をそのまま用いている(14)ことからも窺える。

三、徐渭の散文

1、出世作「代初進白牝鹿表」

徐渭に文章の才能を見出したのは胡宗憲であった。胡宗憲は浙江の総督となると、当時、明を悩ましていた倭寇の対策に実力を発揮して地歩を固めたが、しだいに朝廷内での勢力を失っていく。彼は状況を挽回しようとして嘉《か》靖《せい》帝に媚びるべく、白鹿を献上した。白鹿は王者の恩恵が人民に及ぶと現れるとされており(15)、それを献じることで迷信を信じる嘉靖帝に取り入ろうとしたのである。その時、胡宗憲の幕下にいた徐渭は、献上に際してつける上奏文を代筆するよう命ぜられる。それが「代初進白牝鹿表」（代って初めて白き牝鹿を進る表《たてまつ》、『徐文長三集』巻十三）である。

謹んで予言書を調べ、次に道家の真理を修めましたところ、鹿の群れの中には、特別に神仙に類する種があり、千年を経てはじめて青くなり、さらに五百年して白色に改まると、それ以後、その寿命が無限になることがわかりました。道家の呼吸法の効果や、仁政や運勢への感応については、すっきりと述べ尽くせる者はおりませんが、これは実にまれに見るめぐり合わせであります。聡明な君主がおられて、無為の道を修め、万物の本性を守り、初めに合致して、そこでやっとこの瑞祥を招き寄せることができるのです。(16)

以上は「代初進白牝鹿表」の冒頭部分である。この文は嘉靖帝をいたく喜ばせた。胡宗憲は徐渭の弁舌についてはもともと一目置いていたのだが、彼の実力をますます認め、これ以後、すべての「表」（上奏文）や「記」（記録文）のたぐいは徐渭によって代筆されることとなった。

2、代作の名篇「鎮海楼記」

そのようにして始まった徐渭の代作の中から代表的なものを選ぶなら「鎮海楼記」（鎮海楼の記、『徐文長三集』巻二十三）があげられよう。これは嘉靖三十九年（一五六〇）、杭州《こうしゅう》の鎮海楼《ちんかい》が胡宗憲によって再建されたのを記念するために、徐渭が命を奉じて執筆した文章である。

作品は大きく三つの部分からなる。第一段は楼についての概要を記した部分で、建物の由来と名前の変遷および二度の火事に遭ったことなどが述べられる。第二段は総督として浙江に着任し、楼の再建を決意した胡宗憲の言葉を記した部分で、再建が差し迫って必要な事業かと難色を示す者があったのを受けて、宗憲がその必要性を言葉を尽くして主張する。そこでは楼からの眺めのすばらしさとその価値が、宗憲の言葉として次のように書かれる。

鎮海楼は府城の中央に位置して、大通りをまたぎ、背後に呉山《ござん》を有し、東西南北に名山・大海・湖沼・満潮干潮などの絶景があって、見渡すかぎり数百里にわたって果てしなく広がり、人々の住居は百万戸、その間の村や市場をはじめ官有・私有の景物は億の単位で数えられるが、瞬時にしてそれらを手に入れることができるのであって、ただこの楼だけがもつ特別な眺めなのだ。はるか遠方の島々についても、さながら手中に収めたようで、天に向って高く飛び上がり、下を見下ろして南方の野蛮な空気を圧倒する。東方の野蛮人は貢ぎ物を献じにやって来ると、いつもこの楼を仰ぎ見て拝礼し歩き回ってからようやく去っていく。よって四方から来る者も、ここに来ては見上げて見物の目印としないことはない。このような状況が数百年続いていたのに、ある日、消滅すると、人々を帰る所を失ったかのように落胆させ、楼は平和を顕示し、遠近の者を喜ばせるものではなくなった。(17)

この部分は胡宗憲の言葉を通じて実にたくみに楼の価値が語られている。それは一見、楼から眺めた四方の景観の美しさ、雄大さを述べたようでありながら、実は四方の蛮人を圧倒する楼の威容にも言及している。そしてそれは単なる印象ではないことを、実際に楼を仰ぎ、拝礼する人々や、楼を失ったことで落胆する人々を描くことで証明するのである。

宗憲の言葉はこのあとさらに続き、楼の価値がそれだけにとどまらず、人々に日々の時刻や四季の区切りを告げるものであったこと、さらには五代呉越国《ごえつこく》の銭鏐《せんりゅう》が宋に服従して建てたものであって、そのことを倭寇に知らせるためにも再建が急務であると力説している。

そして第三段は以上の胡宗憲の言葉を受けて、再建が決定され、楼が完成するまでのことが記述される。ここでは最後に次のような感慨を記して徐渭は文章を結んでいる。

はじめ楼がまだ完成しない時は、盗賊が海上に満ちていた。今に至る五年の間、私は軍隊を出動させて討伐するのに忙しかった。盗賊のうち、勢力ある者は捕らえ、来た者は逃げ、この地にいる者も恐れて近づかず、海上が始めてしずまった時に、楼がちょうど完成した。そこでもとの名前に従って「鎮海楼」というのである。(18)

文章は、この建物の魅力や価値をさまざまな面から浮かび上がらせながら、同時に「鎮海」という名称にひっかけて、楼が海上に跋扈する倭寇を鎮《しず》める象徴となっていることを明らかにする。その際、ただ単に建物を描写したり、逆に倭寇の討伐をもっぱら主張したりするのでなく、叙事と議論をほどよく調和させ、読む者を飽きさせない。胡宗憲のための代筆ではあるが、楼の由来や歴史によく取材し、倭寇による混乱を収拾する職務にある宗憲の立場にも配慮した会心の作だといってよい。

3、閑適の描写「酬字堂記」

同じ「記」のジャンルでも、代作でないものとして「酬字堂記」（酬字堂の記、『徐文長三集』巻二十三）をあげよう。これは「鎮海楼記」を書いたことで報酬を得た徐渭が、それを元手に自分の土地を買い、家を建てるまでの一部始終を記したものである。原文で二百字にも満たない小品であって、全文は次のとおりである。

鎮海楼が完成すると、少保公（胡宗憲）は私に「これは記念の文を作らなくてはならない。私に代わって原稿を書いてくれないか」と勧めた。原稿ができあがって献上すると、公はその出来栄えを褒めて、「聞くところでは長らく仮住まいだというじゃないか。すぐに会計を呼んで銀二百二十両を支給し、君の家を作らせよう」と言った。私は多すぎると感じて辞退し、とても受け取れなかった。公は言った、「私は晋公（裴度《はいど》）に対して恥ずかしいよ。君のこの文章は皇甫湜《こうほしょく》にひけをとるだろうか。もし福先寺のことを基準にして、字数を数えて私の報酬を責められたら、私は少なすぎる。多すぎるはずがないじゃないか」。私は公の言葉に感激して、報酬を受け取って、持ち帰り、ありたけの財宝を出して文物の類を公の言い値どおりに売り、城の南東の地十畝《ぼ》を買い、二十二間の家屋と、小さな池二つがあり、池には魚を泳がせ、ハスを植えた。樹木の類は、果樹・花卉・材木の三種で、全部で数十株である。長い間垣は田畑にまでわたり、枸杞《くこ》の木で守り、外側には竹数十本を植えて、タケノコが雲に向って突き出ている。客が来ると、魚を網で取り、タケノコを焼き、熟れて落ちた果実を添え、酔って歌を歌う。最初、建物が秩序なく並んでいたが、少しずつ整理して建て替えていき、かくて母屋に「酬字」と額を掲げたのである。(19)

ここに「福先寺のこと」というのには典故がある。唐の文章家として知られる皇甫湜は宰相裴度の属官であったが、裴度が福先寺を建てた時、三千字からなる「福先寺の碑」を書いたとされる。その際、一字につき絹三匹を要求して、報酬が少なすぎることを裴度に訴えたと『新唐書《しんとうじょ》』（韓愈伝附）に見えている。(20)「酬字」——文字に対する報酬——を話題にするこの文ではその故事をふまえて、「鎮海楼記」を書いてから報酬を受け取るまでの顛末をあえてこまごまと書き綴っている。『新唐書』を見ると、裴度ははじめ白居易《はっきょい》に文章を依頼していたが、皇甫湜は「自分を見捨てるのか」と怒ってそれを変えさせた。加えて、上述の通り文章の報酬も少なすぎると再度怒っている。このような福先寺の故事とは対照的に、胡宗憲と徐渭の関係は円満である。胡宗憲は皇甫湜の要求を笑って聞き入れた裴度の度量の大きさを尊敬し、見習おうとしている。またその部下である徐渭は自分から要求を出さなかっただけでなく、報酬の提案を一度辞退さえし、宗憲の気持ちを汲んでやっと受け取るのである。

このような二人のうるわしい関係は「酬字堂」と名づけた徐渭の住居にもつつましく清潔な品格を与えている。「酬字」の顛末のあとには、住居やそれに付随する自然、来客を迎えた時のようすなどが描写される。それらの描写を通じてそこに閑適の境地を得て満足している文人徐渭の姿も浮かび上がってくる。

4、「本色」による追悼「祭少保公文」

嘉靖四十一年（一五六二）胡宗憲は宰相の厳嵩《げんすう》が罷免されたのに連坐する形で逮捕される。一度釈放されるが、同四十四年（一九六五）、再び下獄し、獄中で自殺する。宗憲の死が四十五歳の徐渭に与えた衝撃は大きかった。そのことはまず、宗憲を悼んで書いた「祭少保公文」（少保公を祭る文、『徐文長三集』巻二十八）から窺える。全文は次のようなごく短いものである。

ああ、痛ましいことだ。少保公（胡宗憲）がおのれを律する時はおのれの過ちを思うべきであった。人々が混乱を回避できた時は少保公の功績を思うべきであった。今、双方がそう思わなかったがためにとうとう不幸な事態に遭遇してしまった。ああ、痛ましいことだ。少保公が生きている時は、私はおのれを律する人として最初から仕えることができなかった。今、没したからといって、功績を思うべき人として最後にその人を仰ぎ慕うことができようか。思うに身分も地位もこのように低いがゆえに二人とも大志を抱きながら実質が伴わなかったのだ。ただ目をかけてもらったことに恩を感じ、そっと草むらで顔を覆って涙を流すのである。[21]

祭文《さいぶん》は亡くなった人物を哀悼する文であるから、死者の生前の行いを礼賛した表現をつらねるのが常套であるが、これは異なっている。生前、自分自身の過ちを認めようとしなかった胡宗憲の欠点をあげて、それがこのような事態を引き起こしたのだと述べる。それでは死者を憎んでいるかといえば決してそうではない。そのように書きながらも宗憲の死を惜しむ感情が率直に行間に溢れているのである。これは胸中の思いを率直に吐き出す「唐宋派」散文の「本色」に通じるものといえる。[22]

5、狂気の中の自由「自為墓誌銘」

胡宗憲の死の衝撃は次にはもっと過激な形で現れる。陶望齢の「徐文長の伝」には、

胡宗憲が逮捕されると、徐渭は自身に災いがふりかかるのを恐れて、ついに発狂し、大きな錐で耳を刺した。その深さは数寸に及んで、流血して死にそうになった。また錐で陰嚢を打ち砕いたが、死ななかった。[23]

と述べ、宗憲の逮捕が引き金なって発狂し、自分の身体を傷つけて死のうとしたとする。この徐渭の発狂に関しては本当に狂ったのだとする説といわゆる「佯狂」——狂ったふりとする説があるが、詳細は内山知也「徐渭の狂気について」[24]に譲る。

ともあれこうして自殺を図るに及んで書かれたのが「自為墓誌銘」（自為《じい》墓誌銘、『徐文長三集』巻二十六）である。これは文字どおり自ら為《つく》った自分の墓誌銘であるが、生前に自身の死を想定して書かれた文章には早く東晋の陶淵明《とうえんめい》の「自ら祭る文」が知られ、また同じ墓誌銘のジャンルとしては唐の王績《おうせき》の「自作墓誌文」や杜牧《とぼく》の「自撰墓誌銘」がある。

これらのうち陶淵明や王績の文は、ただ単に自身の一生を回顧するのではなく、他と異なる自分の生き方を綴ろうとしているかに見える。徐渭の「自為墓誌銘」もその点では同様である。たとえば彼は子どもの頃から中年の現在にいたるまでの自身の遍歴を次のように記している。

生まれて九歳にしてすでに仕官を求める文章を練習して書けるようになった。しかしむなしく見捨てられたまま十余年間が経ち、後悔して学問をするようになると、志もまた世事から遠く離れて、博く通じることに務め、経学・史学の諸書から学び、小さいものでは小説に至るまで、やみくもに極めつくそうと思い、一旦、決心するたびに寝食を廃し、書を読みだすと文書や記録で座席の周囲が埋め尽くされた。こういうわけで、四十五になろうとする今にいたるまで、学校に二十六年在籍し、二十人中に十三年寄食したが、郷試《きょうし》の受験資格を八度得て一度も合格せず、人々は争って私を笑おうとした。(25)

ここでは結果として官吏登用試験を何度受けても合格せず、人々から嘲笑される現実が描かれている。しかし同時に自分の学問が仕官を求めるためだけではない、もっとスケールの大きなものであること、またそれに寝食を忘れて真剣に打ち込んだことが書かれ、世の一般の人々と異なる自分の生き方に対する自負もまたにじみ出ている。

そしてこの「墓誌銘」はそういう自己の姿を叙述するだけでは満足しない。そこではさらに一歩進んで、自殺の道を選んだことの正当性を次のようにはっきりと主張している。

人は言う、あなたは文士であり、しかも節操を守っているのだから、死ぬことはないだろうと。しかし昔の文士には幕僚となり節操を守りながら死んだ者が多いのを知らない。こうしてみると私が自殺するのは、人に殺されるのと比べてどうであろうか。私の性格は、正義において関係しないと思った時は、いつも好き勝手をして儒家の教えに縛られないが、正義において間違っているとなると、恥をおかし、腐敗と潔白の間に挟まって、頭を断たれても意志を変えない。だから死に関しては、親も止められないし、友人にこれを理解できる者もいないのだ。[26]

文全体の構造として考えると、遍歴を記した前者の部分は「叙事」であり、主張を述べた後者の部分は「議論」になっている。墓誌銘というジャンルの性格上、叙事が大半であるのだが、その中にこのような議論がずっと顔を出している。それは自殺を正当化する過激な論でありながら狂気による激昂はむしろ感じられず、死を決意した人の言葉であるがゆえに何者にも束縛されない、自由でのびやかな調子になっている。

胡宗憲の逮捕と死という衝撃的な現実の中、その忠実な部下であった徐渭は身の危険を感じて、自殺の道を選ぼうとした。その際の「発狂」がいかなるものだったかはもはや不明だが、少なくともこの文は、生死のぎりぎりの境に置かれた人間が、逆にいかに欺瞞に満ちた現実を超越して自由であるかを冷静に示し得ているように思われる。それを可能にしたのは、一つは死後にしか読まれる心配のない「自為墓誌銘」という特殊なジャンルによる。しかし同時にそのような自己の状況をそのままに写すことのできたのは、ただ単に達意というようなレベルにとどまらない、徐渭の散文のもつ大きな特性であったと認められよう。

6、記念すべき遊覧の記録「遊五泄記」

徐渭の狂気は自殺未遂にとどまらなかった。そうした彼の異常な精神状態は一時の小康をへたのち再発し、嘉靖四十五年（一五六六）には後妻の張氏を殺して投獄されるに至る。監獄での生活は七年に及んだが、神宗即位による大赦があり、釈放される。

釈放の翌年、すなわち万暦《ばんれき》二年（一五七四）、徐渭はすでに五十四歳になっている。この年の十一月二十二日、彼は郷里紹興《しょうこう》からほど近い諸曁《しょき》県の名勝、五泄《ごせつ》山に遊んだ。彼自身が書いた自分の年譜『畸譜《きふ》』のその年に「仲冬念二《にじゅうに》日、五泄に入る」とわざわざ記しているのは、その遊覧が記念すべきものであったことを思わせる。実際、それは、十三日に及ぶ比較的長いものであり、気心の知れた門人たちを伴っていたことからしても、記憶に残る心地よい時間だったのであろう。

徐渭はこの遊覧を記念して「遊五泄記」（五泄に遊ぶ記、『徐文長三集』巻二十三）を書いた。「記」というにふさわしく、大半がその行程の記録であって、いついつどこに至った、だれそれが来た、どこでだれと飲んだ、どこに泊まった、天気はどうだった、何々を見た、というような事実が次から次へと連ねられる。

> 万暦二年十一月二十二日、王図《おうと》・呉系《ごけい》・馬策之《ばさくし》と連れ立って五泄に行く。最初に、謝家橋《しゃかきょう》に宿泊。翌日は雨。山道を行くと、驢馬が荷物を背負えなくなって、夕方、楓橋《ふうきょう》の駱意《らくい》さんの家に行って泊まる。翌日、その兄の懐遠公《かいえんこう》こと駱験《らくけん》さんが来る。翌日、懐遠公と飲んだあと、化城寺に入る。その翌日、陳心学《ちんしんがく》さんが来る。その翌日、陳さんの家で飲んで泊まる。……(27)

五泄山図（『古今図書集成』より）

行程の一部始終はこうした簡潔な筆致で記録される。このように見るとこの「記」はただ遊覧の事実を書き留めただけのものに見えるが、そうではない。徐渭は、次には、過去の文豪にも助けを借りながら、この地の風景の美を何とか言葉にしようとする。

この風景には、洞穴は陰の美があり、五泄山は陽の美があって、七十二の峰が二つの壁となって一つの谷を挟み、明るくなったり暗くなったりし、広々としたりせばまったりし、陰と陽の中間の美がある。私から言わせれば、五泄よりすぐれる風景はほとんどなく、物に借りてそれを言い表そうとしても結局、言葉足らずになる。蘇軾が白水《はくすい》の仏跡《ぶつせき》山に遊んで、「山上の滝が三十仞《じん》の高さから落ちるようすは、まるで雷がごろごろと鳴り稲妻が走るようで、言い表しがたいが、おおよそ項羽《こうう》が章邯《しょうかん》を破った時の勢いのようだ」と言ったのに近い。[28]

ここでは「陰」と「陽」の語を用いて、五泄における正反対の二つの美しさを集約する。しかしそれだけでは足りないと見るや、蘇軾が白水の仏跡山で見た滝を評した言葉を持ってきて何とかその地の雰囲気を伝えようとする。

蘇軾の評語は陳慥《ちんぞう》に与えた尺牘にほぼ同じ文が見える。(29)

最後はまた事実の記録に戻る。但し、遊覧の時間や場所、同行者などは前半で記載ずみであって、ここに書かれるのは宿泊地と道中の苦労である。特にここでは、驢馬から落ちたとか、谷川で溺れそうになったとかの失敗談があえて書かれているのが印象的である。

この旅行は、往復計十三日、陸の旅三百里、水上の旅百三十里。駱意さん宅の宿泊が四晩、道中の野宿も同じだけ、陳さん宅一泊、寺での宿泊は陳さんの二倍。小生、驢馬から落ちること二回、谷川を越えようとして溺れること一回、濡れること四五回、驢馬が山でつまずくこと三回、門生らが溺れたりつまずいたりしたことは一々取り上げない。詩二十首ができる。作るたびに、門生が必ず唱和した。(30)

以上、三つの部分に分けて「遊五泄記」をみたが、それぞれの部分にそれぞれの面白さを備える。事実を羅列した第一の部分には、次々と目まぐるしく場面が変わることで、徐渭らの一行について現地を旅しているような臨場感がある。そのように旅をした風景の美しさを、第二の部分で徐渭と蘇軾の二つの見方から改めて確認し、堪能できる。そして第三の部分では、旅した人でしか知りえない、道中の失敗談を聞くことができるのである。このようにみるとここでも叙事から議論へ、議論からまた叙事へ、という変化が見られるが、全体的には叙事が主となり、その中にいたって自然に議論が割り込んでいるという趣きである。

同じ山水游記でも柳宗元《りゅうそうげん》の「永州八記《えいしゅう》」などは、左遷された筆者自身の存在と見捨てられた山水とが重なりあって独特の悲愴感がただようものであったが、徐渭のこの游記は、数年にわたった獄中生活を経た後に獲得した穏やかな心境が全篇に及んでいるように思われる。そうした余裕ある状況での旅の軽快な足どりが失敗の記録一つからも伝わってくるようだ。

7、長寿を祝う議論「寿二王翁序」

徐渭は万暦八～十年（一五八〇～八二）、すなわち六十歳から六十二歳にわたる四度目の北京滞在を最後に、以後は七十三歳で亡くなるまでをほぼ郷里の紹興で過ごした。この晩年期に書かれた作品からは「寿二王翁序」（二王翁を寿《じゅ》する序、『徐文長逸稿』巻十五）をとりあげよう。

さて、徐渭と張氏との間にできた子の徐枳《じょき》は万暦十四年（一五八六）に王氏の娘と結婚し、王道翁《おうどうおう》の家の入り婿となっていた。この時、徐渭、六十六歳であって、『畸譜』のその歳の記事に「季春、枳、王に贅《ぜい》す」とあるのはそれを指す。三年後の万暦十七年の冬、徐枳が帰ってきて、岳父の王道翁の誕生日を祝った。この時、王道翁は六十歳、その弟である王渓翁《おうけいおう》が五十歳であった。この二人の「翁」の長寿を祝った文章「寿二王翁序」はこの時に書かれた。

この「寿序」はしいて分けるなら三つの部分に分けられる。第一段はこの文を書くことになったいきさつを記す部分で、息子の岳父王道翁とその弟王渓翁がそれぞれ六十、五十の年齢に達したのに、小羊と雁を贈ることができずに恐縮していると、「むしろ文章を」と乞われたことを書く。第二段は道翁・渓翁の外見や人柄を水・金・火という五行の概念を交えて述べ、称える部分であり、ここがいわば全体の要になる。第三段はこの二翁がその母君にいかに尽くしているか、その末の弟の徳翁《とくおう》も含めた兄弟がいかに助け合っているか、といったことが書かれ、徳翁に関してはまだ若いから五十歳になった後でお祝いを述べても遅くないだろう、と記して結ぶ。ここでは一篇の中心部分に相当する第二段を紹介しておく。

近頃しょっちゅう王家の翁たちと飲んでいるために、ひそかにその容貌を観察している。道翁は顔色がほのかに黒ずんでいるが、それは水の気を特に多く得ているからである。両頬はがっしりとして広く、あごの骨はひしゃくの柄が外に向いているかのようで、竹が鳴るように発声し、人に対しては従順である。これはまことに水を得た者である。そして渓翁の顔色はほのかに白く、またほのかに赤く、頬骨は上がって膚の肌理が細かく、鐘が鳴るように発声し、ひげは矛のように尖り、人に対しては誠実である。これは金が火を兼ねた者である。俗に金は火を恐れると言うが、金が火の助けを借りなければ器ができないことが忘れられている。よって二翁が気を得ているのは、一番上の兄さんが混じり気のない水であり、その下の弟が金であり、火を得て完全になるから、一つは従順であり一つは誠実である。金と水は壊れにくい。壊れにくいものは長寿ではなかろうか。(31)

以上の部分はまず兄の道翁について外見や発声の特徴を記述し、そこから水の気を得た者との結論を導く。ついで弟の渓翁についても同様にして金が火を兼ねた者だとする。こうした五行の理論を使いながら、長寿というこの文章で書くべき主題に結び付ける。長寿を祝う文章であるからこうした議論によって目的を達するのである。

この作品では議論が全体の中心にどっしり居座っている印象がある。それでいてやはり叙事と議論のほどよい融合を見ることができるのは他の散文と同じである。

四、結びに代えて

徐渭の散文の中から比較的よく知られたものを取り上げてみたが、その特色を一言でまとめるなら、彼の行草の書に見られるような伸びやかさがその散文にも現れているように感じられる。それは悪しき境遇にあっては自己の主張をはっきりと言い尽くす強靱さとなって現れて我々を励まし、余裕ある状況では閑適を愉しむ作者の姿を描き出して読者にも安らぎを与える。自己の感情を偽らずに率直に表現する点では、唐宋派の「本色」論を受け継ぐものでもあろう。

叙事と議論という側面からみると、取り上げた作品が叙事的なジャンルに偏ったこともあるが、叙事を主体にしながら、その中に議論を調和させていく手法にすぐれると思われる。彼よりあとの公安派・竟陵派に見られる小品文は叙情を主にしたものであるが、徐渭のそれはむしろ叙事に特徴をもつのではなかろうか。

いずれにしても古文辞派全盛の時代から反擬古主義の時代へ移っていく過渡期にあって、徐渭は唐宋派の散文を公安派・竟陵派のそれへつなぐ位置にあったと確かにいえよう。

注

（1）渭於行草書尤精奇偉傑、嘗言吾書第一、詩二、文三、画四、識者許之。（明・陶望齢「徐文長伝」）

（2）文有卓識、気沈而法厳、不似摸擬損才、不以議論傷格、韓曽之流亜也。（「徐文長伝」、上海古籍出版社『袁宏道集箋校』巻十九）

（3）其文則源出蘇軾、頗勝其詩。故唐順之茅坤諸人皆相推挹。（『四庫全書総目』巻一七八・徐文長集）

（4）時都御史武進唐公順之、以古文負重名。胡公嘗袖出渭所代、謬之曰、公謂予文若何。唐公驚曰、此文殆輩吾。後又出他人文、唐公曰、向固謂非公作、然其人誰耶。願一見之。公乃呼渭偕飲、唐公深奨歎、与結驩而去。

（5）帰安茅副使坤時游於軍府、素重唐公。嘗大酒会、文士畢集、胡公又隠渭文語曰、能識是為誰筆乎。茅公読未半、遽曰、此非吾荊川必不能。胡公笑謂渭、茅公雅意師荊川、今北面於子矣。茅公慙慍面赤、勉卒読、謬曰、惜後不逮耳。其為名輩所賞服如此。

（6）帰有光頗後出、以司馬欧陽自命、力排李何王李、而徐渭湯顕祖袁宏道鍾惺之属、亦各争鳴一時、於是宗李何王李者稍衰。

（7）鄭振鐸『挿図本中国文学史　四』（人民文学出版社、一九五七年）九四一頁。

（8）郭預衡『中国散文史　下』（上海古籍出版社、一九九九年）二一五～二二三頁。

（9）宋克夫「徐渭与唐宋派」（『文学遺産』二〇〇六年第二期所収）。

（10）付瓊『徐渭散文研究』（上海古籍出版社、二〇〇七年）二一一～二四〇頁。

（11）作品の選択や考察にあたっては上記の諸書のほかに、梁一成編著『徐渭的文学与芸術』（芸文印書館、一九七七年）、袁震宇「徐渭」（『中国歴代著名文学家評伝（続編二）』山東教育出版社、一九八九年）、李徳仁『徐渭』（吉林美術出版社、一九九六年）、丁家桐『東方畸人・徐文長伝』（上海人民出版社、一九九九年）などを参照した。なお徐渭の作品の引用はすべて『徐渭集』全四冊（中華書局、一九八三年）によった。

（12）人有学為鳥言者、其音則鳥也、而性則人也。鳥有学為人言者、其音則人也、而性則鳥也。此可以定人与鳥之衡哉。今之為詩者、何以異於是。不出於己之所自得、而徒窃於人之所嘗言、曰某篇是某体、某篇則否、某句似某人、某句則否、此雖極工逼肖、而已不免於鳥之為人言矣。

（13）今世為文章、動言宗漢西京、負董賈劉楊者満天下、……其於文也、求如賈生之通達国体、一疏万言、無一字不写其胸膈者、果満天下矣乎。或未必然也。

（14）「西廂序」（『徐文長佚草』巻一）に見える。

（15）たとえば『宋書』符瑞志中に「白鹿、王者明恵及下則至」とある。

（16）臣謹按図牒、再紀道詮、乃知麋鹿之群、別有神仙之品、歴一千歳始化而蒼、又五百年乃更為白、自茲以往、其寿無疆。至於錬神伏気之徴、応徳協期之兆、莫能罄述、誠亦希逢。必有明聖之君、躬修玄黙之道、保和性命、契合始初、然後斯祥可得而致。

(17)鎮海楼建当府城之中、跨通衢、截呉山麓、其四面有名山大海江湖潮汐之勝、一望蒼茫可数百里、民廬舎百万戸、其間村市官私之景不可億計、而可以指顧得者、惟此楼為傑特之観。至於島嶼浩眇、亦宛在吾掌股間、高翥長鶱、有俯圧百蛮気。而東夷之以貢献過此者、亦往往瞻拝低回而始去。故四方来者、無不趨仰以為観遊的。如此者累数百年、而一旦廃之、使民悵然若失所帰、非所以昭太平、悦遠邇。

(18)始楼未成時、劇寇満海上。予移師往討日不暇、至於今五年。寇劇者禽、来者遁、居者慴不敢来、海始晏然、而楼適成。故従其旧名曰鎮海。

(19)鎮海楼成、少保公進渭曰、是当記、子為我草。草成以進、公賞之、曰、聞子久僑矣、趣召掌計廩銀之両百有二十、為秀才廬。渭謝侈、不敢。公曰、我愧晋公、子於是文乃遂能愧湜、儻用福先寺事、数字以責我酬、我其薄矣、何侈為。渭感公語、乃拝賜、持帰、尽橐中売文物如公数、買城南東地十畝、有屋二十有二間、小池二、以魚以荷。木之類、果花材三種、凡数十株。長籬亘畝、護以枸杞、外有竹数十箇、笋迸雲。客至、網魚焼笋、佐以落果、酔而詠歌。始屋陳而無次、稍序新之、遂額其堂曰酬字。

(20)度修福先寺、将立碑、求文於白居易。湜怒曰、近捨湜而遠取居易、請従此辞。度謝之。湜即請斗酒、飲酣、援筆立就。度贈以車馬繒綵甚厚、湜大怒曰、自吾為顧況集序、未常許人。今碑字三千、字三縑、何遇我薄邪。度笑曰、不羈之才也。従而酬之。

(21)於乎痛哉。公之律己也則当思己之過、而人之免乱也則当思公之功、今而両不思也遂以羅於凶。於乎痛哉。公之生也、渭既不敢以律己者而奉公於始、今其歿也、渭又安敢以思功者而望人於終。蓋其微且賤之若此、是以両抱志而無従。惟感恩於一盼、潜掩涕於蒿蓬。

(22)以上の論は丁家桐『東方畸人・徐文長伝』二五六頁参照。

(23)及宗憲被逮、渭慮禍及、遂発狂、引巨錐剚耳、刺深数寸、流血幾殆。又以椎撃腎囊砕之、不死。

(24)『大東文化大学創立六十周年記念中国学論集』（一九八四年）、のち内山知也『明代文人論』（木耳社、一九八六年）所収。

(25)生九歳、已能習為干禄文字、曠棄者十余年、及悔学、又志迂闊、務博綜、取経史諸家、雖瑣至稗小、妄意窮極、毎一思廃寝食、覧則図譜満席間。故今歯垂四十五矣、藉於学宮者二十有六年、食於二十人中者十有三年、挙於郷者八而不一售、人且争笑之。

(26)人謂渭文士、且操潔、可無死。不知古文士以入幕操潔而死者衆矣、乃渭則自死、孰与人死之。渭為人度於義無所関時、輒疏縦不為儒縛、一渉義所否、干耻詬、介穢廉、雖断頭不可奪。故其死也、親莫制、友莫解焉。

(27) 万暦二年十一月廿有二日、偕王図呉系馬策往五泄。初宿謝家橋、明日雨、山行、驢不可負、莫至楓橋駱君意舎止焉。明日、其兄懐遠公験来。又明日、飲懐遠罷、入化城寺。又明日、陳君心学来。又明日、飲於陳君止焉。

(28) 是観也、洞巌奇於陰、五泄奇於陽、而七十二峰両壁夾一壑、時明時幽、時曠時逼、奇於陰陽之間。以余評之、殆莫勝於五泄、借物以形容之終不足。蘇長公遊白水仏跡山云、山上瀑布三十仞、雷輥電散、未易名状、大略似項羽破章邯時、庶幾近之矣。なお文中の「七十二峰」を『徐渭集』では「七十三峰」に作るが、『古今図書集成』方輿彙編山川典巻百十五に引く「遊五泄記」によって改める。

(29) 「答陳季常書」（『東坡続集』巻十一）、「与陳季常十六首」十六（中華書局『蘇軾文集』巻五十三）。

(30) 是行也、去来凡十有三日、陸行三百里、水行百三十里。宿於駱四夕、於途如之、於陳一夕、於寺再倍於陳。余墜驢者一、越渓而溺者一、濡者四五、驢蹶於嶺者三、諸子淖而跌者弗論也。得詩二十首、毎作、諸子必和之。

(31) 以邇者数与王諸翁飲、陰察其貌。道翁色微緇、是得水気特多也。両輔並堅広而頷骨如斗杓外向、吐音如竹、而其与人也孫、是真得水者也。而渓翁色微晰、亦微赤、両顴挙而膚密、吐音如鐘、鬢如戟、而其与人也諒、是金兼火也。俗謂金畏火、乃不知金不得火則器不成。以是知二翁之得気、伯為純水、仲為金、得火而相成、以故一孫而一諒。金水不易壊、不易壊者非寿耶。

徐渭の詩と「神」

鷲野正明

はじめに

徐渭が生きたのは、古文辞派の所謂「後七子」が隆盛を極めていた時代である。徐渭は古文派を批判し、詩は、真実の情を自分の言葉で素直に表すべきことを、そして個性がなければならないことを主張した。[1]「自愛の念は神に通じる。だから人は愛するものを奪うことはできない」(『徐文長三集』巻十九「抄小集自序」。以下『三集』と略記)[2]とも言う。

徐渭は、自らの芸術活動を総括して「吾が書は第一、詩は之に次ぎ、文は之に次ぎ、画は又之に次ぐ」と言う。徐渭は文人としてその名が広く知られ、文人ゆえに花鳥風月を詠んだ風流な詩が多いと思われがちである。しかし、詩には現実社会を批判するものもあり、題画詩においても花鳥風月などの所謂風流なものだけを詠っているわけではない。「神」に通じる、徐渭の深い「おもい」が詠われている。

徐渭の詩は、約千五百首ある。自然や社会、友との離別や芸術との関わりを題材にして、さまざまな「おもい」を詠うが、ここでは所謂「文人」のイメージから最も距たっているであろう倭寇を題材としている詩と、「文人」のイメージに最も近い題画詩を取り上げて、徐渭の「おもい」と表現を見てみたい。徐渭は詩も画も「神」を得ることが大切であると言う。

一、投筆従軍の思い

明代は南倭北寇に苦慮した時代である。徐渭は、人生の前半は胡宗憲の幕下で倭寇との交戦に参加し、後半は北方を巡って異民族の侵攻の情報を入手しつつ、直面する社会を詠っている。徐渭は今日「文人」として高く評価されるが、胡宗憲の幕下に入るころの詩には、現実を直視して世の腐敗や矛盾を鋭く抉り批判する、中国の「伝統的な詩人」としての側面が強い。

嘉靖二十九年（一五五〇）三十歳のとき、北方の俺答汗《アルタンハン》が古北口に入寇し、長城を越え、北京に迫った。徐渭は「今日歌二首」（『徐文長三集』巻五）を作り、「吾も亦た銀を領して匹馬に乗《じょう》ぜん」と、投筆従軍の意を表している。

…來時不撲去不禽、何用養士多如林…假令眞有募士者、吾亦領銀乘匹馬…

…來たる時撲たず去きて禽へざれば、何を用って士を養ひて多きこと林の如くならん…假令《も》し眞に士を募る者有らば、吾も亦た銀を領して匹馬に乘ぜん…

この年の春、梁有誉、宗臣、徐中興、呉国倫が進士に及第し、謝榛、李攀龍、王世貞が嘉靖七子と称している。倭寇は嘉靖三十一年（一五五二）から三十六年（一五五七）にかけて、それ以前にも益して頻繁に沿海地域を侵し、さらに期間も長くなり、規模が大きくなり、また侵入する地域も拡大した。徐渭の倭寇に関連した詩には、「海上曲」（『三集』巻四）、「湖厳氏有二女」（『三集』巻六）、「龕山凱歌」九首、「凱歌二首贈参将戚公」、「凱歌四首贈曹君」（以上

『三集』巻十一）などがある。「海上曲」（『三集』巻四）は五首の連作で、嘉靖三十二年（一五五三）に作られた。其の一に云う。

雪隱城月高　　雪隱やかにして城月高し
使君梯樓坐　　使君　梯樓に坐す
縣絚訊諜士　　縣絚《けんこう》　諜士に訊ぬ
但自苦城破　　但だ自ら城の破らるるに苦しむ
問賊一何多　　問ふ　賊　一つに何ぞ多き
數百餘七箇　　數百　餘すこと七箇
長矛三十六　　長矛三十六
虛弓七無笴　　虛弓　七に笴《やがら》無く
腰刀八無餘　　腰刀　八に餘無し
徒手相右左　　徒手　相ひ右左し
轉戰路千里　　轉戰　路千里
百涉一無舸　　百たび涉りて一も舸《ふね》無く
發卒三千人　　卒を發す　三千人
將吏密如果　　將吏　密なること果の如し
賊來如無人　　賊來たるも　人無きが如く
卒至使君下　　卒至りて使君下る

この年、同学の呂光升とその弟の呂正賓が従軍している。投筆従軍の思いを抱いていた徐渭は、「贈呂正賓長編」(『三集』巻五)で呂正賓が参戦したことを絶賛する。

海氣撲城城不守　　海氣　城を撲ち　城守られず
倭奴夜進金山口　　倭奴　夜進む　金山口
銅簽半傳鸊鷉膏　　銅簽《どうせん》　半ば傳す　鸊鷉《へきてい》の膏
刀血斜凝紫花繡　　刀血　斜めに凝る　紫花の繡
天生呂生眉采豎　　天　呂生を生じ　眉采《びさい》豎《た》つ
別却家門守城去　　家門に別却して　城を守り去る
獨携大膽出呉關　　獨り大膽を携へて呉關を出で
鐵皮雙裹青檀樹　　鐵皮　雙つながら裹《つつ》む　青檀の樹
樓中唱罷酒半醺　　樓中唱罷みて　酒半ば醺《くん》じ
倒看儒冠高拂雲　　倒《さか》しまに看る　儒冠　高く雲を拂ふを
従遊泙水踐繩墨　　泙水《ほうすい》に従遊して繩墨を踐み
却嫌去采青春芹　　却って嫌ふ　去きて青春の芹を采るを
呂生固自有奇氣　　呂生固より自ら奇氣有り
學敵萬人非所志　　萬人に敵するを學ぶは　志す所に非ず
天姥中峰翠色微　　天姥《てんぼ》中峰　翠色微なり
石榻斜支讀書處　　石榻斜めに支ふ　讀書の處

呂正賓は、名は光午、正賓はその字である。武芸にすぐれていた。呂氏三兄弟の末弟で、長兄は呂光洵（字は信卿、号は沃洲）。嘉靖十一年（一五三二）の進士で、官は雲南巡撫、工部尚書。中兄は呂光升（号蓮峰、対明山人）、嘉靖三十八年（一五五九）の歳貢で、長沙通判に任じられた。三兄弟は才知に富み、勇士を重んじ、兵法にも通じていた。徐渭はこの三兄弟との交誼が厚く、多くの影響を受け兵法にも通じるようになった。

詩の三・四句目は「銅簽半ば傅す鸊鵜《へきてい》（カイツブリ）の膏、刀血斜めに凝る紫花の繡」と、「血」のついた刀を「紫花の繡」と美しく表現している。すべてのモノに美を見いだし、それを美しく表現しようとする徐渭の詩人・画家の性が見て取れよう。

二、「神」儼として生けるが如し

倭寇が頻繁に沿海地域を侵すようになって、徐渭の身近にも事件が起こった。継室となる予定の女性が倭寇に捉えられたのである。「湖厳氏有二女」（『三集』巻六）にその経緯が窺える。詩の題は、この六字だけではなく、以下のように続く。

湖嚴氏有二女、其翁以長者許渭繼室、渭自愆盟。頃聞、爲海寇斷其翁臂、二女俱被執、旋復放還。便已作宛轉詞憐之。後知其長女被執時、即自奮墮橋死、幼女放還亦死。因復賦此。宛轉詞中覆水句、正悔愆盟也。

湖嚴氏に二女有り、其の翁長者を以て渭の繼室に許すも、渭自ら盟を愆《あやま》る。頃ごろ聞く、海寇の爲に其の翁の臂斷たれ、二女倶に執へられ、旋ち復た放ち還さる、と。便ち已に「宛轉詞」を作りて之を憐む。後知る其の長女執へられし時、即《すなわ》ち自ら奮ひて橋より墮ちて死し、幼女放たれ還るも亦た死すと。因りて復た此を賦す。「宛轉詞」中の覆水の句、正に盟を愆るを悔ゆ。

継室となる予定だった湖氏の長女とその妹が倭寇に捉えられ、間もなく無事釈放されたと聞いたが、実は、捉えられたとき長女は橋から飛び降りて死に、妹も釈放された後に死んだのであった。

継室の話が持ち上がったのは、嘉靖三十一年（一五五二）三十二歳のときであった。婚儀がすぐに整わなかったのは、科挙の試験を受け、及第することが急務と考えていたからであろう。この年、科挙の試験に落第した時の作「渉江賦」（『三集』巻二）にはその無念さが詠われている。

それから三年後の嘉靖三十四年（一五五五）三十五歳のときに拉致事件が起きた。二人が釈放されたと聞いて作った「宛轉詞」（『三集』巻六）。

宛轉一臂斷	宛轉　一臂斷ち
流落二喬輕	流落　二喬輕ろし
覆水已無及	覆水　已に及ぶ無し
通家如有情	通家　情有るが如し
歸來妝粉暗	歸り來りて妝粉暗く
啼罷涙痕淸	啼き罷んで涙痕淸し
莫道紅裙怯	道ふ莫かれ　紅裙怯なりと

官家盛甲兵　　官家　甲兵盛んなり

三句目の「覆水」の句は、すぐに承諾し婚礼を挙げなかったことを悔いているのである。釈放されてから化粧もせず、泣いてばかり。女性たちは怯えているが、お上は戦備を盛んにし、これからは大丈夫だ、と言うのである。しかし事実は、二人は死んでいた。それを知って作った詩が「湖厳氏有二女」（『三集』巻六）である。

訝道自愆盟　　訝《いぶか》り道《い》ふ　自ら盟を愆《あやま》ると
天成烈女名　　天は烈女の名を成す
生前既無分　　生前　既に分無し
死後空餘情　　死後　空しく情を餘す
粉化應成碧　　粉化して應に碧と成るべし
神寒儼若生　　神寒くして儼《げん》として生けるが若し
試看橋上月　　試みに橋上の月を看れば
幾夜下波明　　幾夜か 下の波の明らかなり

生前は縁がなかったが、死後には「空餘情」─空しく情を餘す─、むしょうに親しく思われる。白粉は泉下で「碧」玉になっているであろうし、神（たましい）は生けるがごとく厳然とある。李賀を想わせる詩句である。継室の話のあった長女は橋から身を投げた。そこで、最終聯で「試みに橋上の月を看れば～」と結ぶ。

女性の死を悼むからであろうか、最終聯は余韻嫋々として「情」に訴えかける詠いかたである。この詩も、まさしく「空餘情」―空しく情を餘す―ものである。六句目にある「神」は、実体がなくても存在するもの、実存の本質、ということ。「神」を得ることが文芸の初歩であり究極であることを、徐渭は認識していた。まるで目の前に人がいるように、動物や物が目の前にあるように、感じて表現し、表現したものによって他人がまた目の前にあるように感じる。詩でも画でも、究極はそこにある。

徐渭の詩は、この事件がきっかけになり、倭寇を撃退しようという勇ましさ一辺倒から、「情」を推し量っていく詩へと変化する。嘉靖三十四年（一五五五）十月、胡宗憲が龕山《かんざん》で倭寇と戦い撃滅している。龕山は銭塘江が杭州湾に注ぐ南岸に突き出た山で、杭州防衛の要衝である。徐渭もこの戦いに参加していた。そのときに作られた「龕山凱歌」九首（『三集』巻十二）は、連作によって一編の物語を構成している。其の四では戦いが暮れから始まり、朝に凱旋して帰ってくる騎馬兵士のようすを詠う。

短劍隨鎗暮合圍　　短劍　鎗に隨ひ　暮に合圍す
寒風吹血着人飛　　寒風　血を吹き　人に着いて飛ぶ
朝來道上看歸騎　　朝來　道上　歸騎を看れば
一片紅冰冷鐵衣　　一片の紅冰　鐵衣冷やかなり

夕暮れから包囲網を敷いて敵陣に切り込み、激しい戦闘のすえ敵を殲滅するようすを前半の二句で詠う。後半は翌朝の凱旋のようすであるが、二句目の「寒」「血」「着人」が四句目の「冷鐵衣」「一片紅冰」へと収斂する構成が巧みである。凄惨な戦争、甲冑に付着する生臭い血を朝日に輝く「紅氷」として詠うのも、詩的センスを窺わせる。詩の形が違えば詠い方も違ってくる。この詩は七言絶句だから、戦闘を美しく凝縮して詠い、前節で見た詩のような直截さはない。ただ「贈呂正賓長編」（『三集』巻五）で「血」のついた刀を「紫花の繡」と表現していたように、徐渭には、醜悪な現実を美に変えるフィルターが生まれながらに備わっていたと思わせる。

「龕山凱歌」其の九では、倭寇の妻が夫のいる方を望み見ている、と詠う。

夷女愁妖身畫丹　夷女　妖を愁へて　身に丹を畫き
夫行親授不縫衫　夫の行くに　親しく授く　縫はざるの衫
今朝死向中華地　今朝死するも中華の地に向かい
猶上阿蘇望海帆　猶ほ阿蘇に上って　海帆を望まん

倭寇の妻は海の妖怪を怯えさせよう身体に丹い文様を書き、夫の旅立ちに縫い目のない上着を贈る。今朝、その夫は中華の地で死んでいるのに、妻は阿蘇山にのぼって帰ってくる舟をいつまでも待ち望んでいる、と。夫の死を知らずに帰りを待つ妻の「情」を詠う。それは空しく、哀しい。「空餘情」—空しく情を餘す—詩がここにも見いだせる。「情」を共有することによって、その「神」を得て表現する。徐渭の詩風はここに確立していると言ってよいだろう。

三、詩画における「神」

徐渭は、嘉靖三十七年（一五五八）三十八歳のとき胡宗憲の幕下に正式に入った。それは、有事の際に学問が何になるのか、という思いからであったろう。「凱歌二首贈参将戚公」（『三集』巻十一）其の二に云う。

金印纍纍肘後垂　　金印纍纍　肘後に垂れ
桃花寶玉稱腰支　　桃花寶玉　腰支に稱ふ
丈夫意氣本如此　　丈夫の意氣　本　此くの如し
自笑讀書何所爲　　自ら笑ふ　讀書　何の爲す所ぞ

敵が攻めてきたらそれに立ち向かわなければ自分の命が危ない。戦争においては意気が必要で、学問は役に立たないのだ、と。

嘉靖四十年（一五六一）四十一歳、張氏を娶る。嘉靖四十四年（一五六五）四十五歳、胡宗憲は獄に下され、自殺。徐渭は、仲夏に発狂し、釘で耳を刺したりして何度か自殺しようとする。冬、やや病が癒える。翌四十五年（一五六六）四十六歳、再び精神に異常をきたし、妻張氏を殺し、獄に下される。釈放されるのは、隆慶六年（一五七二）五十二歳のときである。

獄に在って、人と面会したり、詩を作ったりしているが、詩の中では死罪になるかも知れないなどという心配はまったく見られない。しかし、隆慶三年（一五六九）四十九歳、枷がはずされて自由になったのがよほど嬉しかったとみえ、その喜びを「前破械賦」「後破械賦」（『三集』巻一）で表している。「前破械賦」に云う。

…寸脰尺支、二木一金、昨日何重、今日何輕。其在今日也、栩栩然莊生之爲胡蝶。其在昨日也、蘧蘧然蝴蝶之爲莊生。

…寸眶尺支、二木一金、昨日は何ぞ重き、今日は何ぞ軽き。其の今日に在りてや、栩栩然として荘生の蝴蝶と爲る。其の昨日に在りてや、蘧蘧然として胡蝶の荘生と爲る。

枷がはずれる前後、徐渭は「墨牡丹」と「墨葡萄」を描き、それぞれに詩を題している。枷がはずされる前の「墨牡丹」[3]。

四十九年貧賤身
何嘗妄憶洛陽春
不然豈少臙脂在
富貴花將墨寫神

四十九年　貧賤の身
何ぞ嘗て妄りに洛陽の春を憶はん
然らざるも　豈に臙脂の在るを少《か》かんや
富貴の花は墨を將《も》って神を寫さん

四十九年間、貧乏で身分も賤しく、妄りに華やかな洛陽の春を思うことはなかった。そうかと言って、画を描くのに臙脂色の顔彩がないわけではない。手もとにはちゃんと用意してある。しかし、富貴の花は墨で描こう。墨でこそ牡丹の「神」が描けるのだ。

画は「神」を写すものである。洛陽の春を思わない自分と五彩を去って墨だけで描く牡丹と、そこにはともに「神」がある。虚飾を去ったところにある真実の姿、牡丹と自分とにそれを見てほしいというのである。獄にある現状からすれば、事件の裡にある真実をみてほしいという願いでもある。

枷がはずされてから描いた「墨葡萄」（『三集』巻十一）には次のような詩が題された。

半生落魄已成翁
獨立書齋嘯晩風
筆底明珠無處賣
閑抛閑擲野藤中

半生落魄して已に翁と成り
獨り書齋に立ちて晩風に嘯く
筆底の明珠　賣る處無し
閑かに抛《な》げうち閑かに擲うつ　野藤の中

野の藤の中に抛擲される葡萄は、才能がありながら見いだされることのない自分自身である。「売る処無し」は、真価の分からない世間の人々への批判である。

題画詩二首はともに、画と詩とが密接に結びついていることを、詩のなかで明かしている。作者の心が画に反映し、詩はそれを説明しあるいは補強する。

詩における説明や補強がそぎ落とされ、画に描かれる「神」と、言語でその「神」を詠う詩もある。たとえば「題画」四首（『三集』巻十）の其の一、墨竹に題したものである。

嫩篠捎空碧
高枝梗太淸
總看奔逸勢
猶帶早雷驚

嫩篠　空碧を捎《はら》ひ
高枝　太淸を梗《ふさ》ぐ
總て看る　奔逸の勢ひ
猶ほ帶ぶ　早雷の驚くを

竹が高くしなやかに青空をおおう。言語で「神」が詠えれば、画は必要なくなる。五言絶句という詩形だからそれが可能なのでもあろう。次は其の三、墨杏花に題した詩。

朶朶西施靨　朶朶たり西施の靨《えくぼ》
年年牆外窺　年年　牆外に窺ふ
莫嫌妝不澹　嫌う莫れ　妝の澹ならざるを
帶酒未醒時　酒を帯びて未だ醒めざる時

詩は、状景が目に浮かぶように作るものである。したがって、画がなくても画が見える、というのは当然のことではあるが、「神」ということになる別である。右の詩では、紅色の小さな杏の花が垣根の外に顔を覗かせている景色であるが、杏の花のかわいらしさ、杏の花の「神」が詠われている。画は墨で描かれているが、美しい色が見えてくる。

四、想像力と創造力

画中の物の形態が現実の物と似ていれば「神」がそなわる、というものではない。「神」は、形態を超えたところにあり、「たましい」でしか感じられない。従って、画を描き詩を作る場合、現実のモノを見て、どう感じるか、という感受性がまず問題となろう。「神」を感じて、その「神」を画に表現する、あるいは詩に詠う。詩の場合には、感じた「神」を他人に感じさせるように、言葉を選び、句を練り、全体を構成しなければならない。現実のモノを見て、感じ、詩として創造する力が必要となる。

徐渭の画に蟹を描いたものがある。一見、蟹には見えないが、よく見ると今にも動きそうな蟹である。その画について「蟹」（『三集』巻五）に云う。

雖云似蟹不甚似
若云非蟹却亦非
…
此幅難云都不醜
知者賞之不容口
塗時有神蹲在手
墨色騰煙逸従酒
無腸公子渾欲走
沙外漁翁拗楊柳

蟹に似たりと云ふと雖ども甚だしくは似ず
若し蟹に非らずと云はば却って亦た非なり

此の幅　都て不醜と云ひ難し
知る者之を賞して口を容《い》れず
塗る時　神の蹲りて手に在る有り
墨色　騰煙　逸にして酒を従はしむ
腸無きの公子　渾《すべ》て走らんと欲し
沙外の漁翁　楊柳を拗す

描いているとき、「神の蹲りて手に在る有り」――神が手に宿っているようだ――という。「墨色騰煙逸にして酒を従はしむ」は、ついついその蟹を肴に酒を一杯飲みたくなる、ということ。描かれている蟹が「神」を得ているからである。「無腸の公子」は蟹。最後の聯は、蟹がみな逃げようとし、漁師が捕まえて縛ろうと柳の枝をしごいている、という意。いかにも生き生きとして臨場感がある。この詩も「神」を得ている。

徐渭は蟹を描くことも食べることも好きだった。「魚蟹」（『三集』巻十）に云う。

夜窗賓主話　　夜窗　賓主話す
秋浦蟹魚肥　　秋浦　蟹魚肥ゆと
配飲無錢買　　飲に配せんとするも　買うに錢無し
思將畫換歸　　畫を將《も》って換えて歸らんと思ふ

画と詩とが互いに補完しながら一つの世界をつくる。それを可能にしているは、徐渭の鋭い観察力とそれを表現する描写力があるからである。「月下梨花」四首（『三集』巻七）の其の一。

今宵風物異尋常　　今宵の風物　尋常に異なる
月底梨開萬朶光　　月底　梨開き　萬朶光《かがや》く
閃雪搖氷偏倍晝　　閃雪　搖氷　偏へに晝に倍し
迷枝浸葉總生涼　　迷枝　浸葉　總て涼を生ず
痕嬌舊積啼春雨　　痕嬌　舊積　春雨に啼き
鏡色新圓選夜妝　　鏡色　新圓　夜妝を選ぶ
莫遣風吹迴作態　　風をして吹き迴りて態を作《な》さしむる莫かれ
素娥應妬舞霓裳　　素娥　應に妬むべし　霓裳を舞ふを

満月のもと白い梨の花が咲いて輝いている。仄めく雪のような、揺れる氷のような梨の花。明るくて昼のようだ。四句目、月の光が枝に迷い葉を浸たすのは、風が吹いているからでもある。梨の木々をめぐる風の音は春雨のように柔らかで心地よく、鏡のような満月は化粧したての夜を選んで出てきた。だから風よ、梨の白い花を吹いて、楊貴妃が霓裳の舞いを舞うような艶やかな風景を作り出さないでくれ。月に棲む素娥がきっと嫉妬するから、というのだ。

観察力と想像力と、語彙力と創造力とがなければ、このような詩は生まれない。平凡な風景をも「尋常に異なる」と言わしめる感受性の強さと、また一方で、月光の下の梨花を「閃雪揺氷」と見る繊細さとが必要なのである。

おわりに

詩は挫折を味わってますます美しくなる。徐渭にとって「自ら盟を愆《おこた》る」と言わしめた継室拉致事件が一つの大きな転機であったと思われる。継室となるべき厳氏の娘を、死後に思っては「空しく情を餘す」と言い、まるで娘が存在するかのように「神、儼として生けるが如し」と詠ってから、徐渭の詩の方向が定まったようである。みずからの「情」によって「人のおもい」＝「情」を見据えて詠う、また、人や物の「神」—存在の真実の姿—を追求して、画にも詩にも「神」をたくしたのである。

凡人が見過ごしてしまう平凡な風景を「尋常に異なる」と言わしめる感受性の強さ。月に照らされた梨の花を「閃雪」や「揺氷」と表現する想像力と創造力。感受性が強いだけに、「閃雪」や「揺氷」のように容易に消えてしまうような精神の脆さ＝「狂気」を一方でもっていたことも事実である。

徐渭をはじめて高く評価した袁宏道は、その詩について次のように云う。

文長既已《すで》に志を有司に得ず、遂に乃ち麹蘖《きくげつ》（酒）に放浪し、山水を恣《ほしいまま》にす。斉魯燕趙の地に走り、朔漠を窮覧して、其の見る所の山奔り海立ち、沙起こり雲行き、風鳴り樹偃し、幽谷大都、人物魚鳥、一切の驚く可く愕く可きの状、一一皆之を詩に達す。其の胸中又勃然として磨滅すべからざるの気、英雄路を失い、足を托するに門無きの悲しみ有り。故に其の詩たる、嗔《いか》るが如く笑うが如く、水の峡に鳴るが如く、種の土より出《い》づるが如く、寡婦の夜哭し、羈人の寒さに起くるが如し。（「徐文長伝」）

徐渭は、森羅万象の「神」を追求した。人の「情」を思い、そして人・物の「神」を詠った。美しさと脆さとが表裏一体になった詩は、それ故に極めて魅力的である。脆さを秘めているからこそ、詩は美しいのであろう。そしてそれは、徐渭自身脆さを秘めた生き方を生きたからでもあった。

注

（1）拙論〈徐渭の古文辞批判と「比喩法」〉（『国士舘大学漢学紀要』第五号）。

（2）「…此豈其蘄惜之意専致通於神、故人不能奪其所愛、…」。なお、テキストには『徐渭集』（中国古典文学基本叢書、中華書局出版、一九八三年）を使用。

（3）『三集』巻十一は「牡丹」としている。また詩の第一句目は「五十八年～」になっているが、北京故宮博物院所蔵の「人物山水花卉冊」では「四十九年～」になっている。これは、五十八歳のときに改作したものだという。李徳仁著『徐渭』（明清中国画大師研究叢書、吉林美術出版社、一九九六年）89頁、91頁㊴の注、並びに彩色図版。詩句は図版に拠る。

徐渭の詞について

――代応制と女性をテーマとする詞を中心に――

村田和弘

一、徐渭と詞の関係

徐渭の文学について語るとき、詞作品を中心に据えて論じられることはなかった。その理由として第一には、徐渭自身が詞作品について具体的に言及しないことが挙げられる。陶望齢が「徐文長伝」の中で語った、徐渭の自身の技藝に対する評価の中に詞は言及されない。「徐渭は行草書において最も〝精奇偉傑〟である。以前、徐渭は、わたしは書が第一、詩が第二、文が第三、画が第四であると語ったことがあるが、徐渭を知る者はその言葉をその通りと認めた（渭於行草書尤精奇偉傑、嘗言吾書第一、詩二、文三、画四、識者許之）」[1]。これによれば詩は書に次ぎ、文や画より自負するところ多であったことがわかる。絵画はしばらく置くとしても、文人の正統技藝である詩文よりも書を上に置くところが徐渭の個性のしからしめるところであろうし、また周囲の評価も同様であった。

ところで、書は単なるデザインではなく、詩文を視覚的、線状的に表現する媒体でもある。いま書と詩の関係についてだけ言えば、詩が均整の取れた平仄や押韻という言語の持つ音声性と、場面状況に応じた典故の運用という知識性に基づく構築物であるとすれば、書は筆尖の動きにより、それをさらに個性的に顕在化し得る。その意味において書は詩とは層を異にしていると言える。詩が文人の表藝であるにも関わらず、あえて書を第一とし、詩を第二とした徐渭の意図はそこにあるだろうし、陶望齢が各ジャンルの中で行草書という表現技法を最も「精奇偉傑」であると認めた理由でもある。「精奇偉傑」とは「素晴らしく個性的（ユニーク）で抜きん出ている」という意味の評語である。このような行草書を第一とする評価と、科挙に落第し続けた徐渭の生涯とは関係なしとしない。よって詩のバリエーションである詞に言及しないのも無理からぬところである。

詞に対する徐渭の考えを直接明らかにする言説は残されていない。だが、詞の性格が徐渭により言及されるとき、それは徐渭にとり、書の視覚性と運動性、詩の音声性と知識性に比して言えば、なによりも音楽性が勝っていたと思われる。徐渭の南戯論である『南詞叙録』の中に詞に言及する部分があるので、引用してみよう。

晩唐・五代では塡詞が最も良く、宋代の人はそれに及ばない。なぜか。詞は解りやすい表現であるべきだ。晩唐の詩文は最も解りやすく、詞調（メロディ）に沿い、それゆえ最上に至っている。宋代の人は口を開けば杜甫を手本とし、格調高く荒々しさを求め、それで言葉を出せば自ずと練れておらず、結局のところ格に合わない。その間でも、秦観（淮海）、柳永（耆卿）、晏幾道（叔原）などの一、二の語には晩唐らしいものがあるが、通して見れば晩唐らしさがない。元代の人は唐の詩を手本とし、また解りやすく艶美であり、詞からそれほど遠ざかっておらず、それゆえ元の曲は素晴らしい。杜甫に曲を一句作らせたとしても使うことはできないであろうし、ましてやその語のは、晩唐の言葉らしい。「四朝元」や「祝英台」などの曲牌で『琵琶記』のなかにあるものはなおさらである。（晩唐・五代、塡詞最高、宋人不及。何也。詞須浅近、晩唐詩文最浅、鄰于詞調、故臻上品。宋人開口便学杜詩、格高気粗、出語便自生硬、終是不合格、其間若淮海、耆卿、叔原輩、一二語入唐者有之、通篇則無有。元人学唐詩、亦浅近婉媚、去詞不甚遠、故曲子絶妙。四朝元、祝英台之在琵琶者、唐人語也、使杜子撰一句曲、不可用、況用其語乎）(2)

『南詞叙録』の「南詞」はもとより南戯を指し、詩詞と併称されるところの、韻文ジャンルとしての詞を指すものではない。この一文からは、徐渭が南戯の源流を晩唐の詞に置くこと、晩唐の詞の持つ詞調に乗る解りやすさや優美さが南戯の評価の基準となっていることがわかる。つまり詞が楽曲系韻文の出自であることを意識し、戯曲から遡ったときの源流とする見方がここには示されている。

二、資料の確定とテーマによる分類

詞が論じられることの少ない理由の第二に、現存作品数が少ないという量的な問題が存在する。いま民歌の一種である竹枝詞を除外すると、徐渭の詞は現在までのところ『徐文長三集』巻十二「詞」二十六首と『徐文長逸稿』巻十二「詩餘」二首（うち一首は同題名の二首連作）の合計二十八首だけである。(3) 徐渭の詩の総数が千四百七十四首だとされるのに較べ、その2％弱でしかない。次に全ての詞題と詞牌と収録先を表1に示す。

表1　詞題・詞牌・収録先一覧

番号	詞題	詞牌	収録先
1	日	漢宮春	徐文長三集
2	月	同	同
3	風	同	同
4	雲	同	同
5	霜	応天長	同
6	雪	同	同
7	山	斉天楽	同
8	水	同	同
9	霜	念奴嬌	同

10	雪	同	同
11	秋	千秋歳	同
12	冬	同	同
13	研	鳳凰台上憶吹簫	同
14	筆	同	同
15	墨	同	同
16	剣	同	同
17	鑑湖曲	浣渓沙	同
18	八月十六夜泛舟西湖	南郷子	同
19	竹爐湯沸火初紅	鷓鴣天	同
20	宝珠斎飯罷、筯響椀寂、為作一偈、時宿東天目	如夢令	同
21	蒋三松風雨帰漁図	鷓鴣天	同
22	画中側面琵琶美人	鳳凰台上憶吹簫	同
23	書唐伯虎所画美人	眼児媚	同
24	美人解	鵲踏花翻	同
25	閨人繊趾	菩薩蛮	同
26	為張子奇遇作	意難忘	同
27	聞張子藎捷報呈学使公、有序（二首）	鷓鴣天	徐文長逸稿
28	継聞廷対之捷、復製賀新郎一闋	賀新郎	同

これらの二十八首はテーマや背景により七つに分類することが可能である。[4]

A：代応制（1番から16番の十六首）
B：風景（17番18番の二首）
C：感興（19番20番の二首）
D：絵画（21番の一首）
E：美人画および女性（22番23番の美人画、24番25番の女性の四首）
F：友人（26番の一首）
G：祝賀（27番の連作、28番の二首）

表1は『徐渭集』の掲載順に番号を附して作製したものだが、背景やテーマにより分類整理されていることがわかる。『徐文長三集』『徐文長逸稿』の編纂段階で編纂者により分類整理されたものであろう。

三、テーマ分類から見える徐渭の詞の特色

テーマ分類される編纂集の常として、作品は公的領域に属する作品から私的領域に属する作品へと配列される。とりわけ皇帝に関する作品は巻頭に配置されるのが慣例となっている。徐渭の詞で注目すべきは、巻頭からの十六首（A）が代応制詞であるということだ。応制とは皇帝の命に応じて作られた詩文を指し、代とはその代作をすることであるから、誰かの為に代作した応制詞が過半数を占めることになる。残り十二首のテーマを順に確認すると、紹

興の鑑湖と杭州の西湖という越の誇る二つの湖を詠んだ詞が二首（B）、客人を竹爐に迎えたとき、及び東天目の宝珠斎での感興を書いた詞が二首（C）、帰漁図について詠んだ詞が一首（D）、美人画を詠んだ詞が二首と女性を詠んだ詞が二首（E）、友人との再会を詠む詞が一首（F）、そして張元忭の隆慶元（一五六七）年の進士及第状元合格を祝賀する詞が二首（G）である。この十二首中、四首を占めるEのテーマが一つの特徴となっている。女性描写を詞中に点綴するということではBの「鑑湖曲」の後闋にも「十里荷花迷水鏡、一行遊女怯舟梭、看誰釵子落青波」と妓女の一行が描かれているし、またBの「八月十六夜泛舟西湖」も後闋末句で「天為紅粧重展鏡、如磨、漸照胭脂奈褪何」と西湖の湖面に映る紅葉の風景を、鏡に映る女性の化粧と表現する。

ところで章重の「夢遇」は夢で徐渭と面会したという物語の枠組みを持つ文章であるが、そこで「先生の文集の世の通行本には、誤りが多い（為予言先生文行、世多謬舛）」[5]と指摘することは注意してよいだろう。章重は誤刻の例を七言古詩、五言古詩と挙げ、そして詞の例として、この「八月十六夜泛舟西湖」を挙げるが、詞題を「八月十六携妓泛月西湖」としている。これが本来の詞題であるかどうか、むろん確証はない。章重の文章は序文として『徐文長三集』（万暦二十八、一六〇〇年原刊）の巻首に置かれたものであり、章重の見たテキストの方が誤っていた可能性もある。だがたとえ章重の詞題が誤りだとしても、この詞が妓女を伴う月見の舟遊びの時の作であるとする解釈は十分に成立する。だとすれば、Bの湖の風景詞二首も女性描写と関連し、Eの四首と趣向を同じくするといえる。そしてDの一首はEの前二首と、書画に対するものという点で共通する。つまり互いに関連しあう女性と画をテーマとする詞で七首を占め、代応制詞十六首、状元及第の祝賀詞二首と併せて、これでほぼすべてとなる。

こうした現存作品数の少なさとテーマの偏向について、梁一成氏は次のように述べる。

徐文長の詞は現存するものは二十八首しかない。そのなかでは「美人解」や「閨人繊趾」など遊戯的な詞が一部分を占める。張元忭の状元及第を祝賀する詞が二首あり、『徐文長逸稿』巻十二に見える。『徐文長三集』巻十二所収の大部分は応制を模擬した、日月風雲、霜雪山水秋冬、研筆、墨、剣といった詠物詞であり、太平の世を詠み、皇帝を称揚することを意図しており、張元忭のために典故と意境を提供するものである。万暦年間、翰林院の詞臣たちは応制に詞を作ったが、それも興味深い逸事である。王昶の『明詞綜』巻四に徐渭の浣渓沙「鑑湖曲」一首「（本文略）」を収める。これはもともと朱彝尊が選択したものを、王昶が踏襲したのであろう。

（文長詞存到現在的、只有二十八首。遊戯性的如美人解、閨人繊趾等占去一部分。賀張元忭中状元的有両首、見逸稿巻十二。三集巻十二所収的大部分是模擬応制的詠物詞。如日月風雲、霜雪山水秋冬、研筆、墨、剣之類、以歌詠太平、頌揚聖主為要旨、等於為張元忭供給典故意境。万暦年間、詞臣們以作詞応制、倒是一条有趣的掌故。王昶明詞綜巻四収徐渭浣渓沙鑑湖曲一首「（本文略）」。此当係朱彝尊原選、而王昶襲之）[6]

梁氏はEの24番25番の詞を挙げ、その性格を「遊戯性」と概括し、Aの代応制詞とともに徐渭の詞の特徴とした。また王昶の『明詞綜』（清、嘉慶七年序）に収録される詞に言及し、朱彝尊の評価を受けたのはBの17番「鑑湖曲」であったことを指摘する。

そこで清代の詞の編纂集に収録される徐渭の詞について初歩的に調べてみると、『御選歴代詩餘』（清、康熙四十六、一七〇七年序）[7]では、巻九に「菩薩蛮」（25番）を、巻五十三に「鵲踏花翻」（原注：双調九十字、明徐渭自度曲也）（24番）をそれぞれ収録する。また巻一百十「詞人姓氏、明」に徐渭小伝を載せ、巻一百二十「詞話、明」に屠隆（一四五一―一六〇五）の22番の詞に対する「文長咏半面美人図詞、有這半面剛被那半面児相遮之句、霊慧絶倫」という評語を載せている。[8]

また『欽定古今図書集成』（清、康熙勅撰、雍正四、一七二六年序）[9]では「文学典」第二百五十五巻詞曲部に『明詩紀事』を参考文献として挙げた後に徐渭伝を記し、最後に「詞有菩薩蛮咏鞵(25番)、鵲踏花翻咏走馬妓(24番)、諸選皆載之」という評語を加えている。「諸選みなこれを載す」とは、直接には『御選歴代詩餘』を指すのであろう。つまるところ24番及び25番を代表作として掲載することが踏襲されており、各書に指摘の有る17番18番22番がそれに次ぎ、梁氏の記述に到っているのである。

ところで明、崇禎六(一六三三)年序を持つ詞集に『古今詞統』[10]という編纂詞集がある。卓人月と徐士俊の合輯であるが、凡そ二〇三〇首、うち明代は一〇五名の詞人を収め、徐渭は巻二に竹枝詞四首、巻七に「鵲踏花翻」一首の計五首が収録される。崇禎六年といえば徐渭没年の四十年後である。このことから明末において竹枝詞と24番の一首が広く流布していたことが知られる。[11]ではなぜ24番なのか。一つには「鵲踏花翻」という詞牌が、『御選歴代詩餘』の注にあるごとく徐渭の創作に係るからである。詞牌の総集を意図すれば、この詞牌で他に塡詞した例はなく、徐渭の「鵲踏花翻」を入れざるを得ない。もう一つの要素としては、「美人解」の内容が時代の好尚に合ったと考えられるが、これは後述する。

かく女性をテーマとする遊戯的な詞が、代応制詞とともに、徐渭の詞の典型として共通の認識であったとすれば、それは袁宏道の語る「その胸中には消すことの出来ない気魄があり、英雄が道に迷い、足を托すべき家のない悲しみがある。ゆえに詩を作れば怒れるがごとく笑うがごとく、峡谷に急流の鳴くがごとく、種が芽を土から出さんがごとく、寡婦が夜泣くがごとく、旅人が冬に旅立つがごとし。意を放てばどこまでも平らかに、だがなかには暗く険しく、秋の墓に亡霊の語るがごときあり(其胸中又有一段不可磨滅之気、英雄失路、托足無門之悲。故其為詩如嗔如咲、如水鳴峡、如種出土、如寡婦之夜哭、羈人之寒起。当其放意、平疇千里。偶爾幽峭、鬼語秋墳)」という詩のイメージや、梅国禎が袁宏道に書き送った「その病はその人よりも奇であり、その人はその詩よりも奇であり、その詩はその字よりも奇であり、その字はその文よりも奇であり、その文はその画よりも奇である(病奇於人、人奇於詩、詩奇於字、字奇於文、文奇於画)」という言葉と、それに対する袁宏道の「文長は奇ならざるものとてなし。奇ならざるもののないこと、かく奇ならざるものとてないとは、何と悲しいことか(文長無之而不奇者也、無之而不奇、斯無之而不奇也哉、悲夫)」[12]という「奇」のイメージとは異なっている。これはどう捉えるべきであろうか。以下、作品をいくつか読み、このことについて検討する。

四、代応制詞十六首について

1、書軸の現存する二首「墨」詞と「剣」詞について

徐渭の自筆による代応制詞作品に15番「行草応制咏墨軸」ならびに16番「行草応制咏剣軸」の二軸が現存する。[13]ともに縦352cm×幅102.6cmという巨幅である。その筆遣いは端正とは言い難くバランスを失っているように見えるが、見るものを引き込む勢いを持つ。まずこの二首を取り上げることにする。書軸としてのみ鑑賞の対象とされる作品を文学として読み直す試みでもある。まず「墨」詞は次のような詞である。なお押韻箇所について平韻は○印で仄韻は●印で示す。

「墨」

侯拝松滋、守燕楮郡、絳人品秩多般○。龍剤犀膠、収来共伴灯煙○。煉修依法、印証随人、才成老氏之玄○。是何

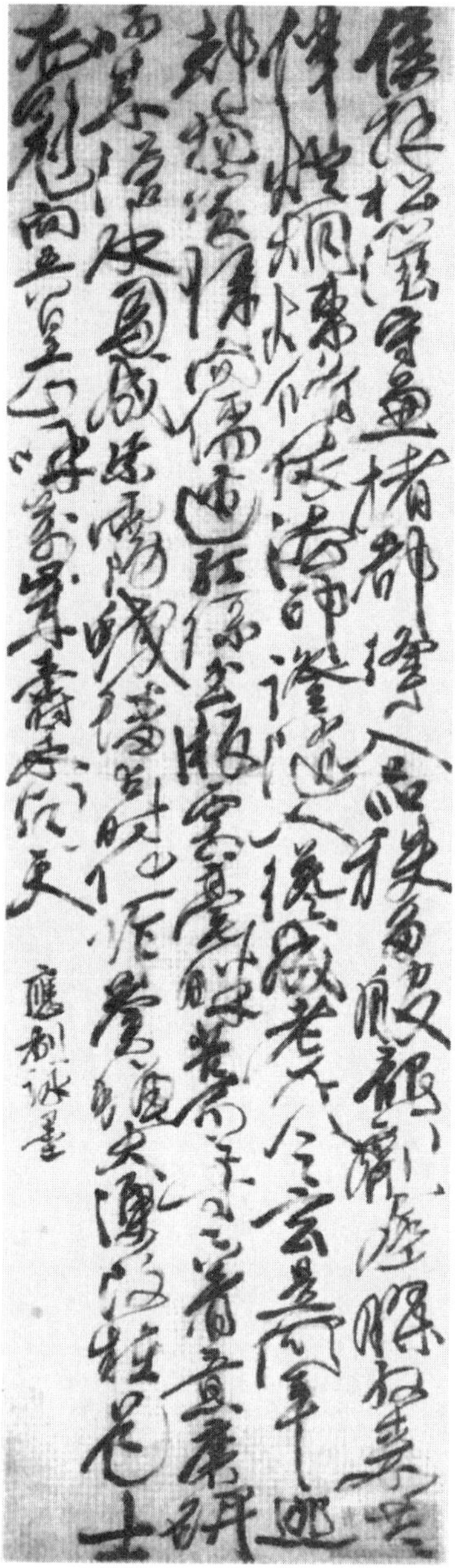

年、逃却楊家、帰向儒辺。　紅絲玉版毫霜畔、苦分分寸寸、着意磨研。呵来滴水、幻成紫霧蛟蟠。有時化作蒼蝿大、便改粧道士衣冠。向吾皇、万歳山呼、寿永同天。

「墨」

ここに松の恵みを拝し、楮紙に長官たり、絳人の階級は各様。龍脳香を犀角の膠に調合し、併せて松煙の共をする。練り鍛えるは法に依り、正しく行うは人に従い、はじめて奥深い黒となる。いつからか、墨子が楊朱と離れ、儒者の机上に帰したのは。

紅絲硯、剡紙、白筆の傍、ちょうどよい程合いに、懸命に硯を磨く。擦れば水を垂らし、幻のように現れるは紫霧に蛟龍の蟠る姿。時として細字と化し、道士の衣冠を整える。吾が皇帝へ、万歳山呼す、天と同じく長寿ならんことを。

詞の書き出しは明代における墨の製法に忠実に従っている。『天工開物』（崇禎十、一六三七年、著者宋応星序）下巻丹青第十六巻「朱」「墨」に載せる墨の製法を見ると、墨は多く松煙で作り、松を焼いた煙を採取して材料とし、それを膠で練り、その後珍しい香料などを混ぜるとされる。(14) 前関がこの墨の製法を基調とすることは明らかだ。

文房四宝という言葉があるが、文人の文房趣味の中心は筆硯紙墨であり、これを四友とも呼ぶ。文房四宝については青木正児氏に該博な一文があり贅言を要しない。(15) ここでは文人趣味が明代中期から末期にかけてとみに隆盛を迎え、文震亨の『長物志』など、多くのカタログ化された著書が生み出されたことが確認されればよい。とくに『長物志』巻七「器具」の研筆墨紙剣という配列(16)は、徐渭の研筆墨剣という並べ方と同じである点が興味深い。

「絳人」は韓愈「毛穎伝」に見える一文「毛穎と絳県の陳玄、弘農の陶泓および会稽の楮先生は親しく、相手を立て合い、仕官するのも家に居るのもいつも行動を共にした（穎与絳人陳玄、弘農陶泓、及会稽楮先生友善、相推致、其出処必偕）」を踏まえる。「絳人」とは絳県（現在の山西省運城市絳県）の人のこと。その名前の陳玄は「玄＝黒色を陳列する＝墨」という意味を含ませた命名。毛穎はむろん筆の擬人化。陶泓は、泓が「水の広くて深い」という意味から硯を、楮先生は楮紙のことで紙を指す。「其の出処を必ず偕にする」とは、文房四友が常に一緒に机上に置かれることを比喩的に述べる。14番「筆」詞に「笑昌黎、為譜中山、却首嬴秦」と見え、昌黎すなわち韓愈の文のパロディを企図することは徐渭自身により明かされている。

「品秩多般」とは墨にランクがあることを言う。「老氏之玄」は「陳玄」からの連想で『老子』第一章「同出而異名、同謂之玄、玄之又玄、衆妙之門」を踏まえ、端的に黒色を言う。次の「楊家」は戦国時代の思想家、楊朱を指す。自己愛を中心とする学説を主張し、兼愛を主張する墨翟の学説と並び行われたが、『孟子』「滕文公章句下」は「揚朱墨翟之言盈天下、天下之言不帰揚、則帰墨、揚氏為我、是無君也、墨氏兼愛、是無父也、無父無君、是禽獣也」と両者を批判する言葉を載せる。そして徐渭はこうした背景を踏まえ墨が朱と異なり儒者の必需品となったことを戯画的に述べる。もとより『天工開物』の言う「朱墨」からの連想であり、色彩の対比でもある。色彩語は後続に繋がる。「紅絲」は名硯の一つ紅絲硯のこと。紅絲石は山東省青州市に産する石で、石質が赤黄色で糸のように赤い紋が入るためこう呼ばれる。「玉版」は光沢があり清浄な張りのある宣（剡）紙のこと。宋の蘇軾「孫莘老寄墨四首」に「渓石琢馬肝、剡藤開玉版」の句がある。「毫霜」は白い毛筆。「呵」は擬音語で、墨を硯で磨るときのカッという擬音であろう。水を注すと、墨の濃淡が渦を巻き、あたかも蟠龍が浮き出てくるように見える。「蒼蠅大」は蠅の頭ほどの細かい字。墨により小は細字から大は道士の姿まで画かれることをいう。皇帝への万歳で締めくくられるのは応制詞ゆえであり、墨との関連はない。

次に「剣」詞を見てみよう。

「剣」

歐冶良工、風胡巧手、鋳成射斗光芒。掛向床頭、蛟鱗入夢生涼。枕辺凛雪、匣内凄霜、英雄此際肝腸。問猿公、家山何処、在越渓旁。見説、胡塵前幾歳、秋高月黒、時犯辺疆。近日称藩、一時解甲投韁。即令寸鉄堪銷也、又何労、三尺提将。古人云、安処須防、但詰取、戎兵暇日、不用何妨。

「剣」

歐冶は良工、風胡は巧手、鋳造した剣は北斗の光芒を放つ。寝床に掛ければ、蛟龍が鱗を聳えさせ夢に入り涼を生む。枕元は凛雪の降るごとく、匣の中は凄霜の降るごとき、これ英雄の気概。猿公に問う、家山は何処にあるかと、越の渓谷のほとりに在り。

聞けば、胡塵の舞うは数年前、秋空に月黒き時、辺境を犯す。近頃は藩と称し、一時甲冑を脱ぎ手綱を外す。たとえ小さな武器も売れるとしても、何の功労ありて、三尺の剣を提げ持つ。昔から言う、安寧に居る時ほど防ぐべしと、兵器を整え、暇日には、用いずとも構わない。

「歐冶」「風胡」はともに古代の名工の名前。『越絶書』巻十一「宝剣」に「乃令風胡子之呉、見歐冶子干将、使人作鉄剣」とある。「射斗」は宝剣の背に星の連なっているような模様が出ることをいう。同書に、越王句践に宝剣五枚あり、純鈞という名の剣が「観其鈲爛如列星之行」であると記される。「列星」は「七星」すなわち北斗のこと。これらの典故はすべて『初学記』巻二十二「剣」に見える程度のものである。「蛟」はみずち。剣と龍との関わりは、前述の『越絶書』に、楚王の作らせた三枚の剣がそれぞれ「龍淵」「泰阿」「工布」と名付けられ、「龍淵」と名付けられた理由として「観其状如登高山臨深淵」と述べられている。深く水を湛え蛟龍が棲むかのごとく思わせるような剣、というイメージである。「墨」詞でも硯の墨汁の中に蛟龍は出現した。「生涼」は剣が冷気を生じるとする感

覚であるが、これも梁の呉均「詠宝剣」詩に「鍔辺霜凛凛、匣上風凄凄」と見え、「剣」詞の「枕辺凛雪、匣内凄霜」の典故ともなっており、やはり『初学記』に見える。「英雄」は任侠の徒。唐の郭震「古剣歌」に「良工鍛錬経幾年、鋳得宝剣名龍泉。龍泉顔色如霜雪、良工咨嗟嘆奇絶。琉璃匣裏吐蓮花、錯鏤金環映名月。…非直結交遊侠子、亦嘗親近英雄人」とある。「猿公」は剣術に秀でた隠者。後漢の趙曄『呉越春秋』巻九に「范蠡対曰、…今聞越有処女、出於南林、国人称善、願王請之、立可見。越王乃使使聘之、問以剣戟之術。処女将北見於王、道逢一翁、自称曰袁公、問於処女、吾聞子善剣、願一見之。女曰、妾不敢有所隠、惟公試之。於是袁公即杖箖箊竹、竹枝上頡橋、未堕地、女即捷末、袁公則飛上樹、変為白猿、遂別去」という話が見える。このように前闋は『初学記』など作詩教本に見えるものの中から、故郷の越に関連する剣の用例を集めた用例集となっている。

後闋は一転して近時の史実を詠む。「胡塵」は異民族の兵馬のたてる砂塵。「韁」は馬を引く手綱。「寸鉄」は短い刃物。「三尺」とは剣のこと。『漢書』「高帝紀下」に「於是上嫚罵之、曰、吾以布衣提三尺取天下、此非天命乎」とあり、顔師古注に「三尺、剣也」とある。「提将」とは手に提げ持つこと。やはり『漢書』の文章を踏まえている。「戎兵」は「詰戎詰兵」と読み、軍備を整治する意に解したい。

ここの鍵は「近日称藩」という言葉にある。「胡塵」は北方遊牧系民族の侵攻を指すが、明朝中期の北方情勢いわゆる北虜は次のようなものであった。タタール（韃靼）部のダヤン・ハーンがモンゴル高原を統一し、明朝と朝貢貿易を行っていたが、死後は内紛により中止された。孫のアルタン・ハーンが勢力を強大化させると貿易再開を求めてしばしば大同へ侵攻した。嘉靖二十九（一五五〇）年には長城ラインを突破して北京を八日間にわたり包囲（庚戌の変）。隆慶四（一五七〇）年、アルタン・ハーンの孫が投降し和議が成立、明朝はアルタン・ハーンを順義王に封じ、大同などに馬市を設置し交易を認めた。[17]「称藩」とは、明朝政府がアルタン・ハーンを順義王に封じたことを指す。つまり後闋は明中期における朔北の辺境問題を詠じ、こうして得られた平和時にこそ軍備を整えるべしというのが、この詞に託された徐渭のメッセージである。ここで剣は単なる武器としてしか考えられておらず、前闋で描かれたような古代の剣の持つ神秘性はかけらもない。

2、代応制詞の製作時期

この二軸は「応制」と題署されているが、嘉靖十九年の県の童試復試で秀才に挙げられて以降郷試に合格することのなかった徐渭の経歴を見れば、これらが「模擬応制」詞であり「代応制」詞であることは言うまでもない。Aの十六首が一時の作とは限らないが、応制詞という性格上、随意に書かれるものではなく、ある程度まとまった時期に作られたものと考えられる。作詞時期を特定する手がかりは11番「秋」詞に見える。その後闋に「軽颸吹不断、千尺虹流殿。報海屋、籌添算、良宵三五夕、仲月光逾満。此時節、千官競祝吾皇誕（そよ風が吹き、虹が宮殿に懸かる。長寿を祝う、良き十五夜に、満月の光は満つ。この節句の日、百官競って吾が皇誕を祝う）」とあるところによれば、作詞時の皇帝は旧暦八月十五日に生誕したことになる。これに該当する者は、すなわち万暦帝である。『明神宗実録』巻一に、万暦帝朱翊鈞は嘉靖四十二年陰暦八月十七日酉の時に穆宗の第三子として生まれたと記されている。十六首は万暦即位（一五七三年）以降の成立と考えてよいであろう。

では徐渭は誰の為に代作したのか。徐渭と交際があり、万暦即位以降に皇帝に直接詩詞を呈上できる立場に居た人物は、梁氏の言う張元忭が最も適当である[18]。徐渭は張元忭の父、天復からの付き合いがあり、その秘書のような仕事を務めていた。嘉靖四十五（一五六六）年、妻殺害の罪で獄に下されたが、隆慶五（一五七一）年に張元忭が殿試状元合格したとき、獄中から27番28番の詞二首を書き贈っている。隆慶六年に穆宗が死去、神宗が即位して大赦が行われると、その年末には保釈出獄が認められ、翌万暦元年元旦に天復の家へ行き拝謝している。陶望齡の「徐文長伝」に「獄事之解、張宮諭元忭力為多」とあるのを見れば、出獄は状元及第した元忭の働きかけの大きかったことが推測される。万暦二年に天復が死去、元忭が服喪のため帰郷すると、翌三年に元忭の招きで『会稽県志』の編纂に加わり、その功績により完全に身の自由を得る。万暦三年五月から南京へ遊び、四年四月に宣化巡撫の呉兌の招きを受け、北京、居庸関を経て八月に宣府へ到る。宣府は北方防衛のために置かれた九辺鎮の一つであり、ここではじめて徐渭は北方辺境の風俗に接することになる。宣府で新年を迎え、北京での療養時に李如松と知り合い、五年秋に紹興へ帰る。六年に元忭は服喪の期限が満ちて帰京、翰林院修撰に復職する。そして八年春、馬水口参将李如松の招きに応じ北京を経て馬水口へ赴き、北京へ戻ると元忭の屋敷の近傍に住み、万暦十年に紹興へ帰る。前述の陶望齢の「徐文長伝」はこの時のことを「渭心徳之、館其舎旁甚驩好。然性縦誕、而所与処者頗引礼法、久之心不楽。時大言曰、吾殺人当死、頸一茹刃耳。今乃砕礫吾肉。遂病発棄帰」と述べている。堅苦しい礼法が心身を苛み、発病を引き起こしたため帰郷したという記述の真偽はさておき、張元忭の屋敷の近くに宿を取り、復職した元忭の代筆、代作の仕事を引き受けたのは確かであろう。したがってAの十六首は、この万暦八年から十年の間の北京での作と考えるのが妥当である。

3、十六首の題材分類

十六首は題材により大きく四分類することができる。（1）1番から4番「日月風雲」の天文の詞四首、（2）5番6番、9番から12番「霜雪秋冬」の季節の詞六首、（3）7番8番「山水」の地文の詞二首、（4）13番から16番「研筆墨剣」の文房趣味（人文）の詞四首である。季節も天文に含めれば、ここから天地人三才を詠み込もうとする徐渭の意図が伺える。（4）の文房趣味については、すでに二首検討した。そこでここではまず（1）天文の詞から、

1番「日」詞を見てみよう。

「日」

何年造物、巧飛馳駒隙、瑑就烏輪。才上千山頓紫、万里倶明。祥雲綺霧、斉簇擁帝闕宸京。天公意、総無私照、偏濃仙掌金茎。　分取余光下土、能俯鑑葵心委赤、蓂莢舒青。更有鳳凰鳴瑞、魑魅潜形。惟応野老、此時動献曝微誠。終古同天不息、朝朝西墜東昇。

「日」

いつの造物か、寸刻を飛び過ぎ、三本足の烏の車となる。峰々から上れば山は紫に染まる。どこまでも照らす。祥雲綺霧が宮城を取り巻く。天は公平に照らし、承露盤の銅柱はひときわ輝く。

余光を地に分け与えれば、徳を敬う赤心に応じ、蓂莢は一日を数える。鳳凰はめでたく鳴き、魑魅は姿を潜める。この時に私はまさに微誠を捧げます。永遠に天とともに止まず、朝ごとに東より昇り西に沈む。

「馳駒」「烏輪」は『淮南子』天文訓の太陽神話を踏まえるが、太陽の光を皇帝の徳と見立てるレトリックは一般的に見られる。「蓂莢」は月の満ち欠けにあわせて葉をつけたり落したりするため「こよみ草」とも呼ばれ、月の詩語として用いられるものであるが、ここではあえて日に用い、次の「月」詞の伏線としている。また「月」詞には「畢離」を用いているが、これは張協の「七命」に「南箕之風」と「離畢之雲」を並列させていることを踏まえて次の「風」詞の伏線とする。「風」詞では「推雲」という語を用いて「雲」詞を引き出し、最後に「雲」詞では「捧日」という語を用いて「日」詞へと戻る。このように天文四首は循環するよう仕組まれているのが特徴の一つである。神仙信仰を思わせる表現が多いのも特徴と言える。「月」詞では「氷輪掛処、有千尋丹桂、七宝層楼」と月宮を詠み、「嫦娥霊薬、夜夜対青天碧海、応悔曾偸」という語句は李商隠の「嫦娥」詩を踏まえて「嫦娥奔月」神話を詠む。「風」詞では「早被蛇憐北海、鵬借南溟」が『荘子』斉物論篇を踏まえ、また「少女神霊」という語は詳らかにしないが、「雲」詞の「巫山神女」へと繋がり、「崑頂豊隆」という語は『列子』周穆王の崑崙山や『穆天子伝』の西王母のくだりを踏まえていよう。「無心出岫」という語も道家的な自然の道を意識する。こうした神仙信仰、とりわけ女仙への強い崇拝の意識は、万暦八年陰暦九月九日、礼部侍郎の王錫爵の娘、曇陽子が神仙得道して没したとき、徐渭も北京に居合わせたことがおそらく反映されているだろう。このとき徐渭は「曇大師伝略」を書き残してもいる。

次に（2）季節の詞から、11番「秋」詞を見てみよう。後闋は先に見たので、ここでは前闋だけを挙げる。

「秋」
菊英初綻●、霜色籠金瓣●。露下蛩、天辺雁●、明河清浅影、丹桂扶疎燦●。賞心処、玉楼龍笛風中散●。

「秋」
菊花初めて綻び、白霜金弁を覆う。露下のコオロギ、天空の雁、天の川の浅く清らかな流れは白く、月桂の枝は輝く。楽しき玉楼、龍笛は風に響きわたる。

菊花、霜、コオロギ、雁、天の川、月桂、月の宮殿と視線を上げつつ秋の縁語を連ねていく。菊や雁は『礼記』月令「季秋之月」に、霜と類語の露も同じく「孟秋之月」に、蛩の類語の蟋蟀は『詩経』豳風「七月」に、明河は宋の欧陽脩「秋声賦」などに見える詩語である。丹桂も、虞喜『安天論』が俗説を引いて「月中に仙人、桂樹あり」というところから、いわゆる月桂伝説を踏まえ、玉楼はその月の仙人の宮殿を指す。では龍笛とは何か。龍を美辞だとすると笛の持ち主は皇帝となる。つまり末句の意味するところは、皇帝が月の宮殿へ遊び、天空で自分の笛を吹き鳴らしたということになる。これに該当する典故は、唐の玄宗の「仲秋遊月宮」という故事を置いて他に見当たらない。『太平広記』巻二十六神仙「葉法善」（引『集異記』）に見える故事で、玄宗が道士葉法善の道術により月に遊び霓裳羽衣曲を得、帰途、潞州（現在の山西省長治県）の上空で、葉法善が宮中から術を用いて取り寄せた笛を吹き、賞金を撒いたというものである。また後闋の「千尺虹流殿」という表現も、やはり玄宗の「仲秋遊月宮」故事にちなんでいよう。『太平広記』巻二十二「羅公遠」は同じ故事の別ヴァージョンを載せるが、月へ昇る方法を「乃取拄杖、向空擲之、化為大橋、其色如銀、請玄宗同登」とする。この銀色の架け橋を徐渭は宮殿にかかる千尺の虹と表現したと考えられる。『太平広記』という書物は明代では決して珍奇な書物ではなかった。嘉靖隆慶年間には談愷刻本が印行され、また明末にかけて多くの版本が見られる。「唐玄宗仲秋遊月宮」故事も白話小説『拍案驚奇』巻七に仕立てられるなど、俗文学の間では広く知られていた。現皇帝を唐玄宗に擬えることは許されるとしても、このような民間神仙道術故事を応制詞の典故として使用するのは異例である。

「秋」と季節を同じくする二首の「霜」詞は、前闋で色彩語を多用した景色の描写を行い、後闋で正しい刑罰の執行（5番）や防備への警告（9番）など、皇帝への警句をテーマとすることで共通する。「秋」とペアをなす「冬」詞（12番）を見ると、前闋が景色の描写であることは同じだが、後闋では将兵の寒さを思いやる皇帝の慈悲、それに順応する季節の調和（降雪）、そして貧者への気配りへの諫言を述べる。「冬」と季節を同じくする二首の「雪」詞を見ると、6番は12番と同じ典故（『宋史』巻二百五十五「王全斌伝」）を用いて皇帝の慈悲を述べ、10番はやはり12番と同様に季節の順調さと貧者への気配りを述べる。つまり12番は6番10番のテーマを総括するものとなっている。

また次に（3）地文をテーマとする「山」「水」詞二首についても触れておこう。「山」「水」両詞とも後闋初めに山水を窓枠の中の画として取り上げる。

大則醸霧含雲、小幻出玲瓏、烟霞草木。巧映書窗、儘供詩料、馮写画図一幅。（「山」）

（大なる山は霧を醸し雲を含み、小なる山は玲瓏たる輝きを放ち、草木は霞む。書窓から巧く映る景色は、詩の材料を提供し、一幅の画を作るに足る。）

那更蘸柳春塘、浮花暁澗、緑窗難繍。（「水」）

（柳の枝は春の池塘に浸り、花は暁の谷川に浮かび、飾り窓の風景は刺繍し難い。）

前者は男性の書斎からの、後者は女性の部屋の窓からの風景を一幅の画として詠む。これと対照的に前闋は実景ではなく、観念的な用語の列挙となっている。「山」詞の前闋を見てみよう。

巻石初来横大陸、微翠宛同杯覆●。及至無窮、巍然有矗、並是擎天蒼玉●。九州四隩●、儼鳳舞龍飛、虎蹲亀縮●。五岳児孫、双条南北擎鰲足●。

「巻石」「及至無窮」あるいは後闋の「烟霞草木」などは『礼記』中庸に見え、「微翠」は『爾雅』釈山に見える語。「蒼玉」は蒼天に同じ。直立して蒼天を支える山は崑崙山であり、崑崙山神話は『藝文類聚』巻七山部などに引かれる。世界の四隅に居る鳳凰、龍、虎、亀の四獣は五行説に基づき、それぞれ南、東、北、西の四方を指し、「五岳」とともに地文を形成する。五岳の「児孫」が南北二筋となって連なり、大海亀が支える神仙の山へと続いているという表現は、おそらく風水で言うところの龍脈の考え方を踏まえている。一般に龍脈は崑崙山から三筋に分かれて中国へ入り、西岳北岳を含む北幹、中岳東岳を含む中幹、南岳を含む南幹となる。(19) 作詞時に北京に客遇していたとすれば、都城北京を含みこむ北幹と、故郷紹興を含みこむ南幹を意識して南北二筋と表現することは十分考えられる。残る「宛同杯覆」は、一見すると「あたかも杯を反したような形状」という実景のようだが、ここだけ実景を詠むと解釈するのは違和感がある。これも風水で考えるべきだろう。風水の好い地を見極めるために山の景観を分類整理し、吉凶を判断する指南書が明末にはしばしば出版されている。崇禎五年刊の『玄関』という書物によると山を五つの吉と四つの凶に分類する九曜という分類法があり、五吉のなかに「その体の矮なること釜を覆すがごとし」と形容される山の形状が見られる。[20] 徐渭が『玄関』の記述を直接踏まえることは、刊行年から見てむろん不可能であるが、書物に結実するまでの類似した思考法を踏まえていると考えられる。

「水」詞も同様に前関は観念的な用語や典故を連ねる。

　一勺初生天一後、応未満蹄涔簷溜●。及至無窮、茫然東走、依稀万馬馳驟●。何方最陡●。有灩澦如牛、淮渦鎖獣●。
　挂瀑飛珠、澄江浄練風吹皺●。

「一勺」は『礼記』中庸に、「天一」は『周易』繋辞伝上に見える語だが、一という数字と水という元素を結びつけたのは、後漢の『易緯乾鑿度』巻下である。繋辞伝に「天一地六」という元素と数字の組み合わせが説かれ、『易緯乾鑿度』に加えられた鄭玄注でそれが五行と関連づけられ「六は北方に在り水を象る」とされた。南宋の朱熹が『周易本義』を編纂する際に河図洛書を図式化したが、先行する言説をさらに敷衍し「一　変じて水を生じ、六　化して之を成す」というコメントを加えた。これを踏まえた表現である。「東走」は『淮南子』天文訓の天地創生神話であり、「灩澦如牛、淮渦鎖獣」は禹の治水神話と蜀の郡主李氷の伝説を混合させた表現である。このように「山」「水」二詞は風水、五行説、伝統的用語、神話をちりばめた前関と、絵画として山水を詠む後関を対比させた、個性的な用語例となっている。

　このように代応制詞十六首は、用語例としての役目を果たそうとしつつ、そこに明中期の文人としての意識の地平が反映されているところに特色があり、そこに徐渭の個性が表れている。文人の意識の地平とは、倭寇を防ぎ北辺を目の当たりにした士人としての経世済民の意識であり、生活の洗練という私人の領域での文房趣味であり、風水的教養という郷土エリートとしての常識であり、カタログ文化の共有であり、神仙信仰とりわけ女仙崇拝への傾倒である。詩語の踏襲という規範の中に、こうした個人の意識が混ざり合わされ、両者の奇妙な合致と離反を示す代応制詞十六首はすぐれて創作的であり、単なる代作にはとどまらないものである。

五、女性を詠む詞について

もう一つの大きなテーマである女性を詠む詞を見てみよう。まずはやはり徐渭自筆の書軸が現存している24番「美人解」詞を取り上げる。


　　「美人解」

　鑼鼓声頻、街坊眼慢、不知怎上高高騎。●生来少骨多筋、軟陡騰翻、依稀略借鞍和轡。●作時鶻打雪風天、停猶燕掠桃花地。●下地、不動些児珠翠、●堪描耐舞軍装伎。●多少柳外妖嬌、楼中笑指、顛倒金釵墜。●無端帰路又逢誰、斜陽繋馬陪他酔。●[21]

「美人の歌」

銅鑼の音が街路に賑やかに、気づけば高々と騎上にある。生まれつき体は軽く強く、しなやかに高く翻り、鞍と轡に頼るのはほんのわずか。走れば隼が風雪の空に飛ぶがごとく、停まってもなお燕が桃花の地を掠むるがごとし。

降り立ちて、髪飾りはわずかに揺れもせず、軍装の妓女が楽を舞うのを描くことができる。あまたの花街の、あでやかな女性は楼中に笑い指差し、笑い転げるあまり釵が落ちる。思いがけず帰路誰に逢ったか、夕日に馬を繋ぎ恋人に寄り添って酔う。

軍装で軽やかに騎乗する女性と妓楼で笑いさざめく妓女、恋人に寄り添い酔う女性とバランスを崩して釵を落す妓女、徐渭は前者の女性に多く肩入れする。楽府詩の伝統的テーマ「少年行」の主人公を女性にしたような詞である。徐渭には、こうした軍装の女性というモチーフが他にも見られる。『四声猿』中の「雌木蘭」がその一つ。では徐渭はどこでこの軍装の女性というモチーフを手に入れたのだろうか。実はこのモチーフにはモデルが存在する。アルタン・ハーンの甥の娘、三娘子である。徐渭は先述の通り、宣鎮巡撫の呉兌や馬水口参将の李如松に招かれ北辺へ旅し、宣府や北京に滞在した。そこでアルタン・ハーンと明朝との関係を目の当たりにし、多くの北辺の詩を書き残した。「上谷辺詞」や「辺詞」がそれである。「辺詞その十三」には、三娘子を次のように詠む。

漢軍争看繡裲襠　漢軍争って看る　繡裲襠、
十万彎弧一女郎　十万彎弧　一女郎。
喚起木蘭親与較　木蘭を喚び起こし　親ら与に較ぶ、

看他用箭是誰長　看よ　他の箭を用ふるは　是れ　誰か長ずる。[22]

十万のモンゴル軍のなかで紅一点の三娘子は、容易に木蘭との比較を想起させる。「美人解」詞がこれら北辺の詩と一連の作であるならば、作詞時期はおのずと北京滞在時に特定されよう。かく見れば、「美人解」詞は「遊戯的」として片付けてしまうより、むしろ徐渭の経歴や文学性とより密接な関連を持たせて読むべき詞であることがわかる。

「美人解」とともに代表作とされる25番「閨人繊趾」は纏足を詠む詞である。

「閨人繊趾」

千嬌更是羅鞋浅●、有時立在鞦韆板●、板已窄稜稜○、猶余三四分○。　紅絨止半索●、繍満幇児雀●、莫去踏香隄○、遊人量印泥○。

「女性の小さい足跡」

愛らしいのは浅い絹の靴、時にブランコの板の上に立つ。板は狭い四角形、それでもなお三、四分余る。赤いベルベットは半ロールばかり、いっぱいに子供らと雀（爵の掛けことば？）を刺繍する。土手を踏むなかれ、閑人が印泥（靴跡）の大きさを量るから。[23]

纏足靴の足跡を印章と見たてるところが「遊戯的」だが、纏足に対する男性の視線を反映するというテーマ性から代表作とみなされたのであろう。

17番「鑑湖曲」は朱彝尊の評価を受けたとされる詞である。鑑湖は鏡湖とも呼ばれ、浙江省紹興城内から南西に程近く、名勝として名高い。

「鑑湖曲」

浅碧平舗万頃羅、越台南去水天多、幽人愛占白鷗莎。十里荷花迷水鏡、一行遊女怯舟梭、看誰釵子落青波。

「鑑湖の曲」

薄緑の湖面は広く薄絹を敷くようで、越王台より南は水と天の接するところが多く、隠士はよく白鷗の岸辺を我が物とする。

十里の蓮花はまるで水鏡の上の迷路、妓女の一行も舟の棹をさすのに怖気づき、ごらん誰かの釵が青い波に落ちたようだ。

「越台」は越王台ともいい、春秋時代の越王勾践の築いた眺望台。古址は今の浙江省紹興市にある。水平方向のかなたへ伸びる視線と湖面の蓮花に留まる視線、岸辺に佇む隠士と連れ立って舟を漕ぐ妓女、孤独な白鷗と釵の落下という愉しいハプニング。前闋と後闋を対比させるが、平明で嫌味のない技巧が作者の湖への愛着を感じさせる佳作といえる。

もう一首女性をテーマとする詞をみておこう。22番「画中側面琵琶美人」の詞は美人画をテーマとし、屠隆が「霊慧絶倫」と評した詞である。

「画中側面琵琶美人」

湖石陰中、栟櫚影外、天然一箇宮娃。悄無人与共、自弄琵琶。撥掃忽成抖擻、恍搖却、鈿翠鬟鴉。如花畔、蜂撩未定、戦殺其花。　匀揉、梨腮双靨、那半面剛被這半面相遮。問何時展過、得見些些。除是遞将紅葉、応回流水之涯。俄成訝、縁来画也、一笑看差。

「画中の側面の琵琶の美人」

庭園の太湖石の向こう、棕櫚の木陰に、美しい宮女が一人。静かに共も連れず、自ら琵琶を弾く。撥を払えば忽ち勢いよく鳴る。とっさに揺り動く、黒髪の飾り。あたかも花畑で、蜂がからかい未だ定まらず、その花を震わすように。

おしろいはきれいに塗られ、梨のような頬に二つのえくぼ、向こう側の顔はこちら側で遮られている。いつになればこちらを向いて、少しでも見ることができるのか。紅葉に書いた詩を手渡すのでなければ、流水に任せて向こう岸まで流すのがよい。だがふと気付く、もとより画であったのを、見間違えるとはおかしなことだ。

「紅葉」「流水」は「紅葉題詩」と呼ばれる故事を踏まえる。唐の范攄『雲渓友議』に見える盧渥の故事が早い例である。盧渥は宮中から流れ出る溝で一枚の紅葉を拾う、そこには深く閉ざされた悲しみを詠う宮女の詩が書きつけてあり、後にその二人が結ばれるというもの[24]。ここでは宮女への思いを書いた詩を流し返すのがよいとひねりを加えている。

屠隆が「絶倫なる機知」と褒めたポイントは側面を向いた美人画の女性に対し、見方の面白さをテーマとして詠むところにある。題に示されるように、その画は琵琶を抱いた宮女が真横を向いた構図で描かれている。庭園の奥の部屋にひっそりと掛けられたこの宮女図をいかに見るか。徐渭はまず庭園の中心に位置する湖のこちら側から、中心に屹立する太湖石越しに、棕櫚の向こうへと遠くから視線を投げる。ちらちらと光が反射して琵琶を引いているように見える。音は聞こえないが、あえて無視しよう。あくまで視覚のトリックの問題なのだ。きちんと化粧された顔、しかし側面しか見えていない。いつまでたってもこちらを向いてくれない。いっそこちらから思いのたけを書いた紅葉を流そうか。そこでこれは画であったと気づき、一笑する。いわばこの詞は美人画を見るためのお手本といえる。

ところで美人画は明中期から盛んに描かれて市民権を得た。唐寅はおろか、文徴明ですら美人画を残している。唐寅には「韓熙載夜宴図」を踏まえた「王蜀宮妓図」や団扇を持つ女性の図「秋風紈扇図」があり、それらは仕女図や宮女図などと呼ばれるものである。文徴明には「湘君湘夫人図」があり、これは神話の女性をモチーフとする。この詞の画には宮女が描かれており、宮女図の一つである。[25]

徐渭は唐寅の美人画に対する評価を書いた詞を残している。23番「書唐伯虎所画美人」がそれである。題画詞かどうかは不明ながら、唐寅画くところの美人画への徐渭の評価を知ることができる。

「書唐伯虎所画美人」

呉人慣是画呉娥。軽薄不勝羅。偏臨此種、粉肥雪重、趙燕秦娥。可是華清春昼永、睡起海棠麽。只将穠質、欺梅圧柳、雨罷雲拖。

「唐伯虎が画いた美人に書す」

蘇州人は蘇州美人ばかり画き、軽薄なること広げて見るにたえない。この手ばかりで、おしろいも積雪の如く厚く、趙燕秦の美人でもかくばかり。

しかし華清池の春に昼長く、眠りから起きたばかりの海棠の花はどうか。艶やかな肌理は、梅を欺き柳を圧し、雨やみ雲たなびく風情。

楊貴妃を描いた画であったのだろう。誰彼構わずごてごてと塗りたくる唐寅の画は、文徴明の画と比較すれば決して上品とは言えない。だが白居易の「長恨歌」で歌われた華清池での楊貴妃の姿態には、かえって艶かしい厚化粧が似つかわしい。このような徐渭の評価は明中期における唐寅の美人画に対する実際の声価を提供している。

これらの詞で描かれた女性あるいは美人画の女性の形象と描かれ方の特徴をまとめてみよう。

表2　女性の形象

詞番号	テーマとなる女性	描き方の特徴
24	軍装の騎馬姿（三娘子）	妓楼の中で釵を落す妓女と対比させる
25	纏足の靴	纏足の靴跡を印章の印影に見立てる
17	妓女の舟の一行	湖で釵を落す
22	宮女図（側面）	庭園の堂内に掛る美人画の見方を示す
23	唐寅宮女図（楊貴妃）	厚塗り美人画が、却って相応しいと評価する

この表からわかるように、徐渭は決して女性を「遊戯的」に描いておらず、むしろ対象に対し好感を抱いている。とくに24番のアルタン・ハーンの甥の娘、三娘子をモデルにした詞では、妓楼の妓女の騒ぎ笑いの描写と恋人の傍らで酔う姿の対比が印象的である。「遊戯的」と評されるとすれば、それは妓楼の中の妓女との対比の仕方であろう。25番の纏足の靴も、それを好奇の目に晒して楽しむという体のものではなく、足跡を印章の印影に見立てる仕方が「遊戯的」である。17番では迷路のように繁茂する蓮の花と、その中を舟で渡りながら釵を落としてしまうという、

湖面における静と動の対比が「遊戯的」。22番に至っては、画そのものではなく、美人画を本物と見間違うというトリックにより、いかに美人画を見るかという仕掛け（「遊戯」）そのものがテーマとなっている。23番では美人画の描き方を示し、モチーフにより塗り方の相応しさを論評している点が特筆される。こうして見ると、これらの詞の特質は、女性を詠むのではなく、女性／美人画についてのさまざまな見方をテーマとして詠まれた詞であると言えるだろう。

六、詞の評価

徐渭の詞がいかなるものか、代応制と女性という二つのテーマに絞ってまとめておく。徐渭が積極的に詞のジャンルであらたな試みを行うことはなかった。現存の過半数を占めるのが代応制詞であることからもそれは知られる。代応制詞は張元忭の為に作られた。陶望齢「徐文長伝」を見る限り、北京における張元忭との関係は決して愉快なものではなかったようだが、「紀恩」に挙げられた、たった三名のうちの一名（「張氏父子」）であり、おろそかに作ったとも思えない。天地人三才を満遍なく詠み込もうとするのは、むしろ周到さの表れである。だがそれ以上に詞の題材が注目される。「研筆墨剣」の文房趣味は明代文人の趣向として一般的に理解することもできるが、「剣」については別の見方もできる。「方山陰公墓表」に「渭自是好弾琴撃剣習騎射、逡巡里巷者十年」[26]と述べるように、徐渭は多分に遊侠的性格であった。また呉兌の招きで宣府へ赴き、北京から南帰する際に、徐渭が「紀知」に挙げた沈錬の息子、沈襄が身に佩びていた日本刀を解いて徐渭に贈ったことがある。[27]おそらくその後に代応制詞の中に

「剣」というテーマを入れるとき、この出来事を意識したであろう。すなわち剣＝北辺という認識で詞を作ったからこそ、「剣」詞後闋の表現が生まれたと考えるのが自然である。この例に代表されるように、代応制詞は単なる代作として作られたのではなく、徐渭の自己認識が反映された創作であるといえる。

女性をテーマとすることは、詞が本来持つ艶やかさを踏襲するものであり、決して特異ではない。むしろ陽明学の講学の席に列なった者として、明末における、士大夫的価値を道学とみなし、「女性・真情」へと価値を転換する運動のごく早い表れともいえる。軍装騎乗の女性モチーフは徐渭の宣府での実体験に基づくが（あるいは苗族出身の嫡母の姿が遠く揺曳していようか）、美人画への関心は徐渭の文筆環境なしには考えられない。

このように徐渭の詞を読むことで明代中期に生きた文人としての等身大の徐渭像が結ばれる。その像は後世の言説に描かれるところとは異なるものである。だが異なっていることを、むしろ重視すべきであろう。むろん全ての詞を検討したわけではない。C、F、Gなど感遇や友人について詠む詞など、ここでは触れていないものもある。それらの詞からはまた別の側面が見えるであろう。わたしたちが徐渭という人物に対して勝手に嵌めたイメージの枠から、徐渭の詞は抜け出そうとしているように見えるのは、それこそ勝手な思い込みに過ぎないが、明代中期の文人が持っていた趣味や偏向を徐渭も共有するという当たり前のことを、これらの詞はあらためて気づかせてくれる。その意味で徐渭の詞は徐渭にとっての意識の地平をわれわれに示してくれているのである。

注

（1）中国古典文学基本叢書『徐渭集』（中華書局、一九八三年）附録「徐文長伝」一三三九頁から一三四一頁による。以下『徐渭集』からの引用はすべて同書による。

（2）『中国古典戯曲論著集成三』（中国戯劇出版社、一九八〇年第二次印刷）。括弧内は筆者による補筆。

（3）『徐文長三集』巻十二「詞」は『徐渭集』四二二頁から四二九頁、『徐文長逸稿』巻十二「詩餘」は同八九〇頁。

（4）拙稿「徐渭の代応制詞十六首について（その一）」（北陸大学紀要第三〇号、二〇〇六年）、「同（その二）―霜と雪、秋と冬、山と水の詞―」（同第三一号、二〇〇七年）、「同（その三）―硯、筆、墨、剣の詞―」（同第三二号、二〇〇八年）参照。
（5）『徐渭集』附録、一三四四頁から一三四六頁による。
（6）梁一成編著『徐渭的文学与芸術』（台北藝文印書館、民国六十六年）第三篇「詩与詞」三十九頁による。
（7）「新編小四庫」浙江古籍出版社（一九九八年）、内府刻本影印による。
（8）屠隆の評語の出処不明。博雅の示教を乞う。
（9）台北、文星書店本による。
（10）遼寧教育出版社（二〇〇〇年）本による。
（11）他にも例えば近代の趙尊嶽輯『明詞彙刊』が一九三六年から編纂を開始し、「徐文長先生詞」として初校の段階で七首、再校で書き加えられたもの二首、計九首を集めている。順に番号で示せば、20番25番23番19番21番24番22番及び27番28番である。再校で加えられた二首は『徐文長逸稿』から採集したのであろう。初校の七首の出自について、趙氏は徐渭の著作に触れるなかで「公安袁宏道評点本が尤も盛んである、伝詞七首をここに附す、依拠したところはすなわち袁本である」と述べている。この袁宏道評点本がいかなるテキストかは詳らかにしない。
（12）『徐渭集』附録「徐文長伝」、一三四二頁から一三四四頁による。
（13）「中国法書精萃」浙江人民美術出版社（二〇〇三年）に影印がある。掲載写真はともに同書による。また周群、謝建華著『徐渭評伝』（中国思想家評伝叢書八六、南京大学出版社、二〇〇六年）に「行草応制咏墨軸」の写真が掲載されている。同書第七章「〝精奇偉傑〟的書法藝術」では「行草応制咏剣軸」詞について〝狂〟と〝真〟をキーワードとする論評がある。
（14）『中国古代版画叢刊三』（上海古籍出版社、一九八八年）収、崇禎十年刊本影印による。また藪内清訳注『天工開物』（平凡社東洋文庫一三〇、一九六九年）「朱墨」、三二一頁から三二三頁を参照。
（15）青木正児著『琴棊書画』（平凡社東洋文庫五二〇、一九九〇年）「文房趣味」、三二頁から四三頁を参照。
（16）荒井健　他　訳注『長物志二』（平凡社東洋文庫六六五、二〇〇〇年）巻七「器具」、二七〇頁から二九三頁を参照。
（17）岸本美緒　他　著『明清と李朝の時代』（世界の歴史一二、中央公論社、一九九八年）、阪倉篤秀著『長城の中国史』（講

談社メチエ、二〇〇四年）など諸書を参照。

(18)前掲注6梁氏附録四「関係人物考」張天復、張元忭、一九二頁から一九五頁を参照。なお「代応制詞」の相手を胡宗憲とする説もある（例えば張仲謀著『明詞史』第五章第五節、二二六頁から二二七頁、人民文学出版社、二〇〇二年）が、誤りである。

(19)上田信著『風水という名の環境学』（農山漁村文化協会、二〇〇七年）を参照。

(20)注19前掲書を参照。

(21)石川九楊著『中國書史』（京都大学学術出版会、一九九六年）第三十二章「書という戦場　徐渭「美人解詞」」に写真が掲載され、詳細にその筆法が解説されている。写真と『徐渭集』とでは文字の異同がある。写真は「鞍」を「鞭」に、「風天」を「天風」に、「不動」を「不乱」に、「耐」を「能」にそれぞれ作る。書作品は書く毎に文字が出入りすることが多く、底本のミスとまでは断じかねるため、底本に従うこととする。句読の打ち方も、石川氏と底本とで大きな差がある。詞牌が独創に係るため詞譜がないことにもよるが、底本に従いつつ、訳出に際しては石川氏の句読を参考にした。また別の書軸では「観美人走辞」と題する。これも書作品におけるバリエーションの一つであり、やはり文字の異同が存在する。

(22)『徐渭集』三六三頁による。注13前掲書『徐渭評伝』第四章「匯通時代、人生、画境的詩歌」を参照。

(23)訳出にはドロシー・コウ著、小野和子＋小野啓子訳『纏足の靴　小さな足の文化史』（平凡社、二〇〇五年）を参照。「半索」を布の「半ロール」と訳したが不詳。やはり博雅の示教を乞う。

(24)『古今詩話叢編』（広文書局印行、民国六十年）収本による。

(25)西岡康弘、宮崎法子責任編集『世界美術全集』第八巻東洋編（小学館、一九九九年）を参照。

(26)『徐渭集』一〇二八頁による。

(27)『徐渭集』一四九頁、「沈叔子解番刀為贈二首」による。

徐渭の戯曲とその影響

有澤晶子

はじめに

徐渭（一五二一～一五九三）の戯曲は、『四声猿《しせいえん》』がよく知られる。この他、『歌代嘯《かだいしょう》』については、徐渭の作とする説と、徐渭に仮託した作とする説がある。また、南戯について論じた『南詞叙録』および『崑崙奴《こんろんど》』（梅鼎祚《そ》著）の改編がある。

徐渭の戯曲に関しては、徐渭の生涯と作品の関係、作品論、戯曲理論などさまざまな研究が蓄積されている。(1)それは、徐渭が戯曲創作において、雑劇の体制に対し大胆な変革をおこない、同時に上演効果を重んじる曲の選択をしていたといった、当時の実態を推察させる多角的な視点も提供してくれる。(2)これらの研究成果をふまえ、主に『四声猿』をとおして徐渭戯曲の特徴を考察し、革新的な役割をになったその影響を明らかにしたい。

一、『四声猿』の概要

『四声猿』は戯曲四部作合本の総称である。徐渭三一歳の時に、瑪瑙《めのう》寺に滞在したあと、少なくとも五年以内に書いた「玉禅師翠郷一夢」（「玉禅師」と略称）二齣《せき》、三六歳の年に創作した「雌木蘭替父従軍」（「雌木蘭」）二齣、翌年作られた「狂鼓史漁陽三弄」（「狂鼓史」）一齣、「女状元辞凰得鳳」（「女状元」）五齣の四本である。「女状元」は満足できずその後何度も推敲を重ねたことが、徐渭より少し後輩である孟称舜の『古今名劇酹江集』にみえる。徐渭と親交があり弟子としても身近に創作をみてきた王驥徳は、徐渭の戯曲は「鬼神を泣かせる。多くをつくらなかったのが残念だ」（『曲律』）[3] とその寡作を惜しんだ。いずれも短編で短い期間に一気に創作したように見えるが、実際にはその真情をこめるために苦心したことが、王驥徳の「腹をえぐるような苦心苦慮」（『曲律』）のことばからもうかがえる。

『四声猿』という名称については「子を亡くした母猿が四度啼くその声には断腸の思いがある。文長は感ずるままを発散させたが、いずれも我が意を得ない不遇のときに作られたものだ」（清・顧公燮《しょう》）[4] とある。母猿が子猿にかける断腸の思いの故事は、早くは『世説新語』[5] にあってよく知られる。特にこの名をつけたのは、徐渭自身の苦悶の反映ともいえる。

以下作成順に作品の背景と動機および内容を検討する。[6]

1、「玉禅師翠郷一夢」（「玉禅師」）二齣

徐渭三一歳（嘉靖三〇年）のときに帰安（浙江省湖州府）の人潘釴《よく》の求めに応じて西湖の瑪瑙寺に滞在し、勉学につきあう。このとき目にした僧侶の虚偽にみちた生き方に強い憤りを感じたともいわれるが主題は単純ではない。

同類の典拠には、宋の『武林旧事』に記載があり、また『元曲選』に無名氏の「月明和尚度柳翠」がある。明嘉靖年間にも『清平山堂話本』に「五戒禅師私紅蓮」があり、『西湖遊覧志』巻一三にも同類の話がある。

徐渭の目に映った僧侶は、おそらくは、権力の前に屈して世俗に迎合する世界、官僚と同様に階層ばかりがあって、衣冠の高さを争う仏門の日常であったのかもしれない。ここでは、玉通和尚は孤高を保とうとするが、現実の

世界ではそれが身の破滅につながってしまうことを表している。権力の主である知府は登場させていないが、事件は知府の横暴が発端になっている。

また、二〇年の修行を積んだ僧侶が色欲のために一瞬にして修行を水泡に帰してしまう人間の弱さへの実感がこめられてもいる。さらには、玉通の転生が娼妓であることも、職業や性別の貴賤差別を超えた、共通する人間性への視点が底に流れていよう。

2、「雌木蘭替父従軍」（「雌木蘭」）二齣

この戯曲は当時、倭寇の浙江沿海地域への侵攻が頻繁におこっていたことと切り離せない。徐渭は、征討将軍兪大猷《ゆう》が紹興に来たさいに慰問をしたり、倭寇が上陸し、官兵が包囲したおりに、兵に混じって中にはいり、地形を測って作戦をたてるなど積極的な行動をとっている。あるいはまた「擬上府書」を書いて戦略を建議し、松江府陶宅鎮（現在の上海市）における倭寇との戦況を視察しては「陶宅戦帰序」に記してもいる。更には典史呉成器に従って紹興龕《かん》山の倭寇との戦場に足を運んだ。この時のことを「龕山凱歌」の七言絶句九首に残している。[7]

そして、知人でもある潮州の厳氏が倭寇によって腕を切られて亡くなり、その娘は連れ去られる途中に橋の上から身投げしたことを知る。それは数年前、徐渭に嫁がせたいというのを、徐渭が拒んだ相手だった。徐渭はそのことを悔やみ、娘を烈女として五言律詩をつくり、また、「厳烈女伝」として娘の行状を称え惜しんでもいる。[8]

倭寇への憤怒と厳氏の娘への哀惜の念とが、徐渭をして民間に伝わる花木蘭の伝説を戯曲にしたてなおさせたのであろう。木蘭は『鳳陽府志』によると、隋末の頃の人で一二年間戦場にあり、女性であることをだれにも気づかれず武功をたてて帰還した。しかし女性であることが知られてしまい、宮中に入ることを求められるが死をもって

拒む。原典もまた烈女というにふさわしい人物像といえる。(9)

全体をとおして、上演することへの目配りがある。たとえば、木蘭は武器を確かめ衣装を替えるときには、絶妙な足技の演技が必要で、どれも、演技を完璧にきめてから歌を歌うようになど、演技上の注意書きまでしている。

ここでは、木蘭の父親をはじめ、男の存在は陰がうすい。木蘭の武勇はいうまでもないが、このほかに女としての気持ちや生き方も描いている。

3、「狂鼓史漁陽三弄」（「狂鼓史」）一齣

実在した明の忠臣楊継盛（一九一六～一九五五）は、朝廷で覇権をきかせる悪名高き厳嵩《すう》の十大罪を弾劾したが、逆に斬首の刑に処せられ、四〇歳の若さで亡くなった。

徐渭は憤懣やるかたなく、七言絶句「雨雪」八首の中に事件を反映させ、楊を龍に厳嵩を蛇にたとえている。(10)

さらに翌年、親戚であった沈錬（沈青霞）が腰斬（胴斬り）の刑に服して命を落とした。激昂した徐渭の詠んだ五言古詩「哀沈参軍」は悲憤に満ちている。それは次のようなものである。

「参軍の青雲の士、真っ直ぐな気性は歴代の士をしのぐ。皇帝に二度上書し、禰衡《でい》と曹操の故事を引いて諌めた」しかしそれによって厳嵩の怒りをかい、家族を残し辱めを受けることとなる。「身を東の市の外れに置く（斬首される）、名は成っても死しては誰が顧みようか」。(11)

厳嵩は、外敵の圧力に屈するが、沈錬は楊継盛と同様に、抗戦を主張したがために極刑に処せられる。これが、曹操と禰衡との関係に投影されている。厳嵩を曹操に、沈錬を禰衡に仮託している。

史実としては、『後漢書』巻八〇下「禰衡伝」がある。

「玉禅師」明・万歴年間（1573～1619）刊本、黄伯符刻
徽州派版画（現在の安徽省歙《きゅう》県）

「雌木蘭」明・万歴年間刊本、黄伯符刻、徽州派版画

「狂鼓史」明・万歴四二年（1614）銭塘鐘氏刊本
汪修絵、武林派版画（杭州）

「女状元」明・万歴年間刊本、黄伯符刻、徽州版画
（『古本戯曲版画図録』首都図書館編輯・学苑出版社）

4、「女状元辞凰得鳳」（「女状元」）五齣

創作に先立ち、王驥徳にこの題材となっている黄崇嘏《すうか》について調べるように言っており、王驥徳は楊用脩の「黄崇嘏春桃記」とつきあわせたりしている。王驥徳によると徐渭の住まいは垣根をひとつへだてただけで、「一本の劇ができるごとに（私を）面前に呼び、興にのって曲を詠じ、得意そのものだった。私はそれをめくって見事なところを復誦し、ともに盃をあげて、互いに知音を喜んだ」とある。

黄崇嘏は、五代十国のときの実在の人物で、父母を早くに亡くし、男装して天下を周遊しているうち讒言にあい獄につながれるが、詩を詠じて蜀の宰相に呈上する。黄崇嘏はその才をみこまれ、司法官として名裁判ぶりをみせる。しかし、周囲の婚姻の望みを拒んで姿を消し、その後の消息はわかっていない。

実際の黄崇嘏は状元になったわけではないが、徐渭の手による黄崇嘏は状元を射止める。さらに、第三齣は黄崇嘏の裁判の手腕が描かれ、第四齣では、黄崇嘏の文才が描かれる。それは、科挙に連敗をつづける徐渭自身にとって、一つの理想的なあるべきすがたを表しているのではあるまいか。

徐渭はこの戯曲で、北曲と南曲を混合して用いる南北合套という破格の形式によって構成する新たな創造をおこなった。明の祁《き》彪佳は「女状元」を評して、「自由奔放で、方法にこだわらず、決まり事の制約を受けない。大鷹が雲をつきぬけるように、百鯨が海水を吸い込むがごとき気魄がある」としている。(12)

以上四戯曲はいずれも、身分や立場の異なる歴史上の人物や典拠のある題材を用いている。その選択にはそれぞれ徐渭が見聞し体験したことと関連がある。そして、自らの手を加えることによって、そこに新たなドラマを生み出し、徐渭自身の心情を吐露したものとなっている。

二、『四声猿』の革新性

徐渭は亡くなる一年前の七二歳の時に、梅鼎祚の「崑崙奴」(「崑崙奴剣侠成仙」)[13]への改編をおこなっているものの、戯曲創作は三〇代に集中している。民間歌謡への関心も同時期で、三六歳の春に福建へゆき、庶民の口ずさむ小唄や民間芝居を取材蒐集して『南詞叙録』を著した。その動機をこう語っている。

「北雑劇には『点鬼簿』があり、院本には『楽府雑録』があり、曲選には『太平楽府』があり、詳細に記載されているが、南戯だけはだれも選集をつくらず、また作者の名簿もない。私はそれを残念に思っていた」。[14]その内容は、南戯の歴史や特徴に関する叙述と、宋元南戯の戯本六〇種類、明の戯本四七種類の蒐集と評価、さらに五三項目の方言の解釈を記している。だがその思いに反して、明清を通じて抄本(筆写本)のみで、広く印刷されて世に出ることはなかった。[15]

南戯は文人の手によらない民間の俗曲や小唄を取り込んで成り立っている。もとより一般には記録にも残さず口承の類であったため、徐渭が書き残したほうが特異なことであった。その記録は、随筆風で、豊富な内容を含みながらも意を尽くさぬ難解さも残している。近代にはいって、その資料的価値が認められた。宋の時代から根付いていた南方を中心とした伝統演劇である南戯の歴史および明代の演劇発展状況を知ろうとするとき、『南詞叙録』を抜きにしては語れなくなっている。

徐渭は、年少の頃に音律家に師事したためか、南戯の音律に対して透徹した見方をもっていると評される。南北の曲のちがいを聞き分け、その特色を的確にとらえ、それが人の心理にどのような共鳴をひきおこすのかを次のように表現している。

「北曲を聴くと、意気揚々と飛翔する鷹のごとく、髪の毛がなびくがごとく、勇ましく鼓舞されるに足る」。一方、「南曲は、湾曲して柔らかく、流麗でさえずるようで、心とらわれて我を忘れる、まことに南方のたおやかな美しさがある。いわゆる〝亡国の音は哀しく懐かしい〟というのがこれだ」。このような区別ができたからこそ、社会通念や枠組みにとらわれないで独自の美意識がつらぬけたといえる。

さらに、『南詞叙録』は明代演劇の「本色論」の基礎を定めたものとも評価され、[16]また初めて「本色」を演劇に援用したのが徐渭ともいわれる。[17]王驥徳は徐渭のことを「先生は詞曲を談ずるのを好み、いつも本色を重視した」(『曲律』)とする。徐渭はこの本色を明確に定義してはいないが、おそらくは戯曲全体に対する創作精神を意図している。徐渭は「世事には本色とまがいものが必ずある。本色とは俗にいえば本物であり、まがいものとは真似たものである」[18]とした。徐渭が戯曲にとって重要だとする本色は、主観的な真情表現が基点となる。そのため、作者の人間性そのものが創作の根幹にかかわり、表現もそれにみあったものを求めた。

このように『南詞叙録』の中では、演劇の発展史を視野にいれながら、本色の考え方にもとづき、それに反するものを批判して、演劇のあるべき姿を示唆している。

徐渭が世に出る前の一世紀半ほどの明代は、封建道徳による教化を意識した戯曲が主流を占め、儒教教典を用いた作詞をおこなうものもあらわれた。作者の真情は押さえられ、画一的で上演不可能な机上の創作も少なくなかった。

徐渭はこういった大勢とはまったく異なる価値観をもっていた。その革新性は、まず真情を表現することにあった。劇作の構成や場面あるいは人物設定に意趣を凝らすことによって、伝統の重圧や封建的規範の束縛の中にありながら、真情を形象化することを貫いた。そして同時に、形象化にあたってどのような構成と曲を用いれば効果的なのか、蘊蓄をかたむけ工夫をこらしている。

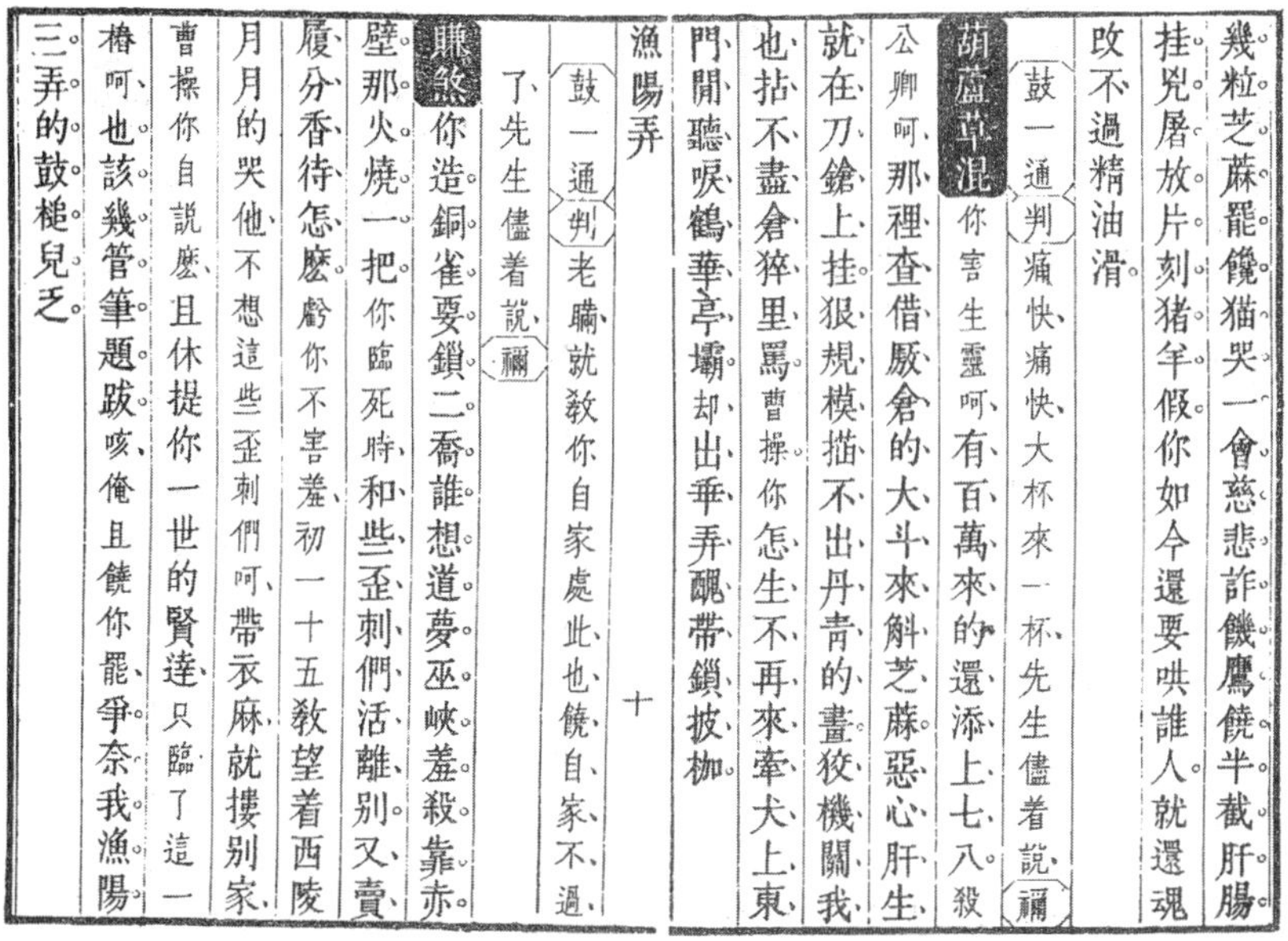

幾粒芝蔴罷饞猫哭一會慈悲詐饑鷹饒半截肝腸
挂兇屠放片刻猪羊假你如今還要哄誰人就還魂
改不過精油滑
〔鼓一通判〕痛快痛快大杯來一杯先生儘着説〔禰〕
〔胡蘆草混〕你害生靈呵有百萬來的還添上七八殺
公卿呵那裡查借廒倉的大斗來斛芝蔴惡心肝生
就在刀鎗上挂狠規模描不出丹青的畫狡機關我
也拈不盡倉猝里罵曹操你怎生不再來牽犬上東
門開聽唳鶴華亭壩却出乖弄醜帶鎖披枷
漁陽弄　十
〔鼓一通判〕老瞞就教你自家處此也饒自家不過
了先生儘着説〔禰〕
〔賺煞〕你造銅雀要鎖二喬誰想道夢巫峽羞殺靠赤
壁那火燒一把你臨死時和些歪刺們活離別又賣
履分香待怎麼虧你不害羞初一十五教望着西陵
月月的哭他不想這些歪刺們呵帶衣麻就摟別家
曹操你自説麼且休提你一世的賢達只臨了這一
椿呵也該幾管筆題跋咳俺且饒你罷爭奈我漁陽
三弄的鼓槌兒乏

禰衡歌唱の集曲〔胡蘆草混〕「狂鼓史」『盛明雑劇』

『四声猿』は昆曲が盛んになった明代後期における短編戯曲の先駆的存在であり、当時盛んになった昆劇によって演じられた、と論ずる胡忌は、その根拠の一つとして、胡文煥編輯『群音類選』の「官腔類」巻二六に「玉禅師」の二齣（「玉通和尚罵紅蓮」「月明和尚度柳翠」）と「女状元」の一齣（「黄崇嘏女状元」）が収められていることをあげている。(19)『群音類選』は明の万歴二一〜二四年（一五九三〜一五九六）頃に刊行された。当時舞台でよく演じられていた人気演目をその声腔の種類、つまり地方劇の種類によって、「官腔」「諸腔」「北腔」「清腔」の四つに分け、一五七の戯曲名をあげている。官腔とは昆劇を指す。徐渭の戯曲は「南の雑劇」とされ、昆劇の中にはいっているのである。(20)戯曲の構成名称も、本来北曲雑劇で用いる「折」をつかわないで、四作とも南曲の伝奇で使用する「齣」を用いていることにも曲へのこだわりがみえる。「狂鼓史」も、主役禰衡が歌う北曲の歌唱の中に、複雑な感情表現のさいに組み入れられる集曲のひとつ〔胡蘆草混〕を用いる南曲の法則を取り込んでいる。(21)こういった破格な運用が革新的とよばれる所以である。

傑出した元雑劇は、明代の半ばにもなるとすでにその厳格な形式が敬遠されつつあったものの、定評があり伝統ある形式を全面的に打破する者はいなかった。ところが徐渭は、戯曲構成を一齣か二齣と大幅に短くし、しかも当時はやっていた昆劇によって雑劇を演じるという新発想をおこなった。伝統に縛られない大胆さと流行に敏感な徐渭の新たなる創作であった。この短編創作は、その後、伝奇長編のさわりだけを演じる「折子戯」方式にも示唆を与えたのではあるまいか。

絶妙な表現、型破りの構成、奇抜な設定で描かれる徐渭の戯曲は、当時の文人の間では、驚きをもって迎えられている。

王驥徳は、『四声猿』の文体を「天下に比類のない妙趣」(『曲律』)があるとした。あるいは徐渭の晩年に手紙をかわしたものの、会うことはなかった湯顕祖は、徐渭亡き後、『四声猿』について「まさに(漢代のたぐいまれな武功にたけた李広が飛将の威名をとったように)文壇の飛将ともいうべきで、これが演じられるたびに思うのだが、自分が文長(徐渭の字)であったなら、自ら(禍のもとになる)舌を抜いてしまうだろう!」[22]と絶賛した。

その後の世代となる袁宏道は、「自分は若い頃、北雑劇『四声猿』に出会ったが、そこに込められた気魄は、近頃の青二才が演じる芝居とはまったく異なる。天池生とだけ記されており、元の時代の作かと思っていたほどだ」(「徐文長伝」[23])と嘆じている。さらに評語には「口調は勇壮で激しい」(「狂鼓史漁陽三弄」・眉批[24])とし、明代随一の戯曲とまで評価している。

徐渭の友人梅国楨は「文長は、我が老友であり、その病は人より奇で、その人となりは詩より奇であり、その詩はその字より奇であり、その字はその文より奇であり、その文はその画より奇である」とし、袁宏道は「文長は奇でないものはない。奇でないものはないとは、すなわち奇(常軌)でないものはないということよ、悲しいことかな」

（「徐文長伝」）と嘆じている。奇のそれぞれには異なる感慨がこめられてはいるだろうが、いずれにしても、徐渭の生き方も作品も「奇」という表現で迎えられている。

「奇」という表現を劇作評価として用いることは、すでに元の鐘嗣成著『録鬼簿』にみられる。[25]明清をとおしても審美評価の概念として使われる。主に演劇の情景が紆余曲折する多様性をもった憶測できない変化を備えていることをさすという認識がされている。では徐渭につけられた「奇」はどのような意味をもっていたのか。

徐渭をとりまく演劇状況は、礼教精神が戯曲内容や文体に反映して、理を重んじ、上演不向きな教条主義的作品傾向にあったが、徐渭はそういった通念にとらわれず、真情に価値を置いた。

真情表現が第一義にあって、それに最も効果的な方法が、一齣か二齣の短い戯曲構成であった。しかも北曲の強さと南曲の纏綿とした優美さという相反する曲調に複雑な真情をこめるという型破りな表現はだれも発想しなかったものであった。「奇なり」と多くの人が嘆じたのは、まさにそういった革新性にあったのであろう。

三、『歌代嘯』の位置づけ

『歌代嘯』が徐渭の手によるものか否かに関しては諸説ある。『古本戯曲劇目提要』[26]には、徐渭作品のすぐ後に並べられるが、「作者不詳」と記している。その中で、『歌代嘯』が徐渭の作品としてはじめて掲載されたのは、『明代雑劇全目』（傅惜華著、作家出版社一九五八年）で、明清ともに諸家の戯曲目録にこの名を見ることはなかったと指摘している。

青木正児は、徐渭の項目に『歌代嘯』をあげるが、「今に存すと云ふも未だ見ず」（『支那近世戯曲史』[27]）とだけ記している。青木正児がこの序文を書いたのが一九三〇年なので、その頃、『歌代嘯』の存在だけは知られるようになったのであろう。ただ、どういうわけか、『中国戯曲文学史』（許金榜著）[28]では、青木正児が「明清滑稽劇の中でもっとも傑出しており、他人の追随を許さない」としたとある。同文学史では、『歌代嘯』について、『四声猿』よりも紙幅を費やしてのべられている。

ところで、『歌代嘯』が今日ひろく知られるようになったのは、一九八三年に中華書局の『徐渭集』が徐渭の戯曲として世に送り、翌年、上海古籍出版社が周中明の校注により『四声猿　歌代嘯（附）』として上梓したことによる。いずれも、清の道光年間に沈氏鳴野山房による精抄本で、一九三一年の南京国学図書館による影印本をもとにしている。また、明清をとおして刊本がないことも記されている。これには、「山陰徐文長撰」「公安袁石公訂」との署名があり、袁宏道が書いたとされる序には「『歌代嘯』は誰の作かはわからない」となっている。さらに序には次のような記述がある。

「おおよそ一七の情景が描かれ、一三の詞が詠まれている。変化に富む筋立てで、体裁を整えただけのものではなく、一々実在の風景が読み込まれ、あたかも王実甫、関漢卿と肩を並べようとしているかのようである。徐文長による作という者もいる。以前、梅禹金（禹金は梅鼎祚の字）が『崑崙奴』を創作し、典麗と称えられたが、徐文長はなおもそのせりふが元人を彷彿とさせるまでにはいかず、南曲の『浣紗記』（明・梁辰魚作）の文体のようだといった」などとある。ただし、袁宏道（一五六九〜一六一〇）が生きた時代から清の道光年間（一八二一〜一八五〇）まで、二百年以上の空白がある。これをどうとらえるべきであろうか。また、これには「《歌代嘯》後記」があり、柳詒《い》徴（一八七九〜一九五六）が、南京国学図書館長をしているときに書いたものであるようだが、「図書館所蔵の『歌代嘯』雑劇は、徐文長撰と題される。諸家の書録の多くには『歌代嘯』の記載はなく、また刊本もいまだ見ず。遊戯の筆で、先人はまったく重視していない。その意は滑稽をもって、漫然と書いた作ではない」[29]とのべるにとどまる。

そこで、徐渭の作か否かの賛否両論を先にあげた以外の論考から提示してみる。

まず、徐渭の作とする説から検討していこう。

丁家桐『徐文長伝』[30]では、『歌代嘯』をはじめから徐渭の作品としてあつかい、内容を論じている。その中で、『四声猿』と『歌代嘯』は人間に対する考え方の上で、共通項よりも相違点が鮮明であり、それは徐渭の生活環境の違いが影響していると説明している。すなわち、『四声猿』執筆は徐渭が胡宗憲の幕僚になる（三七歳）以前か、幕僚当時の作で、一方、『歌代嘯』は、あきらかに幕僚をやめ、人生の挫折を体験したあとに書かれたとのべている。しかも、獄中で執筆したとする。その根拠を四つあげている。一つには、獄中で、官界の腐敗を見聞し、世間の裏表も体験して、大いに憤慨しているはずで、作品に流れている情緒と適合する。二つには、徐渭の投獄の原因は妻殺しだが、男女間のことは口に出せない隠れた部分があるのが常で、劇中の描写には多く男女のことが描かれており、必ずや実在のモデルがいるはず、とする。三つには、徐渭は出獄後、書画で生計をたてており、書いても生活の足しにもならない大作を書く余裕はなかった。四つには、劇中の主要人物二人はともに和尚で、財に目がないか色に夢中な和尚という痛烈な諷刺がこめられており、それは獄中での僧侶との接触と関係がある。出獄後にはよく寺院にすまいし、僧侶との友好もあるが、劇中の和尚への風刺は程度が尋常の感覚ではない。

このように、丁家桐は最初から徐渭の作であることをうたがっていないが、『歌代嘯』執筆の背景も、想像の域をでず、『歌代嘯』を徐渭の作とする十分な論証に至っていない。

次に、徐渭の作に疑問を呈する説をあげる。

徐朔方は「徐渭年譜」[31]の中で、『歌代嘯』は徐渭の作品という根拠に乏しく、論じない、とした。また、『歌代嘯』を掲載した『徐渭集』を批判し、徐渭の弟子王驥徳の『曲律』には何の言及もないことをあげ、『歌代嘯』は徐渭とは関係がなく、本文として集録すべきではないとする。逆に、『南詞叙録』に関して、徐渭の作ではないとする説もあるが証拠不十分なので、少なくとも附録として集録すべきであったと指摘している。[32]『昆劇発展史』では、作者不詳として記載、論評している。序文が袁宏道の署名となっているが、根拠に乏しいので作者不詳としたとある。ただし、『歌代嘯』そのものへの評価は、「新機軸を打ち出し、かわった趣に富み、現実的な意義がある」という評価を与えている。[33]

以上各説をあげたが、『歌代嘯』を徐渭の作とする論拠には確証がない。では偽作とした場合、なぜこのような作品が書かれたのか、実際にどのような内容と構成の戯曲なのかをみてみよう。

四、『歌代嘯』の内容

『歌代嘯』は、元曲の形式をまね、四齣一楔子の構成をとり、主役一人だけが歌う「一人主唱」の方式を踏襲した雑劇である。まずは概要をみていこう。[34]

冒頭は「楔子」で始まっている。四齣では足りない時に短い情景表現の場面を付け加えるもので、『歌代嘯』では、全体の情景を凝縮して語っている。

「時勢の誤りをただして、庶民の思いをぶつけるまで」と始まる。

「この世はもとより欠陥だらけ、人のこころは昔から狡くおべんちゃらだらけ。

俗っぽいことばで新しい芝居、顛倒の妄念というところ、さてつれづれのおなぐさみ」。

「このお芝居、正しい名前を申すならこうなります。
憤懣のやり場なければ、冬瓜は持ち去り瓢箪ではけ口
嫁いだことを気に病む妻は、母の歯痛を治すふりして夫のかかとに灸すえる
判断を狂わす偽装は、張の僧帽子を、李が持ち出したがため
すべては自分中心で、州官の放火は大目にみて、民衆が灯りをつけることも許さず」

短いが、これからおこる事件を暗示している。

第一齣（張和尚が主役で唱う）

張和尚、登場して開口一番、物欲が表現される。「仏門の人間には金はいらぬ、などとだれが言うものか、どうやって袈裟を買うというのだ」。さらに弟弟子の李和尚について、「とても機敏このうえないが、ただ色欲が強い。これは幼い頃に出家してその妙を味わい尽くしていないからだろう」といって、出家人の俗物ぶりを暴露するその描写は容赦がない。

李も登場早々、仏さまが戒律を少しゆるめることなくば、その子や孫はどうして誕生しましょうか、などど、不遜なことばをはく。張にはへそくりがあり、ひそかに、師匠が以前抵当にしていた菜園を回収して、野菜を育てて利益を得、同時に李の金もだましとって、自分のものにしようと考えていた。

ところが李はさらに上手だった。酒のなかにしびれ薬をいれ、張を酔わせ、その隙に菜園の冬瓜を採り、そしらぬ風をよそおう。張は気が動転して帽子を落としてしまう。それを李はひそかに懐に入れる。

第二齣（王輯迪《てき》の妻・呉氏が主役）

浮気な軽薄女の呉氏は、貧相でこせこせした醜男の夫・王輯迪に不満をいだいており、以前から李和尚と関係をもっていた。一昨日李が約束を破りはせぬかと心配し、李の帽子をとっておいた。そこへ李がたがわずやってきた

ため、喜んでまた李のかぶっていた僧帽子（張のもの）をうばって衣服の中に隠した。二人がむつみ合っているときに、呉氏の母が歯が痛いので、娘のところで気晴らしをしようとやってくる。呉氏は、李が冬瓜を売りに来たのだと嘘をいい、歯を治すのも巧みだなどといって取り繕う。

第三齣（主役は李和尚）

李はこの機に乗じて一儲けしようとし、自分は専門に歯を治す神針法というお灸を知っているという。その方法とは、妻の母が歯が痛いときには、夫のかかとに三度お灸をすれば痛みが治まるのだという。ちょうどそこへ帰宅した王輯迪に、母と妻はお灸を強要しようとするが、王は逃げ出す。そのさいに呉氏と争い、袖から僧帽子を見つける。帽子には張の名前があり、妻が浮気をしている証と思い、州に訴えようとする。李はその知らせを聞いて呉氏と策略をめぐらし、張和尚が不義密通をたくらんだため、張の帽子を奪ったのだと口裏を合わせる。裁判で張はうまく申し開きができず、獄に捕らわれ、李の奸計はうまくはこぶ。ちょうどこのとき、護衛役人が、屋敷の奥から出火していると告げる。

第四齣（主役は州役人）

州役人は、たいへんな恐妻家だが、前の日、使用人と浮気をし、妻にみつかって大騒動になった。また騒がれないようにと、屋敷の中に柵をもうけた。妻はそれを知って激怒し、奥屋敷の草葺きに火を放った。瞬く間に火は激しく燃え上がる。民衆は手に手に提灯をもって、火消しにやってきて、夜通しかかってようやく火を消した。ところが州役人は、民をねぎらうどころか、民が松明を武器に略奪し深夜徒党を組んで騒いだと、あらぬ罪を着せようとした。民は憤り立ち去ってゆく。

以上が『歌代嘯』の筋立てである。

第四齣には、「州の長官の放火は大目にみて、民衆が灯りをつけることも許さぬ」、という役人の横暴を表す諺を盛り込んではいるものの、すべてはフィクションである。『四声猿』がいずれも史実や典拠があるのとは題材の取り方が異なる。それにより、世の憤懣を暴くといっても、二作品は風格を異にしている。『歌代嘯』は、題材も表現も赤裸々である。本色派、文彩派あるいは駢儷派といった区別を超えて耳目を一新するもの、という評価もある。

また、通常は四齣ともに主役を変えないが、『歌代嘯』は、一齣づつ変わる。特に、第四齣めは、登場人物が入れ替わるため、ストーリーの一貫性に欠ける。しかも、凡例では虎林冲和居士（虎林は杭州）が役柄について条件をつけている。それは、王の妻も姑も、本来旦役ではあるが、女性用の化粧をほどこす俊面ではなく、花面つまり臉譜をつけた浄の役がふさわしいとするのである。元曲では、主役は正旦か正生の役柄がきまりである。つまり作者にとっては、元曲の構成に意味があるのではない。伝統的な手法を用いているように見せながら、意図しているのは、表現が難しい批判的な題材をいかに効果的に創作するかにあったともいえよう。

さらに凡例には、「この曲は諧謔を描くことを主とし、いかなる鄙語猥談も曲にのせるため、雅語を用いなかった」とある。これはまるで「作者になりかわってのべているような感じがある」（昆劇発展史）との指摘があるが、まさにこの冲和居士が作者ではないかとも思わせる。

『歌代嘯』の題名に「嘯く」という文言をいれたことや、雑劇形式をとったこと、和尚の俗物ぶりをあますところなく暴露したことなど、いずれも意識的に徐渭との共通点を設定しているようにもみえる。だがなんといっても、「アイロニーを描くこと」その一点にすべての設定が集中している。実名でこのような内容を発表するのは難しい。ならば自分の名を明かすことなく、「奇」と評される徐渭の名に仮託することによって世に送り出したほうが、反響は大きいにちがいない、と考えてもおかしくない。無名氏は、徐渭の人生感に共感し、徐渭の作品を愛好したのではなかろうか。批判精神は、より直截的で、人間の正邪の判断や善悪の基準がまったく顚倒しているという状況を誇張して大胆にえぐりだしている。

小説『英烈伝』（別名『雲合奇縦』）が、徐渭の名に仮託したものであるということは、すでに明らかにされている。『歌代嘯』も同様な現象としてとらえられるのではなかろうか。規制の枠組みにとらわれず、徹底して真情を表現するという徐渭の戯曲の創作精神に価値を認めたことによって生み出された結果である。現代でも、これを脚色した作品が作られている。時をこえてもアレンジしてみたいと思うほど生命力をもち、規制の観念にとらわれないという意味では、徐渭の意志が受け継がれている。

五、『四声猿』その後の影響

徐渭亡き後には、明末から清に至るまで、『四声猿』の影響を受けた戯曲が世にでた。鄭瑜《ゆ》（明末〜清初）の「郢《えい》中四雪」（「鸚鵡《おうむ》州」「汨羅《べきら》江」「黄鶴楼」「藤王閣」の雑劇四部作）、張韜《とう》（康熙年間一六六二〜一七二二頃の人）の「続四声猿」（「覇亭廟」「薊《けい》州道」「木蘭詩」「清平調」の雑劇四部作）、桂馥《けいふく》（一七三六〜一八〇五）の「後四声猿」（「放楊枝」「題園壁」「投溷《こん》中」「謁府師」の雑劇四部作）などである。

形式だけではなく、その創作手法を受け継いでいる。物語をつくるというよりも、心情を主人公に托し吐露することに眼目があり、一齣か二齣という短い制約の中に込める手法を継承している。その傾向は、鄭瑜の「鸚鵡州」の場合など、二人の問答方式で一貫して展開する構成をとることによって、より作者の主張を強く表現するものとなっている。しかも死者の霊に語らせている。そうすることによって、実在の人物の歴史的制約から脱し、通説とは異なる論評をそこに加え、鄭瑜自身の人生観を反映させようとする意志を読み取ることができる。

鄭瑜の場合、明末清初という社会基盤の変動する時期にあって、個人の力では抗いがたい現実を前にして、単なる哀切や憤懣を発露するだけではなく、現実を達観した隠遁の境地は、生きていく上での必然でもあったということができよう。

鄭瑜の「郢中四雪」を収めた『雑劇三集』[35]を編纂した鄒《すう》式金（一五九六〜一六七七）は、明末の崇禎年間に進士になり官吏となって、清に対する抗戦に参画するが、失敗し失意のうちに逃れていわゆる遺民となり、その後三〇年間庵にこもって隠居している。そのような鄒式金にとって、鄭瑜の戯曲は自らの心情と多くの共鳴点をもっていたのであろう。そのおかげで鄭瑜の作品は散佚することなく今日に読み継がれてゆくことができた。

おわりに

徐渭の生涯を数え歌にしたものがある。「一つとせ一生失意の傷だらけ、二つとせ二人の兄早くに亡くし、三つとせ三度も婚姻、四つとせ四度の食客、五つとせ将棋はお手のもの、六つとせ六親眷属みな離散、七つとせ牢獄暮らしも七年、八つとせ八度の試験も浮かばれず、九つ自殺未遂は九死に一生、十になんとも嘆かわしい」。[36]

非凡な生涯をおくった徐渭が戯曲表現の中で大事にした真情の表現とは、作者の人間としての叫びでもあり、人生観の発露でもある。徐渭のことばでいうならば「芝居作りも芝居を見るのも、もとよりありのままの人生そのもの」（戯台）[37]なのである。徐渭にとっての劇作は、自然な表現の場であり、「瞬時に千古の事を生み出す」（戯文台）舞台は、自由な表現の場であったのだろう。

舞台は、「大地万物人間衆生は自然の理にもとづく」（戯台）のであり、自然に方法をもちい、作為的に求めるべきではない。さらに、舞台は虚構の世界ではあるが、「劇場のつくられた笑いや泣きのなかに実相あり」（戯台）とする。そして、「人の妄念を醒ましたい。驢馬を馬という人があまりに多いから。曼倩の諧謔は単なるたわむれでないことがわかろう」という『狂鼓史』末尾の禰衡の歌に託されたこの一節は、間接的に徐渭の意図をのべているという指摘もある。(38)（曼倩は西漢の人・東方朔の字、諧謔をよくし、寓言で漢の武帝を諫めた）。真情をあらわすことを戯曲に求め、それゆえに既製の型を破った、それこそが、徐渭の戯曲が時を超えて共感を呼ぶ所以であろう。悲憤慷慨に満ちた「狂鼓史」は、昆劇「四声猿・罵曹」の演目名で、徐渭没後四百年以上たったいまでも舞台にその曲を響かせているのがなによりの証ではあるまいか。

注

（1）黄天驥「徐渭的『南詞叙録』」（『南国戯劇』総二六期、一九八三年七月）張新建『徐渭論稿』（文化芸術出版社、一九九〇年九月）李咏吟「『南詞叙録』と徐渭の戯曲本色論」（『戯文』第六三号、一九九一年五月、浙江省芸術研究所）など

（2）孫崇濤『徐渭的戯劇見解』（文芸研究、一九八〇年　第五期　文化芸術出版社）

（3）『曲律』『中国古典戯曲論著集成』四（中国戯劇出版社、一九八〇年七月）一七〇頁

（4）顧公燮「消夏閑記」は周中明校注『四声猿　歌代嘯（附）』（上海古籍出版社、一九八四年一月）所収

（5）『世説新語』黜免《ちゅつめん》の故事にいう。晋の桓温《かんおん》が三峡を下ったときに小猿を捕まえたが、母猿が悲痛な声をあげて追いかけ、ついには悶死した。その腹をさくと腸は亀裂していた。

（6）『四声猿』の版本は多い。作品内容については、『徐渭集』掲載の『四声猿』（一一七六～一二三〇頁）を用いた。これは、徐渭の死後に、門人商維濬らが編纂した『徐文長三集』に付随する一巻として万暦二八年（一六〇〇）に刊行された『四声猿』を底本として、その他の版本を参照しながら校訂されたものとされる。ただし、取り上げる順は王驥徳『曲律』巻四「雑論」第三九の創作順による記載にもとづく。

（7）「徐文長三集」巻十一　『徐渭集』（中華書局、二〇〇三年一〇月）三三九頁
（8）「徐文長逸稿」巻二二　『徐渭集』一〇四五頁
（9）『古今図書集成・明倫彙編・閨媛典』第三四一巻（中華書局、一九八五年）
（10）「徐文長逸稿」巻八　『徐渭集』八六三頁
（11）「徐文長三集」巻四　『徐渭集』六七頁
（12）祁彪佳『遠山堂劇品』『中国古典戯曲論著集成』六（中国戯劇出版社、一九八〇年七月）一四二頁
（13）「崑崙奴」は梅鼎祚が三六歳の時に創作した雑劇。『盛明雑劇』所収
（14）『南詞叙録』『中国古典戯曲論著集成』三（中国戯劇出版社、一九八〇年七月）二三五、二五六頁
（15）民国初年に至ってはじめて『続曲叢刊』『曲苑』の中で取り上げられて刻印本が刊行された。李復波、熊澄宇注釈『南詞叙録注釈』（中国戯劇出版社、一九八九年一月）八頁
『南詞叙録』を徐渭の作とするか否かは議論があった。否定意見は駱玉明、董如「南詞叙録非徐渭作」（『復旦学報』社会科学版一九八七年第六期）、それに対し、徐朔方が「『南詞叙録』的作者問題」『徐朔方集』第一集（浙江古籍出版社一九九三年一二月）で総合的に論じ、徐渭の著作であることを否定するに足る論拠の弱さを指摘している。
（16）呉毓華『古代戯曲美学史』（文化藝術出版社、一九九四年八月）一七四頁
（17）本色は、本来、『文心雕龍・通変』の中で用いられるなど、本来の色、という意味で使われた。その後南宋の厳羽が禅宗の妙悟にかけて詩論で用いたが、抽象的で曖昧さを含んだ概念であったために時代や人によって意味づけが異なる。演劇においても同様の傾向がある。本色を演劇で用いたはじめは李開先（一五〇一～一五六八）の「詞謔」で、それに反論したのが徐渭だともされる。「詞謔」は北曲に限定した言及だが、徐渭の場合は、南北曲いずれにも展開している。
（18）「西廂序」『徐渭集』一〇八九頁
（19）胡忌・劉致中『昆劇発展史』（中国戯劇出版社、一九八九年六月）一〇五頁
（20）胡文煥編『群音類選』第三冊（中華書局、一九八〇年）
（21）周育徳【狂鼓史】『戯劇通典』（解放軍文芸出版社、一九九九年一月）一七一頁
（22）「玉茗堂牡丹亭序」『徐渭集』二頁　徐渭と湯顕祖は、徐渭の晩年に書簡の往復があった。徐渭は湯顕祖が二八歳から三一歳の間に詠んだ詩集「問棘郵草」之一、二に対して懇切な批評をほどこしている。

(23)袁宏道「徐文長伝」『徐渭集』一三四二頁〜一三四四頁
(24)明・沈泰編『盛明雑劇』(黄山書社、一九九二年七月)二五頁
(25)譚帆、陸煒『中国古典戯劇理論史』(中国社会科学出版社、一九九三年四月)一一八頁
(26)李修生主編『古本戯曲劇目提要』(文化藝術出版社、一九九七年一二月)一八五頁
(27)青木正児『支那近世戯曲史』『青木正児全集』第三巻(春秋社、一九八三年一一月)一五六頁
(28)許金榜『中国戯曲文学史』(中国文学出版社、一九九五年六月)二六九頁
(29)柳詒徴「《歌代嘯》後記」『四声猿　歌代嘯(附)』(上海古籍出版社、一九八四年一月)二二六、二二七頁
(30)丁家桐『徐文長伝』(上海人民出版社、一九九九年一一月)
(31)「徐渭年譜」『徐朔方集』第三集(浙江古籍出版社、一九九三年一二月)五四頁
(32)「評《徐渭集》的編輯和校点」『徐朔方集』第一集(浙江古籍出版社、一九九三年一二月)三三四頁
(33)前掲書(19)一一一頁
(34)周中明校注『四声猿　歌代嘯(附)』(上海古籍出版社、一九八四年一月)
(35)『雑劇三集』(黄山書社出版、一九九二年七月)
(36)王長安『徐渭三弁』(中国戯劇出版社、一九九五年一〇月)
(37)〈榜聯〉「徐文長佚草」巻七『徐渭集』一一六〇頁
(38)戚世雋『明代雑劇研究』(広東高等教育出版社、二〇〇一年一月)二三八頁

徐渭の書法美学

河内利治

一、はじめに

徐渭の書について評した文章のなかで、よく知られているのは袁宏道の「徐文長伝」と陶望齢の「徐文長伝」の二篇であろう。まず袁宏道の「徐文長伝」を見よう。

徐渭は筆を手にするとたちどころに仕上がり、字が紙面いっぱいに広がり、気韻は遒逸で情趣に溢れ、みなびっくりした。徐渭は字を書くのが好きで、筆意は奔放で、まるで彼の詩のようであり、力強さの中に字形の美しさが飛び交っている。私（袁宏道）は字が書けないので、（世評に反して）みだりに言うことになるが、徐渭の書は絶対に王寵や文徴明より上にある。これは書の法（規範）についてではなく、書の神（精神）について論じるのである。徐渭先生は確かに自由自在に筆を操る「散聖（正統ではない書の聖人）」であり、書家のなかの「俠客（男気がある者）」である。〔文長援筆立成、竟満其紙、気韻遒逸、物無遁情、一座大驚。文長喜作書、筆意奔放如其詩、蒼勁中姿媚飛出。余不能書、而謬謂文長書決当在王雅宜文徴仲之上。不論書法而論書神。先生者誠八方之散聖、字林之俠客也。〕――国立中央図書館編印「徐文長三集」（一）二五頁～二六頁

この一文は、袁宏道の徐渭の書に対する論評であり、その書に対する審美観点を提起している。袁宏道は徐渭の書を、気韻が遒逸で情趣に溢れ、力強さの中に字形の美しさが飛び交っており、絶対に王寵や文徴明より上にあると言う。そのように言うのは、書の規範面ではなく、精神面について論じるからであり、それゆえ筆を自由自在に

操る、正当な系譜に属さない、男気のある書人と評すのである。

歴代の書法審美の範疇からいえば、袁宏道が批評に使用した〈気韻〉、〈遒逸〉、〈蒼勁〉、〈姿媚〉および〈神〉は重要な審美術語である。(1)

一方、陶望齢は「徐文長伝」に次のようにいう。


徐渭は行草書においてとりわけ精緻で傑出している。むかし徐渭は「書が一番、詩が二番、文が三番、画が四番」と語った。彼を知っている者はそう認めている。彼は書について運筆を主として論じており、おおかた米芾を模倣するのであろう。〔渭於行草書尤精奇偉傑。嘗言吾書第一、詩二、文三、画四。識者許之。其論書主於運筆、大概昉諸米氏云。〕――国立中央図書館編印「徐文長三集」（一）一九頁

これは人口に膾炙する短文だが、三つの重要なメッセージが含まれている。

第一に、徐渭は多芸多才で、本人は詩文書画では「吾書第一」と書に自信を持つ点。

第二に、陶望齢が徐渭の行草書を最も〈精奇偉傑〉であると評する点。

第三に、陶望齢が徐渭の論書は運筆を主として語り、米芾を模倣すると指摘する点。

現代まで、多くの学者が徐渭に関する卓見を述べており、ほぼ肯定的な見方である。たとえば第三の点、すなわち論書は運筆を主とし、書法は米芾を手本とするという見方は、すでに『四庫全書総目』において言及されているが、(2)残念ながらまだ十全な分析が行われていない。

以上から筆者は、書跡としては徐渭筆《論書法巻》(3)、文献資料としては徐渭撰『筆玄要旨一巻』、『玄抄類摘六巻』(4)および『徐文長三集』(5)などに依拠しつつ、書法の審美範疇の角度から、徐渭の書法美学に対する観点を検討するこ

とにする。

二、故宮博物院所蔵《論書法巻》

徐渭の書法美学に対する観点を検討する上で、重要な書跡《論書法巻》がある。これは現在、北京故宮博物院に所蔵される一件である。体裁は紙本、三二・一×七三六・五センチ、九九行、一三五三字からなり、明万暦二十年（壬辰・一五九二年）七十二歳の作である。徐渭は一五九三年に歿していることから、逝去前年の行草書である。通覧すると、A梁武帝之評書、B米元章之評書、C黄山谷之評書、D蘇東坡題唐氏六家書後の四篇が、この順に書かれている。(6) まず文章および鈐印をすべて抄録しよう。

1、徐渭書跡《論書法巻》全文と印章

白文［約斎審定］

白文［公孫大娘］　白文［山陰茅豫図書］

朱文［閣納之印］　白文［徳言内］

A　梁武帝之評書(7)　白文［約斎心賞］

1　王僧虔書猶如揚州王謝家子弟、縦復不端、奕奕皆有一種風気。

2　王子敬書如河朔少年皆充悦、挙体沓拖而不可耐。
3　羊欣書似婢作夫人、不堪正位置、挙止羞渋、終不似真。
4　阮研書如貴冑失品次、不復排突英賢。
5＊王儀同書如晋安帝、非不処尊位而都無神明。
6＊殷均如高麗人、抗浪乃不有意気、而姿顔自足精彩。
7　徐淮南書「如南崗士大夫、徒尚風軌、不免寒気。
8　陶隠居書如呉興小兒、形状雖未成長、而骨体甚峭快。
9　呉施書」(8)如新亭傖父、一往似揚州人、共語便音態出群。
10　施（庾）肩吾書。柳台書、如深山道士、見人便欲退縮。
11＊袁崧書。曹喜書如経綸道士、言不可絶。
12　王右軍書字勢雄強、如龍跳天門、虎臥鳳闕、故歴代宝之、永以為訓。
13　蔡邕書骨気洞達、爽爽如有神力。
14　程曠平書如鴻鵠弄翅、頡頏布益、疾風揚雲見白日。
15　蕭思話書如舞女低腰、仙人嘯樹、走墨遅騎、字勢崛強。
16　李鎮東書如芙蓉之出水、文彩之鏤金。
17△桓玄書如快馬入陣、随人屈曲、豈須文譜。
18　范懐約真書有功、草書無功、故知簡牘非易。
19＊皇象書如音韻遶梁、孤飛独舞。
20　孔琳之如散花空中、流徽自得。

21 李巌之書如鏤金素月、屈玉自照。
22 薄紹之書如龍遊在霄、繾綣可愛、字勢蹉跎、有疾閃飛動之勢。
23 △秦吏程邈、善大篆、増減篆体、其名曰隷。
24 △扶風曹喜、後漢人、不知其官、善篆及隷、篆式少異李斯、見重一時。(9)
25 ＊鍾司徒書字有十二種、意外巧妙、絶倫多奇。
26 ＊崔子玉書如危峰阻日、孤松一枝。
27 ＊邯鄲淳書応規入距、方円乃成。
28 師宜官書如鵬翔未息、翩翩自逝。
29 ＊梁鵠書如龍威虎震、剣抜弩張。
30 韋誕書如太祖忘寝、観之喪目。
31 張伯英書如武帝愛道、憑虚欲仙。
32 ＊衛恒書如插花舞女、掀唇笑春。
33 索靖書如飄風忽挙、鷙鳥乍飛。
34 鍾繇書如雲鶴游天、群鴻戯海、行間茂実亦難過。　朱文［約斎心賞］

B 米元章之評書(10)　白文［百木石居］　朱文［約斎心賞］

善書者、歴代有之。梁武帝評書、従漢末至梁、得三十四人。襄陽米芾評書、隋唐及今又得一十四人。
1 僧智果骨気清健、大小相雑、如十五貴人、方循縄墨、忽越規矩。
2 褚遂良如熟戦御馬、挙動随人、意向別有一種驕色。

3 虞世南書如学術休粮道士、神気雖清、而体勢疲困。
4 欧陽詢書如新瘥病人、顔色憔悴、挙動辛苦。
5 柳公權書如深山得道之士、脩養已成、神気清健、無一点塵俗。
6 顔真卿書如項羽按剣、樊噲排突、硬弓欲張、鉄柱特立、昂然有不可犯之色。
7 李邕書如乍富小民、挙動倔強、礼節生疎。
8 徐浩書如蘊徳之士、動容温厚、挙止端荘、孰尚名節、体気純白。
9 沈伝師書如龍游天表、虎距渓旁、神精自若、骨法清虚。
10 周越書如軽薄少年、舞剣気勢、雄健而鋒刃交加。
11 銭易書如美人肌体、充悦而神気清秀。
12 蔡襄書如少年女子、訪雲尋雨、体態妖嬈、行歩緩慢、多飾銀華。
13 蘇舜欽書如五陵少年、駿馬青衫、酔臥芳草、狂歌翫楽。
14 張直友書如宮女插花、嬙嬪対鉥、端正自照、別有一種情態。
継其人者誰与有。襄陽米芾。　白文［約斎］

C 黄山谷之評書
1 余嘗論近世三家書云、王著如小僧縛律、李建中如講僧参禅、楊凝式如散僧入定、当以右軍父子書為標準。観余斯言、乃知其遠近。[11]
2 米元章書如快剣斫陣、強弩射千里、所当穿徹。書家筆勢亦窮於此、然似仲由、未見孔子、時気風耳。[12]
3 蘇子美似古人筆勁、蔡君謨似古人筆円、雖得一体、皆自到也。[13]

4　蔡君謨書如蔡琰胡笳十八拍、雖清気頓挫、有閨房態度。⑭
白文［張篤行印］　朱文［約斎］

D　蘇東坡題唐氏六家書後

永禅師書骨気深隠、体兼衆妙、精能之至、反造疎淡、如観陶彭沢詩。初若散緩不収、反復不已、乃識其奇趣。今法帖中有云、〝不具釈智永白〟、誤収在逸少部中、然亦非智永書也。云〝謹此代申〟、此乃唐宋五代流俗之語耳、而書亦不工。⑮　白文［約］
欧陽率更妍謹抜群、猶工小楷。高麗遣使購其書、高宗嘆曰、〝彼観其書、以為魁梧奇偉人也。〟此非知真尓也。⑯
然至使人見其書而猶憎之、則其人可知矣。余謫居黄州、唐林夫自湖口以書遺余、云〝吾家有此六人書、子為略評之而書後。唐林夫之書過我遠矣、而反求余評、此則未可暁也。⑰〟朱文［約斎］
自顔、柳氏没、筆法衰絶、加以唐末喪変、人物凋落磨滅、五代文彩風流、掃地尽矣。独楊凝式筆跡雄傑、有二王、顔柳之余、此真可謂書之豪傑、不為時勢所汨没者。国初、李建中号為能書、然格韻卑弱、猶有唐末以来喪陋之気、其餘未見有卓然追配前人者。独蔡君謨書、天資既高、積学深至、心手相応、変態無窮、遂為本朝第一。然行書最勝、小楷次之、草書又次之、分、隷少劣。又嘗出意作飛白、自言有龍翔鳳舞之勢、識者不為過。⑱

万暦壬辰春季月、青藤道士徐渭、書於梅花館。
朱文［徐渭私印］　白文［天池山人］　朱文［湘管斎］　朱文［山陰茅豫之印］

水田月一代、滕其子也。墨龍更爾、飛舞乃正知。於白鹿一表、相去幾寸。

庚子八月、張篤行書。(19)　白文［張篤行印］　朱文［□□為索氏約斎所蔵］

2、三つの異なる書風

《論書法巻》は、A梁武帝、B米芾、C黄庭堅、D蘇軾の論書のことばを書き写したものである。款署の万暦壬辰は、明万暦二十年（一五九二）であり、徐渭七十二歳にあたる。この《論書法巻》の全体から受ける感じは、運筆が精緻で、線は飄逸としており、徐渭の行草代表作の一つと言えよう。ただし詳細に観察すると、異なる風格が混ざっていることに気づく。たとえばC黄庭堅は、かなり黄庭堅の書跡に似せて書いているように見える。このCと他のA・B・Dは明らかに風格が異なり、さらにAとBを比較すると、Bは多く行書体で書かれているが、AとDは似たような風格である。よって、おおまかにAとD、B、Cの三つの異なる書風と見ることができる。

すなわち《論書法巻》は、一件の作品中に三つの異なる風格で表現されている書跡である。それは偶然の所産ではなく、徐渭が意識的に異なる風格に書き分けたと判断するのが妥当であろう。この点は徐渭の書法とその表現を考える上できわめて興味深い。

3、小結

徐渭の《論書法巻》は、彼の書法美学に対するに観点を検討する上で、格好の書跡であり、かつ文献資料である。そして彼が最晩年に古人の論書を抄録したものであることから、次の三点において重要であると考えられる。

第一に、この論書は、徐渭の評書の標準であり、審美の基準であること。

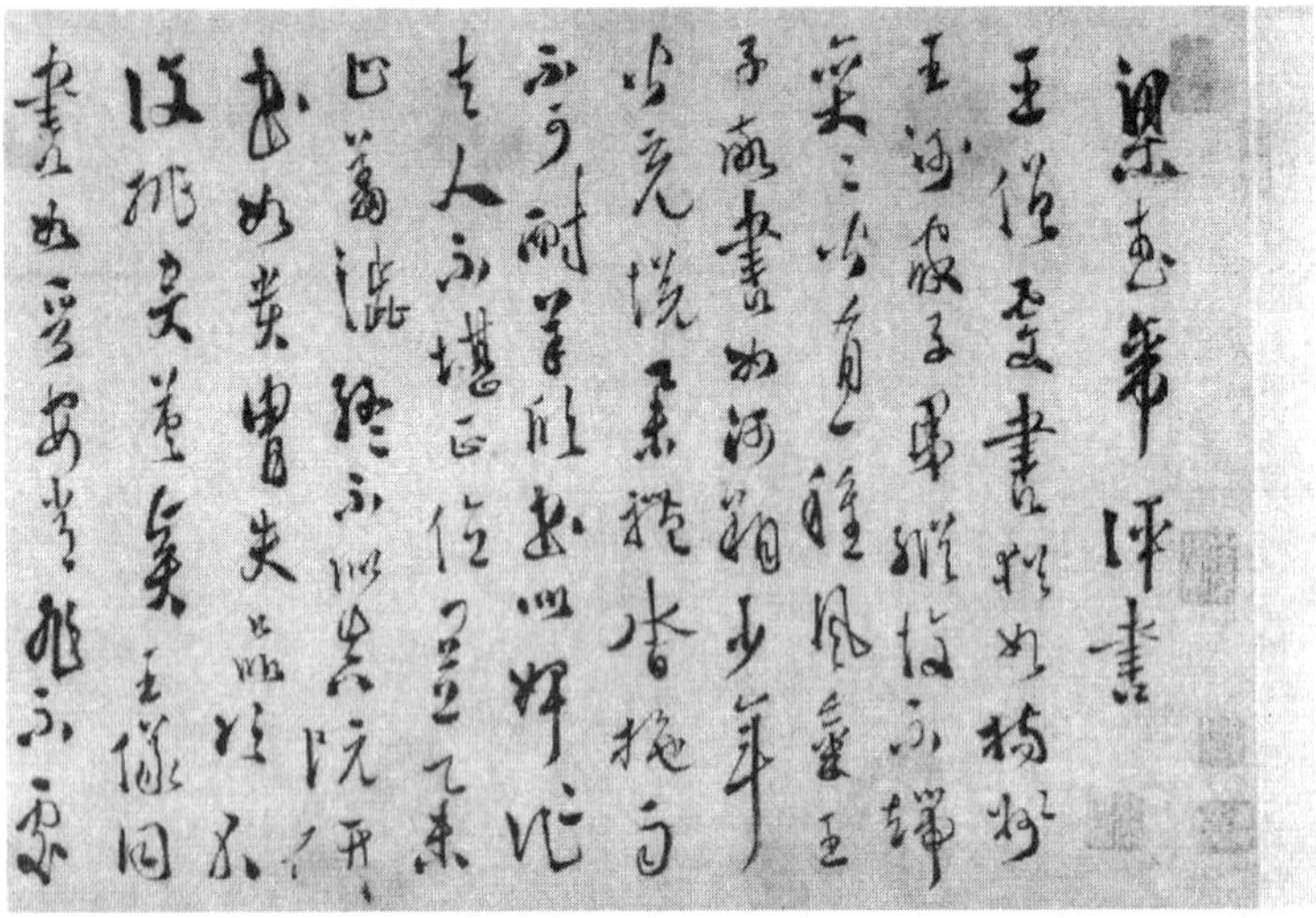

徐渭《論書法巻》開頭・A 梁武帝評書（部分）

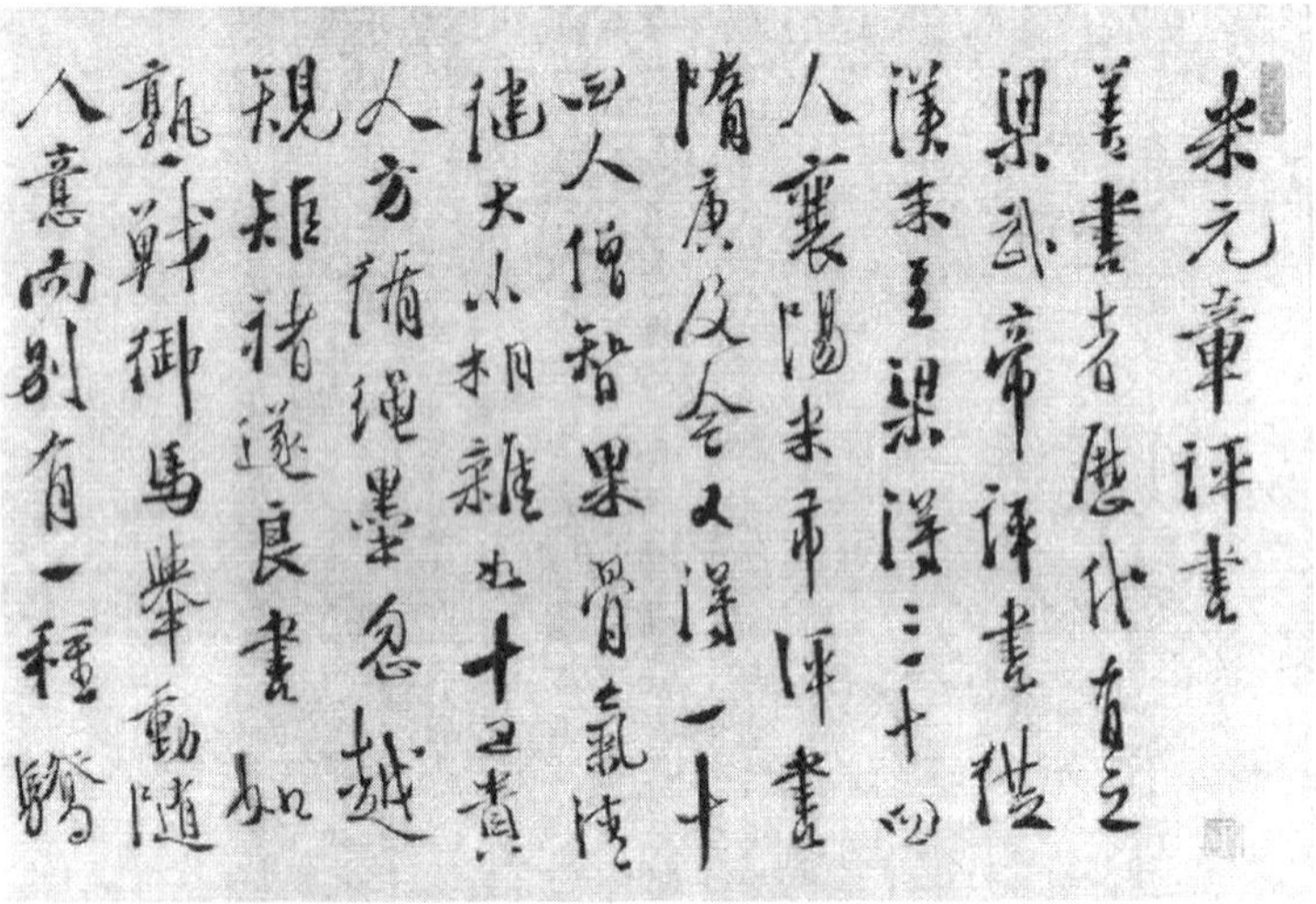

徐渭《論書法巻》・B 米元章評書（部分）

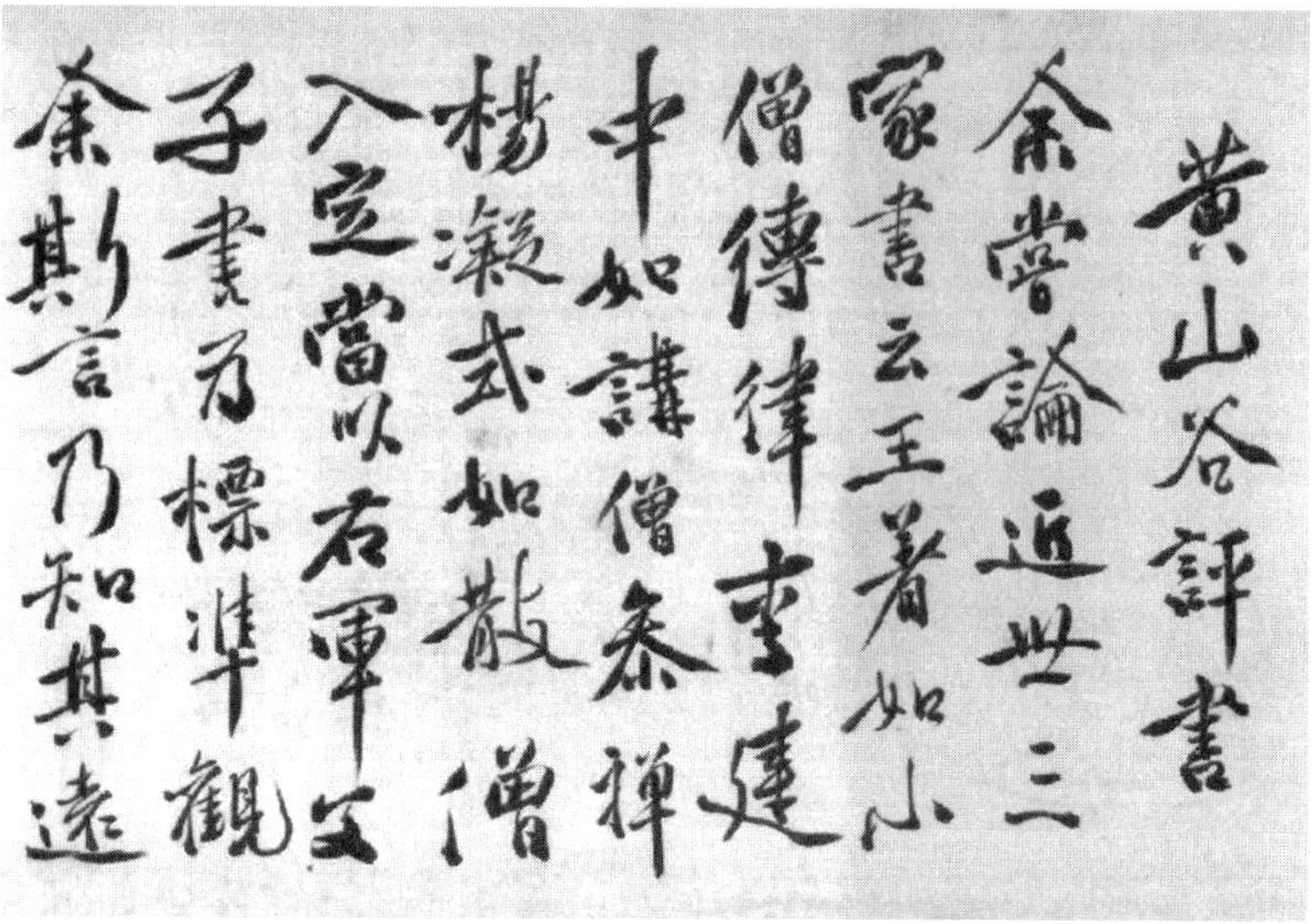

徐渭《論書法巻》・C 黄山谷評書（部分）

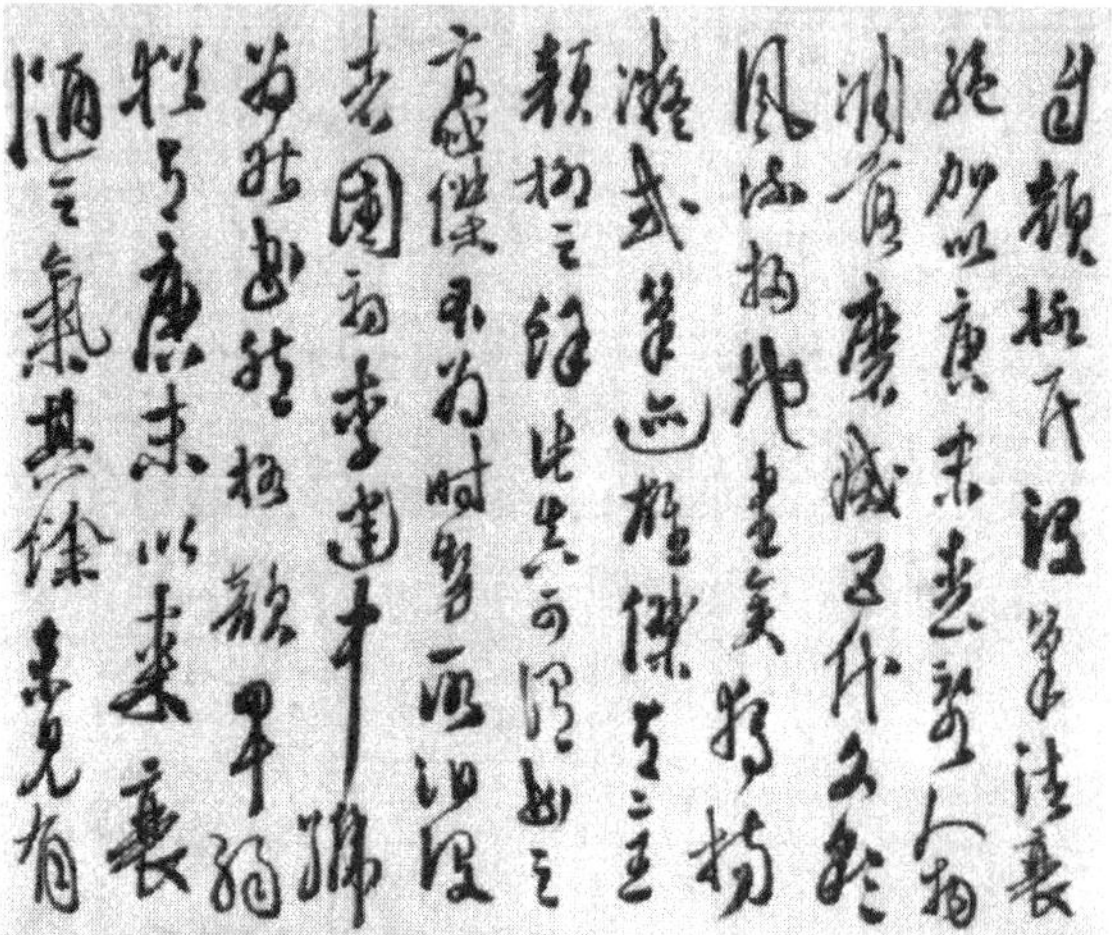

徐渭《論書法巻》・D 蘇東坡評楊氏所蔵歐蔡書（部分）

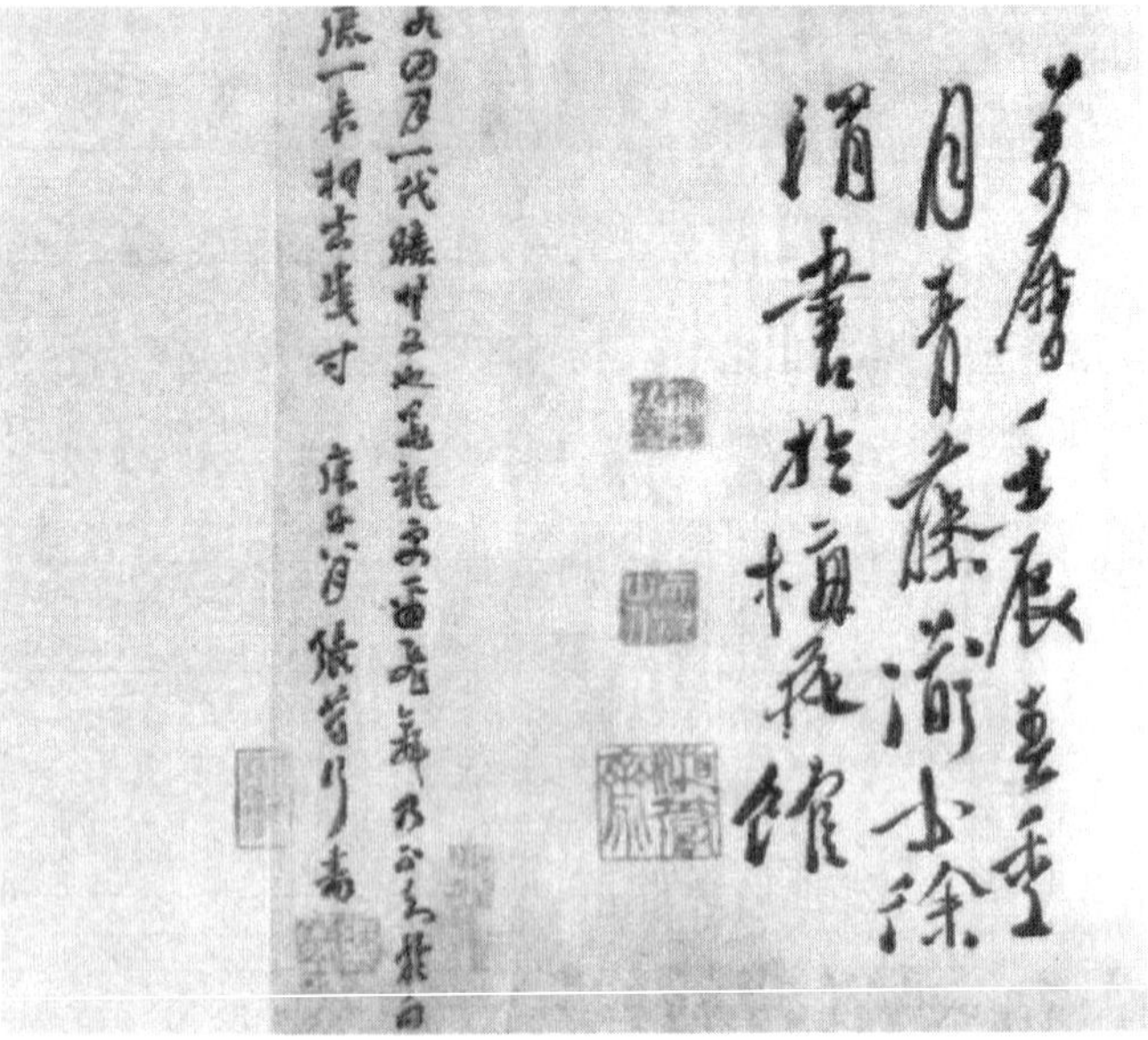

徐渭《論書法巻》末尾

第二に、その審美の基準が、梁武帝・蘇軾・黄庭堅・米芾の審美の基準に基づくこと。

第三に、この書跡は、彼の審美の基準を表現したものであること。

いま仮にこのように考えたが、これについてはさらに研究の余地がある。

三、和刻本『玄抄類摘六巻』

日本には現在、『玄抄類摘六巻』、山陰天池徐渭纂輯、同邑太一陳汝元補註、澤井居敬訓点、京都書肆三条通柳馬東角尚書堂堺屋仁兵衛、宝暦五年乙亥（一七五五）三月吉日出版、の完本が複数伝承している。陳汝元「刻字学玄抄類摘叙」、徐渭「玄抄類摘序説」、宝暦四年甲戌澤井居敬「跋」および「尚書堂蔵版書目唐刻和刻古法帖買売正舗」七丁半の目録といった、序跋ならびに広告目録も刻入されている。ハーバード大学燕京図書館にも、本書が所蔵されており、それは六巻、五冊、一帙で、所蔵番号はＴＪ６１２９２９３２・ＲＡＲＥ ＢＯＯＫの扱いである。これは木版本であるが、別に日本では活字排印本が出版されている。西川寧・長沢規矩也編『和刻本書画集成』第二輯、汲古書院一九七八年発行に収録されるものがそれである。以下にその全目次を掲げる。なお（　）は内題、◎は《論書法巻》に書写されるものである。

1、『玄抄類摘六巻』目録

刻字学玄抄類摘叙　陳汝元
玄抄類摘序説　徐渭
衍極書法伝流之図
一巻（玄抄類摘巻之一）
　執筆法
　　張懐瓘論執筆／盧雋臨池訣／韋栄宗論書／鄭子経衍極天五篇
　執筆運筆用墨候紙候文及書法
　　衛夫人筆陣図
　執筆運筆及書法
　　王右軍書説／唐太宗論筆法／劉有定論執運法／韓方明授筆法
　運筆法
　　李華論書／林韞撥鐙序／李後主書述／蘇東坡書説／黄山谷書説／銭若水叙陸希声筆法／趙子固論書法

二巻（玄抄類摘巻之二）

書法例

衛夫人筆陣図／釈智果心成頌／欧陽率更付善奴訣／欧陽率更三十六法／褚遂良論書／張懐瓘用筆十法／顔真卿述張長史書法十二意／趙子固論書法／翰林密論用筆法二十四条／翰林禁経永字八法／董内直書訣

書法

王右軍筆陣後図／王右軍論書／庾元威論書／徐浩論書／顔真卿述張長史筆法十二意／蔡希綜書法論（蔡希綜法書論）／姜尭章続書譜／趙子固論筆法（趙子固論書法）／翰林粹言／蔡邕石室神授筆勢／王右軍題衛氏筆陣図後

三巻（玄抄類摘巻之三）

書功

孫過庭書譜／黄山谷書説／翰林粹言

書功拾遺

王右軍筆陣図後／徐浩論書

書致

楊子雲論書／蔡邕書説／鍾繇用筆説／張懐瓘評書／米元章論書／黄山谷評書／劉正夫論書／姜尭章続書譜／翰林粹言／蘇東坡評書／虞伯生題六書淵源序略／黄山谷論書

書致拾遺

米元章評書／蘇東坡書説／懐素顔真卿論草書／徐鉉小篆

書思

米元章論書
書候
孫過庭書譜
書丹法
姜尭章続書譜
四巻（玄抄類摘巻之四）
書原
張懐瓘十体書断（張懐瓘拾体書断）／鄭夾漈通志六書論／鄭夾漈六書偏傍例論／鄭肯亭忠質文論／王僧虔
論書
書原拾遺
鄭子経衍極至朴篇／衍極書要篇／衍極造書篇／衍極天五篇
五巻（玄抄類摘巻之五）
書評
徐浩論書／顔真卿述張長史書法十二意／姜尭章続書譜／趙子固論筆法（趙子固論書法）／米元章評書／黄
山谷評書／朱文公評書／傀文平評書（倪文平評書）／劉書谿評書
書評拾遺
釈亜棲論書／米元章論書／黄山谷書説／姜尭章続書譜／王僧虔論書／◎梁武帝評書／唐太宗書王右軍伝
後／唐人書評／呂総続書評／◎米元章評書／米元章又評書／◎蘇東坡題唐氏六家書後／◎蘓東坡評書／
◎黄山谷評書／朱文公評書／陳景元評書／朱文公又評書／黄山谷論書／鄭子経衍極古学篇／袁昂論鍾繇

法／黄山谷論顔書
書評兼書功
米元章論書／趙子固書法
六巻（玄抄類摘巻之六）
孫過庭書譜
跋　澤井居敬
尚書堂蔵版書目唐刻和刻古法帖買売正舗

上記の第五巻（玄抄類摘巻之五）書評拾遺「梁武帝評書」に、次のような按語がある。

右の「梁武帝評書」と袁昂「古今書評」は、語意が大同小異で、互いに得失があり、異同を参考しており、真偽を判別しがたい。その後、「米元章評書」は、梁武帝がこれに由っているので袁昂は偽書であるというだけである。いま袁昂の重複する文章を、ことごとく削除した。武帝が批評していない人をここに記録する。蕭子雲の書は、上林苑の春花が、遠く近くに眺め見ると、開いていないものがないかのようである。孟光禄の書は、崩れる山や断崖のようで、恐ろしい感じを与える。李斯の書は、世人が高官であると見ているので論評しづらい。張芝は驚奇（意外で不思議）、鍾繇は特絶（特に優れ）、逸少は鼎建（盛大で力強く）、献之は冠世（時代に最も優れる）である。この四賢の共通点は、その芳しさが広がり減じないところにある。羊欣の真書と孔琳之の草書、蕭思話の行書と范曄の篆書は、それぞれその時期において絶妙である。（右梁武帝評書与袁昂古今書評、語意大同小異、互有得失、参考異同、真偽難辨。以後米元章評書、只説梁武帝由斯以譚袁昂偽矣。今袁昂重複者、悉刪去之。武帝未評之人、

附録于此。蕭子雲書如上林春花、遠近瞻望、無所不発。孟光禄書如崩山絶崖、人見可畏。李斯書世為冠蓋、不易施評。張芝驚奇、鍾繇特絶、逸少鼎建、献之冠世。四賢共類、洪芳不滅。羊真孔草、蕭行范篆、各一時絶妙。」

この按語の作者は誰であろうか。徐渭か、陳汝元かであろうが、陳汝元が徐渭の著作に加筆したとは考えにくいので、徐渭の文章であると考えておきたい。

2、『玄抄類摘』叙、序説および跋文

『玄抄類摘』には、陳汝元「刻字学玄抄類摘叙」、徐渭「玄抄類摘序説」、澤井居敬「跋」がある。それぞれ和刻本の訓点に従い訓読し、抄録しておきたい。（傍線部は後述する文章を参照されたい。）

（1）陳汝元「刻字学玄抄類摘叙」

古の芸術を工にする者は、始め皆な法に繇りて、而して詣りて玄に臻り聖に達するに至る。則ち往往にして機動き神随い、而して法の外に沛然たり。此れ其の人類の賢豪・才雋の、高世の資、不羣の識を挟むなり。而して尋常の碌碌たる輩は、固より希う能わざる所なり。即ち字書の一芸、蒼籀より下るも、名家独歩と称する者は、悉く才賢・高等なり。然らずんば亦た緇素・清流なり。彼れ其の胸中は俗念を医せず、世埶を点せず。故に揮灑の処は輒ち機動き神随い、其の妙は天上を奪いて造化を侔つに至る。蓋し本色は自ずから形《あら》わるるなり、止だ法耳と曰うが如し。法耳は則ち所謂る撥鐙・錐印、諸家の指訣にして、炳然として具に存せり。何の工か之れ有らん。至らざる有るに至らば即ち至れり。而して機動き神随うを求めんと欲するは、王逸少・懐素上人

の儔の如き者にして、指は竟に多く屈する能わず、之を何んと謂わんや。固より夫の法を知る者の迹なり。法に縁りて法生ずると、夫の法を離れて法を会すと、玄に臻りて聖に達する者は、則ち法を以てせずして天を以てす。必ず賢豪・才儁は、廼ち幾かるべし。吾が郷の徐天池先生、書法特妙にして、固より世の玄聖の臻達と推す所の者にして、嘗て玄抄類摘一書を纂輯し、未だ脱稿するに及ばずして之を失う。予偶ま得て竊かに先生の珠を去るが為に嘆き、而して又た竊かに夫の人の人に遺すことを幸とし、把玩を得て哀しみに契う所有るが若し。顧みるに其の書幾か鈔録を経、先後の次を失い、篇目溷淆す。又た散佚する所無からず、陋愚を揣らずして序を為りて正して之を参補せり。且つ僭かに先生の初志を揆るは、雅より自私することを欲せざるなり。因りて之を剞劂に付し、以て四方に恵む。書を学ぶ者をして始めて法に繇りて詣るを知ら俾め、而して終に天の化するを以てすること未だ必ずしも臨池の助けに非ずんばあらず。

皇明万暦十九年[20]、歳は辛卯の季春の閏に在り、山陰後学の陳汝元、函三館に書す。

（2）徐渭「玄抄類摘序説」

書法亡びて久し。伝うる所の『書法鈎玄』及び『字学新書摘抄』は、猶お以て之を系とするに足るなり。然れども文は多く拙缺し散乱し、字は多く譌ちて之を読むに茫然たり。之を假りて以て系と欲さば猶お亡ぶがごときなり。余故に為に其の類を分かち、其の不要なる者を去る。而して稍や其の拙を註し、其の譌を正す。苦だ考解すること無き者は、則ち之を缺く。大約書は執筆に始まる。執れば則ち運す、故に次に運筆なり。運すれば則ち書す、書に法有るなり。例えは則ち法の条なり、法は則ち例えの概なり、故に次に書法例なり、又た次に書法なり。書例、書法は、功の始めなり。書功は則ち例と法の終りなり、故に又た次に書功なり。功にして已まず、始めて其の旨に臻る、故に又た次に書致なり。書思は、致の極みなり、故に又た次に書思なり。書候は、思の余りなり、故に又た次に書候なり、而して書丹は法の微なり。焉に附す。書此に至りて、其の原に味かる可けんや、故に又た次に書原なり。書此に至りて、然る後に以て人を評す可きなり、故に又た次に書評なり。而して孫氏の『譜』、大約之を兼ぬ、故に終るに譜を以てす。

執筆自り書功に至るは、手なり。書致自り書丹法に至るは、心なり。書原は、目なり。書評は、口なり。心を上と為し、手は之に次ぎ、目口は末なり。余 古人の書旨を玩ぶに、云く「蛇闘[21]自りして、剣器を舞うが若くす、[22]担夫の道を争うが若くして[23]得る者有り」とは、初め甚しくは解せず。雷大簡[24]の「江声を聴きて筆法進むと云う」を観るに及びて、然る後に向に云う所の蛇闘等は、点画字形に非ず、乃ち是れ運筆なることを知る。此れを知れば則ち孤蓬 自ずから振い、驚沙 坐ろに飛び、飛鳥 林を出で、驚蛇 草に入るは、一を以て之を貫きて疑うこと無かる可し。惟だ壁拆路[25]、屋漏痕、折釵股、印印泥、錐画沙のみは、乃ち是れ点画の形象にして、然して手の運びに妙なるに非ず、亦た従りて此れに臻ること無し。此れを以て書は心手之に尽くるを知る[26]。

手の運筆は是れ形なり。書の点画は是れ影なり。故に手に驚蛇 草に入るの形有り、而して後に書に驚蛇 草に入るの影有り。手に飛鳥 林を出づるの形有り、而る後に書に飛鳥 林を出づるの影有り。其の他の蛇闘・剣舞、皆な然らざる莫し。之を刀戟矛矢の人に中るに準う。必ず如何にか把握し摐擲し、而る後に人の身に中るなり。如何なる之れ傷痕有りや。鈍すれば則ち入らず、緩なれば則ち中らず。僘なれば則ち決せず裂せず。故に筆は死物なり。手の支節も亦た死物なり。運る所の者は全て気に在り、而して気の精にして熟する者は神と為る。故に気精ならざれば則ち雑る、雑れば則ち弛む。而して雑らず弛まざれば則ち精なり。常精にして熟を為すは、斯れ則ち神なり。精神を以て死物を運らせば、則ち死物始めて活く。故に徒らに散緩の気を托する者は、書死に近し。夫れ人に中り人を傷い人を決し人を裂くは、固より運気の精強に存す。然して撚挪、騰倒、擺撥の埶は、則ち毫髪の挫衂、分杪の起伏に在り。然らずんば、則ち刀戟矛矢、以て人を殺すに足ると雖も、而して魯鈍、直野たらば、所謂る庖丁解牛に非ず。足の踦する所、肩の倚る所、刀を奏《ふる》いて騞然とし、音に中らず、桑林の舞に合せざる者莫し。

万暦元年春(27)、天池道人、徐渭識す。

(3)

澤井居敬「跋」

玄抄類摘なる者は、徐文長の集むる所なり。歴代名家の書訣の至論にして、博にして繁ならず、簡にして要有り、後世の書家の法則と謂う可きなり。嚮に佐々木翁の用筆の法に専念し、吾が日域に興し、曽て此の書を加賀侯の家蔵より得たること久し。且つ此の書は世の罕なる所にして、是を以て凡て道統の外に属し、未だ嘗て他見を許さず。余少き自り翁の末流を泝り、敬うに年有り。竊かに此の書を観て、吾道に功有ること、枚挙す可からず。昔人に言う有り、随侯の珠、卞和の璧、闇投の人を以て、又た剣を按じて相眄ざる者無しと。今や筆道は陵夷し、法をして地を払わ遣む。故に此の書、是れ卞和、隋侯なりと雖も、而して自ら其の研精勵思の人に非ざる者、剣を按じて相眄ざる者鮮し。則ち是れ剣を按じて相眄ると雖も、而して書を措くこと猶お道を措くがごとし。道は乃ち天下の行く所なり、吾れ毎に之を措かんや。此に於て、卑陋を揣らず、之に考正を為し、之に訓点を加え、諸れを附して厥れを剞き、以て吾が同志に恵む、未だ必ずしも右軍の千金の誡を恐れざらんや。

宝暦甲戌初夏の朔、後学穿石澤井居敬、垂雲窟に跋す。

白文［澤居敬印］　朱文［主一］

3、徐渭の書を研究する態度とその影響をめぐって

上記の「刻字学玄抄類摘叙」、「玄抄類摘序説」と「跋」の文章から、徐渭の書を研究する態度とその影響をめぐって考えてみたい。

陳汝元「刻字学玄抄類摘叙」には、次のようにある（如上の傍線部訓読を参照）。

わが故郷の徐天池先生は、書が特に素晴らしく、もとより世の中で「玄聖に到達した」と推される方である。先生はむかし『玄抄類摘』一書を編纂しようとしたが、脱稿せずに失われた。わたしは偶然にも先生が宝物を失ったことを秘かに歎いていることを知った。またこっそりと人がある人に遺してくれたのは幸運で、手にとって楽しむのは哀しみを分かちあうかのようである。いくたびかの抄録を経たその書物が、前後して順次を失い、編目も混乱したことを心配し、また散逸してしまった部分もあり、浅学菲才であるが序文を書いて補った。何よりも先生の初志を考えたもので、けっして私欲のための刊行ではない。刊行して四方に配り、もし書を学ぶ者が書は法によって至ることを知るならば、最後には天と化し、必ずしも臨書の助けとならないことはないであろう。

徐渭が『玄抄類摘』一書を編纂しようとしたが、脱稿しないまま失われたという情況があったこと、それを陳汝元は先生の初志と考えて編纂し、序文を書いたこと、本書を読んで「法が至る」ことを理解すれば、臨書の助けとなることなどの提言などが綴られている。このことから『玄抄類摘』は、確かに徐渭の手にかかる原稿であり、それが存在したこと、それを志あるものが受けついで刊行したものであるといえる。

一方、徐渭「玄抄類摘序説」には、より具体的に執筆目的が書かれている。冒頭の「書法亡びて久し」から「則ち之を缺く」までの一段がそれである。

『書法鈎玄』は、至元二年（一三三六）、元代の蘇霖が撰した書物であり、[28]『字学新書摘抄』は、同じく元代の劉惟志の書物である。[29] 劉惟志は、古人の論書のことばを収集し、六書、六体、書法、書評の四つに分けた。書名からすれば、先に『字学新書』があり、その書物の内容を抄録したものであろう。

『玄抄類摘』および徐渭が利用した『書法鈎玄』と『字学新書摘抄』の著作方法は、同様に古人の論書のことばを収集し、選択し、抄録して完成したものであるが、若干体裁が異なっている。

徐渭は「余故に為に其の類を分かち、其の不要なる者を去る。而して稍や其の拙を註し、其の譌を正す。苦だ考解すること無き者は、則ち之を缺く」と抄録方針を述べ、体裁について、「大約書は執筆に始まる」から「故に終るに譜を以てす」までの文章に、執筆、運筆、書法例、書法、書功、書致、書思、書候、書丹、書原、書評、書譜という順番を立てた理由が書かれている。当然ながら上述『玄抄類摘六巻』目録と合致するものである。

目録の題目だけを抜き出せば、さらにはっきりしよう。

第一巻　執筆法、執筆運筆用墨候紙候文及書法、執筆運筆及書法、運筆法
第二巻　書法例、書法
第三巻　書功、書功拾遺、書致、書致拾遺、書思、書候、書丹法
第四巻　書原、書原拾遺
第五巻　書評、書評拾遺、書評兼書功
第六巻　孫過庭書譜

ところで『玄抄類摘』目録から歴代の書論名だけを抜き出してみると、あることに気づく（書名の後の数字は重複して引用された回数である）。

（漢魏）蔡邕書説／蔡邕石室神授筆執
鍾繇用筆説
楊子雲論書
（六朝）衛夫人筆陣図2
王右軍書説／王右軍題衛氏筆陣図後3／王右軍論書
王僧虔論書2
梁武帝評書
袁昂論鍾繇法
庾元威論書
釈智果心成頌
（唐）張懐瓘論執筆／張懐瓘用筆十法／張懐瓘評書／張懐瓘十体書断
唐太宗論筆法／唐太宗書王右軍伝後
孫過庭書譜3
欧陽率更付善奴訣／欧陽率更三十六法
褚遂良論書
顔真卿述張長史書法十二意3

懐素顔真卿論草書
徐浩論書3
李華論書
韓方明授筆法
盧雋臨池訣
林韞撥鐙序
蔡希綜書法論
釈亜棲論書
韋栄宗論書
呂総続書評
唐人書評
（南唐）李後主書述
徐鉉小篆
（北宋）蘇東坡書説2／蘇東坡評書2／蘇東坡題唐氏六家書後
黄山谷評書4／黄山谷書説3／黄山谷論顔書／黄山谷論書
米元章論書4／米元章評書4
劉正夫論書
銭若水叙陸希声筆法
倪文平評書

劉書谿評書
陳景元評書
（南宋）姜尭章続書譜5
朱文公評書3
趙子固論書法5
（元）鄭子経衍極天五篇2／至朴篇／書要篇／造書篇／古学篇
劉有定論執運法
鄭肯亭忠質文論
翰林密論用筆法二十四条
翰林禁経永字八法
翰林粋言3
鄭夾漈通志六書論／鄭夾漈六書偏傍例論
董内直書訣
虞伯生題六書淵源序略

すなわち、徐渭が重視したと思われる論書が浮かび上がるのである。

徐渭は『書法鈎玄』と『字学新書摘抄』に抄録された古人の論書に依拠したであろうが、気づかされるのは、三度以上引用された論書である。

時代順に並べると、王右軍が3回、張懐瓘が4回、孫過庭『書譜』が3回、『顔真卿述張長史書法十二意』が3回、徐浩『論書』が3回、蘇東坡が5回、黄山谷が9回、米元章が8回、姜尭章『続書譜』が5回、趙子固『論書法』が5回、鄭子経『衍極』が6回引かれている。これは『書法鈎玄』と『字学新書摘抄』を参照したにせよ、徐渭の書法に対する審美傾向を物語るものである。

また澤井居敬は「跋」の冒頭に、「玄抄類摘なる者は、徐文長の集むる所なり。歴代名家の書訣の至論にして、博にして繁ならず、簡にして要有り、後世の書家の法則と謂う可きなり」と論評し、『玄抄類摘』を「書家の法則」とまで高く評価している。

それゆえ「竊かに此の書を観て、吾道[30]に功有ること、枚挙す可からず」と考え、「此に於て、卑陋を揣らず、之に考正を為し、之に訓点を加え、諸れを附して厥れを剞き、以て吾が同志に恵む、未だ必ずしも右軍の千金の誡を恐れざらんや」と刊行に至った経緯を述べるのである。

中国ではすでに『玄抄類摘』が佚書となっていると聞く。それだけに、日本において和刻本が刊行されたことは、澤井居敬に先見の明があったと賞賛すべきであり、徐渭の書を研究する態度とその影響の大きさを評価すべきであろう。

なお和刻本『玄抄類摘』には、本文と一緒に「尚書堂蔵版書目唐刻和刻古法帖買売正舗」七丁半の目録が刻されている。これは言わば今日の出版広告であるが、この目録の存在から、江戸時代中期、宝暦年間の、京都における「書道」関係の出版情況と、当時の人びとの読書傾向がわかって興味深い。これは「日中書法交流史」の領域における、研究テーマの一つでもあることを提起しておきたい。

四、書法美学観

1、徐渭の評書方法

徐渭には彼自身の評書と評字の文章がある。「書評」[31]と「評字」[32]がそれである。以下、まず両篇の全文を引用する。なお〈　〉は、筆者が審美範疇語と考えることばである。

「書評」

李斯の書は、〈骨気〉が〈豊匀（ゆたかでバランスがよく）〉、方円が絶妙である。〔李斯書骨気豊匀、方円絶妙。〕

曹操の書は、黄金の花飾りが細やかに落ち、いたるところ美しい音色を奏で、和氏の璧（宝玉）が輝きを分かち、遠くの岩山が美しく光るようである。〔曹操書金花細落、遍地玲瓏、荊玉分輝、遥巌璀璨。〕

衛夫人の書は、花飾りを挿した舞姫の、芙蓉花のように美しい姿が上下するようである。また美玉（美女）が台に登り、仙娥（美しい仙女・常娥）が月影をもてあそび、紅の蓮が水に映え、青い水辺が霞に浮かんでいるようである。〔衛夫人書如插花舞女、芙蓉低昂。又如美玉登台、仙娥弄影、紅蓮映水、碧沿浮霞。〕

桓夫人の書は、快馬が戦陣に入り、折れ曲がり人に随うかのようである。〔桓夫人書如快馬入陣、屈曲随人。〕

傅玉の書は、項羽が戈（ほこ）を抜き、荊軻が戟（枝刃のあるほこ）を執るかのようである。〔傅玉書如項羽抜戈、荊軻執戟。〕

嵇康の書は、琴を抱いて半ば酔い、事物を詩に詠じながらゆっくりと行くかのようである。また一羽の鳥がねぐらの林に帰り、群れる鳥がたちまち散じるかのようである。〔嵇康書如抱琴半酔、詠物緩行。又如独鳥帰林、群鳥乍散。〕

王羲之の書は、壮士の気力が抜山蓋世（雄大なさま）で、水路を塞いで流れを絶つかのようである。上にある安らかな点は、高い峰から石が堕ちるかのようである。横画は、千里にわたって雲が幾重にも重なるかのようである。右払いは、風雷に驚き恐れるかのようである。縦画は、樹齢何万年もの枯藤のようであり、さおを立てれば、龍が鳳閣に臥すかのようである。上からさおを立てれば、龍が天門に跳ねるかのようである。〔王羲之書如壮士抜山、壅水絶流。頭上安点、如高峰墮石。作一横画、如千里陣雲。捺一偃波、若風雷震駭。作竪画、如万歳枯藤、立一掲竿、若龍臥鳳閣。自上掲竿、如龍跳天門。〕

宋文帝の書は、葉のなかの紅の花、雲の間の白い日のようである。〔宋文帝書如葉裏紅花、雲間白日。〕

陸東之の書は、あたかも観賞しうるもののようで、ほのかに真似できる。〔陸東之書仿佛堪観、依稀可擬。〕

王紹宗の書は、筆使いが〈流利（なめらかでよどみがない）〉、〈快健（切れ味があり力強い）〉で方形（または方筆）にし難いが、細かに観察し熟視すると、ますます美しい。〔王紹宗書筆下流利、快健難方、細観熟視、転増美妙。〕

程広の書は、鵠鴻（オオハクチョウ）が翼を広げ、空高く飛び上がったり舞い降りたりするかのようである。〔程広書如鵠鴻弄翅、翱翔頡頏。〕

蕭子雲の書は、上林苑の春花が、遠くに近くに眺め見ると、開いていないものがないかのようである。〔蕭子雲書如上林春花、遠近瞻望、無処不発。〕

孔琳之の書は、〈放縦（自由奔放）〉で〈快健〉、筆使いが〈流利〉で、二王以後では比肩する者がいない。しかし努力が足らないので、羊欣より劣っている。〔孔琳之書放縦快健、筆勢流利、二王以後、難以比肩。但功虧少、故

劣于羊欣。〕

張越の書は、蓮花が泥水より顔を出し、明月が天に懸かり、霧が金峰に散じ、雲が玉嶺に垂れ込むかのようである。〔張越書如蓮花出水、明月開天、霧散金峰、雲低玉嶺。〕

虞世南の書は、形体が〈遒美〉、筆使いが非凡で、能中にさらに能、妙中にさらに妙がある。〔虞世南書、体段遒美、挙止不凡、能中更能、妙中更妙。〕

欧陽詢の書は、草の中で蛇が驚き、雲の間に雷が鳴るかのようである。また金剛が眼を怒らせ、力士が拳をふるかのようである。〔欧陽書若草裏蛇驚、雲間電発。又如金剛瞋目、力士揮拳。〕

褚遂良の書は、字中に黄金があり、行間に宝玉が潤い、筆法が〈温雅〉で、多方面に美麗さがある。〔褚遂良書字裏金生、行間玉潤、法則温雅、美麗多方。〕

薛稷の書は、褚体を多く学び、また〈新奇〉さがある。〔薛稷書多攻褚体、亦有新寄。〕

「評字」

黄山谷（庭堅）の書は、剣や戟のように鋭利で、〈搆密（結構の緊密さ）〉はその長所、〈瀟散〉はその短所である。〔黄山谷書如剣戟、搆密是其所長、瀟散是其所短。〕

蘇長公（軾）の書は、専ら〈老樸〉に勝れ、その人柄が〈瀟灑〉であるのに似ていないのは、なぜだろうか。〔蘇長公書専以老樸勝、不似其人之瀟灑、何耶。〕

米南宮（芾）の書は、世俗を超え、人の及ぶところではない。ただし〈生〉と〈熟〉とがあり、黄山谷の〈匀（バランスのよさ）〉にやや及ばないだけである。〔米南宮書一種出塵、人所難及、但有生熟、差不及黄之匀耳。〕

蔡襄の書は、二王（王羲之・王献之）に近く、その短所は略俗なだけで、〈勁浄（力強く清らか）〉にして〈匀〉

であるのが、その長所である。〔蔡書近二王、其短者略俗耳、勁浄而匀、乃其所長。〕

趙孟頫の書は、〈媚〉であっても見るべきものがあるようだ。そのソロバンに似た〈率俗〉の書は取るべきではない。むかしわたしの字を批評するものがいて、わたしはそれを疎んじたが、どうしてそれが正しかろうか。〔孟頫雖媚、猶可言也。其似算子率俗書不可言也。嘗有評吾書者、以吾薄之、豈其然乎。〕

倪瓚の書は、隷書より入っており、すなわち鍾元常〈繇〉の《薦季直表》から換骨奪胎していて、〈古〉にして〈媚〉、〈密〉にして〈散〉であり、まだ近づきながらゆるがせにできないものである。〔倪瓚書従隷入、輒在鍾元常《薦季直表》中奪舎投胎、古而媚、密而散、未可以近而忽之也。〕

わたしは索靖の書を学んだが、その概略も得られなかった。しかし人は、索靖の書を章草と見なしており、章草がやや〈逸〉の味わいを持ちながら八分隷に近く、索靖が〈超〉の味わいを持ちながら篆書を模倣していることを知らないのである。〔吾学索靖書、雖梗概亦不得。然人並以章草視之、不知章稍逸而近分、索則超而倣篆。〕

分間布白、指実掌虚は、入門段階の結構と執筆である。〈匀〉（バランスよく）に書こうとしても必ずしも〈匀〉にならない。字形が〈浄媚〉になれば、この世から書は無くなる。筆を手の関節で握るのは、大きな禁忌である。〔分間布白、指実掌虚、以為入門。迨布匀而不必匀。筆態入浄媚、天下無書矣。握入節乃大忌。〕

雷大簡が「江声を聞いて筆法が進んだ」と言った。ああ、このようなことをどうして俗人と語れようか。江声の中、筆法はどこから来るのだろうか。〔雷大簡云「聞江声而筆法進。」噫、此豈可与俗人道哉。江声之中、筆法何従來哉。〕

隆慶庚午[33]の元日、酔った後で筆を持って来させたが、他に書くものがなく、妄りに古人を批評したので、どうして拠り所にしえよう。〔隆慶庚午元日、酔後呼管至、無他書、漫評古人、何足依拠。〕

「書評」と「評字」を考えあわせると、短文による、語録形式の、まとまった〝評書〟であると言える。なぜならば「書評」は漢、魏、晋、南朝、隋、唐の歴代書家の書を、「評字」は宋、元、明（徐渭と同時代まで）の書家の書を批評するものだからである。

その評書方法は、基本的に古人の説に一致するものであると考えられる。というのも、徐渭は「某某書」または「某某書如」といった、古人が常用した評書形式を使用しているからである。徐渭はさらに歴代書法理論に見える、重要な審美範疇語を使用している。たとえば、骨気、流利、快健、遒美、老樸、瀟散、瀟灑、生、熟、古、媚、密、散、逸、浄媚などである。これらのことから、徐渭の評書が伝統的な審美範疇の系統上に展開されていると見なしうる。ただし逆に見れば、徐渭の評書には、特別さ、創新さがないとも言いうる。よって、徐渭は古人の思維を尊重し、古代の書論を敬い仰ぐ態度で〝評書〟を綴ったといえよう。

もう一つ注意すべきは、彼自身が「索靖の書を学んだが、その概略も得られなかった」と言っている点である。このことばから、徐渭が求めた書法の一端がうかがい知れよう。

2、書法審美範疇

以上のように、徐渭の評書が伝統的な審美範疇の系統の上に展開され、重要な古代書論の審美範疇語を使用していることが判明した。彼の他の文章からも、重要な書法審美の範疇と思維を見出すことができるが、本稿では〈気〉と〈神〉、〈骨〉と〈肉〉、〈蕭散〉と米芾、〈姿媚〉と趙孟頫、〈法成〉から〈天成〉へ、の五点に絞って審美範疇を考察する。(34)

A　〈気〉と〈神〉

袁宏道の「徐文長伝」に、「気韻遒逸」、「不論書法而論書神」の観点があるが、おそらくそれは次の徐渭の文章から得られたものであろう。（三、2、(2)徐渭「玄抄類摘序説」の傍線部訓読を参照。）

それゆえ筆は〈死〉物である。手の骨の関節もまた〈死〉物である。めぐるのは全て〈気〉にあり、〈気〉の〈精〉でありかつ〈熟〉なるものが〈神〉である。それゆえ〈気〉が〈不精〉であれば〈雑〉になり、〈雑〉になると〈弛（弛緩）〉する。しかし〈不雑〉であり〈不弛〉であれば〈精〉である。常の〈精〉であれば〈熟〉となり、これがすなわち〈神〉である。〈精〉なる〈神〉によって〈死〉物をめぐらし、そうしてはじめて〈死〉物が〈活〉になる。それゆえいたずらに「散緩の気」に託すと、書は〈死〉に近づく。〔故筆死物也。手之支節亦死物也。所運者全在気、而気之精而熟者為神。故気不精則雑、雑則弛。而不雑不弛則精。常精為熟、斯則神矣。以精神運死物、則死物始活。故徒托散緩之気者、書、近死矣。〕

この一文で、徐渭は明確に〈気〉と〈神〉、〈死〉と〈活〉が論理的関係にあることを説明している。運筆時において、最も重要なのは〈気〉であり、〈気〉には〈精〉と〈不精〉の二種があり、〈精〉には〈不雑〉と〈不弛〉があり、〈不精〉は〈雑〉と〈弛〉に同じであり、常の〈精〉であれば〈熟〉となり、当然ながら散緩の〈気〉を否定する、と説いている。図式化すれば、次のようになる。

〈気〉「〈精〉＋〈熟〉」＝〈神〉　／　〈気〉「〈不精〉」→〈雑〉→〈弛〉

〈不雑〉＋〈不弛〉＝〈精〉　／　常〈精〉→〈熟〉＝〈神〉

〈精〉〈神〉↓〈死〉物↓〈活〉／「散緩の気」↓〈死〉

要するに、毛筆は〈死〉物であるから、〈気〉の〈精〉と〈熟〉によって毛筆を使用すれば、書法は〈活〉物に変成することを説くのである。この一文は、徐渭の書法審美観の核心であり、また〈気〉と〈神〉の関係を解釈した最良の答案であると考える。

B　〈骨〉と〈肉〉

〈骨〉と〈肉〉を一組にして批評する審美観は、歴代の書論に数多く見られ、重要な書の批評方法となっている。たとえば、衛夫人「筆陣図」、張懐瓘「書断」、徐浩「論書」などに、その有名な用例がある。

筆力の素晴らしいものには〈骨〉が多く、善くないものは〈肉〉が多い。〈骨〉が多く〈肉〉が少ないものを筋書といい、〈肉〉が多く〈骨〉が少ないものを墨猪（肥鈍）という。〈力〉が多く〈筋〉が豊かなものは奥義を極めており、〈力〉も〈筋〉もないものは未熟である。〔善筆力者多骨、不善筆力者多肉。多骨微肉者謂之筋書、多肉微骨者謂之墨猪。多力豊筋者聖、無力無筋者病。――衛夫人「筆陣図」〕

あるとき智果は智永禅師に「あなたは王羲之の〈肉〉を得られたが、わたしは王羲之の〈骨〉を得ました」と話した。〔嘗謂永師云、和尚得右軍肉、智果得右軍骨。――張懐瓘「書断」能品・智果〕

その後、鍾繇は真書を善くし、張芝は草聖と称えられた。王羲之の行書や王献之の破体は、みな一時期の素晴らしいものである。近頃では蕭子雲・智永・欧陽詢・虞世南がよく筆勢を伝えているが、褚遂良・薛稷以降は、「鄶より以下（は評論しない）」でそしったりしない。しかし人が「虞世南は王羲之の〈筋〉を得、褚遂良はその〈肉〉を得、欧陽詢はその〈骨〉を得た」と言っているのは当たっている。〔厥後、鍾善真書、張称草聖。右軍行法、小令破体、皆一時之妙。近古蕭・永・欧・虞、頗伝筆勢、褚・薛以降、自鄶不譏。然人謂虞得其筋、褚得其肉、欧得其骨、当矣。――徐浩「論書」〕

一方、徐渭の「書李北海帖」に次のようある。

李北海のこの帖は、文字を配置しづらいところにおいて、各字の位置を譲り合う方法を用いており、人より抜きん出ている。世人は趙孟頫が彼を師と仰いだと言うが、それはその〈皮（表面）〉を得ているにすぎない。思うに〈肉〉が豊かで〈骨〉が疎かだと、枝が折れた海棠のようで、堅い幹が連ならず、よそおいは良いが、生気に欠けている。〔李北海此帖、遇難布処、字字侵譲、互用位置之法、独高於人。世謂集賢師之、亦得其皮耳。蓋詳於肉而略於骨、辟如折枝海棠、不連鐵幹、添妝則可、生意却虧。――「徐文長三集」巻二十跋〕

歴代の書論では、「多骨」、「右軍の肉、右軍の骨」、「虞世南は王羲之の筋、褚遂良はその肉、欧陽詢はその骨」と批評して、〈骨〉〈肉〉がバランスよく兼備するもの、そしてその最高峰は王羲之であると、高く評価した。それゆえ、徐渭が〈骨〉のない趙孟頫の書法を批判することは、書法審美史上、伝統的な見方である。

C 〈蕭散〉と米芾

歴代の書論で、〈蕭散〉を用いた最初の用例は、「虞世南蕭散灑落」であろう。このことばは李嗣真の『書後品』に見えるものである。また、孫過庭『書譜』には「意先筆後、瀟灑流落（何のこだわりも無い状態）」とある、一方、徐渭は「書米南宮墨蹟」に次のようにある。

米芾の書を多く観ているが、瀟散爽逸という点では、この帖より上のものは無い。たとえるならば、北方の砂漠地帯にいる万馬のなかで、騂騮（古代の名馬）が一頭先を行くようなものである。〔閲南宮書多矣、瀟散爽逸、無過此帖。辟之朔漠万馬、騂騮独先。――「徐文長三集」巻二十跋〕

徐渭のいう帖が何を指すかは不明だが、「瀟散爽逸」、「騂騮独先」によって米芾の書法を批評したことは興味深い。〈蕭散〉と〈瀟散〉は同意で、さっぱりした味わいを意味する。騂騮は周穆王時代の八駿中の一駿馬であり、独走する存在とその速度感を形容する。それゆえ、徐渭が米芾の行草書の速度感に共感を覚え、さっぱりした風韻を好んでいたことが読み取れる。また徐渭は上述した「評字」に次のように言っている。

米芾の書は、世俗を超え、人の及ぶところではない。ただし〈生〉と〈熟〉とがあり、黄山谷のバランスのよさにやや及ばないだけである。〔米南宮書一種出塵、人所難及、但有生熟、差不及黄之匀耳。〕

〈蕭散〉〈瀟散〉と〈灑脱〉〈瀟灑〉は、俗塵から遠ざかる、世俗を超越する、あるいは豪放の美意識を表すことばで、好帥（格好いい）の意味あいも含んでいよう。清の劉熙載がいう〈脱落凡近〉も同一の審美範疇と思われる。

米芾の書は脱落凡近で、時には諧気があって荘厳さに欠けるが、雅さをそこなうものではない。それゆえ高士名流で非難する人は少ない。〔米元章書脱落凡近、雖時有諧気、而諧不傷雅、故高流鮮或訾之。――劉熙載「書概」〕

〈諧気〉は〈灑脱〉で雅さをそこなわない洒落っ気をいう。つまり〈諧気〉を用いて米芾の書を批評することが、徐渭の書法審美と一致すると考えられるのである。

漢碑では、《礼器碑》《孔宙碑》の蕭散、《衡方碑》《張遷碑》の厳密、これらはすべて隷書の立派なものである。〔漢碑蕭散如《韓勅》、《孔宙》、厳密如《衡方》、《張遷》、皆隷之盛也。――劉熙載「書概」〕

これは隷書に対する品評であるが、〈蕭散〉と〈厳密〉は、審美範疇として対比されるものであることの提示である。徐渭は上述の「評字」に、〈瀟散〉と〈構密〉と似たようなことばで黄庭堅を品評している。

黄庭堅の書は、剣や戟のように鋭利で、結構の緊密さはその長所、瀟散はその短所である。〔黄山谷書如剣戟、構密是其所長、瀟散是其所短。〕

このほか、徐渭は「蘇長公書専以老樸勝、不似其人之瀟灑、何耶。」と、蘇軾の書を〈老樸〉、人柄を〈瀟灑〉ということばで品評している。荒削りのままで老成しかつ素朴な味わいのある〈老樸〉と、おしゃれでさっぱりした感じのする〈瀟灑〉とは、本来相容れない審美範疇であろう。それゆえ、書の〈老樸〉が人柄の〈瀟灑〉に似ていないのはなぜだろうか、と疑問を提示するのである。

D 〈媚〉と趙孟頫

徐渭は〈媚〉の審美範疇について、精彩に富む解釈を「趙文敏墨蹟洛神賦」で行っている。

古人が真行と篆隷を論じ、円と方を弁別するとき、微妙に異なるところがある。真行は動きに始まり、途中は静かで、〈媚〉でもって終わる。〈媚〉というのは、筆鋒が少し溢れ出ることで、名づければ「姿態」であろう。筆鋒が過度に蔵されると〈媚〉は隠れ、過度に正しいと〈媚〉は蔵されて喜べず、それゆえ蘇東坡は側筆で〈妍〉を取るという説に緩和した。趙孟頫は李北海（邕）を師とし、清浄で均一である。〈媚〉という点では趙は李に勝り、動きという点では李は趙に勝っている。そもそも曹植が甄氏を見て大いに喜んだのは、甄氏の〈媚〉が素晴らしかったからである。後の人は甄氏を見ておらず、曹植の「洛神賦」(35)を読むと大いに〈媚〉を喜んでいるし、賦の〈媚〉もまた勝れている。〔古人論真行与篆隷、弁円方者、微有不同。真行始於動、中以静、終以媚。媚者蓋鋒稍溢出、其名曰姿態。鋒太蔵則媚隠、太正則媚蔵而不悦、故大蘇寛之以側筆取妍之説。趙文敏師李北海、浄均也、媚則趙勝李、動則李勝趙。夫子建見甄氏而深悦之、媚勝也、後人未見甄氏、読子建賦無不深悦之者、賦之媚亦勝也。〕(36)

〈媚〉は、相手を喜ばせるような美、艶やかな美という審美範疇を形成しており、〈妍〉も同じ範疇のことばである。書の造形は、筆の動きによって形作られるものであり、筆先が露出すればするほど華やかになり、技巧的になる。逆に穂先が蔵されて（蔵鋒）、点画の中心を通る中鋒になると、力強くなるとともに〈樸〉、すなわち素朴な味わいになる。

「姿態」は単たる様子、格好の意味のみならず、表現の意味も含んでいよう。すなわち、〈媚〉なる美が形作られる行為である。それには「動き」が重要である。徐渭は、この「動き」と〈媚〉を、趙孟頫と李邕を比較する評価基準に持ち込んだ。この評価方法は、従前の書論に見られない視点である。それゆえ「趙孟頫の書は、〈媚〉であっても論ずべきものがあるようだ。〔孟頫雖媚、猶可言也。〕」（「字評」）と趙書を見なすのである。

しかし徐渭は〈媚〉を用いて趙書を評価する一方、「書子昂所写道徳経」では次のように言っている。

世間は趙孟頫の書を好み、女性はそのような〈媚〉を取るから、古い衣服、勇ましい服装を詰るのだろうか。思うに帝王や貴公子は、軽やかな皮衣を着ているから、その人を称賛するに十分なのである。彼の他の書は率然としているが、《道徳経》はとりわけ〈媚〉である。しかし枯れて、渋く、頑なで、粗いと考えられるのは、世に枯れ柴や蒸し餅と称えられる薬のようなものである。〔世好趙書、女取其媚也、責以古服勁装可乎。蓋帝冑王孫、裘馬軽纖、足称其人矣。他書率然、而《道徳経》為尤媚。然可以為槁渋頑粗、如世所称枯柴蒸餅者之薬。〕(37)

「槁・渋・頑・粗」は、〈媚〉の無い状態のものを指す。よって趙書には枯れ柴や蒸し餅と称えられる薬のような味わいが無い、といっていると考えられる。

この〈媚〉字を用いた術語、とくに〈姿媚〉を用いる用例が歴代の書論に数多く見られ、重要な書法の審美範疇を形成している。たとえば、韓愈「石鼓歌」、黄庭堅『山谷題跋』、姜夔『続書譜』、朱履貞『書学捷要』などに見えるのがそれである。

羲之俗書趁姿媚、数紙尚博白鵝。——韓愈「石鼓歌」

宋若書姿媚、尤宜於簡札。惜不多見。——黄庭堅「山谷題跋」巻四 題絳本法帖

頃見粧刻虞永興《孔子廟碑》。…今観旧刻、雖姿媚而造筆之勢、甚遒。——「山谷題跋」巻四 題張福夷家堂廟碑

唐自欧虞後、能備八法者、独徐会稽与顔太師耳。然会稽多肉、太師多骨。而此書尤姿媚可愛。——「山谷題跋」巻四 題徐浩碑

東坡道人、少日学蘭亭、故其書姿媚、似徐季海。——「山谷題跋」巻五 跋東坡墨迹

或曰、公之於書、殊少媚態。又似太露筋骨。安得越虞欣而偶羲献耶。答曰、公之媚非不能、恥而不為也。退之嘗云、羲之俗書姿媚。蓋以為病耳。求合流俗、非公志也。又其大露筋骨者、蓋欲不踵前蹟、自成一家。豈与前輩競其妥帖妍狛哉。今所伝《千福寺碑》、公少為武部員外時也。遒勁婉熟、已与欧虞徐沈晩筆相上下。而魯公中興以後、筆迹迥与前異者、豈非年彌高学愈精耶。以此質之、則公於柔媚円熟、非不能也、恥而不為也。——姜夔「続書譜」神品・顔真卿

沈着痛快、書之本也。黄山谷曰、書貴沈厚、姿媚是其小疵、軽佻是大病。夫書貴肥、其実沈厚非肥也。故肥而無骨者、為墨豬為肉鴨。書貴痩硬、其実清挺非痩硬也。故痩而不潤者、為枯骨為断柴。—朱履貞「書学捷要」下

ここに挙げた例証は、そもそも王羲之の書を、韓愈が〈姿媚〉を用いて評したことにより形成されてきた。一般

には〈姿媚〉または〈媚態〉という、字形だけの、表面的な、装飾的な美しさの審美を批判するという範疇で語られてきたものである。徐渭もこのような審美観を根柢に継承しつつ、趙書を把握していたのではないかと考えられる。

E〈法成〉から〈天成〉へ

徐渭は、嘉慶四十五年（一五六六、四十五歳）から隆慶六年（一五七二、五十二歳）までの七年間、獄に繫がれていた。「玄抄類摘序説」に「万暦元年春天池道人徐渭識」の款記があることから、万暦元年（一五七三、五十三歳）の春にはすでに出獄していると推測できる。

繫中の四年目、すなわち隆慶三年（一五六九、四十九歳）には、すでに『玄抄類摘』を著すだけの準備ができていたのではないだろうか。なぜならば、翌隆慶四年（一五七〇、五十歳）に「評書」を書いているからである。

筆者は、徐渭の書に関する文章は、繫獄から出獄の間に完成したものであると考える。以上に引用した文章から見るならば、その思維には一点の〈狂気〉の痕跡も見出せない。なぜならば、如上に言及したように徐渭の書法審美観が、伝統書法の審美範疇に一致していると考えられるからである。

その証左として、徐渭が理想としたと思われる〈天成〉および〈高書〉〈高手〉ということばを考えてみたい。

陳汝元は「刻字学玄抄類摘叙」において、「玄に臻りて聖に達する者は、則ち法を以てせずして天を以てす」という視点を提示し、「吾が郷の徐天池先生、書法特妙にして、固より世の玄聖の臻達と推す所の者」と称賛した。これは言い換えれば、徐渭の書が高い境地に到達しており、〈法成〉の後の〈天成〉の境地にあると指摘するものである。

〈天成〉、すなわち自然にうまくできあがる、という書法審美観については、徐渭本人が「跋張東海草書千文巻後」[38]において論じている。

そもそも学ばずとも〈天成〉することを尊敬する。その次は学んで最終的に〈天成〉することである。〈天成〉は天より成るのではなく、すでに人に由らずして出ているのである。損なってもすでに人に由らずして出ないことを損なわないのである。とくに人をだまし己をいつわって出てくるものを損なわないのである。おおよそ物事はそうでないことはなく、どうしてただ書だけがそうであろうか。最近の書は筆性をふさぎ絶ってしまっている。書の道をいつわり己からだけ出ていると見なし、世の名声を盗んでいる。その点画はみだりで何物かを反省せず、その書跡の古さを模倣し先んじていわゆる人に由ることの近さを求めても、絶対に得られない。ましてその〈天成〉を望むことにおいてはなおさらである。〔夫不学而天成者尚矣。其次則始于学、終于天成。天成者非成于天也、出乎己而不由于人也。敝莫敝于不出乎己而由乎人。尤莫敝于罔乎人而詭乎己之所出。凡事莫不爾、而奚独于書乎哉。近世書者閼絶筆性、詭其道以為独出乎己、用盗世名、其于点画漫不省為何物、求其倣迹古先以幾所謂由乎人者已絶不得、況望其天成者哉。〕

この〈天成〉という審美観は、疑いなく伝統の論書、評書の基礎のもとに確立された、彼自身が理想とする書に対する審美観であり、同時に人に対する審美観である。それゆえ「題自書一枝堂帖」において、「〈高書〉すなわち高い境地の書は俗人の眼には解らないし、俗眼に入るのは必ずしも高書ではない。しかしこのことばも知者には言うことができるが、俗人には言いがたい。〔高書不入俗眼、入俗眼者必非高書。然此言亦可与知者道、難与俗人言也。〕[39]」というのである。よって〈高書〉は、すでに高い境地に到達したものであり、〈法成〉後の〈天成〉の境地の書の作品を指している。

この〈高書〉に近いことばに〈高手〉がある。それは「書季子微所蔵摹本蘭亭」に見える。

《蘭亭》本を臨模する者は多いが、常に自己の筆意をはっきりと表に出せる者にして、はじめて〈高手〉と呼べるのである。私はこの本を見て、どのような人であるか必ずしもわからないが、自己の筆意をはっきりと出せていることから、きっと〈高手〉であろうと察する。優孟が孫叔敖に似ている(40)からといって、どうしてそのあご鬚と眉、体の骨組みまで似ていようか。(書もまた)その意気を取るだけである〔臨摹《蘭亭》本者多矣、然時時露己筆意者、始称高手。予閲茲本、雖不能必知其為何人、然窺其露己筆意、必高手也。優孟之似孫叔敖、豈併其鬚眉軀幹而似之耶。亦取諸其意気而已矣。(41)〕

〈高手〉は、自己の筆意を出せる人であると徐渭はいう。そして徐渭が、筆意を得て〈意気〉を汲み取ることが大切である、と考えていることがわかる。一般に、自己の筆意を出せる人は、高い境地の書人であると言わねばなるまい。

五、おわりに

《論書法巻》と『玄抄類摘六巻』を中心に、さらに関係する文章などに検討を加え、徐渭の書法美学に対する観点を考察した。その結果、徐渭が運筆を主として書を論じている点については、一応の考察がなし得たのではないかと考える。

二、3、小結に述べたとおり、《論書法巻》が三つの異なる風格で表現されているのは、運筆を故意に変化させ、自己の筆意の表出に起因するからとも考えられよう。《論書法巻》の、第一に評書の標準・審美の基準、第二にその審美の基準が梁武帝・蘇軾・黄庭堅・米芾の審美の基準に基づく、第三にこの書跡自体が彼の審美の基準を表現したもの、という三点の指摘は、徐渭の書法美学を考える上で重要であると考える。とくに第二の点については、『玄抄類摘』に蘇軾が5回、黄庭堅が9回、米芾が8回と、他よりも多くそれらの論書が引用されていることからも勘案できるし、米芾が最多の引用回数を数えることから、米芾の書法と審美観への傾倒を見出せることも付言しておきたい。それは書跡《論書法巻》作品全体の基調が、米芾の風致を漂わせていることとも通底する。

「玄抄類摘序説」には、「然る後に向に云う所の蛇闘等は、点画字形に非ず、乃ち是れ運筆なることを知る」や「惟だ壁拆路、屋漏痕、折釵股、印印泥、錐画沙のみは、乃ち是れ点画の形象にして、然して手の運びに妙なるに非ず、亦た従りて此れに臻ること無し」など、運筆に関する視点がいくつも書き連ねられているが、何よりも重要な提示は、「筆は〈死〉物である。手の骨の関節もまた〈死〉物である。めぐるのは全て〈気〉にあり、〈気〉の〈精〉でありかつ〈熟〉なるものが〈神〉である」と、〈気〉と〈神〉の関係を解釈したことにあろう。〈骨〉と〈肉〉、〈蕭散〉と米芾、〈媚〉と趙孟頫、〈法成〉から〈天成〉へなどの審美と評価は、すべて〈気〉と〈神〉を審美として求めるがゆえの運筆、表現、境地に関する言説にほかなるまい。

総じて、徐渭の書法審美観は、伝統書法の審美範疇から〈気〉、〈神〉を提唱し、〈天成〉へと向かったと考えたい。

注

（1）書法審美の範疇については、拙著『書法美学の研究』汲古書院二〇〇四年六月出版および『漢字書法審美範疇考釈』上海社会科学出版社二〇〇六年五月出版の、諸章節を参照されたい。

（2）『四庫全書総目』所収『筆元要旨一巻』の提要に次のように言う。「筆元要旨一巻、浙江汪啓淑家蔵本、明徐渭撰。渭字文清、後更字文長、山陰人。事迹具明史文苑伝。是編論書、専以運筆為主、大概昉諸米氏。」

（3）二〇〇六年九月、澳門芸術博物館で挙行された『乾坤清気——故宮上博珍蔵青藤白陽書画特展』に展観された《行草書録各家評書法巻》を、本稿では《論書法巻》と略称する。
（4）『玄鈔類摘』と刻す場合があるが、『玄抄類摘』と記す場合が多いので、本稿では『玄抄類摘』に統一した。
（5）台北国立中央図書館『明代藝術家彙刊』一九六八年発行所収の『徐文長三集』四冊本を使用した。
（6）A、B、C、Dと1、2、3……の番号は、筆者が加えたものである。
（7）「梁武帝評書」は、基本的に「古今書人優劣評」に依拠するものである。徐渭は別に袁昂「古今書評」を引用した可能性が高い。よって、袁昂「古今書評」に見える文章には「＊」、未詳のものには「△」の符号を付した。ただしすべて『玄抄類摘』に見える文章である。
（8）7～9の「如南崗士大夫……呉施書」は、書跡《論書法巻》には無い文字であるが、図録『乾坤清気—故宮上博珍蔵青藤白陽書画特展』澳門芸術博物館二〇〇六年発行の「別冊」釈文に従い挿入した。
（9）23と24は、袁昂「古今書評」と梁武帝「古今書人優劣表」に見えないが、徐渭の「梁武帝評書、従漢末至梁、得三十四人」に従い、二篇に分けた。
（10）原文は『宝晋英光集』補遺に見える。上海涵芬樓『渉聞梓旧』第一八冊所載『宝晋英光集』補遺、または台湾学生書局『歴代画家詩文集』第十四『宝晋英光集』補遺などを参照。
（11）『山谷題跋』跋法帖
（12）『山谷題跋』跋米元章書
（13）『山谷題跋』跋舅氏李公達所宝二帖
（14）『筆玄要旨』
（15）『東坡題跋』題唐氏六家書後（第一段前半部分）
（16）『東坡題跋』題唐氏六家書後（第一段後半部分）
（17）『東坡題跋』題唐氏六家書後（最後部分）。なお『蘇軾文集』巻六十九「書唐氏六家書後」原文と《論書法巻》とでは、若干の文字に異同がある。
（18）『蘇軾全集』補遺「評楊氏所藏歐蔡書」
（19）張篤行は、順治三年の進士、山東章邱の人。字は謖紳、号は四芸山人・石只・百如を指すであろう。

(20) 万暦十九年は一五九一年で、徐渭（一五二一—一五九三）はまだ健在で、当時七十一歳である。よって徐渭が陳汝元補註『玄抄類摘』を閲覧する機会があったと考えられる。

(21) 蛇闘は、宋代の文同の故事。路上で蛇が闘うのを見て、その変化から、用筆の理を悟ったとされる。

(22) 舞劍器は、唐代の張旭が公孫大嬢の剣器の舞を見て、彼の草書が大いに進歩したという逸話に基づく。

(23) 担夫争道は、唐代の張旭が路上で担夫と公主が争うのを見て、草書法を悟ったとされる。

(24) 雷大簡、名は簡夫、宋代の同州郃陽（陝西省）の人。官は尚書職方員外郎に至る。楷行書を善くした。

(25) 壁拆路は、書法の文字の配置が自然なこと。姜夔『続書譜』に「壁拆者、欲其無布置之巧。」とある。

(26) 和刻本には「以此知書心手盡之矣」の句がない。『徐文長三集』巻十九序より補った。

(27) 万暦元年は一五七三年で、徐渭五十三歳。彼はすでに出獄し、二人の子供と一緒に「梅花館」に住んだ。「酬字堂」はすでに売却している。

(28) 原文は、天津古籍出版『中国歴代書法論著匯編』第五冊所収などに見える。『書法鈎玄』四巻、六十五条は、元の蘇霖の撰。蘇霖、字は子啓、江蘇鎮江の人。生平事迹は未詳。この書物は、唐代の張彦遠『法書要録』、宋代の朱長文『墨池編』、宋代の陳思『書苑菁華』を参照して編集し、先人の書学に関することばを摘録したものとされる。ただし編纂にあたっての決まった体裁がなく、時代順にもなっていない。全巻所収の書論は以下の通りである。

　第一巻　揚雄『論書』、蔡邕『書説』、鍾繇『論筆説』、衛夫人『筆陣図』、王右軍『説書』『論書』、白雲先生『書訣』、王僧虔『筆意賛』、梁武帝『答陶隠居論書』、庾元威『論書』、釈智果『心成頌』、唐太宗『論筆法』、虞世南『筆論』、歐陽詢『八訣』『付善奴訣』『書三十六法』、褚遂良『論書』。

　第二巻　孫過庭『書譜』、張懐瓘『用筆十法』『論執筆』『評書』『十体書断』、李陽冰『論古篆』、徐浩『論書』、顔真卿『述張長史筆法』、蔡希綜『法書論』、韓方明『授筆説』、李華『論書』、盧雋『臨池訣』、柳公權『筆諫』、林蘊『撥鐙序』、釈亜栖『論書』、韋栄宗『論書』『論執筆』、李煜『書述』。

　第三巻　米元章『論書』、蘇東坡『書説』、黄山谷『書説』、劉正夫『論書』、銭若水『叙陸希声筆法』、朱文公『書字碑』、姜尭章『続書譜』、趙子固『論書法』、『論間架牆壁』。

　第四巻　『翰林密論用筆法』、『翰林禁経永字八法三』、『永字八法詳説』、『翰林粋言』、王僧虔『論書』、梁武帝『評書』、唐太宗『書王右軍伝後』、韓愈『送高閑上人序』、『唐人書評』、呂総『続書評』、鈕約『評書』、米元章『評書』『又評書』、蘇東坡『題六家書後』『評書』、黄山谷『評書』、陳景元『評書』、朱文公『評書』、張南軒『評書』、倪文正『評書』、劉書谿『評書』。

(29) 天津古籍出版『中国歴代書法論著匯編』第五冊所収などに見える。『字学新書摘抄』一巻は劉惟志の撰。この書物も古人の論書のことばを摘録し、四項目に分けている。一は六書で、鄭夾漈、虞伯生両家の文章三篇を、二は六体で、鄭肯亭一家の語を、三は書法で、蔡邕ら七家八篇を、四は書評で、鄭子経ら四家八篇を収める。鄭子経『子経衍極』のみ全文を収録し、そのほかはすべて摘録である。『四庫總目提要』には「是編簡略殊甚、其書名似先有『字学新書』、而惟志摘抄也。」と評される。余紹宋は『書画書録解題』で、「経考証、有『古今集論字学新書』七巻、為劉惟志編、其書附有摘抄目錄」とある。

(30) 「吾道」とは「入木道」で、江戸時代の書道の意であろう。

(31) 「徐文長佚草」巻六雑文

(32) 「徐文長逸稿」巻二十四雑著

(33) 隆慶庚午（四年、一五七〇）。徐渭五十歳。投獄されて五年目であろう。

(34) 徐渭の書論には、その他の内容もあるが本稿では論じない。爾後の研究のために、抄録しておきたい。

祝允明と文徵明に対する一文に「跋停雲館帖」がある。「待詔文先生、諱徵明。摹刻『停雲館帖』、装之、多至十二本。雖時代人品、各就其資之所近、自成一家、不同矣。然其入門、必自分間布白、未有不同者也。舍此則書者為瘂、品者為盲。雖然、祝京兆書、乃今時第一、王雅宜次之。京兆十七首書固亦縦、然非甚合作、而雅宜不收一字。文老小楷、從《黄庭》《楽毅》来、無間然矣。乃独収其行書「早朝詩」十首、豈後人愛翻其刻者詩而不及計較其字耶。荊公書不必収、文山公書尤不必収、重其人耶。噫、文山公豈待書而重耶。」（「徐文長逸稿」巻十六跋）。

陶淵明と絵画に関する一文に「書八淵明巻後」がある。「覧淵明貌、不能灼知其為誰、然灼知其為妙品也。往在京邸、見顧愷之粉本曰断琴者殆類是、蓋晋時顧陸輩筆精、匀円勁浄、本古篆書家象形意、其後為張僧繇、閻立本、最後乃有呉道子、李伯時、即稍変、猶知宗之。迨草書盛行、乃始有写意画、又一変也。巻中貌凡八人、而八猶一、如取諸影、僮僕策杖、亦靡不歴歴可相印、其不苟如此、可以想見其人矣。」（「徐文長三集」巻二十跋）。

楷書に関して「竹秘閣銘」がある。「中書大書、用肘与腕、蝿頭蚊脚、握中其管。閣以擎之、墨不涴肘、刻竹為閣、創鷺妙手。妙手為誰、応尭張叟。」（「徐文長逸稿」巻十八銘）。

智永に関して「題智永禅師千文」がある。「志称永禅師書千文、本以千計。今雖去其世已遠、而漫無一存者。往年人伝董文簡公家有之、急住、啓匣固佳、然不甚称也。今従陽和太史家得見此本、円熟精腴、起伏位置、非永師不能到。問其自、云得之文成公門客之手。顆顆綴珠、行行懸玉、吾何幸得題其端。」（『徐文長佚草』巻二 跋賛銘記）。

筆管の執り方についての一文がある。「凡執管須識浅（去紙浅）深（去紙深）長（筆頭長以去紙深也）短（筆頭短以去紙浅也）、真書之管、其長不過四寸有奇、須以三寸居於指掌之上、只留一寸一二分著紙、蓋去紙遠則浮泛虚薄、去紙近則搵鋒（是好処）勢重、若中品書、把筆略起、大書更起。草訣云、須執管去紙三寸一分。當明字之大小為浅深也。（『筆玄要旨』）」

(35)「洛神賦」は、『文選』李善注が引く『感甄記』によると、洛水の女神のモデルは兄曹丕の妻甄氏である。甄氏（一八二～二二一）は、曹操と対立していた袁紹の次男袁熙の妻だったが、袁氏の本拠地鄴を落とした時、曹丕が妻にし、曹植も妻にと望んだが、かなえられなかった。その後、甄氏は曹丕の寵愛が衰え死を賜わった。死後、曹植が洛陽に参内し、文帝曹丕は甄氏の枕を取り出して与え、曹植はそれを見て涙を流した。帰途、曹植が洛水にさしかかった時、甄氏の幻影が現われ、彼女も本当は曹植を愛していたと伝え、甄氏の姿が消えた後、曹植は感極まって、この賦を作ったとされる。

(36)「徐文長三集」巻二十跋

(37)「徐文長三集」巻二十跋

(38)「徐文長佚草」巻二 跋賛銘記

(39)「徐文長佚草」巻二 跋賛銘記

(40)優孟（優は役者・道化の意、孟は字）は、春秋の楚の名優。楚の荘王（前六一三―五九一）に仕え、孫叔敖の死後、その子が貧困であったので、優孟は孫叔敖の衣冠を着け、歌を作って荘王を感ぜしめて誡めたところ、ついに孫叔敖の子に領地を得させた。『史記』滑稽列伝参照。「優孟衣冠」は、似て非なるもの、外形だけ似て実の異なるたとえである。

(41)「徐文長三集」巻二十跋

【補記】本稿は、二〇〇六年九月に澳門芸術博物館（MUSEU DE ARTE DE MACAU）で挙行された『乾坤清気

――故宮上博珍蔵青藤白陽書画特展』にあわせて、十一月十一日・十二日に開催された「乾坤清気――青藤白陽書画学術研討会」における口頭発表「徐渭的書法審美」の原稿をもとに加筆訂正したものである。

徐渭の花卉雑画

――十六種花詩の画について――

荒井雄三

一、徐渭の絵画について

明時代の後半、浙江の紹興を中心に活躍した文人芸術家、徐渭（一五二一―一五九三）は、詩文戯曲書画の各分野の歴史に名を留める作品を遺している。このような多方面にわたる活動は、文人のあり方として不思議ではないが、実際に複数の分野にわたり歴史の淘汰に耐えぬくまでの水準に達した人は、中国文人の中でも少ない。

逆にこうした徐渭の多面性は、絵画という一つの分野の中にも見てとれるだろう。

徐渭の得意とした絵画は、現代の中国では「大写意花卉画」[1]とよばれる。それは華やかな色彩を厚く塗る着彩画ではなく、「水墨画」であり、職業画家の画に対して作者自身による詩文が画の内に書かれることの多い「文人画」とよばれるものである。

大写意花卉画の流れは、清時代半ば以降、時代の主流となって現在の中国国画に至るまで続いている。清時代の八大山人、石涛、また揚州八怪の鄭燮や李鱓から趙之謙、呉昌碩、斉白石、潘天寿と、時代を代表する芸術家たちが徐渭をたたえ、最近でも徐渭に対する評価は衰える様子はない。二〇〇六年澳門芸術博物館で開かれた「乾坤清気―故宮、上博珍蔵青藤白陽書画特展」には、北京故宮博物院と上海博物館の徐渭四六点の書画（うち画は二一点）が一堂に並んだこともその一つのあらわれであろう。このようにまとまった展示は初めてのことであり、今後の徐渭の書画に対するコンセンサス作りひいては書画研究や徐渭に対するイメージ形成にとって画期的なものとなろう。[2]

真贋について

書画に対するコンセンサス作りを困難にしているのは、直接には徐渭自身の作風の振幅の大きさがあり、加えて貴重な作品ほど実見する機会が限られること、かつ書画は世界各地に収蔵されているので作品が一堂に会し比較できる機会がまれであることがある。さらには一般に中国の有名作家に避けて通れない真贋の問題がある。さまざまなレベルの真贋入り混じった書画が存在し、その境目のレベルでは判断が極めて難しいことがあげられる。徐渭の場合は、a・徐渭の同時代、特に晩年の代筆が考えられ、b・死後、明末清初に名声が広まった時のもの、c・清時代中期に揚州八怪たちが大写意花卉雑画のジャンルを時代の主流に押し上げ、その祖としての徐渭が再評価されて以降のもの、d・近現代の張大千をはじめとする多様な贋作などがあり、また地域的には「紹興貨」とよばれる徐渭の地元の贋作者たちによるものも想定される。(3)

以上の例には、模本も贋作も含まれる。現時点で徐渭の書画として、明らかな贋作や清時代中期以降に作られた時代様式が異なるものを除いていく。模本も重要であるという立場から、真贋の区別が難しいものも含め書画二〇〇点ほどをリストアップすることができ、画はその半ば一〇〇点ほどを占める。

次にこうして絞り込んだ徐渭の画の造形的な特徴をいくつかあげてみよう。

形式・材料・技法について

巻軸冊扇という画面形式では、巻と軸が多く、各四、五〇点ほどとあい半ばし、冊は数点（冊を後の時代に巻に表装したものもある）、扇面は確かな作品が見られない。大画面としては、巻では幾つかのモチーフを構成し時に十メートル以上に及び、軸では高さ二メートル以上のものもある。材料は、書が絹や時に綾に書いたものがあるのに対し、画は紙に水墨であり、まれに胭脂の紅を淡くさすものもあるが、基本的に他の色彩は用いない。

技法は、時に激しくかすれも作る線と、溌墨（文字通りには墨を注ぐ）という偶然も作用する面的な水墨技法を大胆に用いる。濃淡の異なる墨をまだ完全に乾かないうちにおき、美しいにじみをつくりつつ質感の描写も出す。

この効果は、日本の俵屋宗達の垂らし込みの技法と似ており、宗達より数十年先行している。ただし徐渭は、生紙（加工していない、にじみやすい紙）に膠水を混ぜるという独特な技法を紙の性質に応じて使うが、宗達は料紙などの熟紙（加工した、にじみにくい紙）を用いるという違いがある。かすれやとりわけにじみ、溌墨という技法への好みは、地域的には、日本列島から中国江南の浙江省また福建、広東へと広がる東アジア沿岸地域のモンスーン気候の風土に共通する嗜好である。

そうした技法を徐渭は、折々の感興の発露のように画面に表し、ほとんど一作ごとに作品の風貌を変えていく。

モチーフと花卉雑画のジャンルについて

モチーフは、花卉雑画とよばれる草花、果物、野菜や日常の雑多な身近なものを描いたものが大部分を占め、山水の背景を伴った人物画はあるが、作画に時間がかかり空間表現などに高度な造形性が要求される山水画はまれである。

それでは徐渭の好んだ画題である「花卉雑画」というジャンルとはどのようなものだろうか？

花卉雑画の主題は、宋時代にみえ、明清以降、時代が下るほどよくみられるようになっていく。これを日本の美術史家、故米沢嘉圃は、「花卉雑画の系譜」として南宋の牧谿、明の沈周、陳淳、徐渭、清の八大山人、揚州八怪、海上派の流れとして位置づけた。[4] 花卉雑画のジャンルは、花鳥画の範疇に内包されるが、ただの単純な花卉画ではなく、歴史的に時代が次第に新しくなっていくにつれて展開していき、自由で個性的な表現にふさわしい近代絵画の主流となっていった。中国絵画史は画題からいえば、六朝隋唐の人物画の主流の時代から、五代宋元明の山水画が主流の時代へと展開し、清中期の揚州八怪を目安として花卉雑画が時代の主流となっていったと大まかに言うことができる。

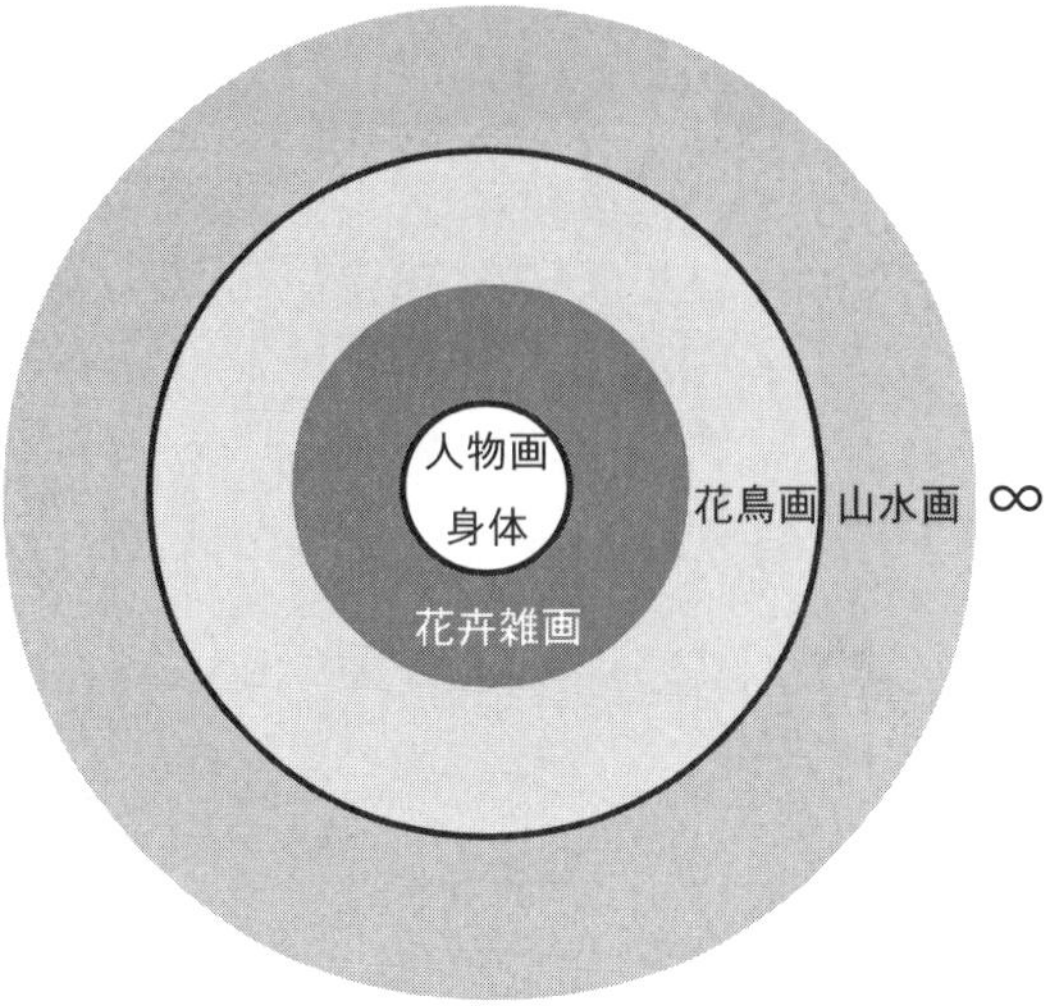

ここで花卉雑画の特徴をまとめ定義してみよう。

1、花鳥画の範疇に花卉雑画は含まれる。（人物画、花鳥画、山水画の関係は、人物画が他の視覚的なイメージの基本として中心にあり、その周囲の有限の空間に花鳥画のモチーフがあり、山水画は地平線つまり無限の空間を取りこんでいる。図参照）

2、しかし花鳥画と花卉雑画の違いは、花鳥画が人間の周囲の空間のモチーフを扱うのに対し、花卉雑画は人間の手の届く範囲内の身近で「雑多」なモチーフを扱う、と定義できる。この点において花卉雑画は、花鳥画に内包されるといえども、時代の変化につれ絶えずそこからはみだそうとする性質をもつ。

3、沈周、陳淳、徐渭、八大山人、揚州八怪、海上派の流れは、中国では一般に写意花卉画の流れといわれる。ここで花卉画を「花卉雑画」ということにより、花鳥画とは異なる性質をもった花卉雑画が、「人物画─花卉雑画─花鳥画─山水画」というラインに位置づけられ、より精確なジャンル分けが出来よう。そして中国絵画のメインストリームは、繰り返せば、「人物画→山水画（花鳥画）→花卉雑画」にあるといえ、この流れの中に徐渭は位置づけられる。

詩書画一体について

徐渭のほとんどの画には、そのような花卉雑画のモチーフにまつわる自身の詩が、行書を中心とし草書・章草・

行楷書と同一作品中で書体が多様に変化する得意の「雑体書」(あるいは「雑書」)の書法により書きこまれている。題詩がなく落款のみの画は、南京博物院の《雑花巻》、北京故宮博物院《四時花卉巻》、《驢背吟詩図》、遼寧省博物館《写意草虫図》と少ない。

そもそも花卉雑画のモチーフには、図像自体が持つ吉祥の意味がたぶんにあり、これは当時大衆的に好まれ贈答や売買の根拠となったものである。(5) さらに詩を書き込むことによって、画では省略されている背景のイメージが補われるばかりでなく、より複雑で多層的な意味が生まれる。

その情感のニュアンスに富み、思想的な陰影をもち豊かに変化する詩書画の世界は、徐渭の独壇場であり、明時代絵画の清華の一つといえる。ここではその具体的な例として十六種花詩をテーマにした画を取上げてみたい。

徐渭書画創作の画期

作品全体の見取り図として、私は徐渭の現存している書画創作の画期を次のように考えている。

1、早期(一五六〇年代から一五七五年完全釈放まで)
2、中期(一五七五年から一五八六年王家転居まで)
3、晩年(一五八六年王家に書斎を構えて以降)
4、最晩年(一五九三年に亡くなるまでの数年間)

早期は獄中期を中心とする。現在それ以前の確かな作品は知られていない。画はこの時期に本格的に始められた。
中期は自ら書画を生活の糧とするため創作活動が増え、実験的で多様な試みが見られる。
晩年は創作活動の停滞期を経て、最晩年にかけ再び創作の火が燃え上がっていく。

徐渭の有紀年画

徐渭作とされる紀年のある画をこの画期にそって挙げると次のようになる。大文字のアルファベットの分類は、徐渭の自用印によるグループ分けを指す[6]。

1、早期（一五六〇年代から一五七五年まで。ＡＢＣのグループ）

一五七〇年隆慶四年五〇歳《寒林四友図》軸　ベルリン東アジア美術館　（グループに属さない印）

2、中期（一五七五年から一五八六年まで。ＤＥＦのグループ）

一五七五年万暦三年九月一五日五五歳《花卉図巻》七段　東京国立博物館　Ｅ

一五七七年万暦五年九月九日五七歳《墨花図巻》（十六種花詩巻）　北京故宮博物院　Ｆ

一五八〇年万暦八年八月一五日六〇歳《雑画巻》一一段　上海博物館　Ｅ

3、晩年（一五八六年以降。ＧＩのグループ）

一五八八年万暦十六年五月六八歳《山水人物花卉冊》　北京故宮博物院　Ｇ

4、最晩年（一五九三年までの数年間。ＨＩのグループ）

一五九一年万暦十九年二月四日七一歳《墨花十二段巻》　北京故宮博物院　Ｉ

一五九一年万暦十九年九月九日七一歳《花卉雑画巻》　四段　泉屋博古館　Ｈ

一五九一年万暦十九年九月九日七一歳《花卉図巻》　八段　黒川古文化研究所　Ｉ

一五九二年万暦二十年八月七二歳《花卉図巻》　八段　上海博物館　Ｉ

一五九二年万暦二十年秋七二歳《花卉雑画図巻》　八段　北京榮宝斎　Ｉ

一五九二年万暦二十年冬七二歳《墨花九段巻》　北京故宮博物院　Ｉ

二、北京故宮博物院蔵《墨花図巻》十六種花詩の主題

紀年のある画の中で、中期にあたる一五七七年九月九日の落款のある北京故宮博物院蔵の《墨花図巻》は、現状は巻子装であるが、各紙ごとに中央に縦の筋が見えることから、以前は冊であったことがわかる。縦三十センチ、横五五センチほどの紙を全二一紙用い、巻子装では十数メートルにおよぶ長巻となる。書画共に、意欲的な強い筆力により、徐渭の中では安定し手堅い描写がみられる水墨のみによる作品である。

引首の行書大字「識得東風」に続き、牡丹から始まる十六種の花卉のモチーフを一紙ずつに描き、各々に題詩を入れる。最後に結びとして四紙を用い行書「十六種花詩」の長編題詩と落款を付す。末尾には呉昌碩七十六歳の跋が添えられている。(7)

《墨花図巻》の詩と画

さらに一歩立ち入ってこの画巻の詩と画についてふれてみよう。十六の画の順序は、現状の巻子装に表装時の錯簡の可能性が想定されるため、ほぼ同内容の画が一巻に連続的に展開する上海博物館蔵徐渭《花果巻》の順序により番号を付した。

引首、行書「識得東風」

たっぷりとした行書の大字「識得東風」は、東からの春風が吹き初めるといった意味であろうか。十六の花々の

宴の始まりとしてふさわしい導入をつくる。

一、牡丹

画は、側面から描かれた大輪の牡丹を左に、開き始めのものを右に配し、葉の形と大きさもそれにならって違えて描いている。タッチは朴訥としているが、的確にきめており、全冊を通じて共通した強い筆力がみられる。いわゆる点花点葉の描き方により[8]、見なれていないとモチーフを見誤る程に、簡略にやや抽象化され描かれている。墨色について、王琥は「墨に淡い石青を混ぜ枝葉を染め温潤秀逸の感をだす」という工夫をのべており興味深い[9]。

画の題詩は、画面に対して小さく行楷書で書かれ、他の徐渭書作品の特徴の一つである場面ごとの書風の変化は意図されていない。牡丹題詩の場合は、左上にこれも朴訥だが強く鋭い楷行書の小字で書かれており、画と書との筆致の共通性が見える。

墨中游戯老婆禅、長被參人打一拳。沛下胭支（脂）不解染、眞無學畫牡丹縁。（徐渭集補篇1299）[10]

水墨で戯れに牡丹を画くことは禅のようなもの。いつもご覧になる方から老師の痛棒のようなきびしい批評をもらう。その為に私は泣きの涙で紅い顔彩を融かしている。全く私には牡丹の絵を学ぶ縁がなかった。

この画の場合は水墨の墨戯として描かれている。徐渭はまれに淡い胭脂の紅を用いることがあるが、華麗な着彩の画を描いたことはなかった。

二、紫陽花（粉団）

画は、左上から斜めに垂下する枝を描き、二輪のアジサイの花を表す。一つ一つの花は円と線で簡略に描く。いわゆる勾花点葉の描き方である。(8)

虢姨騎馬去朝天、淡掃峨眉眞可憐。不識馬頭毬两串、也如枝上粉團々。（逸稿巻八 849）

虢國夫人は馬に乗り朝拝の為に宮へ去った。さっと眉を掃いただけの薄化粧だがとてもかれん。馬の頭に円いポーロの毬を二箇さしているのが、枝の上の円く白い紫陽花の花なのか、見分けがつかない。

詩にあるように厚化粧を嫌った虢國夫人は、楊貴妃の姉といわれる。二人とも奢侈を極めた絶世の美女でありながら、安録山の乱で非業の死をとげる。それを想い返し再び画を見ると、低い木のはずのアジサイの枝が上から垂下し、二つの花を串刺しのようにしている尋常ではない描き方には、理由があるようにも思える。

三、蘭花

中央に横に広がる特異な形をした盆石のような石を配し、その上に蘭の葉、竹の小さな一群を点花点葉で描く。花はどこかといえば、石の左下に小さな一花、すぐ外側に大きな一花が見える。

蘭亭舊種越王蘭、碧浪紅香天下傳。近日埜香成秉[把]⑩束、一籃不値五文錢。(徐渭集補篇 1300)

蘭亭(紹興)は春秋の越王が蘭を栽培された所、蘭の緑の葉の波とその紅の香のすばらしさは天下に知られていたところだった。ところが今日では田舎の花として一束いくらとされ、花の一籃でも五文銭の価値しかなくなってしまった。

浙江省紹興の蘭亭といえば王羲之ゆかりの地。越王の墓は蘭亭から数キロの歩いていける範囲の所にあり、徐渭と一族の簡素な墓は、今日、越王墓の墳丘の近くの茶畑の中にある。

四、杏花

余白を大きくとった下部に、いくつかの枝に五弁の丸く紅い花を咲かせた杏の花を、水墨没骨(もっこつ)の点花点葉で描く。枝の先にはつぼみ状の墨点もみえる。

搏泥作餅給兒童、轉覺饑雷腹裏攻[腹裏飢雷轉覺攻]。我畫杏花渾[都]未了、流涎忽憶海東紅。(徐渭集補篇 1300)

泥を固めて泥団子を作り子供にやっても、ますます腹が空いて腹が鳴り出すだけ。私ときたら杏の花を描き終わらないうちから、涎なんか流してふと海東紅の甘い杏の実を思い出している。

「饑雷」は空腹のためお腹が鳴ること。「海東紅」は甘い実をつける杏の種類。徐渭に「杏有海東紅、珍高百品中。」（三集巻六188）の句がある。

子供と徐渭との、生活に困窮した、しかしどこか微笑ましくユーモラスな情景が思い浮かぶ。

五、蓮花

左斜め上を向く満開の大きな蓮の花が一輪、その奥に重なって側面から描写され葉裏を淡墨で染めた葉が一枚。葉の上に花を飾る「葉上花」の構成を勾花点葉で描く。さらに背後に右方向に伸びる葦を加える。

羅敷不再〔更〕嫁兒夫、使君黄金空満車。獨自年々秋浦立、却疑妙色〔只疑何故〕不沉魚。（徐渭集補篇1300）

羅敷（らふ）は再婚しないので、越王が用意した黄金を満載した車も空しいものとなった。彼女は一人毎年秋の浦に立ち恋人を待つが、その美貌を見ても池の魚たちは、昔のようにもう水中に隠れようとしなくなったのはなぜだろう（容貌が衰えたのではないかと疑われる）。

蓮（lián）は恋（liàn）と音通。「沉魚」は「沈魚落雁」の美女のイメージ。

羅敷は漢代『楽府』陌上桑に登場する古代の美女。すでに夫がいたにもかかわらず越王から見初められた時に、陌上桑を歌い夫がいることを明し断ったという。後半の二句は「沈魚落雁」の美女も年々の容貌が衰えるという暗示を加え、一種凄みのある世界を展開する。そのイメージは満開の蓮の花の画があることによって補強される。

六、石榴

穴のあいた大きな墨面が左上にあり、太湖石の庭石の一部であることがわかる。そこから石榴の枝がで、割れて深紅の粒粒が見える実を水墨で描く。さらに枝の先には花があり、実と花が同時に一つの枝に存在する。

若用（略着）胭支（脂）染一堆、蛟潭錦蚌挂人眉。山深秋［秋深］老無人摘、自迸明珠打雀兒。（三集巻十一 402）

もし紅い胭脂を用い石榴の一かたまりを染めれば、湖の龍も真珠も出て美しさに見とれるだろう。山深い秋に熟し摘む人がいないので、自ら玉を散らし雀を打つ。

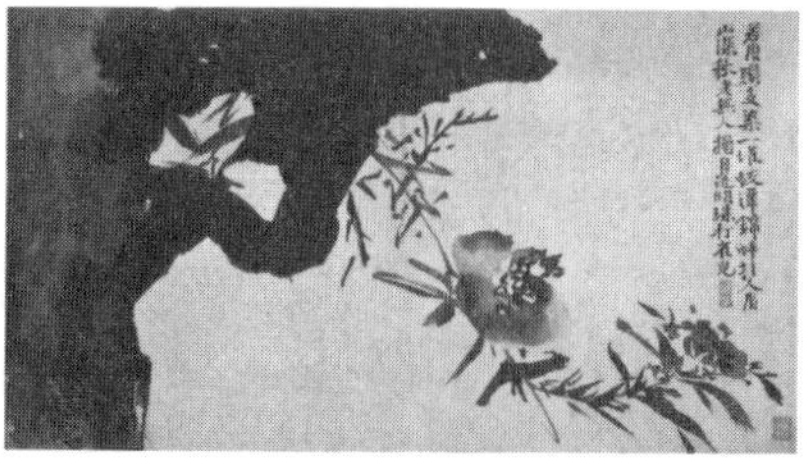

二句目の石榴の実の喩えは難しい。画の石榴の楕円が少しつぶれて眉のようになった形もヒントになるだろうか。三句目は徐渭の台北故宮博物院にある石榴の有名な軸にある詩と同様である。石榴の実が、多産の吉祥や、徐渭自身の孤高の才能のありかの象徴といった重層的な意味がとれる。[11] さらにここでは、玉を散らし雀（què と爵 jué と音通）の子を打つという句から、腐敗した官僚（爵）を打つという、描かれていない意味も読みとれる。

七、秋葵

茎が左上に伸び黄色い葵の花（実際は水墨。以下同様）が咲き、先端にはつぼみをつける。開いた花の真中には赤紫の花蕊があり、画ではやや見えにくいがそこからさらに赤紫の突起物がある。葉は特徴のある五つの星型の葉。右下には小さな雛菊が咲く。葵は勾花点葉による。

丹墨毫釐有是非、莫固〔看〕〔欲〕草木便輕微。中間一寸靈砂紫、随着金烏到處飛。（徐渭集補篇 1301）

絵画は（世の大事と比べれば）小さなものだが、ものごとの判断のけじめはつけており、もとより（山水画などと比べれば、絵画の中でさらに小さな）草木の絵といったものでも軽く見てはいけない。葵の花の真中に小さな紅紫の霊砂紫があり、太陽（皇帝）が飛んで行く所につき随っていく。

秋葵は黄蜀葵（とろろあおい）のこと。葵は、葉を太陽に向けて根をかばうこと（『春秋左氏伝』成公）、またヒマワリ（向日葵）との混同からか、一日のうちで「金烏」（太陽）に向け方向を変えていくことにより、皇帝に対する忠誠のシンボルとされた。アンテナのように忠実に方向を変えていく葵の花の中央の赤紫の突起物は、「靈砂紫」ということが、詩句からわかる。「丹」「靈砂紫」「金烏」は道教的なイメージも連想させる。

またこの詩は、徐渭の花卉画擁護論ともなっている。

八、萱花

先の葵とは鏡面対象のように、右上に向かって点花点葉により茎と花をつけ、長い葉が左右に伸びる。根元の背後には竹の一群と茨がみえる。

庭前自種忘憂草、眞覺憂來笑輒緣。今日貎儂歡喜相、煩儂陪我一嫣然。（徐渭集補篇 1300）

庭さきに自分の手で忘れ草（かんぞう）を植えた。本当に気がついたのだが、憂鬱になるのは笑いに理由があるということ。今日のあなたの顔は歓喜の表情。どうか私に寄り添いちょっと嬌態（しな）を作ってくれませんか。

本当に深い憂いがやってきた今日、萱草の花はその憂いを喜び笑って晴らしてくれようとする。深い憂いとはげしい喜びの表情。そのギャップが悲しくもおかしみをさそう。ホイジンハの『中世の秋』を連想させ、こんなところに徐渭の思想的な真面目が現れているのではないだろうか。

九、菊花

三花の菊の立ち姿と右下に小さく雛菊を勾花点葉で描き、背後に上向きの葉の竹と茨を配する。

人如餉酒用花酬、長［毎］掃菊花付酒樓。昨日重陽風雨悪、酒中又過一年秋。（徐渭集補篇 1301）

人が酒の宴に花をお返しにするように、菊花を描き酒楼に渡してきた。昨日九月九日重陽の節、あいにく風雨が激しく、酒を飲むうちまた今年の秋も過ごした。

貧しさゆえに、実際の花ではなく、絵の花を描き酒代に代えたということだろうか。この作品の実際の日付は重陽九月九日。だからこの詩は、過去の重陽の日の一こまということになる。重陽の菊と酒の記念の日に、過去にこのようなことが繰返されたのだろうという、風雨の中の人生そのものが暗示される。

詩は人生を象徴し端正にまとまっており、画も端正な姿となっている。

十、玉簪花

先が尖った楕円形の特徴ある葉が重なり、そこから右方向に茎が伸び、側面からみると白く流れるような花房、正面からは六角の星型の花、そしてつぼみが、線描主体の「白描」で描かれる。いわゆる勾花勾葉の描き方である。(8)

老夫墨掃草間秋（人一掃秋園卉）、六瓣（片）尖尖雪色流。用盡邢州砂萬斛、未便琢出此搔頭。（三集巻十一 403）

老いた私は水墨で叢の中の秋の花を描き出す。六弁の花はそれぞれ尖って雪のような白色が流れる。白い邢州の砂を一万斗使っても、まだこの花の簪を磨きだすことができない。

「搔頭」はかんざしのこと。「六弁」の形は雪の結晶を連想させる。詩の後半では、花が文字通り白玉の簪に変容して、永遠にありえない美しさがたたえられる。

十一、海棠

秋海棠のやわらかい茎と葉と小さな花の姿が点花点葉で描かれる。

昨圖鐵幹與木瓜、不盡餘煙（烟）［紅］染墨［碎］霞。都賞垂絲春酒盡、誰（不）知秋有海棠花。（徐渭集補篇 1301）

昨日、鉄幹海棠と木瓜を描いた。墨をあっさりと霞のように染めた。みな春に咲く垂絲海棠を愛し酒を尽くしてしまうが、誰が知っているだろう、秋にこの節を守った鉄幹海棠の花があるのを。

「鉄幹」「木瓜」「垂絲」は海棠の種類。「鉄幹海棠」については、徐渭は節を守った春秋時代の列女貞姜に擬している。[12]

華やかなものではなく、小さなもの、目立たないが節あるものに対するさりげない徐渭の視点が感じられる。

十二、芙蓉

中央下から左上に直線的な線によって茎や枝葉が構成され、左上の先端に芙蓉の花とつぼみが点花点葉で描かれる。シンプルなタッチの組合せと方向性（葉は内から外へ）が力強い抽象絵画を想わせる。

老子從來不遇春、未因得失苦生嗔。此中滋味難全説、故（只）寫芙蓉贈別人。（徐渭集補篇 1300）

我輩はそもそも春にめぐり合ったことがなく、何かを得たり失ったりすることによって苦しんだり、怒りを生じるようなことはなかった。この中に滋味があり、それを全て語りつくすのは難しい。だから秋の芙蓉を描き他の人に贈る。

老子は、老いた私とも、春秋時代の思想家老子ともとれる。これを読み画に眼を転ずると、秋の花である芙蓉のシンプルな描き方が、詩にいう春を知らない滋味ある君子の姿にふさわしいように思われる。

十三、山茶花

中央から左に細い枝、右に太い枝を出し、左には五弁の丸い山茶花の花を二輪と肉厚の緑の葉、右には一輪の花を点花点葉で描く。

聞道昆明池水東、四時都賞寶珠紅。世味長穠（濃）不長久、所貴鶴頭紅雪中。（徐渭集補篇 1302）

伝え聞く、「昆明池の東のほとりでは、四季にわたり美しい紅の珠のような花が愛でられた」と。世の美は一時盛んであっても永久には続かない。貴ばれるのはこの季節だけの雪の中の鶴頭紅の山茶花。

昆明池は、漢の武帝の時代に長安の都の西南に造られた池。どんなに珍しいものでもそれがずっと続くと飽きられてしまう、という人の性をいう。

詩を読んだ後、画をみると、何も描かれていない余白が、実は一面の雪の世界であり、雪のまだ降りかかっているようでもある。そこに、葉の緑と山茶花の紅が、眼にしみるように新鮮に見えてくるのである。

十四、梅花

低く頭をもたげる枝に、双勾（輪郭線）で描かれた白梅の花とつぼみが咲く。後ろには淡い竹の一群れを描く。勾花点葉の描き方。

曾聞餓倒王元章、米換梅花照絹量。花手［墨］雖低貧過爾、絹量今到老文長。（徐渭集補篇 1302）

昔聞いたことがある。「元の王冕が餓えに迫られて、米と梅花の図を絹の大きさに比例して交換した」と。花の絵は安いといわれるが私の貧乏はそれ以上、絹の量で作品を売ることは今の私、文長にまで到っている。

王冕は、元時代の墨梅で有名な文人画家。徐渭は、王冕に関する詩を少なからず詠んでおり、かつ書画作品にも残している。貧しさの中でも、二人は墨梅画にこめられた寒風や逆境の中に耐える文人の精神を共有しているという徐渭の思いが、いささか自嘲的にややユーモラスに詠まれる。この思いで再度この画を見れば、凛とした梅もさらに独特なものとなる。

その他、実際にあったかは別にして、この詩には、絵画の売買に関して、絹の量（あるい

は一枚の絵画に用いる絹の重さはさほどでもないので、面積）と米を交換するということ、また花卉画は他の山水画や人物画と比べ値段が安かったこと、とはいえ売買が可能であったことが伺われ興味深い。

十五、水仙

双勾による水仙の花房が二つ、広がった葉の間に見える勾花勾葉の描き方。竹の一群れがその左右に分かれて茂る。

一江湘［秋］水碧漪漪、波上夫人淡掃眉。正遇琴高歸月下、譲［送］將赤鯉水仙［西儂］騎。（徐渭集補篇 1301）

湘江の水が一面に青く波だつ。川のほとりに薄化粧した湘夫人が佇む。月の下、ちょうど鯉に乗り帰ろうとする仙人琴高と遇った。琴高は連れていた赤鯉に湘妃を乗せてやった。

湘水は洞庭湖に注ぐ湖南省の有名な河。さまざまな神話や伝説がまといつく。湘夫人は、神話の皇帝尭の時の女神。水仙は擬人化され、メルヘンのような世界が展開する。琴高仙人は、鯉に乗り湖に現れ去っていく伝説の仙人。湖の中に大きな鯉に乗って進む仙人の姿が、画題としてもよく取り上げられる（挿図、上海博物館蔵李在《琴高乗鯉図》部分を左右反転）。その仙人の図像からこの画をみ直すと、私には次のように見えてくるのである。水仙は鯉にまたがった湘夫人の姿、葉は風にひらめく夫人の衣、竹の黒い部分が鯉であり頭を右に尾を左に出し、今画面右に向け、広々とした湖のような湘江を進んでいる、と。

十六、雪竹

双勾の筆を尖らした鋭い線で画面上下を断ち切って大小二本の竹干、その背後に一本の若い竹干があり、四群れほどの葉を茂らす。墨竹ではなく勾花勾葉の双勾竹により、この画の場合は雪竹を表す。

雪峰霜陣誰能殿、故寫此君花後叢。昨損青蛇三百萬、滕癡蛇脳放蜈蚣。（徐渭集補篇 1301）

寒い山の陣地で後陣（しんがり）ができるのは勇将だが、竹もこの画巻の勇将だ。だから竹を花の裏の背景として画く。昨日竹が雪のためにたくさん倒れた。愚かな蛇どもの中に百足を放ったように、竹はみな百足の毒で倒れたようだ。

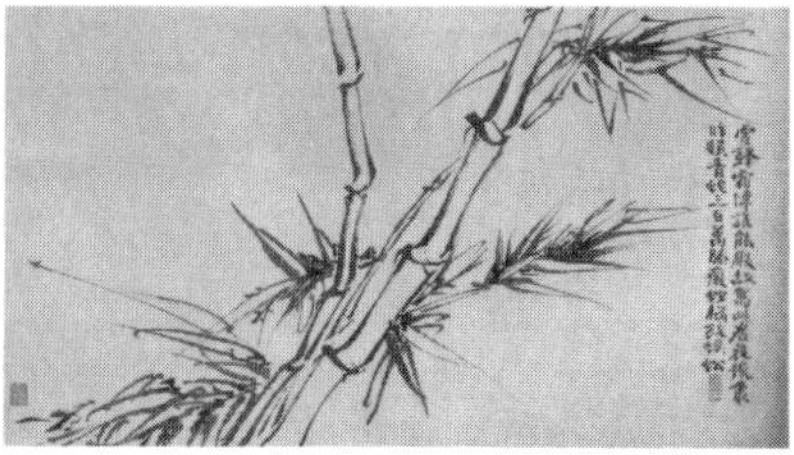

「此君」「青蛇」は竹のこと。徐渭に雪竹詩「山中雪厚沒人腰、城瓦猶堆尺五高。壓損青蛇三百萬、起烘冰兔掃雙梢。」（三集巻十一 390）がある。「滕」（地名）は螣（龍の一種）または騰（あがる）の誤りか。「蜈蚣」は百足（ムカデ）。

竹は節あることで知られている。この画には花が描かれていないが、十六種の花卉の画と詩を描き終える最後として、これまで多く女性に擬人化されてきた花々を守る節ある存在としてこの雪の中の竹を配置するのであろう。結びの奇異な句は、画と見比べてみれば、百足のように細かな竹葉を連ねた様をいうのであろうか。このような竹葉の描写は、徐渭の他の画にはあるが、他の画家にはあまりみられず、詩を読むことによって画の特色も理解される。

「十六種花詩」題詩

こうして十六種の詩画が終わり、「十六種花詩」題詩の書を全体の結びとする。題詩は、一行あたり六、七字の強い筆力による行楷書で始まり、行あたり四から六字と大きめに変化して終わる。


賦得「二八年時不憂度」、此江總雜曲中句。余寫花十六種已而作歌。遂（而、削除）用其韻、併效其體。

東家（鄰）西舍麗難儔、新屋栖花迎莫愁。

胡蝶未須偸粉的（固應憎粉伴）、牡丹自鮮（亦自）起紅樓。

牡丹管領春穠發、千（一）株百蒂無休歇。

管頭（中）選取八雙人、帋上嬌開十二月。

誰向關西不道妍（關西人稱好曰妍）、誰數湾（關）頭見小憐。

儂爲頃刻殷七七、我亦逡巡酒内（裏）天。

昭陽燕子年年度、鏡裏那能不（誰能鏡裏無）相妬。

鏡中顏色不長新、畫底胭脂翻能故。

花姨舞歇石家香、依舊還歸帋墨（砑）光。

莫爲弓腰歌一曲、雙雙來近晝眠牀。（三集巻五 七言古詩 150）

萬曆五年重九爲從子十郎君戲作、於木瓜橋之花園館。金畾山人。

賦は「十六歳の青春に憂いはない」[13]から得た。これは全て雑曲中の句である。私は、花十六種を描き終わってから、その韻と体に倣って歌を作った。

東家と西舎はそれぞれ麗しく比べるのが難しい。新しい建物は花々を飾り歌姫の莫愁を迎える。

胡蝶の子供たちは化粧しているものもいる。牡丹は自から鮮やかに紅楼に立つ。

牡丹を中心に春はたけなわ、千の草、百の花が咲きほこる。

その中から特に選ばれ筆で描き出された十六の花、紙の上に艶やかに開く十二ヵ月の花。

誰が西に向ってその美しさを言わないだろうか、誰が湾頭に馮小憐を見に行こうというだろうか。

あなたがしばしの酒の殷七七なら、私はまた逡巡の酒、たちまち天の酒を醸す。

漢の昭陽殿の燕は毎年度って来て年が過ぎていくのを知らせるのに、どうして鏡の裏で妬みあってなどいられよう。

鏡の中の麗しい容貌は長くは続かないが、絵の中の胭脂はよくもとの麗しさを保つ。

花々の歌舞が終われば石崇の金谷園の庭は香り、絵はもとどおりに紙の墨が光る。

もうしなくてよい、弓腰の踊りも歌一曲も、あい並んで昼寝のベッドの側に行こう。

万暦五年九月九日、いとこの十郎君のために戯作する。木瓜橋の花園館に於いて。金罍山人。


『徐文長三集』ではこの詩の題を、「客强予畫十六種花、因憶徐陵雜曲中『二八年時不憂度』之句、作一歌。因爲十六花姨歌舞纏頭、亦便戲效陵體、用陵韻」に作る。

「小憐」は、北斉後主高緯の亡国の貴妃馮小憐。唐の李賀「馮小憐詩」に「灣頭見小憐、請上琵琶絃。」とある。

「殷七七」は伝説の仙人、「頃刻酒」「逡巡酒」や非時の花をたちまち作り出す。「石家」は、晋の石崇（二四九―三〇〇）の金谷園。趙王倫の権臣孫秀が、石崇の寵愛する妓女緑珠を求めたが、石崇はこれを拒み、緑珠は金谷園の高楼から身を投げて死に、石崇は殺された。

落款の「十郎」「木瓜橋」「花園館」は未詳。ただし一五七七年の重陽の日、徐渭は北京に滞在していた。

三、十六種花詩の詩画の世界

以上《墨花図巻》の全体を、とくに画と詩の関わりに注目しながらみてきた。

詩画の関係については、お互いの文学的・視覚的な特質を補いあいながら、意味の重層化がみられた。それは、一、描かれたモチーフ自体のもつ自然の意味をベースに（十六種全て）、二、本文ではそれほどふれてこなかったが当時大衆的に理解されていた吉祥の意味が多く重なり（石榴等）、三、あるものには文人画の一般的なスタイルである文人の孤高の意味が重なり（梅竹蘭菊等）、さらに徐渭の場合はそればかりではなく、四、自身の深い心の投影もあり（萱花等）、五、逆に日常世界の一こまが取りだされる（杏花等）。六、また十六種全編を通じて花々を女性に擬人化した意味が重なる。なかには物語、神仙の精に擬人化したメルヘンのような世界が展開する（水仙等）。また結びの「十六種花詩」題詩では「紅楼」という場を設定しており、これは明時代の女性の館である青楼（遊郭）と容易に対比される。しかしそれは世俗の生々しい世界そのものではなく、擬人化した世界に、以上の様々な意味が加わり、詩画という雅なる形式の中で、明時代の雅俗混淆の豊かで美しい例を生んでいる。

作品全体を統一するものとしては、季節のゆるやかな順序による劇があげられる。

十六種の花は春の牡丹で始まり、冬の雪竹で終わったが、その順序は［春］牡丹、［夏］紫陽花、［春］蘭花、杏花、［夏］蓮花、石榴、［秋］秋葵、萱花、菊花、玉簪花、秋海棠、芙蓉、［冬］山茶、梅花、水仙、雪竹、とおよその四季の流れがたどれるだろう。しかしこの順序は、石榴では花と実が同時に存在するように、結びの詩では時ならぬ花を咲かせる殷七七が登場するように、徐渭の中では強固なものではなかった。そこに登場する雑多な役者たち。老婆、虢國夫人、越王、子供、羅敷、忘憂草、貞姜、湘夫人、徐渭自身などなど。一場面ずつ役割を終えて消えていき、詩と画とあいまって雅俗の入り混じる深く陰影に富む十六種花全体の世界をつくる。

こうした徐渭の作り出したゆるやかな詩画の劇は、詩のみ画のみで理解できるものではなく、両者あいまって明時代の文人芸術においてそれまでの呉派の温雅な世界とは異なる枠を作りあげているといえよう。

四、十六種花詩の世界の系統

この十六種花の詩画を統一した世界として大規模に創造することは、徐渭の好むところであったらしく、以降いくつかのバリエーションとコピーを生んでいる。

2、中期（一五七五年から一五八六年まで）

一五七七年九月九日《墨花図巻》（本文で取り上げた作品）　北京故宮博物院蔵

（→一五七七年九月九日款《行書十六種花詩巻》　紹興市文物局蔵、臨本？）

←
《花果巻》（《十六種花詩巻》）上海博物館蔵
（↓《十六種花詩巻》潘祖尭旧蔵（二〇〇五年佳士得香港春季拍売）、模本）
←
3、晩年（一五八六年以降）
《十六種花詩図》大軸　台北故宮博物院蔵
《十六花夷図》大軸　フィラデルフィア美術館蔵
←
4、最晩年（一五九三年まで）
支那南画大成本《十六種花詩巻》所蔵不明
（↓《十六種花詩巻》所蔵不明（二〇〇四年上海崇源拍売）、模本）
《行書十六種花詩巻》湖南省博物館蔵
（↓《行書十六種花詩巻》所蔵不明（二〇〇六年北京東方芸都拍売）、模本）

このうち上海博物館蔵《花果巻》は、一五七七年九月九日《墨花図巻》とほぼ同じ詩画を一つの画巻の中に連続して展開している。ただし随所に印象的な淡い胭脂の紅を染めており、筆墨はより奔放である。私は、徐渭畢生の傑作というより、むしろ中国絵画史上の奇跡の作とも呼ぶべき南京博物院蔵《雑花図巻》を調査した翌日に、上海博物館で《花果巻》を見た。その印象は、写実的傾向と抽象化傾向、筆墨の冴えと一種の拙劣さというように両極に振れたものであり、《花果巻》を《雑花図巻》を描いた徐渭とするのにとまどった。

一五七七年《墨花図巻》を検討した現在、《花果巻》はそれよりほど遠くない時期に描かれた徐渭中期の最も抽象化傾向を示す詩画巻であり、《雑花図巻》は両者からは離れた時期、それは従来の説にあった獄中期以前に遡るものではなく、逆により晩年になった時期を想定している。かつ《墨花図巻》と《花果巻》は詩画の関わりあう世界を意図しており、一方《雑花図巻》は詩がなく画のみにより、より写生のイメージを取り入れた作としてみている。この中期と晩年の制作時期と、詩画と写生の製作意図との二点の違いにより、とまどいが生まれたのではないかと現在は考えている。

台北故宮博物院とフィラデルフィア美術館の三メートルをこす二つの大軸は、鏡面対象のような構図になっており、どちらも十六種の花卉を同一画面に「時ならぬ花」のように混在させ「十六種花詩」題詩を入れる。戦前に発行された支那南画大成本にみえる《十六種花詩巻》は、書画ともに徐渭最晩年の作風をみせ、一五七七年《墨花図巻》とは組合せの異なる詩画を展開し、「十六種花詩」題詩を付す。徐渭晩年のⅠグループに分類される基準印の出典となる印影がある重要作であるが、現在所在不明となっている。

注

（1）西洋美術史の用語で言えば、一種の「抽象表現主義」的な花草の絵画。なお以下の本文表記は、絵画を「画」、書道の書を「書」と表記する。また作品名に文学作品は「」ないし『』を、書画作品は《》を用いる。

（2）全体の展示規模は、「青籐白陽」と並び称された陳淳の書画七四点と合わせ計一二〇点。冊などセットの内訳を数えれば二九八点に及ぶ。私は同展国際シンポジウムにおいて「徐渭書畫自用印與書畫編年」を発表した。なおこの発表や本文は、筑波大学人間総合科学研究科博士論文『徐渭書画の研究』の一部である。

（3）紹興貨について、書の例であるが、潘深亮は北京故宮博物院蔵《自書詩文冊》中の《余生子伝》一開をその代表作にあげる（潘深亮「明代書画辨僞詳析」『榮宝斎』二〇〇三年第一期一八二頁）。

（４）米沢嘉圃「花卉雑画序説—近世水墨画の新展開—」（『水墨美術大系 第十一巻 八大山人・揚州八怪』、一九七五年）、「明代における花卉雑画の系譜」（『泉屋博古館紀要』二、一九八五年）、また花鳥画と花卉雑画の違いと歴史的な変遷を〈時間〉軸を加え述べたものに小川裕充「中国花鳥画の時空—花鳥画から花卉雑画へ」（『花鳥画の世界一〇中国の花鳥画と日本』、学習研究社、一九八三年）がある。米沢の論を受け最近の論文で、嚴守智は徐渭の雑画性を説く（Shou-chih YEN, Xu Wei's Zahua: A Study of Genres, Yale University Doctoral Dissertation, 2004）。

（５）中国絵画における吉祥の意味については、宮崎法子の一連の研究を参照（宮崎法子『花鳥・山水画を読み解く—中国絵画の意味』角川書店、二〇〇三年など）。

（６）自由印のグループについては、本書「徐渭の自用印」参照。私は、榮宝斎蔵《花卉雑画図巻》以外の作は全て目睹している。一五九一年九月九日款のある三点の花卉巻を含む、作品全体については前掲拙論『徐渭書画の研究』を参照されたい。

（７）《墨花図巻》は、引首及び画心各三〇×五四．八センチ、書心三〇×二〇八センチ、図版は『中国古代書画図目』京1-1819などを参照。

自用印は、画に「秦田水月24」「孺子9」、書に「漱僊55」「文長28」「兩溟魚鳥44」、共にグループFの印が押される。鑑蔵印は、「銭泳曾觀」朱文（引首及、各段）、「秀水沈衛鑑蔵金石書畫印」（引首）。

画巻の来歴は、一五七七年九月九日に北京にいた徐渭が、従子の十郎君のために描いた。その後、所蔵不明の間をおき、清時代後半に阮元の弟子の銭泳（一七五九—一八四四）の過眼をへて、沈衛（一八六二—一九四五）の収蔵となり、北京の故宮博物院に入った。

（８）写意花卉画の描き方は大別すると、墨点で花・葉とも描く「点花点葉」法と、花は双勾（輪郭線）で描き葉は墨点による「勾花点葉」法と、花・葉とも双勾による「勾花勾葉」法の三つに分類できる。

（９）王琥「墨花図巻解説」（『青藤白陽書画特展図録』澳門芸術博物館、二〇〇六年）。

（10）（ ）内は中華書局本『徐渭集』ページ数。また題詩本文中の中華書局本との異同については、本文中に中華書局本の語句を（ ）で示し、上海博物館本《花果巻》の題詩との異同については［ ］で示した。以下同様。

（11）ジュディ・オング『ジュディの中国絵画って面白い』五二—五頁（二玄社、二〇〇〇年）

（12）題鐵幹海棠　垂絲美女弄春絨、鐵幹貞姜賦「國風」。兩様心腸一般色、畫工描取莫相同。（徐渭集逸稿巻八853）

（13）徐陵『樂府詩集』巻七十七雑曲歌辭十七

徐渭の自用印

荒井雄三

一、徐渭の自用印のデジタル画像を使った研究

徐渭の書画に具体的に分け入ろうとする時、二つの問題にたちあたる。一つは、中国書画につきまとう作品の真偽の問題である。もう一つは、徐渭自身の書画の問題であり、明らかな偽作をふるい落としてもなお残る、一見、一人の個性におさまりきれないかに見える伝承作品の作風の多様性と、それに伴う徐渭の生涯の中での、記年のあるものの少ない作品の位置付けや編年の難しさである。

そこで徐渭の書画を研究するための基礎固めとして、徐渭の自用印（作家が自分の書画に用いた印をさす）の真偽や用いられ方について考察を進めてみる。これは作品鑑定の補助手段として役立つばかりでなく、作家の思想やあり方を理解する上でも重要なヒントをあたえてくれるだろう。

まず徐渭の書画については、様々な画集や写真資料を博捜し、さらに『中国古代書画図目』九十五点、『中国絵画総合図録』三十点を加え、研究対象として書画二百点余を数えた。これは、数え方により多少の異同はあるが、明らかな偽物と判断されるものを除き、真偽決しがたいもの、模本でも徐渭書画研究に参考になると思われるものを含んだ点数である。

印については、『中国書畫家印鑑款識』七十例、『明清畫家印鑑』十四例、『文人画粋編 5 徐渭 董其昌』三十五例を基準例とし、徐渭自用印の四十種ばかりの印文を調査した。

基準例との比較・分類は、主として、コンピューターの画面上で、デジタル透過画像を拡大し二つの印影を透かし重ねる作業を行う。『中国書畫家印鑑款識』記載の印の番号はそのまま踏襲し、印文の後にその番号を加えた。『文

人画粋編』記載の印で『中国書畫家印鑑款識』にないものは、整理番号の前にBを加えた。同一印文で、印面に微妙な違いがあり明らかに異なるものは、整理番号にaから始まる小文字のアルファベットを加えた。大きさの違い、例えば縦に長いものなどは「長」などを適宜、番号の後に添えた。似ているが、図版の関係から確かに一致するとは決め難いものは、整理番号の数字に（　）を付し、今後の調査でより明らかにしていくこととした。

こうした作業を表にまとめた一部分が、別表「徐渭自用印グループの例」である。表の横軸に、印文の異なる印を並べた。縦軸に同一印文の印影を配置し、印面の微妙な違いが理解できるようにした。また縦軸左端の「グループ」とは、自用印のセットから分類された書画のグループを指し、次にその代表作をあげた。

二、各印の特徴

以下、代表的な印の数例をあげるが、ここで現代の我々の眼を悩ませるのが、印文は同じなのに印面が微妙に異なるものが多く出現することである。例えば徐渭と同じ明時代の沈周なども似かよった「石田」印がおびただしくあり、識別を難しくさせている。この問題について徐邦達が、徐渭の落款のある《青天歌巻》をめぐる論争の中で興味深いことを述べている。

印章の問題については、元・明時代の書画に、作品は皆本物なのに、そこにおされた印章が微妙に異なり、実はそれぞれ違う印章である、という謎がある。鄭爲氏によると、上海付近にある二つの明時代の墓の発掘から、

徐渭自用印グループの例(部分)

グループ／代表作品	徐渭之印(小)	天池山人	湘管齋(朱文)	公孫大娘	文長(白文)	徐渭印	文長氏
A フリーア《花卉図巻》など	 徐渭之印B5	 天池山人36a	 湘管齋68円	 公孫大嬢B29	 文長B9	 徐渭之印B2	 文長氏B15
B 1570年《草書詩巻》など	 徐渭之印13						
D《榴実図》台北故宮など			 湘管齋L	 公孫大娘B29a	 文長B9a	 徐渭印11	 文長氏25 22×19
E 1580年上海博物館《雑画巻》など	 徐渭之印22	 天池山人36	 湘管齋69				 文長氏6
F 上海博物館《花果巻》など		 天池山人36	 湘管齋68	 公孫大娘65	 文長28		
G 1588年《山水人物花卉図》	 徐渭之印21長	 天池山人51長					
H 1591年《花卉雑画巻》					 文長B8	 徐渭印B3	
I 支那南画大成《水墨花卉巻》など		 天池山人34	 湘管齋68	 公孫大嬢63a			

印文が同じで微妙に異なる印章のセットが幾つか発見された、という。もともと当時の人が、印章を刻すにはこのような習慣があったのであり、これで謎が解かれた。[1]

徐渭の場合も似かよった印が多数存在する。しかもそれが、今回の印を網羅的に調査した結果では、あるまとまった印のセットとしてあり、使用時に他のセットと混じることは少ない、という用印の特徴がみえる。

次に各印個別の特徴を、中でも比較的重要な「徐渭之印」、「天池山人」、「公孫大嬢」印に絞ってふれてみよう。

「徐渭之印」印

徐渭姓名印の代表的なものとして、徐渭之印13、徐渭之印B5、徐渭之印22、徐渭之印64、徐渭之印21、徐渭之印21長などがあげられる。

徐渭之印13

徐渭之印B5

右の徐渭之印13は、方寸19×19㎜。隆慶年間一五六七年徐渭四十七歳以降に書かれた《草書詩巻》の落款部におされる。徐渭獄中期の基準となる印であり、虚白斎蔵《行草書詩天瓦庵》、榮宝斎蔵《行書捧讀手巻》など、徐渭の書のうち、現存早期の様式をみせる書巻におされる。その書は、横画が長く伸び、起筆が鋭い刀のような細身の曲がった字画をとりがちである。

一方右の徐渭之印B5は、フリーア・ギャラリーの《花卉図巻》にみえる。どちらも「渭」の月を右に倒しているが、後者の形はやや偏平であり、「之」の左画も異なる。この印はフリーア本の姉妹巻であるホノルル美術館蔵《花卉図巻》にもみえるが、他に用例はすくない。

徐渭之印22

徐渭之印64

徐渭之印22は方寸21×22mm、徐渭之印64は方寸28×28mm。「渭」の月を右に倒すのは、前述の徐渭之印13と徐渭之印B5に共通する。共に、一五八〇年万暦八年徐渭六十歳の時の上海博物館蔵《雑画巻》におされる。この場合、徐渭之印64が落款部にくる。徐渭之印64が用いられるのは、他に万暦三年一五七五年九月十五日東京国立博物館蔵《花卉図巻》などがある。一方、徐渭之印22は、上海博物館蔵《牡丹蕉石図》、北京故宮博物院蔵《花鳥巻》、徐渭楷行書の名作、北京市文物商店蔵の《自書詩埜秋千巻》や、壽崇徳蔵《芭蕉梅花図》、北京故宮博物院蔵《草書李白詩草書歌行》におされる。いずれも、書における打ち込みを伴った起筆の強調や、画における溌墨を強調する傾向など、徐渭中期様式と仮に名づけるある統一した作風が見える。

徐渭之印21

徐渭の画巻を代表する傑作である南京博物院蔵の《雑画巻》の落款部におされる。「渭」の月部を右に倒さずそのままに刻してある。この画巻の位置付けの助けとして、他の用例を探しているが、今のところ他に例をみない孤印である。

徐渭之印21長

一五八八年万暦戊子（十六年）六十八歳北京故宮博物院蔵《山水人物花卉図》に、天池山人51長と共におされる。徐渭の最晩年にさしかかる基準となる印である。「渭」の月部は徐渭之印21と同様だが、さらに右角の筆画を折りたたみ装飾しているのが特徴である。この印の系統は他に二例あり、一つは北京故宮博物院蔵《黄甲図》にみえる。もう一つは、徐渭が南京を訪れ朱元璋墓に詣でた一五七五年頃に書かれたと推定される南京市博物館蔵《行書自書恭謁孝陵詩》にみえる。後者については、北京故宮本《山水人物花卉図》とは十三年の間があり、調査に用いた図版も不鮮明であるため今後の検討に待ちたい。

「天池山人」印

天池は、徐渭が生まれ育った留花書屋（後に青藤書屋）の庭にあった。この印は徐渭の各時期を通じて用いられ、最も愛用した印の一つであり、今回の調査でも用例が六十五例と最も多い。印面のバリエーションも多く、天池山人21小、天池山人21長、天池山人34、天池山人34a、天池山人35、天池山人51、天池山人65などの「微妙に異なる」印がある。

以下、典型的なものをあげる。

天池山人36

この印は、徐渭の数少ない山水人物画巻の中でも著名な上海博物館蔵の《擬《ぎ》鳶《えん》図巻》におされる。他に一五七五年万暦三年徐渭五十五歳の東京国立博物館蔵《花卉雑画巻》と、鮮烈な赤い淡彩と粗放な筆致を用いた前衛的な作風の上海博物館蔵《花果巻》にみえる。

天池山人36 a

上から、フリーア・ギャラリー蔵《花卉図巻》、ストックホルム東アジア美術館蔵《墨芭蕉図》の例である。この印は、一見すると天池山人36と区別がつけがたいが、「山人」の字間や「池」の最終画の曲線など明らかに別印である。

天池山人34

最晩年の書画の基準となるこの印は、『支那南画大成』所載の《水墨花卉巻》からとられている。現在の所蔵者は確認できていない。天池山人36印の系統との違いは、「天」字の左端を基準に、「池」字さんずいの中央縦画が、36が右に傾き、34がほぼ「天」字のラインと揃うことなどから区別される。

他の用例としては、徐渭が亡くなる前年、一五九二年万暦二十年の北京故宮博物院蔵《墨花九段巻》や同年の栄宝斎蔵《花卉図巻》などがある。書画の作風は、比較的整って練れた用筆の中に一種の枯れた趣をもつものが多い。書では、三メートル五十センチにおよぶ大軸草書の代表作の一つである蘇州博物館蔵の対幅《行草書応制詞咏劍》と《行草書応制詞咏墨》のうち、前者などにも使用される。この対の書が、徐渭最晩年の大軸草書の基準となりうるものであることを側面から裏付けている。他にもこの印の用例は、比較的多くあげることができ、徐渭が晩年困窮し、書画を売って生活したといわれることと符合している。

天池山人34ａ

天池山人34の比較的多い用例には、おそらく偽印も含まれる中に、「微妙な違い」があり、また我々の頭を悩ませることとなる。天池山人34ａは、徐渭行草書の代表作である台北故宮博物院蔵《行草書杜甫秋興八首冊》からとられている。

ここで微妙な違いの解決法の一つとして、天池山人34と天池山人34ａの二つを、試みに重ね合わせてみる。四隅の縁と「池」字の若干がわずかにずれ気にかかるが、今は両者同一印と仮定して差支えないとしておく。ここで注目したいのは、天池山人34の上辺右、「天」字第一画右上部の欠けと、印の左辺上、「山」字左端の欠けである。これは、捺印時に偶然にできた一過性の欠けではなく、経年変化の内に何らかの事情でできた自然な欠けである（それに対して、この系統の「天池山人」印ほぼ全てに見える「天」字第一画左上の切込みは、人為的な欠けであると、私は考える）。欠けができるほどに、長く愛用した印なのであろう。両者が同一印なら、天池山人34ａから天池山人34へと時間が推移することになる。

天池山人34ａの主なものは、徐渭晩年の書斎である「桜桃館中で書す」という落款をもつ北京故宮博物院蔵《自書詩巻》、天津市歴史博物館蔵《蟹魚図巻》、老年の灯火のような印象的な赤が柘榴の実にそえられた、最晩年に近い書風をもつ北京故宮博物院蔵《墨花図冊》、さらに一五九一年万暦辛卯七十一歳の印のある北京故宮博物院蔵《墨花十二段巻》などに見える。こうした作品群から、天池山人34の印をもつ作品群へと、印の欠けにより、書画の編年の推定が可能になるのである。

　さらに天池山人34ａから天池山人34への推移には、中間の欠けた段階がありえる。天池山人34の二つの欠けのうち、左端のみ欠けのある印があり、これを天池山人34ｂとすれば、一五九一年春の紹興市博物館蔵《春興詩冊》と一五九二年春の北京故宮博物院蔵絹本《論書法巻》、および一五九二年八月十五日の榮宝斎蔵絹本《行書煎茶七類巻》にみえる印が、それにあたる。

中央の例が一五九一年春《春興詩冊》の天池山人34ｂである。この流れから、

「天池山人34ａ（無欠）
←一五九一年春、天池山人34（左端欠）
←一五九二年秋以降、天池山人34（左端に加え右上端欠）」

といった「天池山人34」印系統の変遷が想定できる。これが正しいとするなら、天池山人34のおされた書画は、徐渭最晩年の一五九二年晩秋から、翌年亡くなるまでの間に制作されたことになる。

天池山人51長

この印は、前にふれた徐渭之印21と共に北京故宮博物院蔵《山水人物花卉図》におされる、一五八八年の基準となる印である。説明は徐渭之印21を参照されたい。

天池山人51

これは、一九六六年曹澄墓から出土した《草書青天歌巻》の落款にある印である。他に用例のない孤印である。徐邦達は、先に引用した続きに次のようにこの印についてふれている。

《青天歌巻》には、「天池山人」白文印があるが、他の書画にある刻法とは微妙に異なる。もしこの巻の書法が疑いのないものなら、印章の是非を再び追求する必要はない。しかし、現在作品自体がすでに問題があるからには、この微妙に異なる印章も偽物を作った後で加えた可能性があり、明人の用印の習慣とは問題が異なるのである。[2]

今回の徐渭の調査でも、《青天歌巻》に類した書は、みあたらなかった。《青天歌巻》は、現時点では、明人の極端な放埒さが見える書として興味深く、徐渭の書との関連は、より精緻な論証が必要である、といえよう。

「公孫大嬢」印

この印は、唐時代の草書の大家、張旭が公孫大嬢の剣器の舞を見て、狂草の極意を悟ったという、有名な逸話からとられている。剣の好きな徐渭もこのエピソードをことのほか好み、印の他に「張旭観公孫大嬢舞劍器」という詩を残している。

公孫大嬢Ｂ29

公孫大嬢Ｂ29ａ

公孫大嬢Ｂ29は、たびたび例にあげるフリーア・ギャラリーの《花卉図巻》から、公孫大嬢Ｂ29ａは、端正に描かれた台北故宮博物院蔵の《榴実図》からとられている。どちらも「孫」字の糸の部分が三角形を組合せてできているのが目印になる。一見して公孫大嬢Ｂ29ａの縦の長さが短いことがわかる。前者の例としては、やはり前述のストックホルム本の《墨芭蕉図》があげられる。後者については、南京博物院蔵の《三清図》があげられるのみである。この作品は、縦二メートル、横一メートルの大軸である。

公孫大嬢65

公孫大嬢65は、方寸29×14㎜。「孫」字の糸部が、丸く「8」字になるのが特長である。徐渭行書巻の代表作である上海博物館蔵の《女芙館十詠巻》からとられている。他の用例としては、広東省博物館蔵《淮陰侯祠巻》と重慶市博物館蔵《草書自度曲》のみである。『淮陰侯祠』は、一五七七年八月徐渭が三度目の北京行から病のため帰途、淮安に立寄ったときに作られており、この巻の上限がわかる。《草書自度曲》は、奔放な徐渭草書の中でも放埒さを極めたものであり、いわゆる敗筆（書き損じの筆跡）までも作品化しようとする動きがある。この書を徐渭の生涯のどの位置におくかという点について、《女芙館十詠巻》、《淮陰侯祠巻》との用印の関連は、ある示唆を与えてくれる。

公孫大嬢63

この印は、方寸28×14㎜。一五八〇年万暦八年徐渭六十歳の落款のある上海博物館蔵の絹本《行草書陶詩二十首巻》からとられている。「孫」字の糸の部が、二つの方形を連結する形になり、子へんとの間がやや離れるのが特徴である。他には、すでに天池山人34aでふれた台北故宮博物院蔵《秋興八首冊》、北京故宮博物院蔵《墨花図冊》、また台北故宮蔵の、徐渭の画軸として最大、三メートル三十八センチの《花卉十六種図（花竹図）》など、中期から晩年にかけての作風をみせる作品があげられる。

公孫大嬢63ａ

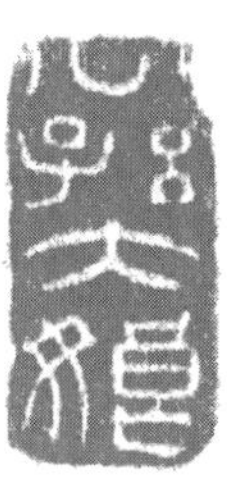

この印は、すでに天池山人34ｂでふれた一五九二年万暦二十年秋仲の落款のある榮宝斎蔵の絹本《行書煎茶七類巻》からの印である。他の用例は、中国歴史博物館蔵《雑画巻》、広東省博物館蔵《花卉図》など、最晩年の作風をみせるものにあらわれる。

この印の場合も印の欠けが見える。それは右上隅、「公」字右端の画にそった欠けである。もし一五八〇年公孫大嬢63と一五九二年公孫大嬢63ａの十二年を隔てておされた二印が同一印なら、天池山人34で述べたような、

「一五八〇年　　公孫大嬢63（無欠）
←
一五九二年秋、公孫大嬢63ａ（右上角欠）」

といった「公孫大嬢63」印系統の変遷を想定できる。

三、印のグループ化

徐渭の印を整理し全体を眺め気づくことは、用印において、ある印のセット、印のグループができ、そのグループは他のグループに混ぜて使用されることが少ないことである。そのグループは、次のようなものである。

A.フリーア本《花卉図巻》のグループ：徐渭之印Ｂ5　天池山人36　湘管齋68円　青藤道士Ｂ17　文長Ｂ14　文長Ｂ9　公孫大孃Ｂ29　文長氏Ｂ15　華暗子雲居31ａ　天池漱僊Ｂ19　袖裏青蛇Ｂ26　青山捫虱Ｂ28　渭Ｂ7　徐渭之印Ｂ2　徐渭Ｂ1　秦田水月Ｂ35　古秦田水月Ｂ34　山陰布衣Ｂ22　酬字堂Ｂ32（作例：フリーア・ギャラリー蔵《花卉図巻》、ホノルル美術館蔵《花卉図巻》、ストックホルム東アジア美術館蔵《墨芭蕉図》など）

B.隆慶年間《草書春雨詩巻》のグループ：徐渭之印13　之罘山人38　天池漱僊Ｔ（作例：上海博物館蔵《草書春雨詩巻》、榮宝斎蔵《行書捧讀手巻》、虚白斎蔵《行草書詩天瓦庵》など）

C.田水月（円印）のグループ：田水月66ａ　天池67ａ（作例：遼寧省博物館蔵《写意草虫図（葦塘蟲語図）》など）

D.《榴実図》のグループ：徐渭印11　文長Ｂ9ａ　湘管齋Ｌ　袖裏青蛇Ｂ26ａ　天池漱僊32　公孫大孃Ｂ29ａ（作例：台北故宮博物院蔵《榴実図》、南京博物院蔵《三清図》など）

E.一五八〇年《花果魚蟹図巻》のグループ：徐渭之印22　徐渭之印64　天池山人36　青藤道士62　湘管齋69　文長29　袖裏青蛇19　太玄著4　文長氏6　青山捫虱42　華暗子雲居16　天池漱僊15　黒三昧23　孺子Ｂ25　抱風弄月（作例：一五八〇年上海博物館蔵《花果魚蟹図巻》、一五七五年東京国立博物館蔵《花卉図巻》、上海博物館蔵《牡丹蕉石図》、

北京市文物商店蔵《楷行書自書詩埜秋千》、北京故宮博物院蔵《花鳥巻》など）

F.《擬鳶図巻》と《花果巻》のグループ：徐渭12　天池山人36　青藤道士B17a　袖裏青蛇56　文長10　文長28　渭1　文長2　佛壽17　秦田水月24　鵬飛処人30　青山捫虱42　華暗子雲居31　漱僊55　両溟漁鳥44　山陰布衣61　金畾山人53（湘管齋68）（作例：フリーア・ギャラリー蔵《草書詩翰巻》、上海博物館蔵《行書女芙館十詠》、上海博物館蔵《擬鳶図巻》、上海博物館蔵《花果巻》など）

G.一五八八年《山水人物花卉冊》のグループ：徐渭之印21長　天池山人51長（作例：一五八八年万暦十六年北京故宮博物院蔵《山水人物花卉冊》、北京故宮博物院蔵《黄甲図》など）

H.住友本一五九一年《花卉雑画巻》のグループ：文長B8　渭B6　文長B10　徐渭印B3　徐渭　青藤道人B18　筍孤（白文）孺子B24　天池（白文）（作例：一五九一年万暦十九年泉屋博古館蔵《花卉雑画巻》のみ）

I.支那南画大成本《水墨花卉巻》のグループ：徐渭之印54　天池山人34　青藤道士58　湘管齋68　袖裏青蛇56a　公孫大孃63a　文長48a　文長27　漱僊49　佛壽18　金壘山人57　海笠20（太玄著41　辛卯七十一47）（作例：一五九二年万暦二十年北京故宮博物院蔵《墨花九段巻》、同年榮宝斎蔵《花卉図巻》、蘇州博物館蔵《行草書応制詞咏劍》《行草書応制詞咏墨》、一五九二年榮宝斎蔵《行書煎茶七類巻》、中国歴史博物館蔵《雑画巻》、広東省博物館蔵《花卉図》など、最晩年の作風をしめす諸作品）

以上、少々煩瑣ではあったが、主なグループをあげた。それぞれのグループが多種類の印をもつのは、一つには徐渭が画巻の形式において、題詩ごとに印を変えていくことによっている。また同時に全てを使うわけではなく、主となる印に加え、その時の感興にあわせて、適宜グループ内から選んで用いるのである。

このようなグループができたのは、一つには制作意図による選択もあろう。グループCとグループD、田水月と

《榴実図》のグループには、どちらかというと徐渭書画の中では楷体のような端正に描かれたものが多い。グループE、《擬鳶図巻》と《花果巻》のグループは、活気にあふれた徐渭が見え、「孺子」印（孺子とは子供、「童心」の象徴）が多用され、時に《花果巻》のように前衛的である。グループF、一五八〇年《花果魚蟹図巻》のグループは、画は没骨を多用し、書は鉄釘の頭のような打ち込みを多用し、書画共に他のグループと異なる変化をみせる。

グループができた外的な要因として、徐渭の生涯の様々な状況に応じた理由があろう。ある篆刻職人に依頼し、まとまってできたセットが、一定期間そのまま使われたのかもしれない。徐渭は、生涯を通じて転居が多く、入獄という劇的な環境の変化、そして書画の制作活動が高まる出獄後以降、一五七三年から一五八二年の間、外遊が多かった。そうした機会に、セットが失われたり、新たに作りなおす事もあったかもしれない。紹興に引きこもる一五八二年以降は、不意の出来事も少なく、とりわけ晩年にはグループIとした支那南画大成本《水墨花卉巻》のグループが使われ続けたのであろう。

四、自用印による書画のグループ化

そうして六百余りの徐渭の自用印の用例全体を見渡すと、少なくとも次の特徴がみえてきた。

一．同一印文で「微妙に異なる」印が、多数存在する。（表270ページ「徐渭自用印グループの例」縦軸参照）

二．「微妙に異なる」印が同時に使われることは、まずない。（表縦軸参照）

三．一つの作品に多数の印が同時に使われる場合がある。（表横軸参照）

四．その同時に使われた多数の印が、ほとんどそのまま他の作品で使われることがある。つまり、複数の印がセットとして使われることがある。
五．そうしたセットが複数存在する。（表全体を参照）
六．一つのセットに他のセットが混じることは少ない。（表全体を参照。F欄ではEの「天池山人36」印、Iの「湘管齋68」が混じるという例外がある）

ここで同一セットが使われている作品群を「グループ」と定義する。徐渭の書画はかなりな部分がグループ分け可能であり、各グループの自用印をもつ作品は、次のようなものがあげられる。

A．フリーア本《花卉図巻》、ストックホルム東アジア美術館蔵《墨芭蕉図》など
B．隆慶年間（一五六七―一五七二年）獄中期の落款をもつ上海博物館蔵《草書春雨詩巻》、榮宝斎蔵《行書捧讀手巻》、虚白斎蔵《行草書天瓦庵詩巻》など
C．田水月（円印）もつ遼寧省博物館蔵《写意草虫図（葦塘蟲語図）》など
D．台北故宮博物院蔵《榴実図》など
E．一五七五年東京国立博物館蔵《花卉図巻》、一五八〇年上海博物館蔵《花果魚蟹図巻》、同館蔵《牡丹蕉石図》、中国歴史博物館蔵《花鳥人物巻（花卉人物巻）》小品、北京市文物商店蔵《楷行書自書詩埜秋千》など
F．上海博物館蔵《行書女芙館十詠巻》、同館蔵《擬鳶図巻》、同館蔵《花果巻》、フリーア・ギャラリー蔵《草書詩翰巻》など
G．一五八八年北京故宮博物院蔵《山水人物花卉冊》のグループ
H．一五九一年住友本《花卉雑画巻》のみ
I．支那南画大成本《水墨花卉巻》、一五九二年北京故宮博物院蔵《墨花九段巻》、一五九二年榮宝斎蔵《行書煎茶

七類巻》、蘇州博物館蔵《行草書応制詞咏劍》《行草書応制詞咏墨》大軸、中国歴史博物館蔵《雑画巻》、広東省博物館蔵《花卉図》など

五、印のグループ化による編年

徐渭自用印のセットによってグループ化された作品群のゆるやかな編年が可能である、という仮説に基づき、有紀年の作品、作風などの考察を総合した見取図が、図「徐渭の自用印からみた書画グループ編年図」である。

縦軸は、一五六〇年から徐渭がなくなる一五九三年までの時系列。現存する信頼できる作品は、この時期に集中する。横軸は、左に画、右に書の作品。点数からいえば書も画も同等に遺品が残っているが、印の種類からいえば題画詩に押される印をもつ画の占める割合が多くなる。実線円で示したのは、各グループである。実線のない楕円の半分は、グループ内の印のある印がそこにも表れることを示す。円の重なりは、ある印がグループ間で重複して使われることを示す。

また円の背景には、徐渭の生涯の内、創作に少なからぬ影響があると思われる、獄中期と五度にわたる北京行（うち最後は、途中まで行き未遂）と、その北京行に伴って表れる五度の病を、期間の幅を計って帯で配置した。

いままでの考察を総合し、各グループを、早期、中期、晩年、最晩年と分け、現段階でのおよその徐渭の書画創作の画期を、私は次のように想定する。（ここでの「早期」とは、現存する作品の中で早期という意味である。）

徐渭の自用印からみた書画グループ編年図

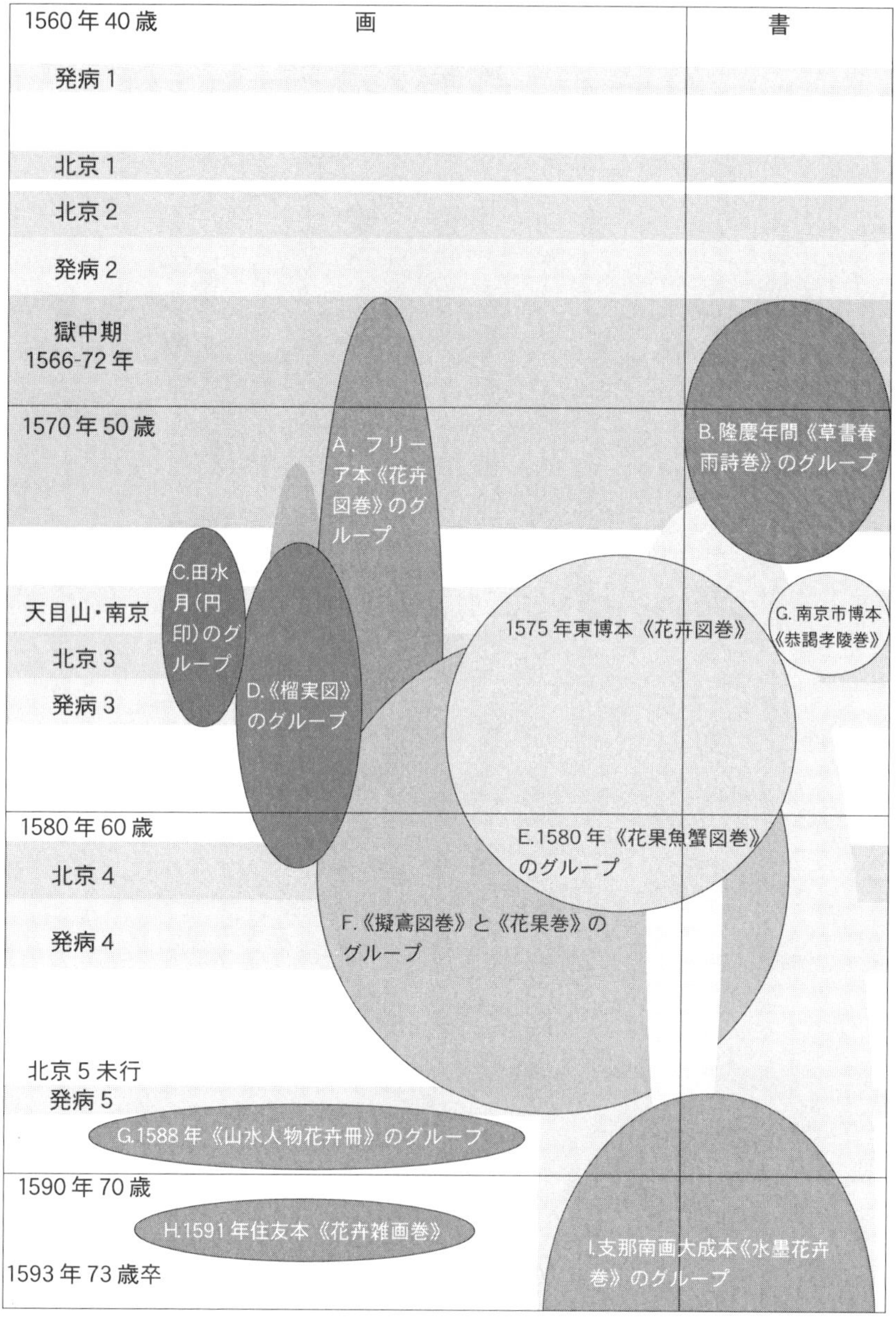
1560年40歳
画
書
発病1
北京1
北京2
発病2
獄中期
1566-72年
1570年50歳
A. フリーア本《花卉図巻》のグループ
B.隆慶年間《草書春雨詩巻》のグループ
C.田水月(円印)のグループ
天目山・南京
北京3
発病3
D.《榴実図》のグループ
1575年東博本《花卉図巻》
G.南京市博本《恭謁孝陵巻》
1580年60歳
北京4
E.1580年《花果魚蟹図巻》のグループ
発病4
F.《擬鳶図巻》と《花果巻》のグループ
北京5未行
発病5
G.1588年《山水人物花卉冊》のグループ
1590年70歳
H.1591年住友本《花卉雑画巻》
I.支那南画大成本《水墨花卉巻》のグループ
1593年73歳卒

早期（一五六〇年代から一五七五年完全釈放まで）：ＡＢＣ
←中期（一五七五年から一五八六年王家転居まで）：ＤＥＦ
←晩年（一五八六年王家に書斎を構えて以降）：ＧＩ
←最晩年（一五九三年に亡くなるまでの数年間）：ＨＩ

これは厳密に分けられる画期とはいえず、有紀年作品と、作品の様式を考慮しつつ分類し、いくつかのグループ間の編年と同時期におけるグループの併存を、ゆるやかに考えたものである。

この編年は、徐渭の作品の多面性を、複数のグループの併存という点で含む。とりわけそれが顕著に現れる中期は、書画創作の高揚期といえ、生真面目な作風のグループＤ、没骨を多用し晦渋で独特な書風のグループＥ、活力ある実験的な作風のグループＦ、といった徐渭の多様性がみられる。

補遺：堀辰雄旧蔵徐渭款「我思古人」印

文学者堀辰雄（一九〇四—一九五三）遺愛の印に徐渭款の印石がある。

「我思古人」印（黒色石、縦長48mm）

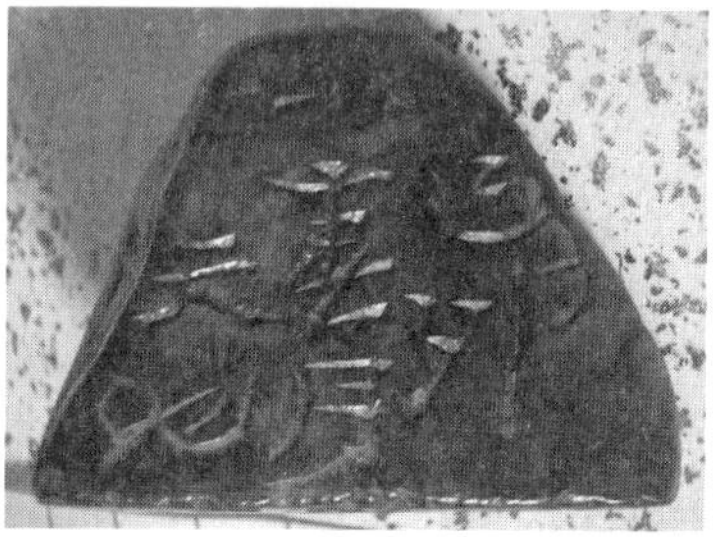

側款「己卯小春月天池」

「我思古人」は、『詩経』「緑衣」からの句。徐渭に「我思古人等鴈行」（「沈将軍詩」『徐文長三集』巻五161）の句がある。側款の「己卯」は、一五七九年万暦七年、徐渭『畸譜』によれば「五十九歳。稍瘳。李子遂至自建陽、悦而起」の頃である。

徐渭に近い時代の印例をあげれば、右図上から一六二二年蘇宣「我思古人來獲我心」、一六六七年王楫の「我思古

人」印、一七一五年王翬の印がある。「我」「思」字の結構などは、王榍のものと似た点があり興味深い。「思」「古」の第一画を露鋒で刻す点は明末の蘇宣のものと共通し、拙さがある。側款は徐渭の書の風格で刻している。明人にこのような不定形印の例を管見の限りでは知らず、徐渭の自用印にこのような風格の印はみあたらない。しかし徐渭伝承の印石は珍しく、少なくとも日本における徐渭受容史の一齣として貴重である。

印石は、他の明清名家の側款をもつ印を一顆ずつ一緒に納めた印匣に入れられ、二十世紀前半広東からもたらされたという。関連資料に、印譜『我思古人』（一九七五年五月堀辰雄夫人堀多恵刊）に原鈐所収。一九四一年堀辰雄三十六歳時の随筆「我思古人」がある。

注

（1）「關于印章問題，我們也早已經發現過元、明時代的書畫中，有本身皆真而印章却大同小異、似是實非的情況。鄭爲同志曾告訴過我，在上海附近發掘過明墓二座，在墓中出現了印文大同小異的印章几套。原来当時人刻用印章有此習慣，才打破了這個啞謎。」（徐邦達「再論徐渭書《青天歌卷》的真僞」『故宮博物院院刊』一九八一年第四期）

（2）「《青天歌卷》中上一方白文「天池山人」印，確也是和其它書畫上用的一方刻法大同小異，如果此卷書法本身確真無疑，那麼我們是不再追究印章的是非的。可是，現在本身已有問題，所以我認爲這個大同小異的印章，也就有僞作后加上的可能，不同于明人用印之常例了。」（徐邦達、前掲書）

徐渭年譜

佐藤敦子

〈例言〉

一、本年譜は、梁一成編著『徐渭的文學與藝術』（中華民国六十六年初版・藝文院書館印行）所収の〔付録一・年譜〕を底本とし、他に、『中国古典文学基本叢書～徐渭集～第四冊』（中華書局）所収の〔補編・畸譜〕、李徳仁著『明清中国画大師研究叢書・徐渭』（一九九六年初版・吉林美術出版社）所収の〔徐渭年譜〕、丁家桐著『東方畸人徐文長』（上海人民出版社）を適宜参照し、編輯した。

一、本年譜中の「　」は詩文書画作品名、（　）は編者の注を表す。

年代	年齢	事項	詩文書画
一五二一　辛巳　正徳十六年	一	二月四日、紹興府山陰県城区大雲坊観橋大乗庵の東の榴花書屋の屋敷に生まれる。月は辛卯、日は丁亥、時は甲辰である。徐の父鏓は官職を辞めて自宅に居た。徐鏓の妻である苗宜人四十六歳は徐渭の義母であり、子供は無かったが、主人として主導権を握る。妾の苗氏が生母であるが、文長が生まれた後も母の立場は変わらなかった。長兄の徐淮は三十歳。兄の妻は楊氏。次兄の徐潞は二十一歳、その妻は童氏。その他徐宅には下僕が数名居た。父の徐鏓（字は克平、竹菴と号す）は、挙人になり四川省虁州府の同知を務めたが、病気のため退職。徐渭の生後百日目の五月十五日、逝去。王守仁（字は伯安、陽明先生と号す。餘姚の人）が五十歳、季本（字は明徳、彭山と号す。会稽の人）が三十七歳、王畿（字は汝中、浙江山陰の人）が三十四歳、沈錬（字は純甫、青霞と号す。会稽の人）が十四歳であった。	
一五二四　甲申　嘉靖三年	四	長兄徐淮の妻楊氏が亡くなる。徐渭は幼いながら弔問客を送迎する。	
一五二五　乙酉　嘉靖四年	五	義母の苗夫人は文長に文字を教える。	

一五二六	丙戌　嘉靖五年	六	学習を開始。家庭教師は管士顔先生。「畸譜」には「本で一度に数百字教わると、再び見ずとも師の前で暗誦できた」と言う。同学に丁肖甫、張子錫、張子文等がいた。初めは唐詩を学ぶ。晩年になっても「鶏鳴紫陌曙光寒」の句を覚えていた。後の「張母八十序」に、幼いころ二人の張と遊んだことを記述している。
一五二七	丁亥　嘉靖六年	七	「畸譜」によると、師に陳礼和、趙邦粛、謝晩庵がいた。短期間教えを受けたのは、虞朱先生、余貴張先生、馬草崖先生、馬白峰先生、金天寵先生、張松溪先生である。最も短く教えを受けた人は数日のみだった。
一五二八	戊子　嘉靖七年	八	徐渭は経義を少し理解する。塾の師である陸如岡（字は文望）が時文を教え始める。毎月一日、十五日に塾の生徒達は文を作る。徐渭は朝早く下書きをし、その後朝食を食べる。陸はこれを褒め批評して言う。「昔の人は十歳で文を善くしたというが、あなたはまだ八歳であり、比較するともっと難しいことではないか。これこそ先人の恩恵である。これこそ徐家の光である。いわゆる『謝家の宝樹』とは君のことではないか」と。同学に張子錫、張瀚（字は子文、号は元洲、浙江仁和の人）、丁肖甫等がいる。紹興府の学官である陶曾蔚はこの名を聞きつけて、学生の徐潞に弟の徐渭を連れてくるように命じ、謁見した。
一五二九	己丑　嘉靖八年	九	従妹の夫である蕭鳴鳳はかつて提学副使に任ぜられ、北の直隷、河南、南の廣東等の土地で学政をしていた。この年、転職によって郷里に帰り、以後、徐渭は蕭氏に師事した。
一五三〇	庚寅　嘉靖九年	十	徐鏓が生きている時に徐渭に「奴隷やその子供」四人を所有させたが、ある夜逃亡してしまった。兄の徐潞は徐渭を山陰県の役所に連

			れて行き、このことを告訴した。山陰県官の劉昺は、徐渭の容貌と言葉遣いを気に入った。八股文を作ることを知り、「居其所而衆星共之」の題で文を作らせた。徐渭は素早く文を作り、県官はこれを褒め、紙と筆を与え、余った紙に批評した。一枚に「その子供は文の意味を理解することができ、その上に単語を使って文を作ることができる。とても喜ぶべきことである。」一枚には、「科挙の答案文をたくさん覚えるだけではだめだ。」とした。 この年、生母の苗氏は嫡母の苗宜人によって売られた。「私を生んだ人を奪うように」（畸譜）	
一五三一	辛卯　嘉靖十一年	十一	家中の榴花書屋の前にある天池のほとりに青藤一株を植える。 蕭鳴鳳は汪応軫（青湖）に徐渭を紹介し、汪は徐渭の師となる。汪は題名を決めて作文させ、徐渭は数回にわたり文を持って教えを乞うた。 「畸譜」では「汪は師であり、良き理解者でもあった」という。	
一五三二	壬辰　嘉靖十一年	十二	兄の徐淮は商売のため四川より帰郷し、奚氏と再婚した。 この年と翌年、陳良器に琴を学ぶ。陳は地元の人であり、「畸譜」では「郷老」と称する。「贈岳丈潘公序」によると十二、三歳の頃に「賦雪」を作詞するとある。	「賦雪」
一五三三	癸巳　嘉靖十二年	十三	次兄の徐潞は、童氏を妻とし、貴州に赴いて軍籍で郷試を受験する準備をする。	
一五三四	甲午　嘉靖十三年	十四	嫡母の苗宜人が病死する。五十九歳であった。 長兄の徐淮は商売のため京畿一帯にいたが、葬儀のため帰郷する。 次兄の徐潞は貴州で科挙の準備をしていた。「畸譜」に、「兄の丁酉	

			の貴州の郷試を受ける妨げになった。」とある。つまり葬儀にも間に合わず三年後の郷試にも参加できなかった。訃報が遅かったため、この時帰郷できなかった。 王政から琴を二、三年学ぶ。「畸譜」に『顔回』を一曲教わると、作曲することができた。一ヶ月で二十二曲作曲する。『前赤壁賦』一曲を作る。」とある。	
一五三五	乙未　嘉靖十四年	十五	この年と翌年、彭応時（如酔）より剣を学ぶ。（彭応時小傳）自ら「倶に成らず」と言う。つまりこの時、琴曲と剣術は未だ精通していなかった。 生活は長兄に面倒をみてもらう。	
一五三六	丙申　嘉靖十五年	十六	楊雄「解嘲」の考えを真似て「釈毀」の一文を作る。しかしこの文は伝わっていない。 蕭鳴鳳は甥の蕭翊（女臣）を徐氏の家塾で学ばせた。この後女臣と徐渭とは貧しいながらも唯一の友となる。ただし共に事業を興すことは喜ばなかった。	
一五三七	丁酉　嘉靖十六年	十七	この年の初め、童子試を受けたが、不合格となる。	
一五三八	戊戌　嘉靖十七年	十八	従妹の夫である沈錬（三十二歳）が進士に合格し、溧陽知県となる。他に胡宗憲（二十七歳）、茅坤（二十六歳）、兪憲（字は汝成　無錫の人）等が共に進士となる。後に徐渭と交流が深い同学の張天復に、この年、子の張元汴（子藎）が生まれる。	
一五三九	己亥　嘉靖十八年	十九	継続して家塾で学習する。	
一五四〇	庚子　嘉靖十九年	二十	再度童子試を受験するが、また不合格であった。徐渭は不服であり「上提学副使張公書」を作り、二千余語に託して自らの思いを述べる。状況は悪いが才能はあるので、「時間があればその才能を試すこ	「上提学副使張公書」

			とができる」と答えられ、もう一度チャンスをくれなければ「石を背負って川に入る、穴に入って焼死する」と迫った。ついに許されて、再び試験を受け合格して秀才となり、郷試受験の資格を得る。秋八月、杭州で初めて郷試を受け、張天復（二十八歳）、趙錦（字は元樸、号は麟陽、姚州の人、二十四歳）、諸大綬（字は端甫、号は南明、十八歳）等を知るが、徐渭は不合格となる。帰有光（三十五歳）は、応天府（南京）の郷試第二名の挙人となる。主任試験官の張治は、帰有光を賈誼や董仲舒の生まれ変わりと褒めたたえる。徐渭は落第後、家庭教師になろうと希望するが叶わず、生活は困窮する。（上提学副使張公書）新任の陽江県典史の潘克敬は、徐渭の才能を認め、長女介君（十三歳）と婚約させる。冬、潘克敬に従って広東省の陽江県に赴く。（従兄の童某は北京で典史の潘克敬に会って徐渭のことを話す。潘がその才能を認める。潘は徐渭に自分の娘との結婚を勧めるが、徐渭は妻として娶ることはできず逆に潘家の婿となる。冬、潘克敬に随って廣東の陽江県に赴き典史となる。）秋八月、次兄の徐潞が科挙の準備をしている間に痢疾が原因で貴州にて死亡。四十歳であった。その妻は火葬の後、骨を拾って山陰県に葬る。子は無かった。	
一五四一	辛丑　嘉靖二十年	二十一	陽江にて夏六月、介君と結婚。介君はこの年十四歳であった。兄の徐淮が出向いて結婚式を取り仕切り、寺丞の劉氏を媒酌人とし、式は盛大で厳かに挙行される。介君は、愛くるしくたおやかで美しく仙女のようであった。秋、長兄の徐淮は陽江に至り初めて徐潞の訃報を聞く。徐渭は兄と共に北に向かい、年末江西省玉山に至る。大雪の中東岳廟の緑萼梅	「梅賦」

			を見る。「梅賦」を作る。	
一五四二	壬寅　嘉靖二十一年	二十二	元日、玉山県の東嶽廟に行き、緑萼梅を見て、詩二首を作る。 山陰県に帰った後、潞の妻の童氏が、貴州より夫の遺骨を持って帰ってきたので、骨を父の墓の傍らに埋葬する。 夏、徐渭はまた陽江県に戻り、妻の父に従って、公文書と科挙の試験の文章を習う。 初冬、郷試の準備の為に北に帰る。南昌県の滕王閣に登り、七律一首を作る。	
一五四三	癸卯　嘉靖二十二年	二十三	八月、杭州での郷試に再び不合格となる。この試験で、張天復と趙錦は挙人となる。 徐渭は、兪家の借家に移り住む。冬、父の潘克敬は北京の趙王府に転職し、広東省より入京する。潘克敬の家族は紹興城内の塔子橋に住む。徐渭も同居する。 この年、沈錬は父の喪に遭い、五年間自宅で閑居し、徐渭と交流を深めることになる。また、季本の所で胡松（字は茂卿、績渓の人）の辺境争乱に関する上奏文を見て、大いに感心し、称賛する。銭楩（字は人山）とも交遊し、互いに意気投合する。 刑部郎中の銭楩は官を辞めて、道教を学び、この年に会稽の郷里に帰り秦望山の半岩で修行する。徐渭は彼に師事する。	
一五四四	甲辰　嘉靖二十三年	二十四	岳父の潘克敬は北京より帰り、官吏としての仕事を辞す。岳父は東双橋の姚氏の家を買って住む。徐渭もそこに住む。 沈錬は徐渭の文才を褒め、毛海潮という人にこう言った。「某年より数年経つがあれ程の人は見たことがない。この街であれほどの人は彼一人しかいない」と。	

一五四五	乙巳　嘉靖二十四年	二十五	三月八日の巳の刻、長男徐枚が生まれる。兄の徐淮が五十四歳で亡くなる。徐淮は商売が下手で、道教を好み、煉丹術を信じるようになった。「家族を捨て有名な山岳に遊び、神仙に一度会えることを希求するが、果たせず亡くなる。」（伯兄墓誌銘）長兄の死後、生家や家財道具の一切は他人に奪われる。「冬、毛氏に家を奪われ、家財をことごとく失う。」（畸譜）潘克敬は徐渭を助けて訴訟を起こし、苦労で髪が白くなる。訴訟の結果は空しく終わった。	
一五四六	丙午　嘉靖二十五年	二十六	秋、杭州にて三回目の郷試を受けるが、落第する。十月八日、妻の潘氏は肺炎を患い、十九歳の若さで死亡する。徐渭は妻について「頭が良くて素朴で、嫉妬しなかった」「生は短く死は長い。お前は私のことを墓の中で待ちなさい」（亡妻潘墓誌銘）と記した。夫婦の情愛は深かったのである。	
一五四七	丁未　嘉靖二十六年	二十七	「送内兄潘五北上」の詩に亡くなった妻への想いを述べる。岳父の家を離れ、東城の郡学付近に家を借り、学塾を開校して生活した。自ら書した対聯に「天地為林鳥一枝」の句があり、堂名を「一枝堂」とした。 この年から、徐渭は長沙太守を退職した季本に師事する。季は王守仁の弟子で、陽明学を広めた人である。徐渭は「先生は私の志を憐れみ、啓蒙し、まじめで不遇なことを悲しみ、私の人柄を認めている。皆も私の人柄について先生に言ってくれたので、先生に知られるようになった」（師長沙公行状）と述べる。また「季先生に師事し、私は少し進歩した。先生に出会う前の二十年間は空白であったことが悔やまれる。」（畸譜）	「送内兄潘五北上」

			同学の張天復が進士に登第する。	
一五四八	戊申　嘉靖二十七年	二十八	潘氏の家から何も持たずに出る。紹興城の郡学の付近で数間の家を借りて、生徒を教えて生活をする。学館名を一枝堂とする。「一枝堂対雪」の作に「大地三白を呈し、小堂一枝を開す」の句がある。徐渭は常に季本に従い禹迹寺に住んで道を追求する。滞在が一月あまりに及ぶことも有った。	「一枝堂対雪」
一五四九	己酉　嘉靖二十八年	二十九	杭州で四回目の郷試を受け、落第。十九年間家を離れていた生みの母を一枝堂に迎え、五歳の徐枚の養育に都合が良くなった。杭州の胡という姓の女中を使う。胡は生母の世話をするが、出来の悪い女中であった。翌年、胡は家を出る。	
一五五〇	庚戌　嘉靖二十九年	三十	元旦に占いをして、「将牧羊、庚戌元旦筮之、得明夷之上六」の詩を作り、経済的な貧しさを描く。いろいろ生活を維持する方法を考えていた。政治の腐敗を感じ「今日歌」「二馬行」を作る。詩の中で、当時北の国境では俺答（エフダル）に対して防戦し、東南の沿海では倭寇と戦うといった戦況を描く。一方では「オルドスの大酋長は俺答（エフダル）と号し、夜狩りをして時々革靴を求めてくる。王自ら五万頭の馬を放牧し、楡林県に攻め入らず東に向かって進んで来る」と歌い、一方では倭寇の弊害を記した。徐渭は「もし本当に志のある士を募るならば、私も報酬をもらって馬に乗り戦おう」と参戦の意志を表した。	「将牧羊、庚戌元旦筮之、得明夷之上六」 「今日歌」 「二馬行」
一五五一	辛亥　嘉靖三十年	三十一	この年の正月、錦衣衛の沈錬が宰相厳崇（字は惟中）の十大罪の弾	

			劾書を提出し、帝意に背いたとして免職になり、保安(今の河北省涿鹿県)に流され庶民になる。徐渭は「保安州七律詩」を寄せて彼を慰問する。 夏、浙江省の帰安の潘釴の招きを受け、杭州に至り瑪瑙寺に滞在する。その子弟と読書を伴にする。寺の西にある岳飛廟の壁画を見て、歴史書より更に鮮明に描かれていると感じる。以後の四書絵の作は、このことに依拠する。	「保安州七律詩」
一五五二	壬子　嘉靖三十一年	三十二	夏、潘釴の紹介により、帰安県の双林郷に赴く。後妻を娶る相談をし、三人の女性を紹介されたが、三人ともうまくいかなかった。同門の丁模（字は子範）と目連巷に移り住んだ。浙江提学副使である武進の薛公諱（字は仲常）が府学の試験官を務め、徐渭は第一位となる。徐渭は廩生となり、月に米六斗を得る。 八月、徐渭は杭州に赴き五回目の郷試に応じるが、不合格となる。紹興に帰り、白髪が生えたことを嘆いて「渉江賦」を作る。 武進の唐順之(字は応徳)が会稽を訪れた際、徐渭は提学副使の薛公諱に紹介され会見し、舟中にて文を論じ、柯亭で別れる際に、五言古詩の紀行詩を作る。これが、唐順之との交際の最初となる。	「渉江賦」
一五五三	己丑　嘉靖三十二年	三十三	三月、海賊汪直が倭寇を集め、江蘇、浙江の沿海を大挙撹乱する。徐渭が武進に出向き薛応旂を訪ねようとした時、杭州に至るが、城門を閉ざす厳しい警戒に会い、やむなく帰郷する。 紹興の知府は、人民を徴集し街を守護する。しかし官吏は軍事を知らず、人民は戦闘訓練を学ばず、徐渭はこれを思い「海上曲」五古五首「程公度墓誌銘」を作る。	「海上曲」 「程公度墓誌銘」

			同学の呂光升(字は尚賓)が従軍する際、徐渭は「贈呂正賓」七言古詩を作る。また、名将兪大猷(字は志輔)が兵を率いて紹興に来る時、「贈兪参将詩」を作る。 書斎を移し古い書札を調べていると、かつて劉寺丞が徐渭の新婚を祝った時の詩を見つけ、亡き妻を思い出し、七絶詩七首を作る。 淮安の呉承恩(「西遊記」の作者)が浙江長興県丞になった(五十四歳)。 徐中興と相唱和し、交遊を持つ。 徐渭は休寧の程汪(公度)の墓誌銘を作る。	「贈呂正賓」 「贈兪参将詩」
一五五四	甲寅　嘉靖三十三年	三十四	二月十三日、亡き妻の父潘克敬の五十歳の誕生日で、徐渭は寿序「序致賀」を作る。「新旧浮沈存否の変を更れども、翁の某者を敬愛すること一日の如し。」とある。 九月十六日、師の季本が七十歳の誕生日を迎え、徐渭は同学の推薦を受け序文を書き、師の家でお祝いをする。 十一月、兪大猷等が柯亭での戦いに勝利し、徐渭は「策問」を作る。戦争経験を総括した兵法理論で、統帥者等の参考に提供した。	「序致賀」 「策問」
一五五五	丁卯　嘉靖三十四年	三十五	春から冬に至るまで、倭寇が、帰安県、上虞県を撹乱し、寧波府、台州府を侵し、会稽県まで侵略する。徐渭は、何度も軍服を来て戦士に混じり、舟に乗り、高い丘に登って地形を考察し、戦略を研究するなどして、「陶宅戦帰序」、「龕山凱歌五首」を作る。この中で呉成器の英雄ぶりを顕賞し、「擬上府書」では戦略を論じる。 阮顎（字は応薦）が、浙江の試験を監督し、徐渭は第二位の稟生となる。八月の郷試の結果、六回目の不合格となる。 三十二年正月、楊継盛が厳崇に対する弾劾書提出により、投獄され、この年十月に殺される。徐渭は、「雨雪詩七絶八首」を作り、感慨を	「陶宅戦帰序」 「龕山凱歌五首」 「擬上府書」 「雨雪詩七絶八首」

			述べ、季本の詩に唱和し、沈錬に寄せる。 冬、福建の武夷山に向け、旅行に出発する。 「奉督学宗師薛公書」を作ったが、そこには来年の二、三月の間、薛応旂の門に入り、その教えを請いたいとある。	
一五五六	丙辰　嘉靖三十五年	三十六	春、武夷山に遊び、水路で富春江を上り、桐廬、富春を経由し、七里灘に至る。嚴州、蘭渓、龍游、衢州を過ぎ、江山に至る。仙霞嶺を越え、浦城、崇安に至り、九曲渓に舟を浮かべ、朱子旧居を仰ぎ見る。建寧に下り、延平を経て順昌に到着し、亡妻の兄藩伯海の駅丞の官舎に泊まる。二月、順昌より浙江に帰る。旅の途中、紀遊詩を数多く作る（『三集巻四』）。「逸稿巻二」に見える「題内兄家所蔵画鹿」七古長編もこの時の作である。 春、胡宗憲が兵部侍郎兼僉都御史に任ぜられ、倭寇を防ぐ沿海の軍務を総督して、八月、離間策を用い、匪賊の頭首徐海を死刑とした。 徐渭は友人の呂光升が桐郷の防御戦に参加したときに、日本刀を得て贈り、七古の長歌「日本刀」を作る。 七月、銭楩が銭塘江辺の西陵渡口で、倭寇討伐によって戦死した兵士を追悼する法事を行い、徐渭は「陰風吹火」七古詩を作る。 八月十七、十八日、徐渭は季本、丁模に付き添い、龕山の戦地を調査し、岡背、党山に登り、銭塘江の高潮を観る。 この年徐渭の生活は経済的にも貧しかったが、「南詞叙録」と「四声猿」中の「雌木蘭」はこの時期の成立と考えられている。 三月、友人の諸大綬（字は端甫）が進士第一名に及第し、陶大臨（字は虞臣）も進士に合格する。	「富春山」「七里灘」 「発嚴州」「江郎山」 「仙霞嶺」「進延平」 「宿丘園」「通都橋」 「滔澹灘」「泛九曲」 「武夷道士」 「延平津」 「順昌道」「大王峯」 「延平祠」 「十六夜」「発桐」 「題内兄家所蔵画鹿」 「日本刀」 「陰風吹火」
一五五七	丁巳　嘉靖三十六年	三十七	正月、胡宗憲が浙江巡撫を兼任する。「三集巻十三」に「代胡総督謝	「代祭陣亡吏士文」

一五五八	戊午　嘉靖三十七年	三十八	新命督撫表」が有り、三月、岑港にて倭寇を攻撃して、漢軍に多数の戦死者が出る。十四日、戦死した兵士を追悼する。徐渭は胡宗憲に代って祭文を作る。この種の資料に拠れば、徐渭がこの時既に胡宗憲の重要な秘書としての仕事をしていたことがわかる。 三月、季本が「詩説解頤」を著し、徐渭が代わって序文を作る。 山陰の李用熒の紹介を受けて、平湖県長の陳一謙の役所で二カ月経書を教える。 十月、沈錬が保安州にて殺され、徐渭は雑劇「狂鼓史」を作り憤慨の気持ちを示す。また「沈参軍哀詩」を作る。 十一月、軍務総督の胡宗憲が海賊汪直を降伏させ、徐渭はこの時画策に参与した。（「寄朱邦憲詩」） 「四声猿」中の「狂鼓史漁陽三弄」はこの年に書かれたと思われる。 胡宗憲の要請に応じて若干の代作をする。当時の胡宗憲は直総督府として杭州、紹興、寧波等を移動駐屯して、倭寇戦を指揮していた。 十二月、徐渭は招聘され入幕する。	「狂鼓史」 「沈参軍哀詩」 「狂鼓史漁陽三弄」
			正月、徐渭は鄞県（浙江）で正式に胡宗憲の陣営に入り、これより記室として五年間務める。「献白鹿表」二編を作る。翰林学士の董玢等及び嘉靖帝がその文を賞賛したため、胡に特別に気に入られる。岑港の戦況を調査し、「擬上督府書」を以て調査内容を胡に提出する。内容は将兵を選び訓練することに重点を置いている。胡は特にその意見を採用する。七律「招宝山観海」「白牝蛟」詩があり、そこには作戦が定まったならば、敵を滅ぼすという気勢に溢れている。 八月の郷試では、ある試験官が、徐渭の答案用紙を見て批判し指摘する内容が紙面一面に書き付けられているので弁護しようとしても	「献白鹿表」 「擬上督府書」 「招宝山観海」 「白牝蛟」

			どうすることもできず、ついに七回目の落第となる。この年の冬、塔子橋（紹興）に移り住む。 冬、唐順之が勅命を受けて浙江を視察した際、徐渭と共に酒を飲み交流し、唐は徐渭の文を大いに称賛した。「依韻和荊公冰燈詩」七律二首がある。	「依韻和荊公冰燈詩」
一五五九	己未　嘉靖三十八年	三十九	書記として胡宗憲に従い、鄞県に駐在する。正月、胡の代わりに「啓賀厳嵩八十寿」を選し、九月には「賀胡宗憲生日詩」七言排律一百句を作る。また胡の為の「江北軍事平謝表」があり、沈明臣（字は嘉則）、王寅、茅坤等と詩酒を交わした。遊撃の王将軍と猟にでたことから、「歓猟篇」七古を作る。 夏、胡宗憲の紹介で、杭州の王家に婿入りした。晩年「畸譜」に、その時の新婦人について「甚だ劣る」「秋には破局する」とある。また「今に至るまで後悔している」とも云う。 胡宗憲の命を受け「賀厳閣老（厳嵩）生日啓」を代作する。徐渭は生涯このことを後悔した。 胡宗憲は徐渭のために結納の品を用意し、杭州の張氏という女性を紹介する。徐渭は「謝督府胡公啓」を書き、感謝の意を述べる。	「啓賀厳嵩八十寿」 「賀胡宗憲生日詩」 「江北軍事平謝表」 「歓猟篇」 「賀厳閣老（厳嵩）生日啓」 「謝督府胡公啓」
一五六〇	庚申　嘉靖三十九年	四十	胡宗憲が兵部尚書兼右副都御史に任ぜられ、徐渭は「謝表」を作った。 朝廷は汪直を平定した功績を論じ、胡に太子太保の位を授ける。 胡宗憲に代わり「鎮海楼記」を作り、銀二百二十両の報酬を得て紹興城の東南の地十畝と、二十二間の家を買い、「酬字堂」と命名する。「酬字堂記」を作る。沈明臣に「徐記室新居記事詩」がある。 越中十子の一人である陳鶴が南京にて病卒する。徐渭は「哀陳海樵」	「謝表」 「鎮海楼記」 「酬字堂記」 「哀陳海樵」

			詩を作る。	
一五六一	辛酉　嘉靖四十年	四十一	秋、杭州にて八回目の郷試を受ける。試験前に胡宗憲が試験官に依頼するが、不合格となる。神の禍があるのではないかと疑う。周大夫が慰めてくれ、それに答えた詩の中に「十人が謁見しても九人は推薦されない。それほど長く儒者を続けられない。」「出世できずに悩んでいる魚でしかない。」という意味の句があり、悲しみの心中を述べた。精神的ショックが大きく、心の病が少しずつ現れる。「畸譜」に「まっしぐらに走るが時間がなく、科挙と別れるしかない」とあり、受験を諦める。 「四声猿」の「女状元辞凰得鳳」はこの年以降に作ったとされる。 この年、杭州の張氏を妾として迎える。	
一五六二	壬戌　嘉靖四十一年	四十二	胡に従って崇安に行き、再び武夷に入り、衢州に至り爛柯山に入る。「宴游爛柯山」「従少保公視師福建」「胡令公鎮浙」諸作を作る。 冬、夫人の張氏に徐枳が生まれる。十一月四日の酉の時である。 十一月、胡宗憲は厳嵩を支持したと疑われ逮捕される。北京で糾弾され、遂に幕府は解散する。以前、厳嵩に反抗するものが、道士藍道行を通して占ったところ、神のお告げを聞いた。これにより厳嵩父子が皇帝の権力を翻弄したとされ、御史鄒応龍は厳父子を弾劾した。厳世蕃が入獄し、厳嵩は職を追われた後、胡宗憲も弾劾を受ける。	「宴游爛柯山」 「従少保公視師福建」 「胡令公鎮浙」
一五六三	癸亥　嘉靖四十二年	四十三	衢州から紹興に帰り、酬字堂に住む。五月、沈明臣が福建兵備副使の汪道昆の招待に応じて杭州より閩に入り、徐渭は「万里比隣篇」七古詩を作って見送った。 礼部尚書の李春芳（字は子実、号は石麓）は、徐渭が書簡文の四六	「万里比隣篇」

			文に巧みであることを聞きつけ、杭州の査氏を通じて、銀六十両を以て招聘し、北上させる。冬には北京に至り、李氏の幕客となる。浙江の友人である修撰の諸大綬、編修の陶大臨等が徐渭を訪問した。北へ向かう途中、虎丘（蘇州）で丁肖甫に別れを告げて、初めて北京に入り、宮殿を拝観して五律詩を作る。また尚書李春芳の誕生日に七律の賀詩を作る。 師の季本が四月二十七日に卒した。年は七十九歳であった。	
一五六四	甲子　嘉靖四十三年	四十四	五月、李春芳の幕府を出て紹興に帰る。李はこれを悦ばず、徐渭は聘金六十両をを返そうと杭州の査氏を介して頼むが断られ、なすすべなく、自ら入京し、いろいろな人に頼んで返金を果たした。 この年、浙江の郷試があったか、先に起ったようなトラブルにより受験できなかった。この後徐渭は受験せず、一生役人になれなかった。 五月、北京で玉芝上人が亡くなったことを知り、「聚禅師伝」を書く。 この年の作品には「入燕三首」「奉尚書李公石麓書」「再至燕」等がある。詩中に「大鵬は奮って南へ徙る、北海にとじこめられていられようか」（入燕三首の第三）の句がある。北京での幕府生活を嫌って、急いで帰郷する。 友人の諸大綬の援助を得る。	「聚禅師伝」 「入燕三首」 「奉尚書李公石麓書」 「再至燕」
一五六五	己丑　嘉靖四十四年	四十五	この年の元旦は大雪となり、七律詩一首を作る。二十四日、杯と祭器を持って禹穴を訪ね、七絶詩一首、「乙丑看迎春」七律一首を作る。 二月、陳鶴（海樵山人）を葬る際に、その墓表を作る。 三月十三日、馬白峯師の六十歳の祝宴に参加し、「寿馬先生六十序」を作る。	「乙丑看迎春」 「陳山人墓表」 「寿馬先生六十序」

一五六六	丙寅　嘉靖四十五年	四十六	三月、厳世藩が処刑され、厳崇も財産を官に没収される。職を失い無用の人となった胡宗憲も連座して獄に入り、ついに自殺する。夏秋の間徐渭はこの便りを聞いて驚愕する。四月、李春芳は武英殿大学士を兼任して入閣する。董玢は四月に礼部尚書となるが、六月に解任され庶民となることは、「明史」七卿年表にあり、徐渭がこれらの事に大いに刺激を受け、辞職し、李春芳に反対した。董は、また徐渭の推賞者となった。自殺をしようとして「自為墓誌銘」を作る。その後発狂し、釘で耳を刺し、毎日大量の血を流し、錐で陰嚢を撃ち破った。重陽節に詩作して言うに、「親交訣詞を悲しみ、匠氏は已に木を斤る」とあり下注に「時に已に棺成る」とある。海上生の華氏が治療に当たり結局死には至らなかった。冬に入って、病は漸く回復した。 冬、友人の柳文（字は彬仲）が科挙の試験に選ばれて入京する際に、特別に見送りをして、「送柳彬仲序」、「病起過訪柳君彬仲」五古詩、「送彬仲北上」七律詩を作る。 この年、長男の徐枚が、妻として葉氏を迎える。二十一歳であった。 元日、「丙寅元旦」の詩を作る。「軽い病なので昨年のことは忘れる」の句がある。心境はだんだん平静を取り戻したようであり、詩中では海瑞に言及する。また、科挙への思いは断ち切れていないと述べる。 沈錬の遺骨を葬り、二月初め、紹興の公的な葬式の時に徐渭は「与諸士友祭沈君文」を撰す。 徐渭は又発病する。冬、些細なことで妻と口論となり、除雪の際、一説には鉄のまぐわ（一説には陶器）を妻の張氏に投げつけ、誤って	「自為墓誌銘」 「送柳彬仲序」 「病起過訪柳君彬仲」 「送彬仲北上」 「丙寅元旦」 「会祭沈錦衣文」 「与諸士友祭沈君文」

			殺してしまう。「畸譜」では、「病が再発し、張を殺し獄に入る」とある。 入獄後、「上郁心斎」の中で、「曲げて隠衷を諒とし、力めて公道を扶けよ」（病的な心情を理解し公道で助けてほしい）と希望し、「万死の一生を出でん」ことを望む。また「雪二首」に大雪の獄中の惨状を記す。 陸韜仲と陸景文の甥に、徐渭の詩文稿を整理し後世に伝えるよう頼む。	「上郁心斎」 「雪二首」 「与陸韜仲兄弟」
一五六七	丁卯　隆慶元年	四十七	獄中二年目。穆宗隆慶帝が即位する。朝廷は沈鍊の冤罪を徹底的に調べ、海瑞を起用する。沈鍊の子沈襄は帰郷して獄を訪ねた。徐渭は、「送沈君叔成序」にこのことを記し、「送沈叔成」の詩を作った。中に「会稽山と鏡水は美しいが、孝子忠臣は昔から出にくいところだ」とある。 獄中において「啓諸南明侍郎」を書き、北京で在任中の同学諸大綬に助けを求めた。その後は諸大綬らの働きかけにより、徐渭は死罪を免れ、長期監禁の刑に改められる。徐渭の家族は丁肖甫の世話になり、獄中では、友人高昇の援助により食糧が送られた。 この年の七夕、友人の謝侻等四人が酒食を持って獄を訪れる。徐渭は「丁卯七夕謝興化公。孫海門偕浩上人、胡子文餉予、以繋得牛字」を作る。詩中に「也学禍牽牛」の句がある。これは妻の張氏が危害をもたらしたことを指し、妻殺害の真相にふれている。	「送沈叔成」 「啓諸南明侍郎」 「丁卯七夕謝興化公。孫海門偕浩上人、胡子文餉予以繋得牛字」
一五六八	戊辰　隆慶二年	四十八	獄中三年目。正月二十四日。旧友の呂尚賓等二人が獄を訪ねてくる。夜になって風雨が強まり、氷が厚く張って、二人は泊まることになる。	

			「戊辰廿有四日…」七律一首を作る。「夢裏分明夢塞鴻」の句が有り、親友たちに伝えた。	「戊辰廿有四日尚賓、時中宿於圖…」
			獄中で祖玉禅師が亡くなったことを知り、「玉師挽章」を作る。詩中に「私は生きていても籠の中の鳥であり、あなたはもはやすっかり蝉の抜け殻になった」の句がある。	「玉師挽章」
			徐渭は獄中で時間をつぶし鎖につながれたまま「周易参同契注」を作る。これに余生を捧げる様はまるで嵆康が死ぬ間際に奏でた一曲の「廣陵散」のようであった。	「周易参同契注」 「養生書成紀事与夢」
			生母の苗氏が卒す。丁肖甫が保証人となり、徐渭は葬儀のため仮釈放となる。家中の諸事はすべて丁肖甫が代わりに取り仕切った。この時、長男徐枚が二十四歳、次男徐枳は七歳であった。	
			同学の張天復は左遷されて雲南に赴き、人を介して西北産のブドウを徐渭に贈る。徐渭は「張雲南遺馬金嚢」七律一首を作る。	「張雲南遺馬金嚢」
一五六九	己巳　隆慶三年	四十九	獄中四年目。冬になり、官府は徐渭の鎖を外して壁に掛けることを許可する。徐渭はその頃に「前破械賦」「後破械賦」を作る。賦中に「鎖をつけると死を意味し、鎖を外すと生となる。つけることは外すことは瞬時のことだが、生死の差は大きい」の語がある。四年の獄中での最も悲惨な情況から一段落する。	「前破械賦」 「後破械賦」
			獄中で「参同契注」を完成させ、陝西の右布政使である馮家師の耳に入る。馮は徐渭に手紙を書き「謬取其大旨、而小摘編次」と評し、徐渭の古典に対する理解は褒められないが、章立てについては賞賛できるとした。徐渭は「奉答馮宗師書」を書き、自分で作った注について説明する。手紙の主に対し、「囚人であっても犬豚のように軽蔑されなかった」と感謝する。ただし自分には大きな罪があり、「少	「奉答馮宗師書」

一五七〇	庚午　隆慶四年	五十	緩刀鋸（処刑）」の前に、「廣陵散」一曲を作りたい、「函丈垂諒（許可）」を望む。 十一月、无錫の兪憲は「盛明百家詩」を印刻し、徐渭の詩賦を収める。その中の一集をまとめた「徐文学集」によって兪憲は明代の詩詞大家に認められたのである。 獄中で書法の研究をする。「紹興府誌」では「元来書を善くし、獄中にあっても書に日々を費やす」とある。後の書法における著作「筆玄要旨」「玄抄類摘」の基礎をつくる。 獄中で画を作る。「水墨牡丹」の自らの題に「四十九年間貧しく、身分も低い。洛陽の春をみだりに想おうか、臙脂の絵の具くらいは持っているのだが。しかし今は（絵の具ではなく）墨で牡丹の花の神髄を描こうとしている」とある。鎖を外したこの年の冬に描かれたと思われる。 獄中五年目。元旦、酔った後筆を執り「評字」一編を書き、黄山谷、蘇東坡、米芾、蔡襄、趙子昂、倪瓚、索靖等書家の書風の優劣について批評した。 二月四日、徐渭の五十歳を祝うため、友人の呉景長は徐枚、徐枳、そして弟子と共に酒食を携えて獄中を訪れる。徐渭は詩に言う。「振り返ると四十九年間まずい人生だった。今や我が身を肺嘉に置き動かずにいる」と。肺嘉とは石の名で、太古より獄を造る時に用いる。 諸大綬が北京にて病死する。朝廷は尚書の称号を贈る。徐渭は「哀諸尚書辞」を作り、自分はいまだ獄の中にいることを嘆いている。諸と知り合って三十年、しばしば世話になった人への悲愴の情を述べた。	「評字」 「哀諸尚書辞」

			人のために「修郡学記」等を代書する。郷里の人は徐渭が獄中に居ることに関わらず、このような仕事を依頼し、その長所を生かした。 草書の長巻「春雨剪雨宵成雪」はこの頃書かれたようである。上海博物館に所蔵され、題句に「隆慶の春十五日頃、初夏の作」とあるので、この年の三、四月に描いたと考えられる。	「修郡学記」 「春雨剪雨宵成雪」
一五七一	辛未　隆慶五年	五十一	獄中六年目。一月十七日、張天復の子張元汴（子藎）が会試のため北京に入る。徐渭は「送張子藎春北上」を作る。張が状元（首席）になった頃、徐渭は「鷓鴣天」「賀新郎」の二詞を作り、その中に「男は状元になると満足し、日頃の憂いを酒で忘れ、万斛の愁も消えてしまう」の句がある。 徐渭は張天復に祝賀の詩を贈り、山陰では南宋以来、状元は三人目であることを褒める。張父子は徐渭の気持ちに感謝し、獄から出れるように色々と働きかけてくれた。 張天復の孫にあたる、張元汴の子張如霖が徐渭をたずねて獄を訪れる。壁にある枷を見て、「無弦琴」と冗談を言う。後に張氏の子孫は「徐文長佚書」を編集して世におくり、張如霖が序文を書く。 「四声猿」の中の「玉禅師」の一劇は獄中で作ったと伝えられる。 この年、「祭少顛文」を作る。少顛は徐渭の三十年来の知人で、十年間は不治の病であった。	「送張子藎春北上」 「鷓鴣天」 「賀新郎」 「聞張子藎延捷之作奉内山尊公」 「玉禅師翠郷一夢」 「祭少顛文」
一五七二	壬申　隆慶六年	五十二	獄中七年目。この年張天復六十歳の誕生日に徐渭は寿序を作る。また、「点降唇」一闋を作り、お祝の時の歌舞の曲とする。詞の中に「万里の功名は一本の剣が知る」「子らは瀛州にいて、最近安期成の棗を届けてくれた」という句がある。	「贈張君序」 「点降唇」

			街の中の八十歳の老人の代わりに「烈婦姚氏記」を書く。 中秋の前、学生の馬国図等と党山にて観潮する。徐渭に「促潮文」を依頼する。獄中にて酒に酔った後、この文は完成する。 年末、張氏父子の救援により、保釈され獄を出る。除夕、友人は徐渭を招待し、徹夜で酒を飲む。「除夕通宵飲呉景長宅」詩の中に「我は六年間繋がれ今まさに出づ、宝剣一躍豊城寒し」の句がある。六年とは、実際に獄中にいた六年間を指す。	「烈婦姚氏記」 「促潮文」 「除夕通宵飲呉景長宅」
一五七三	癸酉　万暦元年	五十三	元日、張天復宅に行き、年始の挨拶と感謝の意を伝えた。その後張宅の庭園十二景についてそれぞれに五言絶句を作る。 出獄後、二人の子供と一緒に梅花館に住む。屋号を「柿葉堂」と「葡萄深処」とする。酬字堂は既に売却した。 春の初め、「寓香炉峰下」の詩を作る。 郭璞（景純）が注解した「爾雅」に更に注を付け完成させる。 二人の客が筍とお茶を土産に持ってきて、夜共に酒を酌み交わす。二人の客は徐渭の弟子の馬の家に泊まる。二人の名前は呉承甫と胡応斗といった。 二月二十六日、徐渭は馬国図等と共に雲門に遊び、「雲門四首」と「記游」等を作る。四首は盘古社樹、釣台、辨才塔、石橋の四カ所について記している。 四月五日、息子の妻の父葉雲渠は犀杯で酒を飲み鴨を煮て食べる。徐渭は共に飲み、酔って書作する。即ち「犀鴨帖」である。この時葉の娘は既に徐枚の妻であり、徐にとっては長男の妻である。 この年、馬国図と共に鏡湖に遊び、二人である古詩の出典について賭けをするが、徐はその賭けに負けてしまう。馬国図のために詞を	「張氏別業十二首」 「寓香炉峰下」 「雲門四首」 「記游」 「犀鴨帖」 「書花蕊夫人宮詞巻

			作り「書花蕊夫人宮詞巻後」と題す。同郷の柳元谷はこの年出土の文物二件を得て、徐渭の絵と交換する。徐渭は画を描き、同時に「柳元谷易絵二首」詩を作る。初冬、張天復は病気になり息子の元汴が帰る。徐渭は張宅の寿芝楼で酒を飲む。その時ちょうど初雪が降り、七律一首を作り、その時の状況を記す。酒を飲んだあと書作する。	後」 「柳元谷易絵二首」
一五七四	甲戌　万暦二年	五十四	二月、紹興の知識人たちが季本を記念するために季長沙祠を建てる。張元汴は自分の代わりに「季先生祠堂碑」を徐渭に書いてもらう。また、他の人たちの代わりにも祭文四種を書く（徐文長三集巻二十八）。紹興の辺りではそれらが代筆であることがすぐにわかった。張天復は中秋の時に病卒する。息子の張元汴は南京刑部尚書の趙錦に父の墓誌銘の文を頼むが、趙錦は徐渭に代筆を依頼する。これが「張太僕墓誌銘」である。また徐渭は自らも祭品を用意し、「祭張太僕文」を作る。十二月二日、埋葬する前に捧げた。祭文の中には「張氏は私を蘇らせた」と感謝し、「自分の心は不変である。」つまり死者に対する恩義を忘れないと弔意を表した。十一月二十二日、弟子の王図、呉系、馬策と共に諸暨の五泄に遊ぶ。十三日間旅行し「遊五泄記」を作る。作詩は二十首に及んだ。詩集に入ったのは「五泄五首」「雨霧霽雪復四首」「書寺壁」である。途中湖にロバから落ちて入るが、「水に落ちてもロバから落ちてもすべて恨まない、古来死を懼れず河豚を食する者もいる」とあり、気分が高揚していた様子が分かる。諸暨で、人に頼まれ雪景図を描き、同時に詩を付す。	「季先生祠堂碑」 「張太僕墓誌銘」 「祭張太僕文」 「遊五泄記」 「五泄五首」 「雨霧霽雪復四首」 「書寺壁」
一五七五	己亥　万暦三年	五十五	この年、正式に釈放となる。「畸譜」に言う、「釈放という、良い知	

らせがあった。」

「乙亥元日雪酌梅花館」詩三首があり、詩の中では白髪となり、家も破損がひどく、新しい家を買いたいという思いを述べる。

昨年閏十二月、同郷の老友で、越中十子の一人である柳文（彬仲）が都昌の任務中に病卒する。春、息子の依頼を受け、「都昌柳公墓誌銘」を作る。

この年の前後、人のために書を作るだけでなく、いつも画を描いた。九月十五日、弟子の史槃は酒と蟹を持ってきて画を求めた。画題に「又図卉応史甥之索」がある（東京国立博物館蔵）。

張元忭は郷里にて「会稽県誌」の編集主任になる。徐渭はそれに参加し、その中の諸論二十篇は徐渭の手筆による。篇名は、「地理総論」の「沿革論」「分野論」「形勝論」「山川論」「風俗論」「物産論」、「治書総論」「設官論」「作邑論」、「戸書総論」の「徭賦論」「戸口論」「水利論」「災異論」、「礼書総論」の「官師論」「選挙論」「祠祀論」「古蹟論」である。他に「会稽誌序」があり、後に「徐文長佚草」に所収される。徐渭は国の政治や国民の生活等の方面に対し見解を表す。地方の官紳の賛同を得て誌書に所収される。

八月、天目に旅する。出発前に張元忭と送別の杯を交わし、「十四日飲張子藎太史宅留別」詩を作る。酒を飲み涙を流して「才能がないのに使わない弓は蔵に入り、毎晩それを引いていた頃を思い出し、剣を時々見ると地面から掘り出された昔を思い出す」の句があり、昔の恩を感謝する意を含む。同行者に韓達夫、呉系、馬策等は舟の中で聯句を作る。東西の天目山に登りそれぞれ詩を作る。杭州を通過する時、昔の胡宗憲の幕府にいた友を訪ね、霊隠寺を訪れ、長春祠

「乙亥元日雪酌梅花館」

「都昌柳公墓誌銘」

「又図卉応史甥之索」

「沿革論」「分野論」

「形勝論」「山川論」

「風俗論」「物産論」

「治書総論」「設官論」

「作邑論」「徭賦論」

「戸口論」「水利論」

「災異論」「官師論」

「選挙論」「祠祀論」

「古蹟論」「会稽誌序」

「十四日飲張子藎太史宅留別」

「中秋発舟越渓聯句」

「登東天目」「西天目」

「宿長春祠」「訪李岣嶁山人」「八仙台次韻」「贈秦守道」

「与王山人対話」

「焦山」「恭謁孝陵」

「宿栖霞」「霊谷寺」

「清涼寺」「飲大中橋

			に泊まる。 その時の主な詩をあげると「中秋発舟越渓聯句」「登東天目」「西天目」「宿長春祠」「訪李峋嶁山人」「八仙台次韻」「贈秦守道」「与王山人対話」等がある。 南京に旅する。「焦山」「恭謁孝陵」「宿栖霞」「霊谷寺」「清涼寺」「飲大中橋楼」「燕子磯観音閣」「雨花台」「二十八日雪」等の詩を作る。	楼」「燕子磯観音閣」「雨花台」「二十八日雪」
一五七六	丙子　万暦四年	五十六	春、まだ南京に滞在する。書家や画家と交流を持ち、「劉雪湖梅花大幅」と「書馬湘蘭画扇」の詩を作る。同時に長男の徐枚に手紙を持って当時宣鎮の巡撫だった呉兌を訪ねさせ、生計を立てるために世話になりたいという意向を伝えた。 湯顕祖の第二詩集「問棘郵草」の詩文作品に評を六十七首に亘って書く。 四月、徐は宣鎮の巡撫呉兌の招きに応じて南京より北上する。途中北京を過ぎ、名将の李成梁の子の李如松に会う。李のために画を描き、「写竹贈李長公歌」の詩を作る。李如松は遼東での戦績について語り、徐渭は「贈遼東李長君都司」の詩を作る。李の所蔵する画冊に「李伯子画冊序」を書く。 夏の終わり、北京から宣鎮に至り、居庸関を経て「上谷歌九首」を作る。 秋、宣鎮に着いて、「寄呉宣鎮」の詩を作る。宣府で賓客となり、時々上奏文などを代筆する仕事をし、天妃宮に住み、自由に暮らす。保安州に行き、沈錬を祭る寺を訪ねる。主な詩に「宣府教場歌」「観宣鎮車戦」「九月望日」「辺詞」「宣府客寺」「上谷辺詞八首」がある。 宣府の同僚である王、許の二人と深く付き合い、互いに詩や書を交	「劉雪湖梅花大幅」 「書馬湘蘭画扇」 「問棘郵草」評 「写竹贈李長公歌」 「贈遼東李長君都司」 「与湯義仍書」 「李伯子画冊序」 「上谷歌九首」 「寄呉宣鎮」 「宣府教場歌」 「観宣鎮車戦」 「九月望日」「辺詞」 「宣府客寺」 「上谷辺詞八首」

			換したり、物品を贈られる。 宣鎮にて書画を作る。現存では「雑花巻」があり、上海博物館が所蔵している。	「雑花巻」
一五七七	丁丑　万暦五年	五十七	春、徐渭は宣府官吏の代わりに手紙を書き、督府大堂、軍府大門、官吏と将官の書斎に対聯や文書を書いた。諸官より物品を贈られる。 徐渭は竹を描き呉兌と許希孟に贈る。「画竹与呉鎮二首」「画笋遺許口北」の詩がある。徐が大量に竹を描くのはこの時が最初である。 春、筍を食べるとき、故郷を思って「与馬索之書」を作り、自身の苦境を述べる。 正月二十三日、趙川堡の湯泉で沐浴し、「山葉今何在」の五律一首を作る。 呉兌と別れて南に帰るとき、居庸関の雪がまだ解けないのを見て、「自岔道走居庸」を作る。詩中に「真ん中に道があり糸のように明るく、車の四隅に赤い布をかけたロバが数頭いる」という句がある。帰り道に所持するものはかなり多かった。 夏、北京のある寺に滞在したとき、呉兌は既に総督に昇任していた。北京では呉兌とその同僚のために代筆し、多くの収入を得る。紹興の同郷の者達と共に、紹興会館と墓地を建設した。 秋、南に帰り、沈襄に日本刀を贈られ、徐渭は帰郷途中の護身のために使った。徐は「古風」二首を書いてこの事を記した。刀は舟の中に架け、「一日に何度も刀を抜いて愛玩していた」 任城を経て太白楼に登り「飲太白楼」の詩を作る。 徐州を過ぎ「徐州」「燕子楼」「過項羽故宮」の詩を作る。 淮安を過ぎ「淮陰侯祠」「漂母祠」の詩を作る。	「画竹与呉鎮二首」 「画笋遺許口北」 「与馬索之書」 「山葉今何在」 「自岔道走居庸」 「飲太白楼」 「徐州」「燕子楼」 「過項羽故宮」 「淮陰侯祠」「漂母祠」

			楊州を過ぎ「露筋祠」「瓊花館」の詩を作る。 鎮江を過ぎ「鎮江」の詩を作る。 閏八月中秋、舟で蘇州に至り、「泊閶門値閏月中秋」を作り、詩中に「天上の満月は常に苦に満ちるが、世間は酒杯が多くても嫌にならない」の句が有り、たいへん満足であった。 重陽の日、紹興の梅花館で「行書写花十六種詩巻」を作る。 徐枚の行動に問題が有り、他人の財物を奪った。徐宅も盗みに遭い重大な損失を受けた。「畸譜」に、「仲秋越に帰る。徐枚が強盗をして、結果略奪に遭う」とある。	「露筋祠」「瓊花館」 「鎮江」 「泊閶門値閏月中秋」 「行書写花十六種詩巻」
一五七八	戊寅　万暦六年	五十八	張元忭は父の喪が明けて北京に帰り、官職に戻る。送別の時に「送張子藎北上」を作り、その中で張元忭のもとで就職をしたいという気持ちを示している。 夏、昔の幕友の沈明臣、王寅等に誘われて、績渓に行き胡宗憲の墓を弔う。厳州に至り、四脚の黄色い蛇が舟にいるのを見て驚き、脳の病気が再発したと思い、紹興に帰る。約五十日間、食欲がなく「病気で死にそうになり、また幻覚を多く見た」と述べる。 重陽の日、菊を描き自ら「画菊二首」を題す。この年牡丹も描き、「五十八年間貧しかったが、立身出世の希望（洛陽の春）など忘れてしまった」の句がある。この年の前後、徐渭の書画は家族によって薪や米と交換され、徐々にその名が知られるようになった。	「送張子藎北上」 「画菊二首」
一五七九	己卯　万暦七年	五十九	病気は少しよくなり、建陽から李子遂が来訪して、その後は寝込まなくなる。共に紹興の名所を巡り、「送李子遂」があり、禹迹寺で遊び詩作する。別れの時竹を画いて贈り、その題句に「君はこの道から建陽に帰り、六月には誰と共に竹林に座する（隠者になる）のか」	「送李子遂」

西暦	干支・年号	年齢	事項	作品
			がある。 秋、韓と呉の助けを得て、父母の徐鏓、苗宜人、苗氏、亡き妻の潘氏、張氏の墓を移す。ただし晩年、「二人の兄嫁の墓を移さなかったことを今になって後悔している」と述べる。王畿の名で「徐大夫遷墓」銘文を作る。当時の官領の家族の墓に墓誌銘を書く慣習に従う。 この年、目蓮巷の金氏園に転居する。家の近辺に川、竹があり、この家を借りて住む。「与李子遂書」の中にこの事を述べる。 十二月十六日、臥龍山に旅し、「大酔為道士抹画于臥龍山頂」詩をつくる。	「徐大夫遷墓」 「大酔為道士抹画于臥龍山頂」
一五八〇	庚辰　万暦八年	六十	正月初旬、「万暦八年正月三日四日連大雪」五言排律十五韻、大雪の中で「雪は花を埋め樹を没し天涯に至る」の雪景を描写する。 正月三日（穀日前四日）、翠香楼で「行草書陶詩二十首」を人に頼まれて、他人の屋敷で作る。 張元忭は翰林院に就職し、徐渭に手紙を書いた。手紙は徐渭の北京での生活に協力するという内容だった。秋、徐渭は徐枳と共に北京に至り、張宅のそばに私塾を開く。同じ頃張元忭等の紹介により官領や紳士の代筆をする。「刑部題名記」「万佛寺記」「三省殿記」等は、この頃と考えられる。 北京で交流した紹興籍の陳鶴の婿の朱賡はこの頃翰林院に勤めていて、沈錬の子沈襄は刑部に勤め、鄂人の梅国禎もまた官員であった。 冬、張元忭は徐渭に酒と毛皮のコートと羊肉を贈る。徐渭は羊の腿肉を干し、紹興に持ち帰る準備をする。 この年、徐渭に「与柳生」という手紙があり、北京に着いても「終日魚や肉を食べず、言うのも恥ずかしい」と言い、生活は予想とは	「万暦八年正月三日四日連大雪」 「行草書陶詩二十首」 「刑部題名記」 「万佛寺記」 「三省殿記」 「与柳生」

			かけ離れ、宣府の待遇より悪いという。 北京では常に作画し、「雑花巻」等がある。	「雑花巻」
一五八一	辛巳　万暦九年	六十一	老友の葉子粛が北京で再び戚継光の幕府に赴き、不幸にして北京で病死する。春、徐渭はその死を悼む詩を作り、その中に「共に生活をするつもりでいたが、今や老いて友の死を弔うことは耐えられない」の句がある。 この年、北京の夏は猛暑で、徐渭は「燕京五月歌四首」の詩を作り、都会の「石榴の花が咲く頃街は燃えるほど暑い」また、「北京では万事について憂えることをやめよう、ただ道のほとりの溝は炎天に腐った柿の臭いに苦しんでいる」とある。 暑い日、李如松は参将に任ぜられ、北京の西の馬水口に住み、徐渭を誘う。徐渭は「答李参戎」を作り、人を頼んで馬をよこしてくれれば「行くことができる」と答える。途中で「大寒嶺」「宿煙麓陀庵」「竹枝詞二首」を作る。 李如松が蓮花峰で徐渭を招待する。徐渭は七律を作りこのことを記す。 徐渭は軍の情況を理解し、「贈李長公序」を作り、李の軍の治め方を非常に賞賛する。 「辺詞」を作り、以前宣鎮で似たような題材で作った詩と合わせて「辺詞二十六首」とする。 馬水口から北京へ戻ったのは、ほとんど真冬直前である。「自馬水口還、道中竹枝四首」にこのことを記す。この時、徐枳を伴っての帰京であった。 徐渭は北京で沈刑部（沈襄）、顧御史、李勛衛、楚宗室の為に画を描	「燕京五月歌四首」 「答李参戎」 「大寒嶺」 「宿煙麓陀庵」 「竹枝詞二首」 「贈李長公序」 「辺詞二十六首」 「自馬水口還、道中竹枝四首」

			き、揮毫料をもらった。 この年の秋、徐渭は、翰林の張元忭、翰林の朱賡との仲が悪くなる。自ら「旧友の一人と仲違いする」と言う。後に陶望齢が徐渭について伝記の中で「中年では侮辱され、老いて病となる」と記した。この年の暮れ、「侮辱」を受けたと考えられる。 徐渭の脳の病が再発し、「畸譜」に「また精神病が起こり、穀物は食さなかった」とある。	
一五八二	壬午　万暦十年	六十二	正月、徐枚が北京に来て、徐渭を迎える。 二月初、徐渭父子三人は南へ帰る。途中、徐渭は依然として精神状態が悪く、まるで「緑色の蛇」のようだった。帰郷し、目連巷の金氏の借家に住む。 徐渭は郷里で役員に冷ややかに対応した。県令劉尚之は輿に乗って来訪したが、徐渭は門を閉ざして会わなかった。後に劉は私服を着て徒歩で訪れ、膝を向けあって長時間話し合い、私的な友人として交流する。 徐枚の素行が悪く、父も注意をするが聞く耳を持たない。この年の冬、父と子は別居する。徐渭は徐枳を連れて潘氏の家に住み、徐枚は妻と共に妻の父葉雲渠の家に住む。	
一五八三	癸未　万暦十一年	六十三	年の初めに大雪が降り、七言排律「南雪」を作り、三年間いた北京より南方が雪が多いことを記す。大雪の情景を描写し、句末に「すべてのことを雪に埋めることができようか、いやできない。亡くなった人の恨みが暴露されるときが来るだろう。」の句がある。現実の人生の感慨を述べた。 三月、兵部尚書の呉兌が任期を終え帰郷する。	「南雪」

			六月、従兄弟の王畿が亡くなる。 この年、「閘記」「擬閘記」及び「西渓湖記」を代作する。閘は三江閘、湖は上虞の西渓湖のことである。徐渭は門を出ず、熱心に故郷のために働く。また五律「上虞令復西渓湖」を作り、「日照りと大雨はひたすら気にかかる。湖の堤防の上で顧成を指さす」の句があり、政治の素晴らしさを非常に賞賛する。また五古「復西渓湖」を作り、ダムを造る官員は西門豹に似ていて、永遠に庶民に賞賛されるべきである。また「復西渓湖為朱令賦」を作る。	「閘記」 「擬閘記」 「西渓湖記」 「上虞令復西渓湖」 「復西渓湖」 「復西渓湖為朱令賦」
一五八四	甲申　万暦十二年	六十四	おそらくこの頃、「歌代嘯」の劇本が完成する。劇は四場に分かれ、一場ごと一つの物語に成っている。第一場は「怒りのやり場のない人、瓢箪が冬瓜をとって気を晴らす」、第二場では「妻の母が歯痛なのに娘の夫のかかとに灸を据える」、第三場は「間違えて張の帽子を李にかぶせる」、第四場は「州官が放火しても許されるのに百姓が火を点けることは禁じられている」。これらは全て「あべこべ話」で、その理由は「世界はそもそも不完全で、人情は昔からひねくれている」からである。	「歌代嘯」
一五八五	乙酉　万暦十三年	六十五	この年の初め、諸暨県学の再建が完成し、徐渭が「諸暨学記」を書く。 清明節、父母の墓に参拝する。父方の従兄弟の家に寄って滞在し、感慨が抑えきれずに「上冢」を作り、家族の歴史を振り返って「私は六十五にして、未だにやぶれ頭布を被り出世できずにいる」と嘆く。 この年の前後、地元の人は食糧を持って画を求めた。筍を貰ったらいつも筍を描き、蟹を贈られたらいつも蟹を描いた。	「諸暨学記」 「上冢」
一五八六	丙戌　万暦十四年	六十六	次男の徐枳は、王道翁の娘に入婿する。元旦、王家の父を招いて「正元鶏酌枳婦之父輩」を作り、詩の中で、家は貧しく、食には恵まれ	「正元鶏酌枳婦之父輩」

西暦	干支・年号	年齢	事項	作品
			ないが、豊かであるかどうかは人と比較することではない、とある。 徐枳が結婚するが、家は暗く小さかった。王家に婿に入ったのは、この年の春である。徐渭は一人で潘氏の家に住む。 端午に劉氏が北方から訪れる。李如松がくれた銀五両を持ってきた。 「李如松のいる東北へ手紙を二度送り」近況を知らせたことがある。五律一首を作り、また「答李長公書」を書き、扇面を贈る。扇面には筍を画し、題句に「酔った後返事の手紙を書くが何一つとして添えるものがない。すっかりひげをそられた（刑罰を受けた）筍が遼東にやってきた」と感謝の気持ちを示す。 この時李如松は総兵にあった、徐渭はかつて季子微（季本の子）を推薦して幕府に入れた。この時、再び息子の徐枳を推薦しようと思う。 十二月、北京で仕事をしていた親戚の甥、徐桓から手紙が来て、原稿の校正や整理を頼まれる。「答兄子官人書」がある。 大晦日、大雪が家に積もり、潘氏の家の梁が折れる。やむを得ず、息子の父王道翁の家に移り住む。「雪中移居二首」を作り、「厚い雪が屋根に積もり梁を折る。寒いときに遠い道を経て家を移るのは辛い」とある。	「答李長公書」 「答兄子官人書」 「雪中移居二首」
一五八七	丁亥　万暦十五年	六十七	李如松との約束に応えて、徐枳を連れて再び宣府へ赴く。この時李如松は宣府総兵に任ぜられていた。徐渭は徐州へ行き、疲れて倒れそうになり、紹興へ帰る。「贈李宣府鎮序」を書き、故郷へ帰ることを告げ、また軍を留めて平坦な土地を放棄してはいけないと戦策についてアドバイスをする。 「贈李宣鎮」詩が有り、李如松に「忠臣の祠が保安州にある」と指摘	「贈李宣府鎮序」 「贈李宣鎮」

			する。保安は李が防衛する区域にある。	
一五八八	戊子　万暦十六年	六十八	初春、徐渭は息子を派遣して北上させ、李如松のもとで働かせる。「到李長公」があり、徐渭は自ら「老孱（年老いて弱っている）」と言い、確かに日ごとに弱っていて、「会うことすら出来ない」として、全てを息子に託す。 二月、息子徐枚が徐渭の住居を后衙池の王家に移し、借家に住まわせる。 三月、張元忭が北京で病卒する。遺体は帰郷し、徐渭は白布を着て、棺を撫でて号泣する。大声で「あなただけが私のことを理解した」と叫び、他人とは一言も話さず、まっすぐ出て行った。 四月、王道翁親子は、徐渭の生活が不便な様子を見て、徐渭を王家の住居に戻した。徐渭は死ぬまでそこに住む。 夏、甥の徐子の書斎で「人物山水花卉冊」を描く。注で「戊子夏仲」に描いたことが分かる。 友人から贈られた打器の鐘があり、詩の中で「泗上から帰ってもう一年にある」の句があり、詩題に「ある友人から石磬が贈られた」とある。 冬、うっかりして右腕を怪我し脱臼した。断食し体が弱って転倒し、後日「右腕の骨が脱臼する」と記す。	「到李長公」 「人物山水花卉冊」
一五八九	己丑　万暦十七年	六十九	二月、「連日夜風」の詩がある。詩中に、徐枳の手紙が北方から届き、李如松からの人参などの土産物が共に届けられたとあり、自分のことを「老いた牛の背は曲がるが荷馬には成れる」とし、次男について「子牛から手紙が届いたが、まだ遼に居るようだ」と記している。 「復李令公書」を書き、陶氏に届けてもらう。手紙の中に過去の著作	「連日夜風」 「復李令公書」

一五九〇	庚寅　万暦十八年	七十	（約六百頁から七百頁）を出版したいという意志を示し、もし人参十五斤が有れば出版費用に充てられるとし、「強く要請する訳ではないが、出来ればいただきたい」と書いた。 夏、病気がやや回復し、杖に支えられてやっと歩けるようになった。 他人の詩「壊翅鶴」の内容を借りて「横榻哀吟」五首を作る。病の鶴と自らを例え、病中の心境を記す。 夏、章孟嘉は徐渭を招いて葛氏の送別会を催し、その際に七律三首を作る。徐渭は、故郷に帰り門を閉ざして八年、誘われて不本意ながらやっと外に出た、と自ら言う。詩の中に「しかたなく家を出て東へ遠く旅する人を送別する。自分達が長く留まっていることを笑う」の句がある。また、「二年間ニュースを聞いていない」とあり、二年前からもはや耳が聞こえなくなったようだ。 冬、徐枳が帰り、枳の妻の父王道翁の誕生日を祝う。王はこの年六十歳。 その弟の渓翁は五十歳。徐渭は「寿二王翁序」を作る。そこで王氏の兄弟三人の家族愛の様子を記す。 徐枳は李如松からの贈り物を携えて帰る。それを出版の資本にし、徐渭は手紙「復李令公」を書く。 五月十一日「記夢」詩を作り、沈明臣などの老友を懐かしむ。 「徐文長集」十六巻、「闕編」十巻の出版を企画する。 春、体はやや好くなり、庭で瓜を作り、瓜の五言排律二首を作る。自ら「老いても畑の仕事をする。苦難の七十年」と言う。作った瓜を他人に盗まれ、悪い兆候と思いこみ、不安になる。 「史甥以十柑餉」はおそらくこの年に作る。詩の中で「甥が城塞のほ	「横榻哀吟」 「寿二王翁序」 「復李令公」 「記夢」 「史甥以十柑餉」

			とりで蜜柑を食べた。病床の私も喉が乾き、やっとそれを食べた」とある。また、十月十二日、サクランボの花が咲いて、蝶が飛んできた。何かの兆候と思い、「杖を持って立てば夕暮れの長い影となる。涙が西風に乾き、秋空に送られていく。」と書いたのもおそらくこの年であろう。 戯曲家の湯顕祖が徐渭の詩を読み、自作の詩を送ってくる。徐渭は「与湯義仍書」を書く。	「与湯義仍書」
一五九一	辛卯　万暦十九年	七十一	元旦、武林（杭州）で友人のために「墨花図巻」を作り、「辛卯春王鶏日」と題す。また花卉八枚を描く。 「売貂」「売磬」「売画」「売書」の詩もこの年に書かれたようである。 重陽、「題史甥画巻後」を作り、史甥は豆酒と河蟹で徐渭の書画を買ったのである。	「墨花図巻」 「売貂」「売磬」 「売画」「売書」 「題史甥画巻後」
一五九二	壬辰　万暦二〇年	七十二	「春興八首」を作る。第五首に「七旬過二是今年」と、生涯を回顧し、家族を思い出し、感慨にふける。また「新歳壬辰、連雨雪十八日、老晴、祖而摸虱」五律一首を作る。 この年「与蕭先生」があり、「文は心に浮かぶが書は手では書けない。十数回書いても、体が震えている。」則ちこれは、「火病」である。 初夏、「梅雨幾三旬」の詩を作る。自ら下半身がむくんで、下着や靴下が破れ、杖をついて歩き、苦しさは言葉に表せない。 秋八月、聴泉山楼で「花卉」巻を作り、題句に年月を記す。 冬、樵風径で「花卉雑花巻」を作り、題句に年月を記す。	「春興八首」 「新歳壬辰、連雨雪十八日、老晴、祖而摸虱」 「与蕭先生」 「梅雨幾三旬」 「花卉」 「花卉雑花巻」
一五九三	癸巳　万暦二十一年	七十三	「畸譜」を作る。自伝はこの年に終わる。よって、この年に亡くなる。	「畸譜」

徐渭参考文献一覧

河内利治／荒井禮 編

以下に挙げる文献は、一部を除いて日本でも入手、閲覧可能なものです。他の著書、参考書については、徐崙『徐文長』上海人民出版社一九六二年、梁一成『徐渭的文学与芸術』芸文印書館一九七七年、付瓊『徐渭散文研究』上海古籍出版社二〇〇七年などを参照してください。

文献の末尾に★が付いているものは日本で閲覧が可能なものです。既に絶版となったものも含まれます。文献の末尾に☆が付いたものは梁一成の著書からの引用です。印の無いものは閲覧が難しいと思われるものです。基本的に、中国の論文・著書は閲覧が難しいようです。しかし、出版年が新しいものは、取り寄せが可能であったり、中国で入手が可能かもしれません。

【徐渭自著類】

『徐文長三集』明万暦二八年（一六〇〇）初刊・台北中央図書館影印本☆

『徐文長三集』（明代芸術家集彙刊）国立中央図書館一九六八年★

『徐文長文集』明万暦四二年（一六一四）初刊・アメリカプリンストン大学蔵書☆

『徐文長文集』明万暦四二年・鍾人傑刻本（四庫存目叢書・第一四五冊）★

『徐文長逸稿』（明代論著叢刊）偉文図書出版一九七七年★

『徐文長逸稿附畸譜』明天啓三年・張維城刻本（続修四庫全書・第一三五五冊）★

『徐文長逸稿』明天啓三年（一六二三）上海雑誌公司一九三六年重印本☆

『徐渭集』全四冊（中国古典文学基本叢書）中華書局一九八三年★

『一枝堂稿』明万暦四五年（一六一七）初刊・日本内閣文庫蔵書★

『青藤山人路史』明刻本（四庫存目叢書・第一〇四冊）★
『青藤書屋文集』清道光二六年（一八四六）海山仙館叢書本☆
『青藤書屋文集』（叢書集成初編・第四七四集）商務印書館★
『青藤書屋文集』（百部叢書集成・海山仙館叢書）藝文印書舘一九六七年★
『青藤書屋文集』（国学基本叢書四百種・三〇七）商務印書館一九六八年★
『徐文長佚草』民国一六年（一九二六）慈谿沈徳寿刊本☆
『歌代嘯』清鈔本・南京図書館蔵
『古今振雅雲箋』明末刻本（四庫禁燬書叢刊・第一八冊）
『刻徐文長先生秘集』天啓間刻本（四庫存目叢書・第一二九冊）★
『南詞叙録』民国六年（一九一七）董氏刻読曲叢刊本（続修四庫全書・第一七五八冊）★
『南詞叙録』中国古典戯曲論著集成三、一九八〇年★
『玄抄類摘』明・陳汝元補注、澤井居敬点、石田治兵衞等刊・日本国会図書館蔵★
『四声猿』明万暦一六年（一五八八）脈望館鈔校本古今雑劇☆
『四声猿』南京図書館蔵明刻本（続修四庫全書・第一七六六冊）★
『煎茶七類』（説郛続巻・第二三〇冊）順治四年（一六四七）宛委山堂刊・日本国会図書館蔵★
『天地雑稿』稿本（天津図書館孤本秘籍叢書第一〇冊）★
『筆玄要旨』明萬暦三二年（一六〇四）淵雅堂刻本（四庫存目叢書・第七一冊）★
『批註李長吉詩集』明万暦四一年（一六一三）初刊・清光緒間刻董氏叢書本★
『淮海集』宋秦観撰、明・徐渭評、清・裔孫元慶等校刊、秦氏家塾一八七三年★

【伝記類】

王芮『徐文長故事全集』（徐文長故事叢書）少年出版社一九五四年★
何楽之『徐渭』（中国画家叢書）上海人民美術出版社一九六一年★
徐崙『徐文長』上海人民出版社一九六二年★
陳舜臣「中国画人伝1—徐渭」（『芸術新潮』第二八号）一九七七★
駱玉明・賀聖遂「徐渭家世考略」（『復旦学報（社会科学）』第二号）一九八四年（のち駱玉明・賀聖遂『徐文長評傳』浙江古籍出版社一九八七年）★

王驤「有関徐文長的生平和伝説」（『民間文学』第六号）一九八五年
袁震宇「徐渭」（『中国歴代著名文学家評伝（続編二）』山東教育出版社）一九八九年★
徐朔方「徐渭年譜」（『徐朔方集』第三巻、浙江古籍出版社）一九九三年★
王家誠「徐渭伝（一）知音」（『故宮文物月刊』第一一期・第六号）一九九三年★
「徐渭伝（二）神童」（『故宮文物月刊』第一一期・第七号）一九九三年★
「徐渭伝（三）潦倒鎮院」（『故宮文物月刊』第一一期・第八号）一九九三年★
「徐渭伝（四）陵海尚変」（『故宮文物月刊』第一一期・第九号）一九九三年★
「徐渭伝（五）浮海諒無法」（『故宮文物月刊』第一一期・第一〇号）一九九四年★
「徐渭伝（六）城上春深好牧羊」（『故宮文物月刊』第一一期・第一一号）一九九四年★
「徐渭伝（七）龍惕」（『故宮文物月刊』第一一期・第一二号）一九九四年★
「徐渭伝（八）凱歌」（『故宮文物月刊』第一二期・一号）一九九四年★
「徐渭伝（九）献策」（『故宮文物月刊』第一二期・第二号）一九九四年★
「徐渭伝（一〇）青山似与後来期」（『故宮文物月刊』第一二期・第三号）一九九四年★
「徐渭伝（一一）陰風吹大編」（『故宮文物月刊』第一二期・第四号）一九九四年★
「徐渭伝（一二）狂鼓史漁洋三弄」（『故宮文物月刊』第一二期・第五号）一九九四年★
「徐渭伝（一三）四声猿」（『故宮文物月刊』第一二期・第六号）一九九四年★
「徐渭伝（一四）女状元辞鳳得凰」（『故宮文物月刊』第一二期・第七号）一九九四年★
「徐渭伝（一五）進白鹿表」（『故宮文物月刊』第一二期・第八号）一九九四年★
「徐渭伝（一六）酬字堂」（『故宮文物月刊』第一二期・第九号）一九九四年★
「徐渭伝（一七）殺人如草木不聞声」（『故宮文物月刊』第一二期・第一〇号）一九九五年★
「徐渭伝（一八）鉅変」（『故宮文物月刊』第一二期・第一一号）一九九五年★
「徐渭伝（一九）青天能容七尺身」（『故宮文物月刊』第一二期・第一二号）一九九五年★
「徐渭伝（二〇）天際看飛鴻」（『故宮文物月刊』第一三期・第一号）一九九五年★
「徐渭伝（二一）九死九生」（『故宮文物月刊』第一三期・第二号）一九九五年★
「徐渭伝（二二）籠鳥」（『故宮文物月刊』第一三期・第三号）一九九五年★
「徐渭伝（二三）黒獄霊光」（『故宮文物月刊』第一三期・第四号）一九九五年★
「徐渭伝（二四）破械賦」（『故宮文物月刊』第一三期・第五号）一九九五年★

「徐渭伝（二五）豊城獄底出于将」（『故宮文物月刊』第一三期・第六号）一九九五年★
「徐渭伝（二六）弧心缺月両難円」（『故宮文物月刊』第一三期・第七号）一九九五年★
「徐渭伝（二七）転眼青袍万事空」（『故宮文物月刊』第一三期・第八号）一九九五年★
「徐渭伝（二八）十万穹孤一女郎」（『故宮文物月刊』第一三期・第九号）一九九五年★
「徐渭伝（二九）童時画壁剥成泥」（『故宮文物月刊』第一三期・第一〇号）一九九六年★
「徐渭伝（三〇）独立書斎嘯晩風」（『故宮文物月刊』第一三期・第一一号）一九九六年★
「徐渭伝（三一）病帰」（『故宮文物月刊』第一三期・第一二号）一九九六年★
「徐渭伝（三二）仙人何用聞掏耳」（『故宮文物月刊』第一四期・第一号）一九九六年★
「徐渭伝（三三）戴髪星星一比丘」（『故宮文物月刊』第一四期・第二号）一九九六年★
「徐渭伝（三四）袖裡青蛇」（『故宮文物月刊』第一四期・第三号）一九九六年★
「徐渭伝（三五）多事樵姫唱汝濆」（『故宮文物月刊』第一四期・第四号）一九九六年★
「徐渭伝（三六）請将一物付秦灰」（『故宮文物月刊』第一四期・第五号）一九九六年★
「徐渭伝（三七）筆底明珠無処売」（『故宮文物月刊』第一四期・第六号）一九九六年★
「徐渭伝（三八）化工独出青藤手（完結篇）」（『故宮文物月刊』第一四期・第七号）一九九六年★
丁家桐『東方畸人・徐文長伝』上海人民出版社一九九九年★
井波律子「中国の隠者（9）徐渭」（『本の話』第六四号）二〇〇〇年★
周時奮『徐渭画伝』（大雅中外芸術大師画伝叢書）山東画報出版社二〇〇三年（のち井波律子『中国の隠者』文春新書二〇〇一年）★
紫都・馬剛『徐渭画伝』中央編訳出版社二〇〇四年
紫都『徐渭生平与作品鑑賞』（中国芸術大師画伝）遠方出版社二〇〇五年
周群・謝建華『徐渭評伝』（中国思想家評伝叢書）南京大学出版社二〇〇六年★

【書画類】

『徐渭・石濤花鳥画風』重慶出版社
『徐渭行楷千字文』（歴代大家書千字文）黄山書社
『徐渭草書千字文』（歴代大家書千字文）黄山書社
『支那南画大成』興文社一九三五―三七年★

王季遷・孔達編『明清画家印鑑』香港大学出版社一九六六年★
『晉唐以来書画落款印譜』（台北国立故宮博物院編）一九七〇年
『八大山人・揚州八怪』（水墨美術大系一一）講談社一九七五年★
『故宮歴代法書全集』第四・二八巻国立故宮博物院一九七六・七九年★
『徐渭・董其昌』（文人画粋編第五巻）中央公論社一九七八年★
鈴木敬編『中国絵画総合図録』（一―五）東京大学出版会一九八二年★
『欧米収蔵中国法書名跡集』（明清第一巻）中央公論社一九八三年★
『虚白斎蔵書画選』二玄社一九八三年★
『中国真蹟大観故宮博物院・弐』講談社・文物出版社一九八五年★
『中国真蹟大観上海博物館・弐』講談社・文物出版社一九八六年★
『中国画粋編・中国編5』中央公論社一九八六年★
『中国書画家印鑑款識』（上・下　上海博物館編）文物出版社一九八七年★
何惟明『徐渭』浙江人民美術出版社一九八九年★
『徐渭画集』（中国画名家作品粋編）浙江人民美術出版社一九九一年
『中国真蹟大観・明（五）』文物出版社・同朋舎一九九五年
程大利『徐渭画集』（中国歴代大師名作）江蘇美術出版社一九九八年★
『栄宝斎画譜明徐渭絵花鳥』栄宝斎出版社一九九八年
『世界美術大全集』（東洋編八・明）小学館一九九九年★
過大江『徐渭墨蹟大観』上海人民美術出版社二〇〇〇年★
『徐渭精品画集』天津人民美術出版社二〇〇〇年
『徐渭草書二種』（栄宝斎珍蔵墨蹟精選）栄宝斎出版社二〇〇〇年★
『徐渭草書千字文』（栄宝斎珍蔵墨蹟精選）栄宝斎出版社二〇〇〇年★
劉建平『文徴明草書詩貼・徐青藤草書詩貼』天津人民美術出版社二〇〇〇年
戸田禎佑・小川裕充編『中国絵画総合図録続編』（一―四）東京大学出版会二〇〇一年★
『中国古代書画図目』（一―二三　索引一巻）文物出版社一九八六―二〇〇一年★
『明・徐青藤草書自書詩帖』（中国歴代名家書法巻折一）天津人民美術出版社二〇〇二年
賈徳江『徐渭』（中国画名家経典画庫古代部分）河北美術出版社二〇〇二年

林韜『徐渭行草応制泳剣詩』（中国法書精萃）浙江人民美術出版社二〇〇三年
林韜『徐渭行草応制泳墨詩』（中国法書精萃）浙江人民美術出版社二〇〇三年
『徐渭』（国画名師経典画庫）天津人民美術出版社二〇〇三年
紫都・馬剛『徐渭』全四冊（中外書画大師書系）中央編訳出版社二〇〇四年★
林韜『徐渭草書二種』（中国法書精萃）浙江人民美術出版社二〇〇五年★
『明徐渭白燕詩巻』（歴代書法選集）西冷印社二〇〇五年
『徐渭書画集』上下二冊　北京工芸美術出版社二〇〇五年★
『徐渭』（中国芸術大師図文館）山西教育出版社二〇〇五年
李祥林・李馨『徐渭』（中国書画名家画語図解）中国人民大学出版社二〇〇五年
『徐渭詩文書画全集』（明四家全書）中国言実二〇〇六年
『乾坤清気―故宮上博珍蔵青藤白陽書画特展』澳門芸術博物館二〇〇六年
彭興林『徐渭女芙館十咏』（歴代経典法書真迹）山東画報出版社二〇〇七年
『徐渭書法精選』（中国歴代書法名家作品精選系列）河南美術出版社二〇〇七年
『故宮書画図録』（一―二七）台北国立故宮博物院一九八九―二〇〇八年刊行中

【注釈書類】
劉禎『徐文長小品』（明人小品十家）文化芸術出版社★
周中明『四声猿』上海古籍出版社一九八四年★
李復波・熊澄宇『南詞叙録注釈』（古典戯曲論著訳注叢書）中国戯劇出版社一九八九年★
塘耕次・高峰「徐渭と『狂鼓史漁洋三弄』」（『愛知教育大学研究報告（人文・社会科学）』第四五巻）一九九六年★
塘耕次・高峰「徐渭と『玉禅師翠郷一夢』」（『愛知教育大学研究報告（人文・社会科学）』第四六巻）一九九七年★
塘耕次・高峰「徐渭と『雌木蘭替父従軍』」（『愛知教育大学研究報告（人文・社会科学）』第四七巻）一九九八年★
塘耕次・高峰「『女状元辞鳳得凰』訳」（『愛知教育大学研究報告（人文・社会科学）』第四八巻）一九九九年★

【研究書類・芸術】
杉村勇三『徐文長・石濤・趙之謙』求龍堂一九六九年★
荘伯和『徐渭絵画之研究』民国六三年（一九七四）台北自印本

梁一成『徐渭的文学与芸術』芸文印書館一九七七年★
徐邦達「再論徐渭書『青天歌巻』的真偽」（『故宮博物院院刊』第四号）一九八一年★
中村伸夫「徐渭筆有紀念書蹟概観」（『福島大学教育学部論集（人文科学部門）』第三八号）一九八五年★
中村伸夫「徐渭筆「赤壁賦巻」に寄せて」（『書品』第二八七号）一九八六年★
丁慰慈「開闢国画新境界的徐渭」（『故宮文物月刊』第三期・第一二号）一九八六年★
楊美莉「従徐渭女芙館十詠談起」（『故宮文物月刊』第五期・第七号）一九八七年★
李錦炎「徐渭和他的『擬鳶図』巻与『漁婦図』軸」（『文物』第一二号）一九八七年★
潘運告「論徐渭的美学思想」（『求索』第二号）一九八九年★
孫克譲「従徐渭墨筆花卉図巻談起」（『文物』第二号）一九九〇年★
千草嘉夫「徐渭の生涯とその書について―狂気の美の源流をさぐる」（『岐阜女子大学紀要』第二三号）一九九四年★
鈴木敬『中国絵画史下　明』吉川弘文館一九九五年★
李徳仁『徐渭』（明清中国画大師研究叢書）吉林美術出版社一九九六年★
鈴木敬「研究餘滴『雑画巻』の筆者（徐渭）と王陽明」（『国華』第一二五一号）二〇〇〇年★
藍娥「徐渭行草書軸『美人解・鵲踏花翻』書写年代考」（『四川文物』二〇〇一年第四期）二〇〇一年
林栄森『徐渭書法芸術之研究』文史哲出版社二〇〇四年
徐建融「徐渭与中国画史的隆・万之変」（『元明清絵画研究十論』復旦大学出版社）二〇〇四年★
付瓊「徐渭研究百年述評」（『芸術晨家』二〇〇四年第一期）二〇〇四年（のち『徐渭散文研究』上海古籍出版社二〇〇七年）★
Shou-chih YEN（嚴守智）'Xu Wei's Zahua: A Study of Genres, Yale University Doctoral Dissertation, 二〇〇四年★
呉生道「冷水澆背　徒然一驚―読徐渭的生平与書画」（『文物鑑定与研究』（二））文物出版社二〇〇四年
荒井雄三「徐渭の自由印をめぐる一考察―徐渭書画研究の基礎として」（『芸術学研究』第九号）二〇〇五年★
荒井雄三「徐渭有紀年書画―徐渭書画編年の基礎として」（『書学書道史研究』第十六号）二〇〇六年★
張恨無「徐渭書法論」（『書法研究』総一三七期）上海書画出版社二〇〇七年
范美俊「徐渭的書風之〝変〟与心学背景」（『書法研究』総一三七期）上海書画出版社二〇〇七年★
宮崎法子「徐渭の作画の背景―日本伝来の浙江地方墨戯との関連を中心に」（『泉屋博古館紀要』第二四号）二〇〇八年★

【研究書類・文学】

蔡営源『徐渭之生平及其文学観』民国六一年（一九七二）油印本☆

羅秋昭『徐渭「四声猿」研究』啓業書局一九七九年★
鍾海「徐渭『四声猿』雑劇的本事和写作縁由」（『上海師範学院学報（社会科学）』二号）一九八二年★
尤振中「徐渭評批李賀詩歌」（『文学遺産増刊』第一五号）一九八三年★
程毅中「徐渭及其『四声猿』」（『文学遺産』第一号）一九八四年★
内山知也「徐渭の狂気について」（『大東文化大学創立六十周年記念中国学論集』）一九八四年（のち内山知也『明代文人論』木耳社一九八六年）★
胡天成「従格式塔心理学看徐渭『四声猿』奇気異力的美学特徴」（『文芸研究』第二号）一九八七年★
駱玉明・董加龍「『南詞叙録』非徐渭作」（『復旦学報（社会科学）』第六号）一九八七年★
王長安「論徐渭「本色」的多構建」（『戯劇芸術』第三号）一九八八年★
王鋼「也談徐渭評本「北西廂」」（『文献』第三七号）一九八八年★
賀聖遂「徐渭文学的個性精神」（『復旦学報（社会科学）』第一号）一九八九年★
徐朔方「評『徐渭集』的編輯和校点」（『杭州大学学報（哲学・社会科学）』第一号）一九八九年（のち徐朔方『徐朔方集』第一巻、浙江古籍出版社一九九三年）★
徐沁君「徐渭『四声猿』的整理問題」（『揚州師院学報（社会科学）』第三号）一九八九年★
張新健『徐渭論稿』文化芸術出版社一九九〇年★
董曉萍「論徐渭的民俗文芸観」（『文芸理論研究』第六号）一九九〇年★
易怡玲「徐渭的曲学及劇作研究」（『国立台湾師範大学国文研究所集刊』第三五号）一九九一年
徐朔方「托名徐渭的『選古今南北劇』与『古今尺牘振霞雲箋』」（『文献』第四九号）一九九一年（のち徐朔方『徐朔方集』第一巻、浙江古籍出版社一九九三年）★
王鋼「徐渭的『選古今南北劇』考」（『戯曲研究』第三三号）一九九〇年★
金寧芬「徐渭『四声猿』人物思想辨」（『徐州師範学院学報（哲学・社会科学）』第四号）一九九一年★
王長安『徐渭三辨』中国戯劇出版社一九九五年
謝湧濤「略論徐渭在戯劇文化史上的芸術貢献」（『東南文化』二号）一九九六年
Chan,Albert'Two Chinese Poems Written by Hsu Wei 徐渭（1521—1593）on Michele Ruggieri,S.J.（1543—1607）（『*Monumenta Serica*』44）一九九六年
戚世雋「近年来徐渭研究述要」（『古典文学知識』一九九六年第三期、のち『復印報刊資料Ｊ２中国古代・近代文学研究』一九九六年第八期）一九九六年★

樊文忠「面向『大地衆生』反映『人生本色』徐渭戯曲『本色』説略論」(『江西師範大学学報(哲学・社会科学)』第三〇期・第二号)一九九七年★
塘耕次「『四声猿』を通してみる徐渭の人間性」(『中国研究集刊』第二一号)一九九七年★
徐明安「論徐渭雑劇的審美意蘊」(『上海師範大学学報(哲学・社会科学)』第四号)一九九八年★
郭預衡『中国散文史(下)』上海古籍出版社一九九九年★
有澤晶子「「崑崙奴」改編にみる徐渭の戯曲観」(『東洋大学紀要・教養課程編』第三九号)二〇〇〇年★
陳方『徐渭及其『四声猿』研究』宏達出版社二〇〇二年★
鷲野正明「徐渭の古文辞批判と「比喩法」」(国士舘大学『漢学紀要』第五号)二〇〇二年★
鷲野正明「徐渭の古文辞批判をめぐって」(『中国文化』第六一号)二〇〇三年★
村田和弘「徐渭の代応制詞十六首について(その一)」(『北陸大学紀要』第三〇号)二〇〇六年★
張鑒『徐渭与心学』線装書局二〇〇六年★
宋克夫「徐渭与唐宋派」(『文学遺産』二〇〇六年第二期)二〇〇六年★
徐朔方『明代文学史』浙江大学出版社二〇〇六年★
村田和弘「徐渭の代応制詞十六首について(その二)」(『北陸大学紀要』第三一号)二〇〇七年★
付瓊『徐渭散文研究』上海古籍出版社二〇〇七年★
章培恒『中国文学史新著』下巻、復旦大学出版社二〇〇七年★
村田和弘「徐渭の代応制詞十六首について(その三)」(『北陸大学紀要』第三三号)二〇〇八年★

【その他】

『明史』巻二八八・列伝一七六・文苑四、中華書局一九七四年★
『続修山陰県志』康熙二二年(一六八三)刊、アメリカ国会図書館蔵書☆
『嘉慶山陰県志』嘉慶八年(一八九三)刊、アメリカ国会図書館蔵書☆
『嘉慶山陰県志』(中国地方志集成・浙江府県志輯三七)嘉慶八年(一八九三)刊本、上海書店一九九三年★
『万暦会稽県志』(天一閣蔵明代方志選刊続編・二八)上海書店一九九〇年★
陶望齡『歇菴集』巻一二(明代論著叢刊)偉文図書出版一九七六年★
袁宏道『袁中郎全集』巻四(明代論著叢刊)偉文図書出版一九七六年★
焦竑『国朝献徴録』(中国史学叢書)台湾学生書局・国立中央図書館珍蔵善本影印一九六五年★

沈徳符『野獲編』清道光七年（一八二七）刻本☆
沈徳符『万暦野獲編』（明季史料集珍）偉文図書出版一九七六年★
傅惜華『明代雑劇全目』作家出版社一九五八年★
傅惜華『明代伝奇全目』台北世界書局版一九五九年★
傅惜華『明代伝奇全目』人民文学出版社一九五九年★
沈泰『盛明雑劇』黄山書社一九九二年★
『明詞彙刊』上海古籍出版社一九九二年★
徐朔方『徐朔方集』全五巻、浙江古籍出版社一九九三年★
王伯敏著・遠藤光一訳『中国絵画史事典』雄山閣出版社一九九六年★
『御撰歴代詩餘』新編小四庫、浙江古籍出版社一九九八年★
『古今詞統』遼寧教育出版社二〇〇〇年★
黄惇『中国書法史　元明巻』江蘇教育出版社二〇〇一年★
張仲謀『明詞史』人民文学出版社二〇〇二年★
『全明詞』中華書局二〇〇四年★
龍吟『文俠小説怪傑徐文長』華芸出版社二〇〇四年
『青藤狂狷』（中国名人故居遊学館・紹興巻）中国画報出版社二〇〇五年
『全明詞補編』浙江大学出版社二〇〇七年★

あとがき――徐渭の書画展観と国際会議

河内　利治

徐渭の書画に関する研究動向として、近年開催された大規模な展覧会と国際会議を紹介しておきたい。それは澳《マカ》門《オ》芸術博物館で平成十八（二〇〇六）年九月八日から十一月十九日まで開催された「乾坤清気――故宮上博珍蔵青藤白陽書画特展」と、この特別展にあわせて十一月十一日・十二日の両日に挙行された「青藤白陽書画学術研討会」である。

特別展では三冊本の豪華版カタログ『乾坤清気』（「上巻徐渭」「下巻陳淳」「別冊」）が刊行されており、書画研究の上で最重要文献の一つに加えるべきものとなっている。「別冊」は、文献（青藤伝記・著述／白陽伝記・著述）、陳淳・徐渭年表、作品説明（中国語・ポルトガル語・英語）、作品索引、参攷書目からなり、研究の上で非常に役立つものである。さらに一般の愛好家のために、無償で配布された全一五五頁からなる『導賞手冊（ガイドブック）』も文献の一つに加えてもよいであろう。これは上記「別冊」の作品説明（中国語）を抜き出したものである。

展観された徐渭書画のリストを、作品名、形質、サイズ（縦×横cm）の順に示しておく。

〈故宮博物院〉

1、墨花図巻　水墨紙本　30×946

2、墨花九段図巻　水墨紙本　46.6×625
3、水墨葡萄図軸　水墨紙本　165.4×64.5
4、墨花（花鳥八段）図巻　水墨紙本 26.3×519.5
5、黄甲図軸　水墨紙本　115×29.6　（啓功：疑。）
6、驢背吟詩図軸　水墨紙本　112.2×30
7、四時花卉図巻　水墨紙本　29.9×1081.7
8、梅花蕉葉図軸　水墨紙本　133.7×30.4
9、写生図巻　水墨紙本　32.7×793
10、墨華図冊（八開）水墨紙本　毎開 30.5×35
11、水墨四季花卉図軸　水墨紙本　144.7×81
12、水墨雪竹図軸　水墨紙本　126×58.5
13、水墨牡丹図軸　水墨紙本　109.2×33
14、山水扇頁　水墨金箋本　15.3×47
以上絵画
15、行草自書詩文冊　紙本　毎開 272.2×32.8
16、行書昼錦堂記軸　紙本　182.5×48.5
17、行書評書法巻　紙本　31.7×736.5
18、草書墓表賦詩軸　紙本　165.7×43
19、草書七言詩軸　紙本　209.2×64.4
20、行書七言詩軸　紙本　183.3×92.6

21、草書千字文巻　紙本　28.7×336
22、行書七律詩巻　紙本　30.8×227.2
23、行楷黠鼠賦軸　紙本　110.5×30.5
24、行書七律詩軸　紙本　125.5×33.5
25、尺牘冊（十四開）　紙本　每開18.5×29.3不等　以上書法
〈上海博物館〉
26、雑画巻　水墨紙本　28.5×859.1
27、花卉巻　水墨紙本　28.3×375.6
28、擬鳶図巻　水墨紙本　画心32.4×160.8　書心32.4×225
29、五月蓮花図軸　水墨紙本　129.5×51　（啓功・傅熹年：偽。）
30、竹石牡丹図軸　水墨紙本　138.7×37.1
31、蕉石牡丹図軸　水墨紙本　120.8×58.5（啓功・傅熹年：偽。）
32、漁婦図軸　水墨紙本　116×26　以上絵画
33、草書巻　紙本　28.4×645.5
34、行書詩詞巻　紙本　29.2×442
35、行草書陶詩二十首巻　絹本　23.4×746.5
36、行書詩冊（十六開）　紙本　每開25.8×31.5
37、行書臨時米・黄書冊（十四開）　紙本　每開27.5×46.4
38、行書女芙館十詠詩巻　灑金箋本　29.8×446.8

39、行書詩（周亮工題）　絹本　22.5×269
40、行書七律詩軸　紙本　306.6×104
41、草書七律詩軸　紙本　189.5×60.3
42、草書七絶詩軸　紙本　123.4×59
43、行書巻　紙本　29×126
44、書法扇頁　金箋本　22.5×50
45、書法扇頁　金箋本　22.5×50
46、楷書王撫州六十叙　紙本　11.3×23.5　以上書法

故宮博物院と上海博物館所蔵の徐渭書画作品全46件（書法25件・絵画21件）が、一堂に展示される機会はおそらく初めてであろう。他の所蔵機関にも有名な作品があるが、これだけの名品を清玩に供する企画は、今もって徐渭の人気が高いことの証左である。なお作品サイズの後の（　）内の言葉は、中国古代書画鑑定専門家の見解である。詳細は拙著『中国書画の鑑定をめぐる研究』（平成15・16年度科研費研究成果報告書）を参照されたい。

一方、国際会議一日目は、九時開会式の挨拶後、続けて発表に入り、夕方六時半まで、昼食、休憩を挟み十四人が研究発表した。時間は1人二十分。質疑応答が3、4人まとめて三十分。1～7が午前中で司会は傅申氏、8～14が午後で司会は薛永年氏。二日目も同様で十六人が研究発表。15～22の司会は楊新氏、23～30の司会は単国霖氏。

1、筆墨飛動・気格清逸：陳淳書画芸術風格——単国霖（上海博物館）
2、陳白陽書画風格探源——王連起（故宮博物院）
3、陳道復対於呉門画派的超逸——蕭平（江蘇省国画院）
4、無声之詩・無色之画：陳淳的没骨法——林莉娜（台北故宮博物院）

5、陳淳与王寵：明代書家品評一例——莫家良（香港中文大学）
6、台北故宮蔵陳淳書法研究——王耀庭（台北故宮博物院）
7、日本現存陳淳書法考略——富田淳（東京国立博物館）
8、陳淳鑑蔵活動及其書画創作——黄朋（上海博物館）
9、墨海翻瀾鬼神：青藤・八大絵画的異同——楊新（故宮博物院）
10、徐渭書画之歴史的位置——単国強（故宮博物院）
11、無声詩裡誦千秋：徐渭絵画及其評価——丁羲元（上海博物館）
12、賎相色・貴本色：試析徐渭芸術的審美標準——李蘭
13、従故宮博物院蔵《四時花卉図》巻看徐渭的絵画思想——趙炳文（故宮博物院）
14、潑墨芭蕉第一人：論徐渭的芭蕉図——任道斌（中国美術学院）
15、徐渭書法成因蠡説——劉一聞（上海博物館）
16、徐渭書論中的審美観及其時代精神——黄惇（南京芸術学院）
17、徐渭的書法審美——河内利治（大東文化大学）
18、《青天歌》底辨青藤：関於徐渭書画暨《青天歌》巻問世的時代背景——陶喩之（上海博物館）
19、徐渭《龍渓号篇》巻辨偽——賈硯農（淮陰師範学院）
20、関於徐渭書画自用印与書画編年——荒井雄三（日本大学）
21、徐渭別号斎名印文釈義小考——孫丹妍（上海博物館）
22、徐渭与西方伝教士——陳瑞林（清華大学）
23、従白陽到青藤：試論陳・徐大写意花鳥画的内涵之変——薛永年（中央美術学院）

24、論〝骨秀〟：従徐渭・陳淳的画談起——陳伝席
25、白陽之〝仙〟与青藤之〝禅〟——蔡星儀（ＵＣＬＡバークレー校）
26、〝花卉〟和〝雑画〟：陳淳和徐渭的花鳥画題的選択——宮崎法子（実践女子大学）
27、陳淳的草篆及徐渭的幾幅問題作品——傅申（台湾大学）
28、関於陳淳・徐渭書跡的研究——李潤桓（香港中文大学）
29、粤東書画鑑蔵家和〝青藤白陽〟——朱萬章（広東省博物館）
30、佛利爾美術館蔵青藤白陽書画述略——張子寧（フリーア・ギャラリィー）

この会議は、そもそも徐渭と陳淳という二大書画家を組み合わせたものであるため、どちらか一方のみの研究と、両方に跨る研究とがあった。おおむね1～8が陳淳、9～22が徐渭、23～30が両方に跨る研究発表である。美学・美術史に属する研究分野、ことに中国書画の分野では、近年頻繁にこのような国際会議が開催されるようになった。われわれ明清文人研究会からも、国際会議に出席するメンバーが出てきたことは喜ばしいことである。

明清文人研究会が、傅山、鄭板橋に継いで、徐渭を対象に研究を始めたのは、一九九七年一月のことである。すでに十年以上の歳月を経過してしまった。その間、研究会は休むことなく着実に歩を進めてきたが、なかなかメンバーの論文が揃わなかった。その最大の理由は、内山先生の言葉を借りれば、「正統の文人では無い」文人を研究対象にしたためであろう。明代中期以降の文人は、経書を読み、詩と散文を書くという正統の、伝統の文人の範疇を超えて、書、画、詞、曲（雑劇）、小説など様々なジャンルに趣味を持ち、表現した。かつそれを享受する大衆が、彼らを支えて来たという時代的背景がある。

そのような文人の代表が徐渭である。日本において徐渭の詩文、書画、詞曲から逸話や年譜まで含めた総合的な研究書を、ようやく世に問うことができたことをメンバー一同素直に喜んでいる。江湖諸氏のご叱正を祈念する。

執筆者略歴（五十音順）

①生年・出生地　②学歴（大学・大学院）　③現職（平成21年4月）
④専門分野　⑤主な著書　⑥主な論文

有澤晶子　ありさわ・あきこ
② 博士（日本語日本文学）
③ 東洋大学文学部教授
④ 表象文化、日中比較文学文化
⑤『中国伝統演劇様式の研究』（研文出版）

荒井雄三　あらい・ゆうぞう
① 一九五三年　長野県生
② 東京藝術大学美術学部芸術学科卒、東京藝術大学大学院修士課程芸術学日本東洋美術史専攻満期退学、筑波大学大学院博士課程芸術学中国書法史専攻
③ 日本大学芸術学部講師
④ 文人研究（中国絵画史・中国書法史・古琴芸術）
⑤『ニュージャパノロジー〈日本思想〉』（共著・五月社）
⑥ 胸中の丘壑―中国山水画の構築性について（東京純心女子短期大学紀要7）、徐渭の自用印をめぐる一考察（筑波大学芸術学研究9）、徐渭有紀年書画（書学書道史研究16）他

内山知也　うちやま・ちなり
① 一九二六年　新潟県生
② 東京文理科大学漢文学専攻卒、同大学文学研究科修了
③ 筑波大学名誉教授、文学博士
④ 唐代小説、明清文人芸術
⑤『隋唐小説研究』（木耳社）、『中国書蹟大観』全七巻（共編・講談社）、『明代文人論』（木耳社）、『傅山』・『鄭板橋』（監修・芸術新聞社）他

河内利治（君平）　かわち・としはる（くんぺい）

①一九五八年　大阪府生
②筑波大学大学院博士課程文芸言語研究科単位取得退学
③大東文化大学教授・博士（中国学）
④書法美学、明清文人研究
⑤『書法美学の研究』（汲古書院）、『中国書画の鑑定をめぐる研究』（文部科学省科学研究費特定領域研究報告書）、『漢字書法審美範疇考釈』（上海社会科学院出版社）、『中国書論の体系』（訳書・白帝社）他
⑥「アメリカの四美術館の書跡」（大東書道研究14）、「黄倪合璧冊解題」（書論34）、「日本・台湾書道交流史試論一八九五―一九四五」（書学書道史研究13）他

小塚由博　こづか・よしひろ

①一九七三年　東京生
②大東文化大学文学部中国文学科（現在の中国学科）卒、大東文化大学大学院文学研究科中国学専攻博士課程前期修了、同博士課程後期学位取得、博士（中国学）
③大東文化大学文学部中国学科研究補助員および同非常勤講師。国士舘大学文学部文学科中国語・中国文学専攻非常勤講師
④明清文人研究
⑤『剪灯新話』（共訳　中国古典小説選8　明治書院）
⑥「『板橋雑記』成立小考―晩年の余懐の交遊関係を中心に―」（日本中国学会報55集）、「余懐研究―明末清初の江南における文人生活解明のための一つの手がかりとして―」（学位論文）、「余懐『王翠翹伝』について―徐学謨「王翹児」との比較を中心に―」（中国古典小説研究12号）他

佐藤敦子　さとう・あつこ

①徳島県生
②筑波大学芸術専門学群卒
③大東文化大学第一高等学校教諭
④書法芸術、明清文人研究
⑤『鄭板橋』（共著・芸術新聞社）

谷口　匡　たにぐち・ただし

①一九六三年　鳥取県生
②筑波大学比較文化学類卒、同大学院博士課程文芸言語研究科満期退学
③京都教育大学教育学部教授
④唐代散文、中国散文論
⑤『史記十二（列伝五）』（共著・明治書院）他
⑥「下関と頼山陽」（斯文111）、「史記滑稽考」（京都教育大学国文学会誌32）、「唐代古文家の『伝』について」（中国文化65）

趙　善嘉　ちょう・ぜんか

①一九四九年　中国・上海市生
②上海師範大学中文系卒、上海復旦大学大学院修士課程修了、大東文化大学大学院博士前期課程修了
③上海華東理工大學人文学院副教授
④明清文学
⑤『中国文章論』（訳書・上海古籍出版社）、『中国文化史年表』（共著・上海辞書出版社）、『中国文化導論』（共著・高等教育出版社）
⑥「明清科挙と文学」（上海師範大学学報一九九二年第一期）、「漢字文化圏についての歴史的に考える」（上海市社会科学界二〇〇七年学術年会文集・上海人民出版社）

村田和弘　むらた・かずひろ

①一九六五年　群馬県生
②金沢大学文学部文学科卒、筑波大学大学院博士課程文芸言語研究科単位取得退学
③北陸大学未来創造学部教授
④中国明清文学
⑤『傅山』・『鄭板橋』（ともに共著、芸術新聞社）
⑥「明代冥婚譚『王玉英』の物語—その系譜と背景について—」（北陸大学紀要　第26号）、「筑波大学附属図書館所蔵本『水滸後伝』の「讖語」について」（北陸大学紀要　第28号）、「徐渭の代応制詞十六首について（その一）」（北陸大学紀要　第30号）

鷲野正明　わしの・まさあき

①一九五三年　新潟県生
②大東文化大学文学部中国文学科卒、筑波大学大学院博士課程文芸言語研究科中退
③国士舘大学文学部教授
④明清文学
⑤『はじめての漢詩創作』（白帝社）他
⑥帰有光の寿序―民間習俗に参加する古文（日本中国学会報第34集）、傅山の詩と詩論（『傅山』芸術新聞社）、鄭板橋の詩論と詩（『鄭板橋』芸術新聞社）他

荒井　禮　あらい・れい

①一九八三年　千葉県生
②国士舘大学文学部文学科中国文学専攻卒
③筑波大学大学院博士課程人文社会科学研究科文芸言語専攻
④明清詩文
⑥「王漁洋の『悼亡詩三十五首』について」（国士舘大学漢学紀要　第十号）

徐文長

二〇〇九年四月二〇日　初版発行

監修者　内山知也
編著者　明清文人研究会

発行者　佐藤康夫
発行所　㈱白帝社
〒一七一-〇〇一四　豊島区池袋二―六五―一
電話　〇三（三九八六）三二七一（代）
FAX　〇三（三九八六）三二七二（営）
〇三（三九八六）八八九二（編）

組版／㈱柳葉コーポレーション
印刷・製本／大倉印刷㈱

ISBN978-4-89174-973-6C3098